Rowan Coleman

Du und ich und tausend Sterne über uns

Rowan Coleman

Du und ich und tausend Sterne über uns

Roman

Aus dem Englischen
von Marieke Heimburger

PIPER

Mehr über unsere Autoren und Bücher:
www.piper.de

Wenn Ihnen dieser Roman gefallen hat, schreiben Sie uns unter Nennung des Titels »Du und ich und tausend Sterne über uns« an *empfehlungen@piper.de*, und wir empfehlen Ihnen gerne vergleichbare Bücher.

Von Rowan Coleman liegen im Piper Verlag vor:
Einfach unvergesslich
Zwanzig Zeilen Liebe
Wolken wegschieben
Im siebten Sommer
Beim Leben meiner Mutter
Frühstück für einsame Herzen
Tausend Meilen Sehnsucht
Du und ich und tausend Sterne über uns

Die Zitate auf den Seiten 8, 94, 200, 264, 354 und 398 stammen aus folgender Ausgabe: Emily Brontë: Gedichte/Poems, Deutsch von Elsbeth Ort, Popa Verlag, München 1984, S. 188–191.

FSC
www.fsc.org
MIX
Papier aus verantwortungsvollen Quellen
FSC® C083411

ISBN 978-3-492-06189-6

Titel der englischen Originalausgabe:
»The Girl at the Window«, Ebury Press, London 2019

Redaktion: Barbara Raschig
Satz: Satz für Satz, Wangen im Allgäu
Gesetzt aus der Adobe Garamond Pro
Druck und Bindung: CPI books GmbH, Leck
Printed in the EU

Für Julie, Steve, Kizzy und Noah
und alle anderen, die Ponden Hall je bewohnt haben,
bewohnen und bewohnen werden.

ERSTER TEIL

Nicht feige ist meine Seele,
Sie zittert nicht in der sturmzerzausten Welt,
Ich sehe Himmels Herrlichkeit glänzen,
Desgleichen glänzt Glaube und sichert mich vor Furcht.

Emily Brontë

Prolog

Irgendwo in weiter Ferne klingelt ein Telefon.

»Aufwachen, Tru. Aufwachen. Aufwachen, Tru, wach auf!«

Abe. Ich bin sofort wach, als ich seine Stimme höre, und drehe mich zu ihm um. Doch ich will die Augen noch nicht aufmachen. Ich spüre sein Gewicht auf unserer Bettkante.

»Was ist?«, murmele ich und strecke die Hand nach ihm und seiner vertrauten Wärme aus. Seine langen, schmalen Finger, die sich so oft mit meinen verflechten … meine Liebe. Mein Mann. Mein.

»Ich hab geträumt. Von mir als Mädchen. Von dem Tag, an dem Dad gestorben ist«, erzähle ich ihm. »Das war so echt, als wäre ich wirklich wieder klein … Das Klingeln hat mich da rausgerissen. Wer ruft denn um diese Zeit an? Mitten in der Nacht? Es ist doch noch Nacht, oder?«

»Tut mir leid, Tru.« Abes Flüstern löst sich auf, als meine Hand auf einem kühlen, leeren Laken landet.

»Abe?« Meine Hand wandert suchend über das Bett, aber ich kann ihn nicht erreichen. »Abraham?«

»Aufwachen, Trudy, wach auf.«

»Es tut mir so leid, Tru, ich liebe dich«, flüstert er mir ins Ohr, so nah, dass ich seinen warmen Atem an meinem Hals spüren kann. »Vergiss nicht, dass ich dich liebe – daran wird sich niemals etwas ändern. Auch jetzt nicht.«

»Abraham?«

»Mummy!« Will packt mich am Arm und schüttelt mich.

»Ich bin wach.« Der Schlaf hängt mir schwer wie Blei in den Gliedern. »Ich stehe auf. Warte, Daddy war doch gerade … Abe?«

Doch da ist nichts, nur seine leere Betthälfte. Da fällt es mir wieder ein: Abe ist nicht hier. Er ist in Übersee, in Peru. Seit drei Wochen schon bringt er sich als Allgemeinchirurg in eine sechswöchige Hilfsmission ein.

»Kannst du nicht zu Hause bleiben?«, hatte ich ihn angefleht.

»Du weißt, dass ich das nicht kann«, hatte er gesagt.

»Mummy.« Will klettert zu mir ins Bett und schiebt seine dünnen Beine und eiskalten Füße zwischen meine. »Das Telefon hat mich geweckt. Es hat dauernd geklingelt. Immer wieder, ganz lange. Hast du das nicht gehört?«

»Nein.« Ich knipse die Nachttischlampe an.

Das Festnetztelefon steht daneben. Heutzutage ruft kein Mensch mehr auf dem Festnetz an. Will und ich zucken zusammen, als es wieder anfängt zu klingeln.

»Los, geh ran«, drängelt Will, die Augen weit aufgerissen und glockenwach, wie Achtjährige so sein können. »Das ist bestimmt Daddy!«

Ich weiß nicht, warum ich solche Angst habe abzunehmen. Aber ich habe Angst, als ich es tue. Ich höre sofort, dass es sich um ein Ferngespräch handelt.

»Hallo?«

»Ist das Daddy?« Will streckt die Hand aus, um nach dem Hörer zu greifen. »Ich will mit ihm reden!«

»Gleich.« Ich drehe mich von ihm weg und warte kurz darauf, dass die Stimme am anderen Ende der Leitung etwas sagt, doch dann überschwemme ich die Stille mit vielen hoffnungsvollen Worten. »Abe? Kannst du mich hören? Ich habe gerade geträumt, du wärst hier. Du fehlst uns. Will ist auch hier, sag mal was!«

Ich lache halbherzig und höre den Widerhall meiner verzweifelten Stimme in der Leitung. In der kurzen Stille, die folgt, wird mir schlagartig alles klar.

»Ms Heaton?« Das ist nicht Abe. Ich wusste, dass es nicht Abe sein würde. Es ist nicht mein Geliebter, mein Herz, mein Seelenfreund, mein Alles.

»Ms Heaton, es tut mir furchtbar leid, Ihnen mitteilen zu müssen …«

Ich beobachte Will, und er beobachtet mich. Ich sehe, wie sein Gesicht immer länger wird, und in seinen glänzenden Augen sehe ich unsere gemeinsame Welt implodieren.

Kapitel 1

Acht Monate später

»Da sind wir«, sage ich und reiche Will die Hand, um ihm aus dem Auto zu helfen, das wir am Ende der Straße geparkt haben. Ich atme tief durch und genieße den Anblick der Landschaft, von der späten Nachmittagssonne in Kupfer- und Goldtöne getaucht. Genau so habe ich mir das immer wieder vorgestellt: jedes Mal anders, jedes Mal wechselnd, jedes Mal gleich.

Ponden Hall ist ein aus Licht gebautes Haus.

Es ist ein Signalfeuer, ein Leuchtturm ohne Meer, es blinkt im Dunklen und sendet Nachrichten in die Ferne – für ein paar Auserwählte, die sie hören können.

»Du kannst sie hören, weil du eine Heaton bist und schon immer hier gelebt hast, seit 1540 der Grundstein gelegt wurde. Unsere Vorfahren haben das für dich gebaut und für jeden weiteren Heaton, der je geboren wird«, hat er mir oft gesagt und mir dabei versichernd schwer die Hand auf die Schulter gelegt. »Sie haben das Haus aus dem Berg gebaut. Deine Ma dagegen«, sagte er und senkte die Stimme, »ist keine Heaton, und darum kann sie die Lichter nicht sehen. Sie sieht nur die Schatten.«

Ich habe Ma sechzehn Jahre nicht gesehen. Sie befindet

sich irgendwo hinter den dicken, uralten Mauern und wartet nur darauf, mich mit einem »Ich hab es dir ja gleich gesagt« zu begrüßen. Warum also bin ich hier? Weil Abe spurlos verschwunden ist und obwohl ich ganz bestimmt nicht bei ihr Zuflucht suchen wollte, gab es in dieser Situation nur einen einzigen Ort auf der Welt, an dem ich gern sein wollte: zu Hause. Monate verstrichen, Hoffnungen schwanden, das Geld wurde knapp … und am Ende gab ich dem Ruf des Leuchtturms nach. Ich kehrte zurück nach Ponden. Und Ma ist nun mal auch da.

Will klettert an mir vorbei, lässt mich links liegen, bleibt in der Mitte des Parkplatzes stehen und sieht sich um, versucht eine Landschaft zu verstehen, die meinem in der Stadt aufgewachsenen Sohn so fremd ist, wie es auch die Marsoberfläche wäre, in seinem Fall sogar noch fremder.

Für mich dagegen ist es, als würde ich auftauchen und nach Luft schnappen. Mit einem tiefen Atemzug inhaliere ich die saubere, ruhige Luft und recke das Gesicht dem gefälligen Wind entgegen, der meine erhitzten Wangen sanft streichelt und kühlt. Diese Erleichterung. Diese Freude darüber, an einem Ort anzukommen, wo sogar die Luft eine vertraute Freundin ist. Am liebsten würde ich die Arme ausbreiten, um diesen Ort, den ich die letzten sechzehn Jahre jede Sekunde vermisst habe, zu umarmen. Ich verkneife es mir, weil mein Sohn neben mir steht.

»Hier ist nichts«, sagt Will und zieht die Schultern hoch vor Kälte.

»Wie, nichts?« Ich lasse den Blick über das Tal schweifen, von den Hügeln beiderseits der flachen, kühlen Oberfläche des Stausees zum endlos hohen Himmel. »Hier ist *alles.*«

»Mir gefällt's hier nicht, ich will nach Hause.« Wills Stimme klingt zerbrechlich und klein. Im folgenden Schweigen ist die Abwesenheit des Londoner Verkehrs zu hören, der nach ihm rufenden Schulfreunde, der gegen den Nachbarzaun rasselnden Fußbälle. Abwesend sind auch das Surren der Waschmaschine und der ständig laufende Fernseher. Und das Lachen von Daddy, der viel zu laut telefoniert, der letzte Mensch auf Erden, der überhaupt gerne telefoniert. Alle Geräusche, mit denen Will aufgewachsen ist, sind in dieser Stille hier abwesend.

»Hier ist es natürlich anders«, sage ich mitfühlend und lege den Arm um seine Schultern. »Ist ja klar, ich weiß. Aber dreh dich mal um, dann siehst du das Haus. Dein Haus. Das Haus, das schon vor deiner Geburt dein war.«

Der Kies unter unseren Füßen knirscht, und ich ignoriere, wie mein Sohn sich unter meiner Berührung versteift, als ich ihn umdrehe, damit er sich das Haus am Hang ansieht.

Dieses Haus, das meine Freundin ist, meine Mutter, mein Zufluchtsort. Ich sehe es im selben Augenblick wieder wie Will. Mein geliebtes Ponden Hall, an den Hang geschmiegt, wie es auf mich wartet, wie es wartet, dass ich nach Hause komme, mit offenen Armen.

Die alten Mauern sind so solide und unvergänglich wie die Felsen des Moors, aus dem sie gemacht sind. Die Rautenfenster blinken und zwinkern im kalten, strahlenden Blau eines wolkenlosen Oktobertages. Die hohe, den Garten umgebende Trockenmauer steht gerade noch so, einige Steine scheinen unsicher aufeinander zu balancieren, wie sie es seit Hunderten von Jahren tun. Was für eine Erleichterung, hier zu sein, in Sicherheit, an einem Ort, der mich bisher noch immer geheilt hat.

Jedes Mitglied der Familie Heaton weiß, dass es in Ponden

dunkle Ecken gibt, dass die Geschichte des Hauses finstere Geheimnisse birgt. Dennoch hat bisher noch jeder Heaton das Haus geliebt, und jetzt ist Will dran.

»Ich mag es nicht«, sagt er. »Es sieht kalt aus und alt und voller Spinnen.«

Was Will jetzt sieht, ist nichts als ein Haus ohne seinen Vater darin.

»Ich glaube, du wirst es irgendwann lieben. Weißt du, warum?«

Will sieht zu mir auf, die braunen Augen voll Tränen, die er zu unterdrücken versucht. Langsam schüttelt er den Kopf.

»Weil dieses Haus für dich gebaut wurde. Vor fünfhundert Jahren. Jeder, der bisher hier gewohnt hat, war ein Heaton, und fast jeder Junge, der je hier gelebt hat, hieß entweder Robert oder William, genau wie du.«

»Echt?« Will betrachtet das Haus, und ich halte die Luft an, als seine kalte Hand unbewusst nach meiner fasst, wie sie das früher immer getan hat. »Aber ich bin ein Heaton Jones.«

»Das ist richtig«, sage ich. »Deswegen bist du trotzdem ein Heaton, und das wird dieses Haus wissen, sobald du es betrittst, das verspreche ich dir. Es wird dich erkennen.«

»Klingt ganz schön gruselig«, sagt Will. Womit er nicht ganz unrecht hat, dieser mit Einbauküchen und Nachtlicht aufgewachsene kleine Junge.

»Nicht gruselig, nur anders. Wirst schon sehen.«

»Aber …« Will bleibt auf dem Weg zur Haustür kurz stehen. »Was ist mit Daddy? Wie kann Daddy wissen, dass wir hier sind?«

»Er …« Ich verstumme. Seit dem Flugzeugabsturz wurde mir von allen Experten geraten, Will gegenüber sehr klar aufzutreten, was dieses Unglück betrifft. Das heißt, ich soll

Will erklären, dass wir, obwohl kein einziges Wrackteil des Kleinflugzeugs und auch keine Überreste der Menschen an Bord gefunden wurden, leider davon ausgehen müssen, dass Abe tot ist. Dass es praktisch keine Überlebenschancen gibt, wenn man sich ohne jede Hilfe verletzt im tiefsten Regenwald befindet. Sagen Sie Ihrem Sohn, sein Vater wird nie wiederkommen, haben sie mir geraten, sagen Sie ihm, er wird ihn nie wiedersehen.

Nur so kann ein Achtjähriger Trauer wirklich verstehen, haben sie gesagt. Nur so kann er sie verarbeiten und sich vom Geschehenen erholen, auch wenn es keine Leiche und kein Grab gibt. Sagen Sie ihm nicht, dass sein Vater entschlafen oder eingeschlafen ist. Es mag brutal und grausam klingen, sagten sie, die Trauerbegleiter und Sozialarbeiter, aber am Ende ist es das Beste für ihn, nur so wird er damit umgehen und sich davon erholen können. Und darum tat ich genau das. Ich tat, was sie mir gesagt hatten, Will zuliebe, obwohl es mir das Herz brach.

Doch Will hört nicht auf mich. Er glaubt immer noch, dass sein Vater noch lebt, ganz gleich, was ich sage. Mehr noch: Er ist wütend auf mich, weil ich nicht dasselbe glaube.

»Ich habe zu Hause einen Zettel mit der Adresse hingelegt«, erkläre ich ihm, und das ist wahr: Ich habe eine Adresse für die Weiterleitung der Post hinterlassen. »Außerdem habe ich hier gewohnt, als ich Daddy kennenlernte – ich kann dir jede Menge Geschichten von damals erzählen. Daddy weiß das. Er weiß, wo wir sind. Er weiß, wenn wir nicht in der Wohnung sind, dann sind wir hier.«

»Und wieso bin ich dann noch nie hier gewesen?«, fragt Will, als wir den Eingang von Ponden Hall erreichen. Das ist eine Frage, die zu beantworten mir in diesem Moment der

Mut fehlt. Den Bruchteil einer Sekunde zögere ich an dem in die hohe Gartenmauer eingelassenen Tor, ich sehe es aus dem Augenwinkel, vermeide, es direkt anzusehen, erinnere mich, was ich einst vor vielen Jahren dort sah. Ich entriegele die alte Haustür und drücke sie auf.

»Hallo«, sage ich zu dem Haus. »Das ist mein Sohn William. Wir sind wieder zu Hause.«

Das Licht fällt durch die bleiverglasten Fenster am anderen Ende der Eingangshalle auf die Steinplatten am Boden. Die Luft steht und ist staubig, es riecht wie in einem Museum, eine längst vergessene, untergegangene Zivilisation. Ganz anders als Ma und ihre Vorliebe für Desinfektionsmittel mit Zitronenduft, mit dem sie ständig alles putzte, pausenlos. Aber für jemanden wie mich, die ihr Arbeitsleben genau solchen Einrichtungen gewidmet hat, trägt es nur zum Gefühl des Nachhausekommens bei.

»Mummy.« Wills Stimme bebt in der Dunkelheit, die das Einzige ist, wovor er je Angst hatte. »Ich will nach Hause.«

»Ist alles in Ordnung, vertrau mir. Ich verspreche dir, dass es dir hier gefallen wird, wenn du dich erst dran gewöhnt hast.«

Wir folgen dem sanften Gefälle des Bodens und biegen rechts ab. Wir gelangen ins Zentrum des Hauses. Unter der Tür zum Wohnzimmer hindurch ist das Flackern von Feuer zu sehen, das Schnüffeln, Schnauben und Kratzen eines Hundes zu hören.

Jetzt ist es also so weit. Das große Wiedersehen. Ein Teil von mir fragt sich, ob sie nach dem ziemlich altmodischen Wechsel einiger kurz gefasster und mit B-Post verschickter Briefe sowie lediglich halb abgehörter Nachrichten auf dem Anrufbeantworter von Jean auf der Middle Farm tatsächlich weiß, dass wir kommen. Aber jetzt ist es zu spät, jetzt gibt es kein Zurück.

»Ma?«, rufe ich, als ich die Tür öffne. »Ma, wir sind da. Wir sind da.«

»Das sehe ich«, erklingt Mas körperlose Stimme. »Ich hab schließlich Augen im Kopf.«

Kapitel 2

Erst wirkt der Raum, einzig beleuchtet vom Feuer und dem letzten Rest Nachmittagssonne, als sei niemand da außer dem alten Retriever, der sie eher halbherzig anknurrt.

»Lass das, Mab«, sagt Ma, und ich sehe mich in Richtung ihrer Stimme um, die aus der dunklen Nische eines hohen alten Portierstuhls ertönt. Ihre klauenähnlichen Hände ruhen auf den rissigen, abgenutzten Armlehnen, bestrumpfte Beine enden in sich auflösenden Hausschuhen auf dem Boden gleich neben dem Hund, an den sich ihre Worte richten. »Jetzt ist es auch zu spät, so ein Theater zu machen, altes Mädchen.«

»Na, Süße.« Will geht in die Knie und streckt Mab die Hand entgegen. Die Hündin beschnuppert vorsichtig seine Fingerspitzen, ihr Schwanz wackelt und schlägt gegen dasselbe Sofa, das wir schon hatten, als ich noch ein Kind war. Will wagt sich noch etwas näher an sie heran, seine Augen leuchten auf, als sie ihren Kopf unter seine Hand schiebt und sich leicht bei ihm anlehnt. Als ich sehe, dass Will sich entspannt, entspanne auch ich, wenigstens ein bisschen.

Ma lehnt sich nach vorne, endlich kann ich ihr Gesicht sehen.

»Du bist älter geworden«, sagt sie.

»Du auch«, antworte ich. Ihr kräftiges, einst blondes Haar

ist von Silberstreifen durchzogen. Zierlich wie ein Zaunkönig ist sie schon immer gewesen, jetzt aber ist sie wirklich richtig dünn. Viel zu dünn. Im Schein des Feuers wirkt jede Linie, jedes Grübchen in ihrem Gesicht viel tiefer, der Schädel unter der Haut tritt hervor und lässt sie so viel älter aussehen als fünfzig. Mit einem Mal erfüllt mich eine Sehnsucht, und mir wird klar, dass sie mir trotz allem, was passiert ist, gefehlt hat. Oder zumindest hat mir eine Mutter gefehlt.

»Und das ist der Junge.« Sie zeigt auf Will, ihr undurchschaubarer Blick begegnet meinem. Keine Ahnung, wie es jetzt weitergeht. »Das ist William.«

»Will. Er liebt Hunde«, sage ich, nur um irgendetwas zu sagen, während ich mich in diesem mir so vertrauten Raum umsehe. Hier bin ich aufgewachsen. Ich möchte dem Verlangen nachgeben, restlos nostalgisch zu werden. Die große Eingangshalle, wie sie sie vor langer Zeit nannten, obwohl sie doch gar nicht so groß ist. Am einen Ende steht der große Eckkamin Wache, am anderen das wuchtige Eichenbüfett, das fast genauso alt ist wie das Haus selbst und schon ganz schwarz durch die Abnutzung. Es reckt sich vom Fußboden bis zur Decke und ist so schwer, dass es mit Bolzen an der Wand befestigt ist. Als ich klein war, habe ich mir oft vorgestellt, es sei so etwas wie Pippi Langstrumpfs Schatztruhe und man könnte in jeder Schublade und hinter jeder Schranktür irgendetwas Wundersames finden, ganz gleich, ob es für Kinderhände gedacht war oder nicht – es war ein eigener Ort, eine ganz eigene Welt für mich. Ma spricht von Mab, irgendwas davon, dass sie sie halb verhungert hinten im Garten gefunden hat. Tieren ist Ma schon immer viel gütiger begegnet als Menschen.

Mit halbem Ohr höre ich, wie Will weitere Fragen zu Mab

stellt, und sehe dabei zu, wie die Nacht sich langsam auf die Fenster legt, wie das rautenförmige Glas beginnt, das Kaminfeuer in das Zimmer zu reflektieren. Hoch oben an der Decke, gerade so zu sehen, befinden sich die Metallhaken, an denen früher Fasanen und Fleisch hingen, und am oberen Rand der Wände zeugen hübsch geformte Yorkshire-Stuckrosen davon, dass die Heatons einst von gehobenem Stand waren. Die Steinplatten unter Mas diversen Teppichen sind schon immer da gewesen und nur wenig abgenutzt von Tausenden von Füßen, die sich Tag für Tag über sie hinwegbewegt haben. Mir fällt wieder ein, wie ich früher manchmal mein Gesicht mit der Wange auf den kühlen Stein legte und die Augen schloss und über all diese Füße nachdachte, die den Stein abgewetzt hatten. Ich dachte insbesondere an ein ganz bestimmtes Paar Füße, das dieses Haus fast genauso gut kannte wie ich. Ich schloss die Augen und stellte mir Emily Brontë vor, wie sie an unserem Tisch saß, sich gegen unser Büfett lehnte, sich am Kamin wärmte und immer wieder über die Steinplatten zur Bibliothek des Hauses ging, die sie so sehr liebte. Und während ich so dalag, flüsterte ich ihr meine Geheimnisse zu, denn als ich zehn Jahre alt war, konnte ich mir niemanden vorstellen, der sie besser für sich behalten konnte als die Autorin von *Sturmhöhe.*

»Ist schon fast zehn Jahre her, dass ich sie zu mir genommen habe, zehn Jahre sind wir jetzt zu zweit ganz allein. Die alte Mab wird sich über etwas frischen Wind sicher freuen.« Ma erhebt sich, und es wird deutlich, dass ich jetzt größer bin als sie. »Sie hat mich gründlich satt. So ein alter Knochen wie ich. Und dann kann sie nicht mal drauf rumkauen, stimmt's nicht, Mab?«

Mab gibt sich ganz und gar Wills Fürsorge hin und hört

überhaupt nicht, was Ma sagt. Ihre große Pfote liegt auf Wills Schulter, während er ihr den Bauch rubbelt, das eine Hinterbein streckt sie freudig in die Luft.

»Tja, William …« Ma beäugt ihn ein klein wenig besorgt. »Ich bin also deine Großmutter.«

Will sieht zu ihr auf und blinzelt.

»Ich hab schon eine«, sagt er. »Granny Unity. Das ist die Mutter von meinem Vater, und sie lebt in Putney in London.«

Nachdem mir aufgegangen war, dass ich die Wohnung nicht alleine würde halten können, hatten wir mehrfach lange Gespräche darüber geführt, ob wir zu Unity ziehen sollten. Ich hatte mir Will und mich in ihrer großen, sonnigen Wohnung mit Garten vorgestellt. Wie sie für uns kochen und sorgen würde, wie sie sich um uns kümmerte und uns mit derselben Liebe und Güte überschüttete wie immer, im Grunde seit Abe mich ihr vorgestellt hatte. Warum also hatten wir uns nicht in ihre Obhut begeben, warum lehnten wir uns nicht an ihre starke Schulter? Sie hat geweint, als wir heute Morgen abfuhren, und Will hat sich auf seinem Sitz umgedreht und die Hände gegen die Heckscheibe gedrückt und ebenfalls geweint.

»Nimm mir nicht das Einzige, das mir von meinem Sohn geblieben ist«, hat Unity mich gestern Abend noch angefleht. Schlussendlich konnte nur die Wahrheit sie überzeugen, so verrückt sie auch klingen mochte.

»Ich will zurück an den Ort, wo für uns alles angefangen hat«, erklärte ich ihr. »Und ich weiß, dass alles viel schwieriger sein wird, als wenn wir bei dir einziehen würden, und ich weiß auch, dass das schwer zu verstehen ist, aber irgendwie habe ich das Gefühl, dass er dort ist und auf mich wartet. Es ist nicht für immer, Unity, es ist nur etwas, das mein Herz jetzt braucht.«

Und das war die Wahrheit: Ich brauchte mein Zuhause. Ich brauchte Ponden mehr denn je, diesen einen magischen Ort auf der Welt, der jede Verletzung heilte, jeden Schmerz linderte wie eine flüsternde Mutter. Seit ich ihn verlassen hatte, war er Teil meines Lebens gewesen. Zwar haben andere freudige Lebensereignisse im Vordergrund gestanden, aber er hat immer im Hintergrund gebrummt. Und in den letzten Monaten hat er mich gerufen, im Dunklen gesungen. Es war der einzige Ort auf der Welt, von dem ich glaubte, dass ich an ihm irgendwann wieder so etwas wie Frieden empfinden könnte, nicht nur für mich selbst, sondern auch für meinen Sohn.

Und da war noch etwas: Ma. Ich hatte sie gefragt, ob wir kommen dürften, weil ich Will eine Pause vom Leben in London gönnen wollte, einen echten Tapetenwechsel, und weil ich Ponden brauchte. Ich hatte erwartet … Ehrlich gesagt, ich weiß nicht, was ich erwartet hatte, aber jedenfalls nicht, dass sie sofort Ja sagen würde. Und der zweite Grund, aus dem ich zurück nach Ponden wollte, war Ma. Vielleicht konnte Ponden ja auch unser Verhältnis heilen.

»Na, dann hast du jetzt eben zwei. Ich bin Granny Mariah«, sagt Ma an Will gewandt, beugt sich etwas steif zu ihm herunter und streckt ihm die Hand entgegen. »Freut mich, dich kennenzulernen, William. Wusstest du, dass alle Männer der Familie Heaton in diesem Haus entweder Robert oder William hießen? Dein Großvater war ein Robert.«

»Ja.« Will ziert sich etwas und schüttelt dann kurz ihre Hand. »Hat Mum mir gerade erzählt. Aber ich bin kein Heaton. Ich bin ein Heaton Jones.«

»Aber Heaton kommt zuerst«, sagt Ma. »Also bist du ein Heaton.«

»Ma …« Wenn sie mir nur etwas Zeit ließe, in der ich mit ihr darüber sprechen kann, wie man am besten mit Will redet, wie man mit ihm umgeht, aber Ma hat schon immer ihren eigenen Stiefel gemacht.

»Ich weiß, wer ich bin.« Will richtet seine Aufmerksamkeit wieder auf den Hund, und Ma macht eine leicht amüsierte Miene.

»Heaton zuerst«, murmelt sie.

»Danke«, schalte ich mich schnell ein, bevor Ma noch mehr zu Will sagt. »Danke, dass wir herkommen durften. Ich kann mir vorstellen, wie sehr das eigentlich … stört, nachdem du hier so lange ganz allein gelebt hast.«

»Was hätte ich denn sonst sagen sollen?« Mas Blick wandert über mein Gesicht, als suchte sie nach Spuren des Mädchens, das ich mal war. »Du bist schließlich mein Fleisch und Blut. Ich habe dein altes Zimmer für euch hergerichtet, da ist dein altes Bett und eine Matratze. Ich schlafe nicht mehr oben – das Dach ist eine Katastrophe –, aber in dem Zimmer geht's, solange es nicht regnet. Falls ihr Hunger habt – es gibt Brot, Käse, Butter und Schinken.«

»Ich habe Hunger!«, sagt Will.

»Na dann. Richtet ihr euch mal oben ein, ich mache ein paar Brote.« Ma stützt sich am Eichenbüfett ab und geht Richtung Tür. Kurz befürchte ich, sie könnte stürzen.

»Ma, das kann ich doch …«

»Du weißt doch gar nicht, wo alles ist.« Ma winkt ab. »Tu, was man dir sagt, und bring eure Sachen nach oben.«

»Gut«, sage ich und fühle mich wieder ein bisschen wie mit fünfzehn, als ich mich fast zwingen musste, das eine oder andere unbeholfene Wort rauszukriegen. »Ich habe mit dem Stromversorger gesprochen, da wurde mir gesagt, der Strom müsste heute oder morgen wieder da sein. Du hast denen ziemlich viel geschuldet.«

Kein besonders subtiler Hinweis darauf, dass ich von unserem kümmerlichen Ersparten ihre Schulden bezahlt habe, aber es rutscht mir trotzdem raus.

»Und bis dahin …« Ma zeigt auf drei halb abgebrannte Kerzen und eine platt gedrückte Streichholzschachtel.

Mab hebt schwach protestierend den Kopf, als Will aufsteht.

»Alle sagen, mein Vater ist tot.« Er sieht Ma an. »Aber das ist er nicht. Ich weiß, dass er das nicht ist.«

»Meinetwegen«, sagt Ma, aber Will ist noch nicht fertig.

»Granny Unity sagt, du bist eine Rassistin und dass du darum nicht wolltest, dass Mum und Dad heiraten. Und wenn du Rassistin bist, dann heißt das doch, dass du mich auch hasst, oder?«

»Will …« Mein Instinkt sagt mir, ich soll eingreifen, aber das ist falsch. Ich bin so stolz auf seine entschieden gestrafften Schultern, seine Weigerung, wegzusehen, sein erhobenes Kinn. Mein kleiner Junge, acht Jahre alt, und mit jedem Tag erhöht sich die Anzahl der Minuten, in denen ich ihn nicht beschützen kann, der Kämpfe, die nur er selbst austragen kann – und das Schlimmste ist, er hat sich bereits daran gewöhnt.

»Na dann«, sagt Ma. »Eine direkte Frage verdient eine direkte Antwort.« Sie wendet sich Will zu und fixiert ihn aus ihren blassblauen Augen. »Ich habe deinen Vater nie gehasst. Ich habe ihn für einen sehr anständigen Mann gehalten, nur nicht für den richtigen Mann für meine Tochter. Ich hatte meine Gründe dafür. Und deine Mutter hatte ihre. Darüber haben wir uns zerstritten. Aber eins kann ich dir sagen, Will, es hatte nichts damit zu tun, dass dein Vater schwarz ist. Überhaupt nichts. Man kann mir vieles nachsagen, aber nicht, dass ich Rassistin wäre, und wenn du hier je einem Rassisten begegnen solltest, dann jage ich ihn mit meinem Stock vom Hof, verstanden? Ich will diesen Abschaum nicht in meiner oder deiner Nähe haben. Du bist mein Enkel, und du bist hier herzlich willkommen. Was ich nicht von vielen Menschen sagen kann. Dass du's nur weißt.«

»Mum hat auch gesagt, dass du keine Rassistin bist«, erklärt Will. »Sie hat gesagt, du bist einfach nur gemein. Ich wollte sehen, ob das stimmt.«

»Mag sein, dass ich gemein bin.« Ma zuckt die Schultern, als wollte sie sagen: *Dem ist nichts hinzuzufügen.* »Ich kann nichts dafür, dass ich bin, wer ich bin, oder? Wenn du willst, kannst du mich dafür hassen.«

Dieses Mal ist es Will, der die Schultern zuckt.

»Du magst Hunde«, sagt er. »Jedenfalls ist mein Dad nicht tot. Er kommt wieder nach Hause, das weiß ich.«

»Mag sein, dass du recht hast, mein Junge«, sagt Ma sanft. »Nach einem ganzen Leben in diesem Haus neige ich dazu, daran zu glauben, dass der Tod keine ganz so endgültige Angelegenheit ist, wie allgemein behauptet wird.«

Zum ersten Mal, seit wir in London losgefahren sind, lächelt Will.

Ponden 1654

Gelobt sei der Herr für seine Güte, mich an diesen Ort zu führen, an dem man mir Zuflucht gewährte und zu essen gab, an dem man mir Schutz bot, als ich verloren war und eine Ausgestoßene. Gelobt sei der Name des Herrn in Ewigkeit dafür, dass er mich errettet hat, und gelobt sei mein Freund und Bruder Robert Heaton, der mir, um seine eigenen Lehren, die ihm nun verwehrt werden, nicht zu vergessen, Wörter und Buchstaben beibrachte, auf dass ich einige der Bücher lesen kann, die es in diesem großen Haus gibt.

Die Worte, die ich nun niederschreibe, sind mein Geschenk an den lieben Robert. Die Worte, die ich zum Preis und Dank meines Herrgottes zusammenstellen möchte, sollen die Geschichten unseres Lebens festhalten und von dem Segen erzählen, dass wir durch Seine Gnade über so viele lange und schwierige Meilen hinweg zueinandergefunden haben.

Ich war kaum mehr als neun Jahre alt, als ich nach Ponden Hall kam, aber ich war kleinwüchsig und unterernährt, darum kann ich auch älter gewesen sein.

Der Krieg war zwei Jahre zuvor gewonnen, und doch marschierten immer noch Soldaten durch das Land und nahmen sich, was sie konnten, mit Gewalt. Viele Menschen starben des Hungers, selbst in dieser wunderschönen Grafschaft Yorkshire, wo die Menschen hohe Steuern zahlen. Die Armen kommen nie zur Ruhe, sie erhalten kaum Hilfe, nur das, was die Gemeinde erübrigen kann, und das ist kümmerlich. Und so kam es, dass meine eigene Mutter mich auf der Straße an meinen Herrn und Vater, einen gewissen Henry Casson, verkaufte. Möge Gott ihr vergeben.

Henry Casson war einst Söldner von der anderen Seite der Grenze, und er gab keinen gütigen Vater ab, vielmehr erwies er sich als ein durch und durch böser und grausamer Mann.

Wir reisten viele Tage, Tage, an denen er mich mal als seine Tochter bezeichnete, mal als seinen Hund. Wir zogen von Haus zu Haus, und er nahm und stahl alles, was er kriegen konnte, ohne Rücksicht auf die Folgen. Bis wir nach einem sehr blutigen Zusammenstoß auf der Straße, den ich nicht näher zu schildern wage, an diesen Ort kamen. Henry Casson wusste, dass die Hausherrin vermutlich verwitwet war, denn ihr Mann war nicht aus dem Krieg zurückgekehrt. Er beschloss, hierzubleiben.

Am ersten Tag hatte ich große Angst vor dem, was er tun würde, ich versteckte mich in den Schatten und dem Rauch, der sich dort gesammelt hatte, als ich ihn an dem großen Tisch sitzen sah, im Schatten eines turmhohen Büfetts, wie er mit der Herrin des Hauses, Mistress Anne Heaton, sprach. Wie schon zuvor, bezeichnete er sich als meinen Vater und mich als ein mutterloses Mädchen. Er sagte ihr, dass sie des Schutzes eines starken Mannes bedurfte, der sich um sie und ihren Besitz kümmerte und dafür sorgte, dass alles mit rechten Dingen vor sich ging.

Er konnte einen sehr freundlichen Ton anschlagen, wenn es ihm von Nutzen war.

In dem Augenblick fand Robert Heaton mich, wie ich mich an die Wand kauerte, und er sagte mir, ich solle keine Angst haben, und dass das Dienstmädchen, Betty, uns in der Küche Buttermilch geben würde.

»Ich bin Robert Heaton, der Herr in diesem Haus«, erklärte er mir an dem Tag. »Ich bin zwölf Jahre alt, und du bist hier herzlich willkommen.«

Die Milch war warm und süß, das Feuer angenehm, und ich dankte dem Herrn, dass er mir so viel Gutes widerfahren ließ. In all den Tagen und Nächten, als ich Casson durch das Land gefolgt war und nicht wusste, was ich tun sollte, außer zu sterben, war ich meinem Herrn gegenüber nie ungehorsam gewesen. An jenem Tag aber, als ich sah, wie gut dieses Haus war, wie anständig und gottesfürchtig, beschloss ich, mich gegen Casson zu wenden und Robert vor der Gefahr zu warnen, die an seinem Tisch saß.

»Ich heiße Agnes, ich weiß nicht, wie alt ich bin, und dieser Mann ist nicht mein Vater«, erklärte ich ihm. »Ich weiß, dass er vorhat, deine Mutter zu heiraten. Er will hierbleiben, solange es für ihn von Nutzen ist.«

Während ich dies in schlichten, unbeholfenen Worten niederschreibe, kann ich den Schmerz und die Trauer in Roberts Gesicht wieder vor mir sehen.

»Vater zog in den Krieg und kehrte nicht zurück«, erzählte Robert mir. »Meine Mutter kommt alleine nicht zurecht.«

»Sie muss es versuchen«, sagte ich mit so viel Nachdruck, wie es ein so junges, unscheinbares Mädchen vermochte. »Sag ihr, dass sie es versuchen muss.«

Am selben Tag nahm Robert meine Hand und versprach mir, dass er mich, solange ich mich in Ponden Hall aufhielt, vor allem Übel beschützen würde. Lieber Gott, ich danke dir für dieses Geschenk, für den Schutz und die Fürsorge, für die Worte, die nun meine werden, obschon ich doch arm und von niedriger Geburt bin, und ich verspreche, dass ich sie auf immer und ewig nur gebrauchen werde, um Deinen Namen zu preisen.

Und dass meine Freundschaft zu Robert niemals gebrochen oder beendet wird, dass die ihr innewohnende tiefe Zuneigung im Gegenteil alle Zeiten überdauern wird.

Agnes Casson, denn ich weiß nicht, mit welchem Namen ich geboren wurde.

Kapitel 3

Knarzender Fußboden, ein Atemhauch an meiner Wange, Abes Hand warm und weich an meinem Rücken, sein Duft. Ganz kurz werde ich sehr ruhig, fühle mich sicher, und dann …

Ich öffne die Augen und starre das vorhanglose Fenster an, konzentriere mich darauf, die in meinem Brustkorb sitzende Trauer zurückzudrängen. Es ist jeden Morgen dasselbe, der Schock und das Verlustgefühl erneuern sich mit jedem Sonnenaufgang.

Die letzten Spuren des nächtlichen Himmels, die durch die Ranken des das Fenster zur Hälfte verdeckenden Efeus zu erkennen sind, lösen sich langsam auf und verwandeln sich in ein perfektes Königsblau. Ich habe viel länger geschlafen, als ich wollte, und verstehe gar nicht, wie das gehen konnte, auf diesem fadenscheinigen Teppich auf dem knarzenden, sich die ganze Nacht hindurch ständig unter mir bewegenden Fußboden.

Wills schmales Bett ist leer, er ist sicher auf der Toilette. Es fällt mir schwer, mich vom Boden zu erheben, meine Muskeln sind steif, und meine Knochen jammern.

»Will? Alles okay?«, rufe ich. Das Zimmer scheint kurz zusammenzuzucken, es hat lange keine Stimmen gehört, das gefällt mir. Als Kind habe ich manchmal stundenlang geschwiegen und die Stille genossen. Als Erwachsene verbringe ich viel Zeit alleine mit nichts als dem Flüstern von Büchern. Die Stille ist mir zur Gefährtin geworden, zu etwas, das sich außerhalb meines geschlossenen Mundes entwickelt und mich beschützt. Ma ist hier schon lange allein, schon sehr lange, und ihr Schweigen ist in alle Ritzen dieses Gemäuers gekrochen und hat auch das Haus zum Schweigen gebracht.

»Rede mit mir«, flüstere ich in die kühle Luft. »Du fehlst mir.«

Und das Zimmer, das einst mein Reich war, antwortet. Mit einem Füllhorn von Erinnerungen, die sich Gehör verschaffen wollen. Früher, lange vor meiner Geburt, war dieses Zimmer doppelt so breit und doppelt so lang, eine riesige, wichtige Bibliothek, die beste im Umkreis von Meilen, mit teilweise heute noch intakten Bücherregalen. Doch meine gesamte Kindheit hindurch war dieses Fragment eines ehemaligen Raums mein Zimmer, und die Bücher in den Regalen waren meine Freiheit. Es ist seltsam, den Ort, an dem ich so glücklich und zufrieden war, mit erwachsenen Augen wiederzusehen. Und sehr bewegend. Ich spüre die Echos jenes Kindes um mich herum. Selbst mit der abblätternden himmelblauen Farbe, die ich mir ausgesucht hatte, damit sie zum Blick aus meinem Fenster passte, und der dicken Staubschicht auf allen Oberflächen finde ich diesen Ort immer noch magisch – auch wenn ich zugeben muss, dass das große Loch in der Zimmerdecke ein wenig stört …

Irgendwann einmal muss sintflutartiger Regen einen Großteil des Deckenputzes zum Absturz gebracht haben, denn direkt über mir klafft ein schwarzes Loch und darüber eine kleinere Lücke zwischen den Dachziegeln.

»Um dich hat sich lange niemand gekümmert.« Ich spreche ganz natürlich mit dem Haus, wie ich es immer getan habe, als würde ich mit einem lieben Freund plaudern. »Tut mir leid, dass ich so lange weg war, aber jetzt bin ich wieder da. Und ich werde das eine oder andere in Ordnung bringen, damit du wieder auf die Beine kommst.«

Heute habe ich das Gefühl, das ist möglich.

Gestern Abend, als ich unter dem Loch in der Decke lag, todmüde, sodass ich eigentlich wie ein Stein hätte schlafen können, sah ich ganz oben zwischen den hohen Gesimsen des Hauses etwas glitzern. Als meine Augen sich an die sanfte Dunkelheit der Nacht gewöhnt hatten, erkannte ich, dass es ein einzelner Stern war, der da über mir funkelte, dessen Licht durch die Zeit reiste, sich vor Tausenden, vielleicht Millionen von Jahren in einer fernen Galaxie auf den Weg gemacht hatte; der Geist eines Sterns, der vielleicht längst erloschen war, der einen so weiten Weg zurückgelegt hatte, nur um von mir gesehen zu werden. Da wusste ich, dass, ganz gleich, was mich an diesen endlos vor uns liegenden Tagen erwartete, nichts mir Angst machen konnte, weil das Licht so viele Millionen Kilometer zurückgelegt hatte, ohne die Erwartung, je gesehen zu werden, und doch gab es in dieser kleinen Ecke des Universums meine Augen, und die hatten es jetzt gesehen. Das machte mir Hoffnung, es machte mir Hoffnung, dass es wunderschöne Dinge gab, die ich noch nicht sehen konnte, die sich mir aber eines Tages zeigen würden. Und so blickte ich den Stern an, bis ich einschlief in dem Wissen, dass ich ihn bei Tageslicht nicht mehr würde sehen können – dass er aber immer noch da wäre.

Ich stehe auf, stromere herum, beginne mit dem Auspacken, lege Wills Sachen ordentlich ins Bücherregal. Ich brauche einen trockenen Platz für meine Unterlagen vom Lister-

James-Museum, in dessen Archiven ich gearbeitet habe, bis … bis ich eine Pause von der Konservierungsarbeit brauchte, vom Erfassen und Registrieren jedes einzelnen Gegenstandes, den es dort gab, alt wie neu. Mir war diese etwas unausgereifte Idee gekommen, alle alten Familiendokumente zu durchforsten, die zum großen Teil in dem großen Büfett unten stecken, und aus vielen Jahrzehnten abgelegter Verwaltungsunterlagen ein richtiges Heaton-Archiv anzulegen. Aber das war, bevor ich wusste, in welch desolatem Zustand sich das Haus befindet. Sieht ganz so aus, als würde ich mein Erspartes viel schneller ausgeben müssen als gedacht, aber wenigstens würde eines Tages alles Will gehören.

Wo ist der eigentlich?

Wieder rufe ich nach ihm, ziehe die schwere Zimmertür auf und gehe zum Badezimmer. Da ist er nicht.

»Liebes Haus«, sage ich sehr höflich. »Bitte verrate mir, was du mit meinem Sohn gemacht hast.«

Am Ende des Flurs befindet sich der älteste Teil des Gebäudes, ein Wächter durch die Zeiten. Unter einem großen steinernen Sturz hängt noch immer die Originaltür, fünfhundert Jahre alt, sie öffnet sich einen Spalt, gerade genug, um etwas Licht in die Dunkelheit zu lassen. Natürlich wäre dieser Raum mit einer fertigen Höhle darin das perfekte Versteck für einen Achtjährigen, und da Will keine Ahnung hat von seiner Bedeutung, würde er nur finden, dass das Zimmer nachgerade zu Abenteuern einlädt.

»Will? Bist du hier drin?«

Ich öffne die Tür weiter, Staub wirbelt auf und tanzt wie Funkenregen im Licht, Holz knarrt und flüstert.

Das Zimmer sieht noch genauso aus, wie ich es in Erinnerung habe, es ist leer bis auf den berühmten vierhundert Jahre alten Alkoven, jenes Schrankbett, das Emily Brontë in *Sturmhöhe* verewigte, und das Fenster, an dem sie den Geist von Catherine Earnshaw zu sehen glaubte, wie er mit blutiger Hand die Scheibe durchschlug. Heute sieht der Raum eher aus, als könne man Dornröschen darin finden, das Morgenlicht wirft grüne Schatten, es fällt durch die Bäume und die Reben, die das Haus inzwischen viel zu dicht bewachsen, sodass dieser Raum anmutet wie eine Lichtung in einem dichten Wald. Die Tür des Alkovens ist geschlossen, von Will nichts zu sehen.

»Will?«, rufe ich. Keine Antwort. Aber ich kann ihn spüren. Seine Bewegungen. Seine Stimmung. Ich muss behutsam sein. »Ziemlich cooles Zimmer, oder? Wegen diesem Zimmer ist Ponden Hall ganz schön berühmt, und weißt du, warum? Weil früher, vor langer Zeit, immer mal wieder eine berühmte Schriftstellerin nach Ponden Hall zu Besuch kam, Emily Brontë, der tollen Bibliothek wegen. Und dieses Zimmer und das Bett, in dem du gerade bist, beschreibt sie in ihrem Roman *Sturmhöhe.* Ist doch echt cool, oder? In einem Haus zu wohnen, das weltberühmt ist und in dem schon so viele Menschen zu Besuch waren – wenn auch nur im Geiste.«

Ich warte, er wartet. Das Zimmer wartet, gespannt.

Dann wird die Tür des Alkovens aufgeschoben, und Wills zerzauster Kopf kommt zum Vorschein, sein Gesicht ist schlafzerknittert.

»Was mache ich hier?« Er blinzelt mich an. »Hier bin ich doch nicht ins Bett gegangen, oder?«

»Hm«, sage ich. »Ich glaube, das heißt, dass Ponden dich mag.«

»Was willst du damit sagen?« Will schüttelt verschlafen

den Kopf und blinzelt gegen das Licht an. »Wie bin ich hierhergekommen?«

»Ich vermute, im Traum«, sage ich und klettere neben ihn in den Alkoven. Die Scheiben des quadratischen Fensters in der Steinmauer sind von seinem Atem beschlagen, und ich strecke die Hand nach der auf der Fensterbank liegenden Familienbibel aus. »Als wir in London in die neue Wohnung gezogen sind, bist du manchmal geschlafwandelt, aber das hat sich mit der Zeit wieder gelegt. Ich schätze, du reagierst einfach auf die Ortsveränderung.«

»Ich mag keine Veränderungen«, sagt Will verzagt.

»Und das Bett hier auch nicht?« Lächelnd drücke ich die Handflächen gegen das dunkle Holz. »Als ich klein war, habe ich immer gespielt, das hier wäre mein Schiff, meine fliegende Untertasse, mein Flugzeug, mein Spielhaus …«

»Es ist ein Bett. Ein blödes Bett in einem Schrank«, sagt Will. »Warum sollte jemand in einem Schrank schlafen wollen?«

»Weil früher mal alles in ein und demselben Zimmer gemacht wurde: kochen, arbeiten, essen, schlafen … In ein Schrankbett konnte man sich zurückziehen.«

»Igitt.« Will rümpft die Nase.

»Weißt du noch, wie ich dir mal erzählt habe, dass Ponden voller Geschichten steckt?« Ich streiche ihm die langen Locken aus der Stirn. Im Morgenlicht leuchten seine eigentlich braunen Augen moosgrün.

»Ja«, sagt er. »Aber ich verstehe nicht, wie in einem Haus Geschichten stecken können. Häuser sind Gebäude, aus Stein, nicht aus Geschichten.«

»Stell es dir ein bisschen wie Hubble vor, das Teleskop«, sage ich und lege mich hin. Kurz darauf tut Will es mir nach.

»Dieses Haus ist wie eine Linse oder ein auf Hochglanz polierter Spiegel in einem Teleskop. Es kann bis weit in die Vergangenheit blicken – und vielleicht sogar in die Zukunft. Man kann sich hier so viele Geschichten ausdenken, so viele Abenteuer erleben. Manche sind schon einige Jahre her, andere sind noch gar nicht passiert, aber alle warten sie hier auf dich.«

Will schweigt, sein Blick folgt den Wolken am Himmel.

»Ich weiß, dass das gerade alles sehr viel ist für dich«, sage ich. »Wirklich. Danke, dass du zu mir hältst.«

»Mir geht es schon wieder besser«, sagt Will und sieht mich an.

»Wirklich?«, frage ich behutsam. »Wie das?«

»Weil ich glaube, dass Daddy uns hier finden wird. Ist ein leuchtender Ort.« Er scheint sich seiner Sache so sicher, dass auch ich einen kurzen Moment daran glaube. Ich kann Abes Herzschlag spüren, seine Stimme hören, seine Größe und Stärke neben mir fühlen. Meine Vernunft sagt mir natürlich, ich soll Will widersprechen, aber ich spüre es immer noch, jenes Sehnen im Herzen, das mich nach Hause geführt hat.

»Komm«, sage ich und küsse seine warme Haut, während er sich entwindet. »Wir packen dich jetzt schön warm ein, und dann machen wir dir was zum Frühstück, okay?«

»Mummy …?« Will rollt sich in meine Arme, und ich drücke ihn an mich, halte ihn, meinen Sohn, mein Herz.

»Ja, mein Kleiner?«

»Du hast gesagt, du würdest mir deine und Daddys Geschichte erzählen, du hast gesagt, du würdest mir erzählen, wie ihr euch hier kennengelernt habt.«

»Stimmt.« Ich lasse ihn los, damit er aus dem Alkoven klettern kann. »Das ist eine lange Geschichte, Will.«

»Na ja«, sagt er, als ich ihn aus dem Zimmer trage und die Tür sich wie von selbst hinter uns schließt, »das scheint mir ein Haus zu sein, in dem man mehr Zeit hat als sonst.«

Kurios, er ist erst ein paar Stunden hier und hat das Haus bereits verstanden. Sieht aus, als hätte Ma recht: Er ist eben doch ein echter Heaton.

Tru und Abe

»Mir gefällt, wie du lächelst.«

Das war das Erste, das Abe zu mir sagte. Nicht mein Lächeln, sondern *wie* ich lächele.

Ich hatte ihn den ganzen Abend schon verstohlen beobachtet, während ich mich auf der einen Seite des Tresens befand, wo ich eigentlich nur benutzte Gläser einsammeln sollte, de facto aber auch Bier ausschenkte, und er auf der anderen Seite, wo er ein Glas nach dem anderen leerte. Er war nicht der, der am lautesten lachte, und er war auch nicht der lustigste oder der bestaussehende seiner Freunde. Aber ihn umgab eine Ruhe und Gemächlichkeit, es war, als folgten seine Bewegungen einer unbewussten Choreografie. Ich hatte mir bereits mindestens elf Geschichten über ihn ausgedacht – wer er war, was er machte –, bevor ich das erste Mal überhaupt mit ihm sprach, und hatte mich letztlich für Bergsteiger entschieden, ein Freeclimber, der schon den Everest bezwungen hatte. Seine Hände hatten mich davon überzeugt, seine einerseits eleganten, andererseits wahnsinnig starken Hände.

»Studenten«, hatte Mick, der Wirt, gemurmelt, und indem er mir deutlich machte, dass er wenig bis gar nichts von solchen Leuten hielt, hatte er meine schöne Geschichte mit einem einzigen Wort zunichtegemacht.

Studenten bekamen wir hier am Rande des Moors nur selten zu Gesicht, obwohl die nächsten beiden Unistädte gar nicht weit entfernt waren. Aber wir hatten immer reichlich Touristen aus aller Welt zu Gast. An einem x-beliebigen Abend hatten wir typischerweise eine Gruppe Japaner da, die gerade von Top Withens gekommen war, dem mutmaßlichen Schauplatz von *Sturmhöhe*, oder Paare im Anorak-Partnerlook oder einige Einheimische, für die der Pub eine Art zweites Wohnzimmer war. Man könnte meinen, in einer kleinen Dorfkneipe wie der unseren, vollkommen abseits der Rollbahn, würden alle verstummen, wenn ein Haufen Medizinstudenten hereinkam, doch weit gefehlt. Durch die Türen unseres Pubs war schon jede erdenkliche Form menschlicher Existenz getreten.

Mick wollte natürlich gerne Geld verdienen, aber gegen die Studenten hatte er irgendetwas, vor allem ihr lautes Gelächter konnte er nicht leiden, nur warum, das war mir nicht ganz klar. Aber sie sorgten ja für Umsatz, und darum bediente er sie weiter und ich auch.

»Mir gefällt, wie du lächelst«, hatte Abe also leicht schwankend gesagt. Hohe Wangenknochen, groß und eher dünn, sein Lächeln mit etwas Schlagseite wie er selbst.

»*Wie* ich lächele?«, fragte ich und lehnte mich weit zu ihm über den Tresen, weil seine Kumpel aus voller Kehle sangen und er etwas verwaschen sprach.

»Ja, irgendwie schief, und man sieht so viele Zähne.«

Ich lachte, er lachte – dann torkelte er zu einem Barhocker und pflanzte sich unbeholfen wie ein Welpe darauf.

»Um mich herum dreht sich alles. Ich trinke normalerweise überhaupt nicht«, sagte er. »Wir sollten wandern, für einen guten Zweck. Von Trinken war keine Rede gewesen.

Und auf einmal ist die Ansage ›Wer nicht mittrinkt, gehört nicht dazu‹.«

»Bist du nicht ein bisschen alt für diese Art von Gruppenzwang?«, lachte ich und füllte ihm ein Glas mit Leitungswasser. »Hier, runter damit, und dann mache ich dir einen Kaffee.«

»Ich studiere Medizin«, sagte er, lehnte sich gefährlich weit auf dem Hocker nach hinten und schmiss sich gerade noch rechtzeitig wieder nach vorne. »Ich bin Abraham. Die meisten nennen mich Abe. Ich werde Arzt.«

»Glückwunsch«, sagte ich. »Ich bin Trudy, kurz Tru.«

»Macht dich das nicht an? Dass ich mal Arzt sein werde?«, fragte er und zeigte in Richtung seiner Kumpel, die tuschelten und feixten wie Kinder. »Die haben gesagt, damit könnte ich Eindruck schinden.«

»Dazu gehört schon ein bisschen mehr als ein zukünftiges gutes Einkommen«, antwortete ich.

»Zum Beispiel?«, fragte er.

»Zum Beispiel: Wer ist dein Lieblingsdichter? Welches Kunstwerk kann dich zu Tränen rühren? Hast du je oben am Moor gestanden und in den Himmel geschrien? Wie findest du *Sturmhöhe*? Kannst du Lieder schreiben, glaubst du an Geister, träumst du davon, zum Mars zu fliegen, glaubst du, dass du vielleicht nicht zum ersten Mal auf der Welt bist?«

Abe blinzelte mich an, legte kurz die Stirn auf dem Tresen ab und sah dann wieder zu mir auf.

»Ach, *so eine* bist du«, sagte er nach einer Weile. »So eine von denen, die *denken* können.«

»Ich kenne kein Mädchen, das *nicht* denken kann«, antwortete ich, wobei dieser Satz aussagekräftiger gewesen wäre, wenn ich in der Schule viele Freundinnen gehabt hätte. Hatte ich aber nicht, weil ich meine Zeit am liebsten mit Büchern und längst verstorbenen Schriftstellern verbrachte.

»Warum verdingst du dich dann hier im Pub?«, fragte er angriffslustig. »Bist du dazu nicht zu clever?«

»Wir können ja nicht alle Ärzte werde«, sagte ich. »Außerdem mache ich gerade Abi.«

»Oh.« Er kniff ein Auge zu. »Willst du mit mir rausgehen?«

»Nein«, sagte ich. »Draußen ist es scheißkalt, und ich bin mir ziemlich sicher, dass du dich übergeben wirst.«

»Aber ich sehe immer noch gut aus, oder?« Abe grinste mich an und fiel dann vom Hocker.

»Ich glaube, ihr geht jetzt mal besser nach Hause«, schaltete Mick sich ein und bewegte seinen nicht unbeträchtlichen Leib hinter dem Tresen hervor. »Na los, Jungs, ihr wollt doch morgen keinen Kater haben. Ich mach jetzt eh dicht.«

Die Studenten protestierten und fluchten und sangen weiter, aber alles ganz friedfertig. Ich beobachtete Abe dabei, wie er aus der Tür taumelte und sich kurz vorher noch einmal nach mir umsah. »Ich komme morgen wieder«, versprach er. »Nüchtern … Um dir zu sagen, dass ich mich auf den ersten Blick in dich verliebt habe.«

»Gute Idee«, sagte ich und verdrehte Richtung Mick die Augen.

Mick hatte mir zwar angeboten, mich nach Hause zu fahren, aber ich wollte lieber zu Fuß gehen, ich mochte die Ruhe, die Kälte und den Geruch in der Luft, nachdem es geregnet hatte, so erdig und satt mit dem leicht roten Geschmack von Eisen. Als ich in jener Nacht am Stausee vorbeispazierte, war der Mond so hell, dass er einen hellen Schein hinterließ, als er hinter den Hügeln unterging. Die Dunkelheit war magisch und verheißungsvoll, es war eine Nacht, in der Liebe auf den ersten Blick tatsächlich passieren konnte, wenn auch nicht mir. Ich hörte die Insekten im Dunklen surren und unsichtbares Getier im Unterholz rascheln. Schleiereulen und Fledermäuse sausten über meinen Kopf hinweg und riefen, und ich war ein Teil von all dem, auch ich war ein wildes Geschöpf unter den Sternen.

Und als ich an das dachte, was der Medizinstudent im Pub zu mir gesagt hatte, überkam mich das Gefühl, dass das Leben vielleicht doch nicht unbedingt so einsam sein musste.

Am nächsten Tag klopfte es an der Haustür. Mick.

»Muss ich arbeiten?«, fragte ich und wollte schon nach meinem Mantel greifen.

»Nein, aber ihr könntet euch mal ein Telefon zulegen.« Er schnaufte, obwohl er mit seinem Land Rover bis direkt vors Haus gefahren war. »In meinem Auto sitzt irgendein Vollidiot, der sich weigert, wieder zu gehen, bevor er mit dir gesprochen hat, und ich wollte ihm jetzt nicht unbedingt deine Adresse auf die Nase binden, von daher …«

Er zeigte zum Auto, in dem ein ziemlich bedröppelt aussehender Abe saß. Etwas halbherzig winkte er mir zu.

Ich sah Mick an. »Von daher dachtest du, du fährst ihn lieber persönlich her, damit er mich umbringen kann?«

»Ach, Scheiße.« Mick nahm die Kappe ab und raufte sich die wenigen verbliebenen Haare. »Jetzt komm schon, sprich mit ihm, ja? Ich warte hier und zieh ihm eins über, falls er sich als Bösewicht erweist.«

»Wer ist da?«, rief Ma aus der Küche.

»Niemand, Ma!«, rief ich zurück. »Nur Mick, der fragt, ob ich mehr im Pub arbeiten kann. Er will, dass wir uns ein Telefon anschaffen!«

»Lass mich da bitte aus dem Spiel«, sagte Mick und meinte das durchaus ernst. Mas scharfe Zunge war in der Gegend schon damals berühmt-berüchtigt.

»Ich glaube, du kannst verschwinden«, sagte ich, den Blick auf Abe gerichtet. »Der sieht harmlos aus.«

»Das tun Mörder immer«, sagte Mick. »Außerdem hat er mir erzählt, dass er Chirurg werden will, und wer, wenn nicht die, weiß, wie man Leichen zerlegt?«

»Wenn er mir zu nahe kommt, rufe ich nach meiner Mutter.«

»Und wie kommt er zurück?«, fragte Mick.

»Er ist zum Wandern hier, Mick. Ich glaube, er wird den Weg schon finden.«

»Wenn du heute nicht rechtzeitig zur Arbeit kommst, weil du tot im Graben liegst, gibt's Ärger«, erklärte Mick bierernst. »Wind kommt heute aus Westen, wenn du laut genug schreist, hören wir dich vielleicht.«

Abe stieg aus und lächelte, doch bevor er ein Wort sagen konnte, zerrte ich ihn ein ganzes Stück den Hügel hinauf, außer Sichtweite des Hauses, und marschierte immer weiter. Es war ziemlich schnell klar, dass diese Wohltätigkeitswanderung mehr mit Trinken als mit Wandern zu tun hatte.

»Wo gehen wir hin?«, keuchte er, während er versuchte, mit mir Schritt zu halten.

»Meine Mutter ist neugierig«, sagte ich. »Glaub mir, du bist noch nicht bereit, sie kennenzulernen.«

»Stimmt.« Unbeholfen stolperte er mir hinterher.

Als wir uns außerhalb des Radars meiner Mutter befanden, blieb ich abrupt stehen. »Also, was willst du?«

Er sammelte sich und holte tief Luft. »Ich hab doch gesagt, dass ich wiederkomme …«

»Stimmt.«

»Um dir zu sagen, dass ich dich liebe.«

»So ein Blödsinn.«

»Vielleicht.« Er grinste und zuckte mit den Schultern. »Aber mir gefällt, wie du lächelst, so schief und mit so vielen Zähnen, und deine Haare sind so wild durcheinander, und ich mag deine blauen Augen. Hör zu, ich bin jetzt nüchtern, und ich finde dich wirklich toll und würde dich gerne wiedersehen. Sehr gerne. Ich studiere in Leeds, aber von da kommt man ganz gut hierher, oder vielleicht hast du ja mal Lust auf einen Ausflug in die Stadt und ...«

Ich muss ziemlich skeptisch geguckt haben, denn er zögerte, den Blick zum Himmel gerichtet, wo sich ein Gewitter zusammenbraute, wo graue Wolken mit heftigem Regen drohten.

»Ja, ich weiß, du gehst noch zur Schule, und ich bin einundzwanzig. Aber das ist doch gar kein Problem, ich werde schon nicht, na ja, rumspinnen.«

»Tust du doch jetzt schon.«

»Okay.« Abe stopfte die Hände in die Taschen und betrachtete die Spitzen seiner kaum benutzten Wanderstiefel. »Aber würdest du mir denn wenigstens schreiben?«, fragte Abe dann. »Du könntest mir doch einfach schreiben.«

»Dir schreiben? Was? *Briefe?*« Ich dachte an Charlotte Brontës Briefe, an die Hoffnung, den Schmerz und die Freude, die sie darin festgehalten hatte, und ich stellte mir vor, wie wunderschön es wäre, einen Menschen zu haben, einen lebenden Menschen, dem ich Briefe schreiben könnte. »Im Ernst?«

»Ich dachte eigentlich eher an E-Mails, aber klar, gerne auch Briefe, warum nicht? So können wir uns ein bisschen kennenlernen, und wenn du mich magst, dann erlaubst du vielleicht, dass ich dich irgendwann mal besuche.«

»Ich bin schräg«, erklärte ich ihm. »Ich bin in der Schule die Außenseiterin. Ich liebe viktorianische Romane und bin am liebsten für mich.«

»Cool«, sagte Abe. »Ich zerschnippele Leichen.«

»Bist mir schon gleich viel sympathischer.«

Ich stand etwas höher am Hang als er und sah zu ihm hinunter, das letzte Sonnenlicht fiel ihm ins Gesicht. Seine braunen Augen schimmerten wie Bernstein und Gold, seine Haut leuchtete wie Kupfer und Eiche, und aus der Neigung seines Kopfes und der Haltung seiner Hände sprach so viel Zartheit und Hoffnung, dass ich ihn am liebsten an Ort und Stelle in den Arm genommen und geküsst hätte.

»Aber ich kann dir schlecht schreiben, wenn ich keine Adresse von dir habe«, sagte ich, weil es mir unvernünftig erschien, ihm sofort meine Gefühle zu gestehen, zumal ich mich doch gerade so verdammt cool gab.

»Ach, klar, natürlich.« Er klopfte seine Taschen ab. »Ich hab keine …«

»Du schreibst mir zuerst. Ist ganz leicht zu merken: Trudy Heaton, Ponden Hall.«

»Echt? Okay. Gut, mache ich. Das mache ich auf jeden Fall, Trudy Heaton von Ponden Hall.«

Dann küsste ich ihn, ziemlich ungestüm. Schlang die Arme um seinen Hals, dass er ein paar Schritte rückwärtstaumelte, und sog ihn in mir auf, als sei er der Wind und der Himmel und alles, was ich je brauchte, und er erwiderte meinen Kuss ganz genau so. Hinter meinen Lidern teilte sich das Sonnenlicht auf in Rot und Grün, dann ging das Licht aus, und ich schmeckte den Duft seiner Haut, Seife und Salz. Bis dahin hatte meine Kusserfahrung ausschließlich etwas mit Zähnen, Speichel und Zungen zu tun gehabt. Das hier war so viel schöner und größer: Es war der Himmel. Als ich Abe losließ, blinzelte er und sah mich kopfschüttelnd an.

»Verdammt«, sagte er. »Das war mein Ernst, als ich gesagt habe, dass ich dich liebe. Ich weiß nicht, warum und weshalb, aber es ist nun mal so, und es ist mir auch egal, wenn dich das jetzt irgendwie abschreckt, aber ich musste das einfach sagen.«

Wir standen noch eine Weile so da und sahen uns einfach nur an. In dem Wissen, dass das der Anfang von etwas war, das ewig halten würde. Und obwohl ich erst siebzehn war, hatte ich keine Angst. Ich war mir einfach nur sicher.

»Geh einen anderen Weg zurück«, sagte ich und zeigte in die Richtung des Fußpfades, der übers Moor nach Haworth führte. »Ist zwar weiter, aber so kommst du nicht an unserem Haus vorbei. Ich will nicht, dass meine Mutter ihre Nase in meine Angelegenheiten steckt.«

»Ich schreib dir«, sagte er, während er sich rückwärts den Pfad hinauf in Bewegung setzte.

»Ich weiß«, sagte ich.

Zwei Tage später kam der erste Brief.

Kapitel 4

»Und wieso warst du dir so sicher, dass Granny Mariah Daddy nicht mögen würde?«, fragt Will, als ich mit diesem Teil der Geschichte fertig bin, und schiebt sich noch einen Löffel Porridge in den Mund. Ich hatte im Laufe der Erzählung darauf geachtet, alles möglichst jugendfrei aufzubereiten.

Wie ich ihn jetzt so am Küchentisch sitzen sehe, eingewickelt in seine Bettdecke, die Pudelmütze bis knapp über die Augen gezogen, geht mir das Herz auf. Wir haben immer noch keinen Strom, trotz der vollmundigen Versprechungen des Stromversorgers, und das bedeutet, ich muss später mal den Berg hinaufwandern, wo vielleicht Handyempfang ist, und da anrufen. Trotz der Kälte und der Unannehmlichkeiten bereue ich meine Entscheidung, nach Hause zu fahren, nicht. An diesem Tisch zu sitzen, der mir so vertraut ist wie meine eigene Hand, zusammen mit meinem Sohn, während die Morgensonne durch die beiden großen Küchenfenster fällt und sich durch das viele Efeu kämpft, das so schöne Rahmen bildet, ist wie Balsam für meine Seele und gleicht alles aus.

»Granny …« Ich versuche, eine Begründung zu finden, die auch Will verstehen kann. »Granny hat schon immer allen um sich herum gesagt, sie sollen sich um ihren eigenen Kram kümmern, gleichzeitig hat sie aber ihre Nase in den Kram aller anderen gesteckt. Ich schätze mal, am Anfang wollte ich deinen Daddy einfach gerne eine Weile für mich allein haben, weil ich zum allerersten Mal überhaupt verliebt war. So verliebt war ich seitdem nie wieder. Also, jetzt mal abgesehen von dir, in dich bin ich natürlich auch komplett verknallt.«

Will verzieht das Gesicht. »Ih! Wie peinlich! Und was hat Granny dann getan, dass du bis heute nicht mit ihr reden wolltest?«

»Das«, sage ich, »ist eine ganz andere Geschichte, Will. Die ich dir vielleicht in zehn Jahren mal erzählen werde.«

»Aber ...«

»Na, dann lasst mal hören.« Ma kommt hellwach in die Küche, obwohl sie gerade erst aufgestanden ist, ihr dichtes, silberblondes Haar glatt gebürstet, der Morgenmantel eng zugeknotet. Ihre Haut schimmert wie Porzellan, wie Haut es nur tut, wenn man sich das Gesicht mit eiskaltem Wasser gewaschen hat. Sie spürt, wie ich sie ansehe, und zieht den Morgenmantel noch enger um sich, dann wendet sie sich ab, entzündet mit einem Streichholz die Flamme am Gasherd und stellt einen Wasserkessel darauf.

»Was ist heute Nacht passiert?«, fragt sie beiläufig, als würde sie sich erkundigen, wie wir geschlafen hatten.

»Nichts«, sage ich und weiche ihrem Blick aus. »War nur etwas seltsam für Will, in einer fremden Umgebung aufzuwachen, glaube ich. Warum schläfst du im Sessel, Ma? Ich weiß, das Dach ist undicht, aber du könntest doch ein Bett in Daddys altes Arbeitszimmer oder einen der anderen Räume im Erdgeschoss stellen.«

»Nein.« Ma schüttelt den Kopf. »Ich mag den Sessel, ich mag das Feuer. Ich mag es, Mab zu meinen Füßen zu haben, ich mag das Ticken der alten Uhr. Wusstest du, Will, dass der

Spruch auf dem Ziffernblatt übersetzt ›Vergiss nicht zu sterben‹ lautet? Und im Übrigen«, sie lächelt Will an, »wurden im ehemaligen Arbeitszimmer deines Großvaters immer die Toten aufgebahrt.«

»Cool.« Will reißt morbide-begeistert die Augen auf, wie nur kleine Kinder es können.

»Ich habe mein ganzes Leben lang keinen Geist da drin gesehen«, sage ich an Will gewandt.

»Das heißt aber nur, dass du keinen gesehen hast, nicht, dass es dort keine gibt, Liebchen«, sagt Ma. »Egal, ich habe mich jedenfalls über die Jahre so eingerichtet. Wenn man plötzlich alleine lebt, macht man erst mal eine Weile so weiter wie vorher, als man sich noch auf andere eingestellt hat, und dann eines Tages denkt man: Hey, wozu mache ich das eigentlich? Jetzt lebe ich, wie es mir gefällt, und das tut mir sehr gut. Einmal pro Woche fahre ich mit dem Bus zum Einkaufen, das war's. Und nach oben gehe ich schon lange nicht mehr.«

»Warum nicht?«, frage ich.

»Weil ich nicht mehr nach oben gehe«, wiederholt sie, und damit ist klar, dass sie das Gesprächsthema beenden will, so war es schon immer.

»Ich friere.« Will schlingt die Arme um Mab, als sie an seine Seite trottet, und teilt die Decke mit ihr, wickelt sie ein, bis nur noch ihre Schnauze hervorlugt. Sie erträgt seine Zuneigungsbekundungen mit stoischer Würde.

»Du gehst jetzt mit Mab ins Wohnzimmer«, sagt Ma. »Ich hab da drin schon Feuer gemacht, und Mab wird dich auch schön warm halten.«

Ich sehe Will nach, der Mab beim Halsband hält und schon mit ihr redet, bevor er zur Tür hinaus ist.

Ma wirft einen Blick auf den Wasserkessel, nimmt eine Stola, die über dem Ofen hängt, legt sie um sich und wartet darauf, dass das Wasser kocht. Sie sieht so viel älter aus, als sie ist. Bis ich von zu Hause auszog, war mir nie bewusst gewesen, dass »Küche« eigentlich gar nicht die richtige Bezeichnung ist für diesen spartanisch eingerichteten Raum, der sich in den letzten zweihundert Jahren kaum verändert hat. Und so ganz ohne Strom mutet selbst der dreißig Jahre alte Kühlschrank an wie eine Reliquie. Immerhin, die bittere Kälte hält die übersichtlichen Vorräte an Milch und Fleisch frisch.

»Du willst doch bestimmt Tee«, sagt Ma und hat damit ganz recht. »Im Moment sieht es gut aus da draußen, aber die Wolken verheißen nichts Gutes.«

Ob es die ganze Zeit so weitergehen wird? Keine von uns redet über das, was passiert ist, immer nur Small Talk über Tee, Hund, Wetter und Will?

»Na, wovon träumst du denn schon wieder?« Ma schnippt direkt vor meiner Nase mit den Fingern. »Trinkst du deinen Tee immer noch mit Zucker?«

»Ja.«

»Und der Junge? Tee?«

»Nein. Er ist acht, Ma.«

»Du hast auch Tee getrunken, als du acht warst.«

»Ja, aber ich bin ein Mädchen aus Yorkshire, er ist ein Junge aus London.«

»Er nimmt also einen Latte macchiato mit fettarmer Sojamilch«, sagt Ma, und aus ihrem Mund klingt das so absurd, dass ich lachen muss.

»Wo hast du das denn her?«

»Ich bin doch keine Nonne, ich weiß Bescheid über die Welt«, sagt Ma. »Jeden zweiten Mittwoch gönne ich mir im

Cobbles and Clay einen Milchkaffee und ein Stück Kolibrikuchen und bei Hatchard and Daughters ein paar Bücher. Meinst du, ich hätte mich zu Hause verkrochen und Trübsal geblasen, seit du abgehauen bist?«

»Du weißt, warum ich ausgezogen bin.« Ich sage das ganz ruhig, und doch hängt es jetzt zwischen uns in der Luft wie unser kühler Atem.

Ma sieht mich aus eiskalten Augen an.

»Ich weiß, was ich getan habe«, sagt sie und reicht mir meinen Tee, stark und süß wie früher, als ich ein Kind war.

Ganz kurz habe ich das Gefühl, der Schmerz und die Verletzungen könnten wieder aufbrechen, aber ich schlucke alles komplett herunter und spüle mit einem Schluck Tee nach. »Gibst du wenigstens zu, dass du dich in Bezug auf uns geirrt hast?«

»Stimmt schon«, bestätigt Ma. »Trudy, die Zeit wird kommen, wenn über all das geredet werden kann. Aber jetzt stehen dringendere Dinge an. Du und der Junge, ihr müsst heilen, ihr müsst euch zu Hause fühlen. Ganz gleich, was du von mir hältst, du bist mein Fleisch und Blut und der Junge ebenfalls. Das hier wird immer dein Zuhause sein, viel mehr als meins. Und ich muss dir eins sagen. Ich weiß, es wird dir nicht gefallen, aber es muss ausgesprochen werden.«

Ma geht zum Fenster und gießt das restliche Wasser aus dem Kessel in die Spülschüssel. Draußen liegt das Tal vollkommen gelassen da, unbeeindruckt von menschlichen Sorgen. Ich wünschte, ich wüsste nicht, was sie jetzt sagen wird.

»Er war hier. In der Nacht, in der dein Abraham dem Tod begegnete.«

»Ma, ich weiß, wie sehr du diese Geschichten liebst, aber bitte versteh doch, dass jetzt nicht der richtige Zeitpunkt ist.«

»Du hast ihn auch gesehen, stimmt's? Ganz egal, was du dem Jungen erzählt hast. Den Gytrash.« Ma senkt die Stimme und blickt über die Schulter. »Graubart. Der immer dann erscheint, wenn ein Mitglied der Familie Heaton stirbt. Seit vierhundert Jahren. Du hast ihn gesehen, oder?«

»Nein.« Ich schüttele den Kopf. »Ma, neben meinem Bett stand kein anderes weltliches Wesen, das mir mitteilte, dass mein Mann sterben würde. Herrje, hast du denn überhaupt kein Feingefühl?«

Ma sieht mich forschend an, genau wie früher, wenn sie herausfinden wollte, ob ich wohl log oder nicht. Ich wende mich ab.

»Es war mitten in der Nacht«, spricht sie unbeirrt weiter. »Mab hat angefangen zu knurren, hat das Fenster angebellt, dabei ist sie eigentlich zu alt und schwerfällig, als dass sie noch so aufgeregt bellen würde, das heißt, wenn sie es tut, dann nehme ich das ernst. Ich bin aufgestanden und habe nachgesehen.« Ihr Blick verrät, dass sie wieder ganz in jenem Moment ist, Angst und Abscheu stehen in ihrem Gesicht. »Und da war er, wir waren nur von der Glasscheibe getrennt, und er sah mich an, aus tiefen, schwarzen Augen, wie Löcher, aber ich wusste, er sieht mich, ich konnte es durch und durch spüren wie … eine Krankheit.«

»Ma!« Ich weiß nicht, was ich entgegnen soll auf dieses Aussprechen unserer Angst, unserer ganz eigenen, besonderen Wahrheit. »Das war ein Traum. Ein Albtraum. Das Ganze ist eine Legende, eine Geschichte, nicht die Wirklichkeit. Du hast das von Abe gehört, und dann dachtest du, du könntest dich an einen Traum erinnern, und in deinem Kopf passt das alles wunderbar zusammen, dabei ist es – es ist makaber, Ma, und es ist grausam. Ich habe meinen Mann verloren, und ich möchte nicht einen einzigen Gedanken daran verschwenden, dass ein Fluch in Gestalt eines Dämons ihn sich geholt hat. Kannst du das nicht verstehen?«

Kaum habe ich die Worte ausgesprochen, wird mir klar, wie dumm das von mir war. Schließlich bin ich nicht die einzige Witwe hier. Und nicht Ma hatte am Tag, an dem Dad starb, den Graubart gesehen, sondern ich.

»Was damals passiert ist, an jenem Tag, das war ein Zufall, Dads viele Geschichten und meine lebhafte Fantasie, Ma. Damals … damals habe ich nicht verstanden, warum du so wütend auf mich warst, als ich sagte, ich hätte ihn gesehen, aber jetzt verstehe ich es. Und es tut mir leid. Wirklich.«

Hinter ihrer Stirn läuft ein innerer Monolog ab, ihr Mund zuckt leicht, ihre Finger verknoten sich, aber sie spricht nichts aus.

»Ich gehöre nicht mehr in diese Welt, Trudy«, sagt Ma. »Vielleicht war Graubart hier, um mich zu holen.«

»Das erzählst du, seit ich zehn war«, sage ich und lächele sie an.

»Ja, aber dieses Mal ist es mein Ernst. Ich kann es spüren, Trudy. Es legt sich auf mich wie ein Winterabend.«

»Du bist fünfzig! Das ist doch kein Alter! Und außerdem kannst du jetzt nicht sterben, Ma«, sage ich sehr leise. »Nicht, solange so viel zwischen uns ungeklärt ist.«

Ma schweigt. Sieht mich nicht an. Sie streckt die Hand aus, nimmt meine Finger, drückt sie ganz kurz.

Ich weiß, sie tut ihr Bestes. Es kann nicht alles wiedergutmachen, was zwischen uns passiert ist, aber in diesem Moment ist es genug.

Ponden Hall 1655

Gelobt sei Er und gepriesen Seine Güte, ein ganzes Jahr ist vergangen, seit ich zuletzt die Zeit, die Ruhe und die Tinte hatte, um meine Worte auf Papier zu bringen. Jedoch hatte ich Kreide, und Steinmauern dienten mir als Tafel und Papier. Robert war mein Lehrer, der Himmel mein Klassenzimmer.

Gelobt sei der Herr, denn seit ich zuletzt Höchstpersönliches aufschrieb, bin ich nicht krank gewesen, habe ich mich nicht verletzt, und auch sonst bin ich von großem Leid verschont geblieben. Beschämt sehe ich, wie unwissend ich war, als ich zuletzt schrieb, aber jetzt habe ich viel gelernt.

Gepriesen sei Sein Name in Ewigkeit dafür, dass er mir ein Jahr geschenkt hat, ein Jahr in Sicherheit bei frommen Menschen, mit genug zu essen und ausreichend Arbeit, um mein Leben zu einem Gebet zu machen und Seine Größe zu preisen.

So viel hat sich verändert, seit ich meine ersten Buchstaben auf Papier kratzte, auch ich. Ich bin keine falsche Tochter mehr, sondern eine Magd. Ich führe ein ehrliches Leben und danke Gott, dass es Casson nicht einfiel, mich fortzujagen oder sich meiner zu entledigen, wie er sich schon anderer vor meinen Augen entledigt hat. Dass er nur einfach vergaß, dass er mich je als sein Kind ausgegeben hatte. Vielleicht fürchtet er nicht mehr, was ich über ihn weiß. Dem Herrn sei Dank, dass auch Mistress Casson die Lüge so hinnahm und mich auf Roberts Drängen in der Ob-

hut des Dienstmädchens Betty ließ, die gütig und fromm ist und mir viel mehr eine Mutter als je ein Mensch zuvor.

Ich arbeite hart in Küche und Haus.

Mistress Casson, wie sie jetzt heißt, ist gut zu mir. Sie selbst wird nicht sehr gut behandelt, aber sie zeigt das nicht und ist stets und in jeder Hinsicht eine gute Ehefrau.

Ihr Leben wurde etwas leichter, nachdem sie einen Sohn geboren hatte, den Casson ebenfalls Henry nannte. Der Säugling hat Robert in jeder Hinsicht verdrängt – Robert bekommt keinen Unterricht mehr, keine neue Kleidung und ganz sicher nicht den Respekt und die Position, die ihm als rechtmäßigem Erben von Ponden Hall zustünde. Casson hat seinen Hauslehrer entlassen, und jetzt müssen Robert und ich uns in die Bibliothek schleichen, um Bücher zu stehlen, die wir gemeinsam in einem Versteck lesen wollen.

Das alles macht mich sehr glücklich, und ich danke Gott, denn Robert verbringt viel Zeit mit Betty und mir in der Küche, und wir drei verwandeln alles Dunkle in Heiteres und muntern einander liebevoll auf.

Vor allem aber danke ich Gott, dass Casson mich jetzt, da ich zwölf Jahre alt bin, vergessen hat, und dass er mich nur ruft, um ihm Bier und Essen zu bringen und das Feuer im Kamin zu entfachen.

Wann immer es geht, wandern Robert und ich hinauf zu unserem Lieblingsplatz, einem Felsen namens Ponden Kirk, der in der Tat etwas von einer Kirche hat, aus Stein und Erde zwar, aber dennoch eine Huldigung Gottes. Es heißt, vor langer Zeit, noch bevor der Herr in dieses Land kam, haben die Menschen hier Feuer entzündet und alte Götter verehrt, Seit an Seit mit den Feen, die heute aber nur noch selten gesehen werden, gottlob. Am Fuß des Felsens befindet sich das Eheloch, und Betty sagt, wenn eine Maid hindurchkriecht, wird sie binnen eines Jahres heiraten – oder niemals. Da spielen wir wie Kinder, und wir nennen es unser Schloss. Und wenn wir Zeit haben, legen wir uns auf den großen, flachen Felsen, der aus dem Hang in die Luft ragt, und haben das Gefühl, eins zu sein mit dem Himmelszelt und den Vögeln und Unserem Herrn noch näher zu sein, Er sei gelobt.

Ich danke Gott täglich für den Freund und Bruder, den ich in Robert Heaton gefunden habe, der trotz der vielen Grausamkeiten, denen er ausgesetzt ist, der gütigste und liebevollste Mensch bleibt, dem ich je begegnet bin.

Ich weiß nicht, wann es mir wieder vergönnt sein wird zu schreiben. Ein Mädchen, das wie ich schreiben kann, wird schnell von vielen als böse und sündig angesehen, selbst von Betty. Ich habe viele Stunden dafür gebetet, es nicht zu sein, und habe versucht, mich von Büchern und weiterem Lernen fernzuhalten. Doch würde der Herr meinen Kopf mit solch Gedanken und Talenten füllen, wenn er nicht wollte, dass ich sie für etwas nutze?

Entgegen dem, was ich zuvor schrieb, habe ich Robert nichts von dem gezeigt, was ich schrieb. Ich wage es nicht. Aber nicht aus Angst, dass er mich verachten oder verspotten könnte – schließlich ist es Robert selbst, der mir diese Gabe schenkt, die ich auf das Allerhöchste schätze, gleich nach dem Herrgott.

Nein, ich zögere, weil ich nicht weiß, mit welchen Worten und in welcher Folge ich meine zutiefst empfundene Verehrung für Robert beschreiben soll.

~~Agnes Heaton~~
Agnes Casson

Kapitel 5

»Und wie geht es weiter?«, fragt Will, als er sich noch tiefer in mein altes Bett kuschelt und mit den Füßen nach der Wärmflasche sucht, die ich vorhin dort platziert habe.

Wir haben einen prallvollen Tag hinter uns, einen viel schöneren, fröhlicheren Tag, als ich für möglich gehalten hätte. Wir sind über die Felder und das Moor gewandert, auf matschigen Pfaden, wir hinterließen Fußstapfen, in denen sich das Wasser sammelte, und in den Pfützen spiegelte sich der Himmel, auf den wir direkt zumarschierten.

Und als wir nach Hause zurückkamen, erwarteten uns eine heiße Suppe und frisches Brot – und endlich auch wieder Strom. Da es keine Zentralheizung gibt, ist es im Haus natürlich immer noch bitterkalt, sobald man sich vom Kamin oder dem AGA entfernt, aber immerhin funktioniert der Durchlauferhitzer wieder. Das alles war Will natürlich herzlich egal, er wollte unbedingt im Schein der Taschenlampe Geschichten vorgelesen bekommen, als er ins Bett ging.

Wir haben uns die Bettdecke über die Köpfe gezogen wie ein Zelt, die Taschenlampe dreht alle Schatten um, und wir beugen uns über mein altes Kinderbuch *Der geheime Garten*, dessen steif gewordene Bindung knackt und dessen vergilbte Seiten beim Aufschlagen einen ganzen Strom von Erinnerungen auslösen, fast, als sei meine Fantasie damals zwischen die Zeilen in das Papier gesickert.

»Das werden wir morgen Abend erfahren, dann lesen wir weiter«, sage ich, klappe das Buch zu und drücke es mir an die Brust. »Es ist zu anstrengend für meine Augen, bei diesem Licht zu lesen.«

»Nein, ich meine, mit dir und Daddy?« Will dreht sich auf die Seite und sieht mich an. »Nachdem ihr beschlossen hattet, euch für immer zu lieben.«

»Ach so … Wir haben uns geschrieben, wie wir es besprochen hatten«, sage ich. »Wir haben uns *sehr* viele Briefe geschrieben, wochenlang. Monatelang.«

»So richtige Briefe? Mit der Post?« Diese antiquierte Form von Kommunikation fasziniert ihn mehr als alles andere. »Ihr habt auf Papier geschrieben und das verschickt, und es war erst am nächsten Tag da?«

»Wenn überhaupt.« Ich lächele. »Ich weiß, das hört sich ganz schön verrückt an für dich, aber es war schön. Es war … sanft und mit Bedacht. Langsam. So haben wir uns besser kennengelernt, nicht nur durch das, was wir schrieben, sondern auch durch unsere Handschrift und das Papier, auf dem wir schrieben. Daddy hat manchmal kleine Zeichnungen am Rand gemacht oder eine gepresste Blume dazugelegt …«

»Krass«, sagt Will und lächelt dabei. »Hast du die Briefe noch?«

»Ja, klar, alle.« Ich erzähle ihm jetzt nicht, dass sie sich in einem Schuhkarton in meiner Reisetasche am Fußende des Betts befinden. Sie waren das Erste, was ich eingepackt hatte. Meine Briefe an ihn, seine an mich, alle mit einem Band zusammengehalten.

»Darf ich sie lesen?«, fragt Will, und ich muss an unseren

Briefwechsel denken, an dieses Umwerben, das so manierlich ablief, so viktorianisch, dass jeder einzelne Brief entweder höflich-langweilig ist oder viel zu intensiv, als dass er sich für einen achtjährigen Jungen eignete. Wie wir damals umeinander herumscharwenzelt sind, Abe und ich, wie wir uns schrieben, was wir mochten, was wir liebten, wie wir in Leidenschaft füreinander entflammten – das Ganze war in erster Linie eine Freundschaft gewesen, die sich weiterentwickelte. Nicht, dass ich ihn nicht vermisst hätte, aber ich wollte ihn nicht sehen, *weil* ich ihn vermissen wollte, was natürlich ziemlich verrückt klingt, aber damals, mit noch nicht mal achtzehn, war ich absolut sicher, dass wir eine Ewigkeit Zeit hätten, uns kennenzulernen. Eine Ewigkeit, um von Küssen und Leidenschaft zu träumen, eine Ewigkeit, um uns den Körper des anderen zu eigen zu machen. Mir war nie in den Sinn gekommen, dass es unser Umfeld war, das uns trennte.

Und doch wollte ich diese Briefe um keinen Preis gegen eine konventionellere Romanze eintauschen. Jeder Strich mit dem Stift war ein Stich, der uns eng zusammenheftete.

»Du darfst sie lesen, wenn du achtzehn bist.« Das akzeptiert Will sofort, denn er hat längst begriffen, dass ihm ab jenem verheißungsvollen Tag schlagartig so ziemlich das ganze Universum offenstehen wird.

»Aber warum habt ihr nicht telefoniert? Weil Granny kein Festnetz hat?«

»Zum Teil. Aber auch, weil Briefe eine prima Sache sind für scheue Menschen. So konnten Daddy und ich schon ganz viel über den anderen erfahren, bevor wir uns das nächste Mal sahen, und dadurch hatten wir weniger Bammel davor. So wusste ich zum Beispiel schon, was seine Lieblingsfarbe war, nämlich …«

»Orange.« Will nickt.

»Und sein Lieblingshaustier.«

»Kaninchen.« Will kichert.

»Sein Leibgericht.« Ich warte.

»Alles!« Will prustet los vor Lachen, und ich lache auch.

»Dann wurde es Frühling, und der Frühling hier in Yorkshire ist unvergleichlich schön. Schneeglöckchen, Narzissen, Schlüsselblumen, manchmal Veilchen, wenn man weiß, wo man sie suchen muss. Die Bäume blühen rosa und weiß, die Vögel zwitschern und bauen Nester. Die Heide wird wieder grün, ein sattes, dunkles Grün, und später wird sie das ganze Moor lila und golden färben. Manchmal ist der Himmel blau, und gleichzeitig liegt Schnee, und die Lämmer auf den Weiden machen einen Heidenlärm. Wirst schon sehen, Will, auch du wirst den Frühling hier lieben, ich freue mich schon drauf, dir das alles zu zeigen, und damals wollte ich es unbedingt deinem Vater zeigen, und darum habe ich ihn gebeten zu kommen.«

»Und was ist dann passiert?«, bohrt Will weiter.

»Wir haben uns getroffen und geküsst, geküsst, geküsst«, sage ich lächelnd. »Ungefähr ein Jahr lang.«

»Igitt.« Will verzieht das Gesicht. »War das nicht stinklangweilig? Habt ihr gar keinen Hunger gekriegt? Musstet ihr nicht mal Pipi?«

»Wir haben uns ja nicht ein Jahr lang ununterbrochen geküsst«, lache ich. »Eines Tages wirst du verstehen, was am Küssen so schön ist, und obwohl das Küssen wirklich wunderschön war, war das aber noch nicht das Beste von allem. Das Beste war, dass wir beide so schüchtern waren, uns fast schon voreinander fürchteten, aber nach unserem zweiten Treffen war damit Schluss.«

»Aber wieso sollte ein so großer, starker Mann wie Daddy sich denn vor dir fürchten?«, fragt Will ungläubig.

»Daddy hat immer gesagt, dass es eine Menge Mut erfordert, glücklich zu sein – weißt du noch?«

Will antwortet nicht sofort, er rollt sich auf den Rücken und richtet den Blick auf den dunklen Spalt in der Zimmerdecke. Lächelnd betrachte ich sein Gesicht, in dem ich Abe erkennen kann, in seinen flachen Wangen, in den mandelförmigen Augen, in der geschwungenen Linie seines Haaransatzes und in der Rundung seiner Ohrmuschel.

»Ich glaube, das stimmt. Dass man mutig sein muss, um glücklich zu sein«, sagt er schließlich. »Weil wenn man glücklich ist, dann weiß man genau, dass man eines Tages auch wieder unglücklich und traurig sein kann.«

»Daddy würde nicht wollen, dass du traurig bist.« Ich lege die Fingerrücken an seine Wange.

»Dann soll er sich mal beeilen und hierher zu uns kommen«, sagt Will. »Dann bin ich nicht mehr traurig.«

Ich schließe die Augen und rufe mir in Erinnerung, was die Experten raten, dass ich Will alles so sachlich und klar wie möglich erklären muss, und ich zwinge mich, die Worte auszusprechen.

»Daddy wird nicht mehr kommen, mein Schatz. Daddy ist tot.«

»Nein, ist er nicht.« Will dreht den Kopf zu mir um, sein Blick ist wild entschlossen. »Er ist *nicht* tot, ich *weiß*, dass er wieder nach Hause kommt – und wenn du ihn wirklich so sehr lieben würdest, wie du die ganze Zeit sagst, dann wüsstest du das auch, und ich kapier einfach nicht, wieso du das nicht tust.«

»Will …«

Er zieht sich die Decke über den Kopf, sein kleiner Körper bebt im Bemühen, die Tränen zu unterdrücken.

»Will, ich war dort, ich habe nach ihm gesucht und ...«

»Aber verstehst du denn nicht, Mummy?« Er zieht die Decke wieder weg und funkelt mich wütend an. »Wenn du nicht genauso doll daran glaubst wie ich, dann klappt es vielleicht nicht, dann findet er uns vielleicht nicht. Du *musst* daran glauben, Mummy, du *musst*, du *musst* einfach!«

»Gut, dann mache ich das«, sage ich, ohne zu zögern. »Ich glaube das nämlich wirklich genauso doll wie du. Ich hatte bloß bisher Angst, das zuzugeben.«

Er zögert kurz, dann schlingt er die Arme um meinen Hals und drückt sich an mich, und ich bekomme wieder Luft.

»Hab keine Angst davor, glücklich zu sein.« Will umklammert mich, sein Herz rast genauso schnell wie meins. Seine Tränen benetzen meinen Hals und trocknen dort, und ich weiß, ich hätte das nicht sagen sollen, aber was hätte ich sonst sagen sollen?

Welche Mutter bringt es über sich, ihrem Kind die letzte Hoffnung zu verweigern?

Tru und Abe

Meine zweite Begegnung mit Abe lief vollkommen anders, als ich erwartet hatte.

In unseren Briefen waren wir uns so nah gekommen, mit jedem Wort waren wir einander tiefer unter die Haut gekrochen. Jede Seite steckte so voller Hitze und Sehnsucht, dass ich davon ausging, wir würden uns bei unserem Wiedersehen ohne Umschweife in die Arme fallen und einander verschlingen.

Wir hatten uns beim Brontë-Museum verabredet, und während ich vor dem alten Pfarrhaus wartete, dachte ich, ob Charlotte einst an derselben Stelle gestanden und ebenfalls überlegt hatte, wie es sich wohl anfühlen würde, von dem Mann geküsst zu werden, nach dem sie sich verzehrte.

Es war Hochsommer und ausnahmsweise mal ein klarer, warmer Tag, sodass auf den Wanderwegen reger Betrieb herrschte. Ich rechnete damit, gesehen zu werden – Tru Heaton mit einem unbekannten jungen Mann! –, aber ich hoffte, der Tratsch würde es nicht bis zu Ma schaffen.

Ich setzte mich auf die Bank vor dem Haus und wartete. Als Abe die Gasse heraufmarschiert kam, fiel mir wieder ein, wie groß er war, wie breit seine Schultern und wie er sich bewegte. Sein Anblick verschlug mir ein wenig den Atem, und auf einmal war mir, als seien die ganze Intimität und Vertrautheit, die wir mit Tinte zwischen uns geschaffen hatten, wie weggewaschen. Auf einmal war ich unendlich befangen und schüchtern.

»Trudy?«, sprach er mich in einem Ton an, als würde er mich nicht wiedererkennen, und vielleicht tat er das ja tatsächlich nicht. Ich befürchtete, er hätte sich vielleicht ein völlig anderes Mädchen vorgestellt als das, das jetzt in zerrissener Jeans und einem von Dads alten Hemden vor ihm saß. In meinen Briefen war ich so kühn gewesen, mutig und kokett. Ich hatte mich selbst in den schillerndsten Farben dargestellt. Und dann mein wirkliches Ich: durchschnittlich groß, durchschnittliche Figur, durchschnittliche graue Augen, Sonnenbrand auf der Nase und störrische braune Locken um den Kopf. Das entsprach so gar nicht den brieflichen Darstellungen meiner selbst, und am liebsten hätte ich mich winzig klein gemacht und in Luft aufgelöst.

Aber ich stand auf und begrüßte ihn. Wir nahmen uns kurz in den Arm, unbeholfen und steif, und berührten uns dabei kaum.

»So, da bin ich also.« Abe stopfte seine schönen Hände in die Hosentaschen.

»Ja«, sagte ich. »Ich dachte, wir könnten zum Wasserfall gehen und danach nach Top Withens.« Kaum hatte ich den Vorschlag ausgesprochen, bereute ich ihn auch schon. Das war ein Marsch von ungefähr einer Stunde, und neben mir stand dieser Fremde, groß und dunkel, ein regelrechter Heathcliff, und ich wollte eigentlich einfach nur noch nach Hause und dort Liebesgeschichten lesen. Das wäre so viel einfacher gewesen.

»Irgendwie komisch, oder?«, sagte Abe, nachdem wir uns eine Weile verlegen angeschwiegen und dabei auch gar nicht richtig angesehen hatten, und ich hätte ihn dafür knutschen können. »Wollen wir einfach losgehen und warten, bis es nicht mehr komisch ist?«

Abe ging schneller als ich, und ich beeilte mich, ihm hinterherzukommen. Dann wurde er langsamer und bewegte sich den schmalen steinigen Pfad hinab, der in das tiefgrüne Tal führte, an dessen Ende sich die Brontë-Fälle befinden. Auf der anderen Seite der kleinen Brücke war eine kleine Wandergruppe bereits auf dem Weg den Hang hinauf, und mir war klar, dass an einem schönen Tag wie heute auch bald weitere Ausflügler aufkreuzen würden.

Ich hatte davon geträumt, mit Abe hierherzukommen, sein Gesicht zu sehen, wenn er die wilde Schönheit dieses Orts betrachtete, wenn er das Rauschen des Wassers hörte, das sich durch den Felseinschnitt ergoss, wo die einst von Gletschern hinterlassenen Kalksteinfindlinge verteilt lagen wie von einem Riesen achtlos hinterlassene Kiesel. Drei schwesterngleiche, schmale, silberne Birken am Ufer spähten ins Wasser, ihre Kronen wiegten im Wind, als seien sie sich darin einig, dass man hier eine fantastische Aussicht habe, und die ständigen Rufe der Brachvögel lösten einander im Minutentakt ab. Ich wollte, dass Abe das alles liebte, so wie ich ihn liebte; ich wollte, dass er es so liebte wie mich. Und als wir dann auf der kleinen, steinernen Brücke standen und das Wasser unter uns hindurchrauschte, streckte er die Finger nach mir aus und begegnete auf halber Strecke meinen.

»Wir haben immer noch kein Wort gesagt.« Abe blickte in das gurgelnde, kupferfarbene Wasser. »Es ist immer noch komisch.«

»Ich weiß.« Ich wagte es nicht, mich zu bewegen, weil ich

die zarte Berührung unserer Fingerspitzen nicht unterbrechen wollte. »Ich dachte, es würde so sein wie …«

»Die Briefe«, sagte er. »Ich auch, aber jetzt stellt sich heraus, dass dir zu schreiben nicht dasselbe ist wie neben dir zu stehen. Wenn ich dir schreibe, dann bin ich witzig und schlau, umsichtig und tiefsinnig und sehe absolut umwerfend aus. Aber wenn ich neben dir stehe, dann … Ich zittere, Tru. Einfach nur, weil du in meiner Nähe bist. Meine Knie sind wie Wackelpudding.«

»Abe, ich …« Heute weiß ich nicht mehr, was ich in dem Moment sagen wollte, aber was auch immer es war, der Zauber des Augenblicks wurde gestört vom Geplapper und Gelächter einer Gruppe von Frauen, die vorübergehend verstummten, als sie an uns vorübergingen.

»Was wolltest du sagen? Dass du mich im echten Leben total abstoßend findest?«, fragte Abe, als sie außer Hörweite waren. Er sah mich aus seinen dunklen Augen so durchdringend an, dass ich zunächst gar nicht anders konnte, als seinen Blick einfach nur zu erwidern.

»Ganz im Gegenteil«, sagte ich dann. »Das ist das Problem. Du hast Knie wie Wackelpudding, und mir fehlen die Worte.«

»Ich möchte mit dir allein sein«, sagte Abe, als die nächste Wandergruppe auftauchte.

Ich verflocht meine Finger mit seinen und schloss kurz die Augen, als unsere Handflächen aneinanderrieben. Und dann führte ich ihn Schritt für Schritt und Augenblick für Augenblick von dort weg, von allem.

Wieder liefen wir eine gefühlte Ewigkeit schweigend nebeneinander her, aber dieses Mal bestand eine Verbindung zwischen uns.

Das Ende des Pfads führt hinauf zu Top Withens, doch ich führte Abe hinunter in die schattige Kühle des Tals, am Wasserlauf entlang bis zu einem dichten jungen Wäldchen, in dem wir vor Blicken geschützt waren.

Erst ganz zum Schluss ließ ich Abes Hand los und balancierte auf ein paar Steinen über den Fluss zum gegenüberliegenden, moosbewachsenen Ufer. Ich drehte mich nach ihm um, doch er war mir nicht gefolgt, er stand immer noch auf der anderen Seite und sah mich an.

»Kommst du?«, fragte ich. »Hier ist es trocken.«

»Ich …« Er ließ den Kopf hängen. »Ich habe mir noch nie im Leben etwas so sehr gewünscht wie das hier. Ich habe Angst, dass es schiefgeht.«

»Klar, verstehe ich. Mir geht's genauso. Aber es sind doch nur wir, Abe. Wir sind dieselben beiden Menschen, die sich so viele Briefe geschrieben haben, und wir haben alle Zeit der Welt, es gut hinzukriegen, wir haben ein ganzes Leben Zeit, es gut hinzukriegen …«

Ich biss mir auf die Lippe und schloss entsetzt die Augen. »Also, ich meinte nicht … Ich will damit nicht sagen, dass das hier jetzt superernst und für alle Zeiten … Ich meine …«

Als ich die Augen wieder öffnete, stand er neben mir.

»Du hast recht.« Er nahm meine Hand. »Wir haben das ganze Leben Zeit, das hier gut hinzukriegen. Und ich finde, wir sollten ab sofort fleißig üben …«

Was danach passierte, ist in meiner Erinnerung nichts als eine bunte Wolke, ein Regenbogen aus endlosen, herrlichen Stunden gegenseitiger Entdeckung.

Wenn ich jetzt die Augen schließe, sehe ich die Farben Rot und Gelb, ich spüre die Hitze jenes Tages, Abes warme Lippen auf meiner Haut, seine Hüfte an meiner, die Aufregung und das Staunen über alles, was neu, und alles, was vertraut war.

So erlebte ich das Wunder, mich zutiefst und dauerhaft in einen anderen Menschen zu verlieben.

Kapitel 6

Als ich aufwache, fühlt sich die Kälte anders an. Irgendwie beißender als lediglich nach vielen sonnenlosen Nachtstunden. Will ist bereits aufgestanden, und ich watschele in meinem Schlafsack aus dem Zimmer, um nachzusehen, ob er wohl wieder in Cathys Zimmer ist, doch ich höre ihn von unten lachen.

Lauschend bleibe ich oben an der Treppe stehen und habe das Gefühl, auch das Haus würde lauschen, alles Knarren und Seufzen würde schweigen. Ich höre Wills fröhliches Plappern und Glucksen. Ich hätte mir nicht im Traum vorstellen können, dass Ma meinen kleinen Will so zum Lachen bringen würde. Aber seine Ankunft in diesem stillen Haus hat hier etwas verändert, genau wie ich es erwartet hatte. Die nächste Heaton-Generation ist nach Hause gekommen. Selbst mitten in der großen Traurigkeit ist das ein Anlass zur Freude, von den Dachsparren bis in die feuchteste Ecke des Kellers.

Als ich dann aber ins Wohnzimmer komme, treffe ich Will dort alleine an. Er sitzt auf dem Teppich vor dem Kamin, neben sich einige Filzstifte und ein bemaltes Blatt Papier. Seine Augen strahlen fröhlich, als er zu den Fenstern aufsieht, wo die ersten spärlichen Spuren des Morgens durch das grüne Laub kriechen. Die Szene erinnert mich an etwas, ein bisschen fühlt es sich an, als würde ich mich selbst dort auf dem Teppich antreffen.

»Wo ist denn Granny?«, frage ich und sehe mich suchend nach dem Grund für seine Erheiterung um. Er zuckt mit den Schultern und schiebt die Hände unter die stämmige Mab, als wolle er etwas verstecken.

»Und mit wem hast du gerade geredet?« Ich spüre, wie meine Lippen sich zu einem Lächeln formen, und wieder klopft eine Erinnerung an … und entzieht sich, bevor ich sie greifen kann.

»Mit niemand.« Will grinst verschwörerisch. »Ich konnte nicht mehr schlafen, weil es so kalt war, darum bin ich runtergekommen, um mich vor den Kamin zu setzen und zu malen. Granny hat gesagt, ihr tut der Rücken weh und dass sie einen Kuchen backen will.«

»Einen Kuchen?«

Will nickt, und ich gewinne den Eindruck, dass er es kaum abwarten kann, bis ich den Raum wieder verlasse und er weiterspielen kann.

»Wie findest du mein Bild?« Er reicht es mir. Eine ganze Weile betrachte ich die wenig anziehende, große, sich durch schnell gekritzeltes grünes Gras windende Schlange. Normalerweise malt er immer Planeten oder Raumstationen, aber inzwischen ist es so lange her, dass er überhaupt irgendetwas gemalt hat, dass ich sein Bild so oder so großartig finde.

»Ganz toll«, sage ich.

»Hebst du es gut auf?«, fragt er. »An einem sicheren Ort?«

»Ich werde es sofort an Grannys Kühlschrank hängen«, verspreche ich ihm. »Und wenn ich schon mal in der Küche bin, mache ich dir auch gleich einen heißen Kakao.«

Ich bin noch nicht ganz zur Tür hinaus, da prustet Will

schon wieder los vor Lachen und sagt: »Sie hat dich nicht gesehen.«

Ma arbeitet sich mit einem Holzlöffel in einer alten, angeschlagenen Rührschüssel ab. In einer der Schubladen finde ich eine Rolle Malerkrepp, damit klebe ich Wills Bild an den Kühlschrank.

»Ich weiß zwar nicht, was das ist, aber es bringt ein bisschen Farbe in die Bude«, sagt Ma und betrachtet das Kunstwerk mit zusammengekniffenen Augen.

»Es ist sechs Uhr morgens, und du backst?«

»Der Junge könnte etwas mehr Speck auf den Rippen vertragen«, sagt sie, ohne aufzusehen. »So ein dünner Hering. Gemüse und Hummus und so weiter – ist ja alles schön und gut, aber hier oben braucht man ein Fettpolster, um durch den Winter zu kommen.«

»Für morgen habe ich einen Termin gemacht mit diesem Experten für Sanierung historischer Gebäude, Marcus Ellis. Er kommt vorbei und sieht sich das Haus an.«

»Marcus Ellis?« Ma sieht mich an. »Klingt nach einem Vollidioten.«

»Seinem Ruf zufolge ist er alles andere als ein Vollidiot. Außerdem ist er hier in der Gegend aufgewachsen und kennt Ponden, von daher glaube ich, dass er der richtige Mann ist. Ich weiß, du hast nicht gerne Leute im Haus, Ma, aber wir müssen Ponden retten. Das Haus verfällt, und das dürfen wir nicht zulassen. Es hat uns immer beschützt.«

»Ich weiß.« Ma rührt mit noch größerer Inbrunst in der Schüssel, die sie mit der anderen Hand eisern festhält. »Ist in den letzten Jahren einfach alles ein bisschen viel für mich gewesen, seit … seit ich älter werde. Ich habe getan, was ich allein tun konnte. Aber das Haus verschlingt Geld. Mehr, als ich habe. Mehr, als du hast.«

»Ich weiß.« Ich schenke mir eine Tasse lauwarmen Tee ein, setze mich an den Tisch und beobachte sie. Draußen neigt sich die Welt immer mehr der Sonne entgegen, durchziehen immer mehr Farbsträhnen die Nacht, erwacht das Graugrün der Bäume vor dunklen Hügeln mit einem leichten lila Schleier. »Dafür kann niemand was.«

»Du warst nicht hier.« Ma hält inne und sieht mich an. »Du kannst sehr wohl was dafür.«

Vor achtzehn Jahren hätte ich mich von so einer Bemerkung provozieren lassen, genau wie Ma es wollte. Ich hätte mich darauf gestürzt. Aber heute früh, in der noch halbdunklen Küche, lasse ich jede Spitze an mir abprallen.

»Ma. Bei diesem Haus geht es nicht nur um uns, es geht um seine Geschichte. Um die Brontës und die Heatons und alle, die nach uns kommen werden. Wir müssen uns darum kümmern. Solange Abe nicht offiziell für …« Mir bleiben die Worte im Hals stecken. Wollte ich tatsächlich gerade »solange Abe nicht offiziell für tot erklärt wurde« sagen? Als handele es sich um einen lästigen Akt der Bürokratie? Ich habe einen Kloß im Hals. »Solange Abe nicht gefunden ist, gibt es kein Geld von der Versicherung, und ich habe nicht viele Rücklagen, aber als Will geboren wurde, habe ich ein Konto für ihn angelegt. Und ich glaube, ich habe genug für das Dach. Und wenn wir Cathys Zimmer herrichten lassen, dann können wir die Leute für ein Pfund oder so einen Blick hineinwerfen lassen.« Ma schaufelt den Teig in zwei Backformen, der Geruch erinnert mich an Sonntagstee und *Songs of Praise*. »Du könntest vielleicht Cream Tea servieren – zehn Pfund pro Person?«

»Hier sollen also den lieben langen Tag fremde Leute im Haus herumtrampeln? Touristen? Großstädter?«, knurrt Ma. »Wie viele Cream Teas müsste ich servieren, damit sich das lohnt?«

»Ich weiß es nicht, Ma, es war nur so ein Gedanke, eine erste Idee«, sage ich. »Früher hat mal sehr viel mehr Land zum Haus gehört – nicht, dass du oder ich gewusst hätten, was wir damit anfangen sollten, wenn es noch da wäre. Aber jetzt haben wir dieses riesige Haus, und wir werden es verlieren, wenn uns nicht bald etwas einfällt. Dann kommt wahrscheinlich einer von den Großstädtern aus dem Süden und kauft es. Und dann sind wir die Heatons, die Ponden verloren haben, nach fast fünfhundert Jahren. Das will ich nicht, und du willst es auch nicht. Mag ja sein, dass wir uns nicht immer in allem einig sind, aber ich weiß, dass wir beide Ponden Hall lieben.«

»Ist nie wirklich mein Haus gewesen.« Ma hält kurz inne und richtet den Blick hinaus auf die immer mehr aus dem Dunkel hervortretende Landschaft. »Hab aber mein Bestes gegeben.«

Ich überlege, ihre Hand zu nehmen, Brücken zu bauen, mich versöhnlich zu geben, aber ich schaffe es einfach nicht, meine bleischweren Finger von der Tischplatte zu heben. Ich dachte, die Wut wäre vielleicht verebbt, hätte sich nach all den Jahren und der Geburt meines eigenen Kindes in Luft aufgelöst. Aber sie ist noch da, sie brennt, sie lodert mitten in meiner Brust, und direkt daneben ihr Zwilling, die ewig bohrende Frage: Warum hat meine Mutter mich nie geliebt?

»Ich werde tun, was ich für nötig halte«, sage ich und überlasse sie wieder ihrem Kuchen.

Ich verbringe den ganzen Tag in Cathys Zimmer. Ich putze die Fenster, entferne Spinnweben und sauge den Teppich, den ich herausreißen will und der mindestens zur Hälfte aus Staub besteht. Als ich fertig bin, sehe ich mich um, betrachte die vielen in diesem Zimmer steckenden Jahrzehnte und kann schließlich nicht anders, als mich auf den alten Teppich zu legen und die Ruhe zu genießen.

Eine uralte Dachkonstruktion aus massiver, knorriger Eiche trägt die hohe Decke über mir, seit Jahrhunderten trotzt sie jedem Sturm. Aus den dicken Steinmauern ragen Sparren, schwere schwarze Eisenbeschläge verbinden sie mit den Querbalken. Ein Flickwerk aus Reparaturen und Ausbesserungen, das auf viele sorgsame, bewahrende Hände verweist. Durch drei von Mauerwerk umrahmte Fenster fällt das letzte Licht des Tages und verwandelt den Raum in eine Art Prisma, das die Pracht des Moors einfängt und zerstreut. Ich habe dasselbe Gefühl, das ich immer schon hatte, wenn ich hier war: Dass ich mich unter Riesen und durch Wolken bewege.

Solange ich lebe, hat noch nie jemand in diesem Zimmer übernachtet, und ich bin nie auf die Idee gekommen, mal zu fragen, warum, weil es doch im Grunde auf der Hand liegt: Dieses Zimmer ist besetzt, es steckt so voll von vergangenem Leben.

Die Glühlampe flackert, als eine Bö durch den Schornstein fegt und Asche ins Zimmer pustet, begleitet von kalter Luft. Mich schaudert, auf einmal sehe ich mich von oben, an den Fenstern, wie ich hereinspähe.

Es ist noch mehr zu tun, bevor ich Pause machen kann, Ich muss diesen Teppich entfernen, bevor Marcus Ellis morgen früh kommt.

Mit dem alten Teppichmesser, das ich in der Küchenschublade gefunden habe, durchstoße ich die betagte blaue Wolle, ruckweise ziehe ich die Klinge durch das morsche Material und wirbele Staub, Schimmel und Gummibrösel auf. Ich zerre und reiße weiter, bis ich ein Stück herausgelöst und die geheime Welt zwischen Teppich und Dielenboden freigelegt habe. Was zutage tritt, zaubert ein Lächeln auf das Gesicht der Archivarin in mir.

Bei näherer Betrachtung dessen, was sich dort verbirgt, wird mir klar, warum jeder Schritt in diesem Zimmer von einem leisen Flüstern und Knistern begleitet wird. Die Dielen wurden mit Zeitungen ausgelegt, mehrere Lagen davon, wie es aussieht, ziemlich vergilbt, aber trocken und intakt, was wohl ein gutes Zeichen hinsichtlich des Zustands der darunterliegenden Bretter ist.

Ich entferne eine Lage nach der anderen, in erster Linie Boulevardzeitungen mit fetten, teils roten Lettern – Dad interessierte sich eben sehr für Fußball und leicht bekleidete Damen. Doch dann verharren meine Hände, und mein Herz setzt kurz aus, als ich ein halb gelöstes Kreuzworträtsel finde.

Ich betrachte Dads Kritzeleien am Rand. Sie begrüßen mich hier, als würden sie mir von einem trägen Sommertag vor dreißig Jahren aus zurufen. Vorsichtig schneide ich dieses Relikt meines Vaters aus und betrachte es eine Weile, dann gehe ich in mein Zimmer und hole einen der säurefreien Umschläge, die ich aus London mitgebracht habe. Dieses fragile Fragment meines Vaters bietet sich geradezu an als erstes Fundstück für das Heaton-Archiv, das ich anzulegen gedenke – ein winziger Ausschnitt aus seinem Leben, für immer festgehalten in Kugelschreiber auf Zeitungspapier. Dad konnte mich wie kein anderer zum Lachen bringen, konnte wie kein anderer Geschichten erzählen. Diese Kritzeleien hier, das ist er. Verwoben mit dem Haus wie so viele andere Heatons vor ihm.

Vorsichtig entferne ich weiter Lage um Lage. Darunter befindet sich gemustertes Linoleum. Behutsam schneide ich es auf, und das Erste, was darunter zum Vorschein kommt, ist das Gesicht von Lily Cove, einer lieblichen jungen Frau, die mir sehr gut bekannt ist.

Denn sie ist einer der Geister von Ponden Hall.

Kapitel 7

»Sprung in den Tod – tragisches Ende einer jungen Fallschirmspringerin«, lautet die Schlagzeile des *Lincolnshire Chronicle* vom 16. Juni 1906, darunter das unscharfe Bild einer dunkelhaarigen jungen Frau, deren dunkle Augen sehr entschlossen blicken.

Einmal zu Halloween, ich war wohl um die neun Jahre alt, nahm Dad mich mit zu der Stelle hinter dem Haus, an der Lily zu Tode kam.

Ich kann mich noch an den scharfen Rauchgeruch erinnern und an den vom Stausee aufsteigenden Dunst, der die Hecken und Gräben in Nebel tauchte. Ich hätte Angst haben können, hatte ich aber nicht, weil ich mit Dad zusammen war, und an Dads Seite fühlte ich mich immer sicher.

Ich liebte Halloween, denn ich konnte sicher sein, dass wir zu diesem Anlass wirklich vollkommen unter uns waren. Niemand verirrte sich je nach Ponden Hall, um »Süßes oder Saures« zu fordern, und im Umkreis von mehreren Meilen gab es niemanden, bei dem wir hätten anklopfen können, darum machte Dad immer ein Feuer im Garten hinter dem Haus, wir grillten Marshmallows, und er erzählte mir Geistergeschichten.

Aber keine nebulösen Geschichten rund um ausgedachte dunkle Wälder oder namenlose, verlassene Häuser. Nein,

Dads Geistergeschichten drehten sich alle um unser Haus, und darum wurden sie auch zu meinen Geistergeschichten. Jeder Tod, jeder tragische Unfall und jeder brutale Mord wurden Teil meines Heaton-Erbes.

»Juni 1906«, erzählte mir Dad damals und strahlte sein Gesicht mit der Taschenlampe an. »Damals war es im ganzen Land Mode, dass knapp bekleidete junge Damen sich auf einem an einem Heißluftballon befestigten Trapez in die Lüfte heben ließen und dann mit einem Fallschirm heruntersprangen, um die Zuschauer mit ihrem Wagemut und ihren nackten Schenkeln zu erfreuen!«

»Ih, Daddy!«, kicherte ich, und Dad hatte mit den Augenbrauen gewackelt, wie er es immer tat, wenn er Witze machte.

»Unsere tragische Heldin, die junge Lily Cove, hatte eigentlich bei der Haworth Gala auftreten sollen, aber das Wetter an dem Tag war so schlecht, dass sie eigentlich gar nicht starten konnte. Sie hätte dann aber keine Gage bekommen, und so stieg Lily an jenem schicksalhaften Tag doch auf, unter den wenigen Zuschauern der Bürgermeister und ihr Manager.«

»Die arme Lily«, flüsterte ich, und obwohl ich das Ende der Geschichte ja kannte, hoffte ich immer noch, sie würde gut ausgehen.

»Das Wetter schlug um, und sie wurde vom Kurs abgetrieben.« Dad hatte es Spaß gemacht, die Geschichte auszuschmücken. »Sie driftete so schnell von Haworth Richtung Ponden Hall ab, dass sie ihr mit dem Milchkarren folgen mussten.«

»Sie hat solche Angst gehabt«, sagte ich, und Dad widersprach mir nicht. Natürlich hatte sie Angst gehabt, das wussten wir beide.

»Keiner weiß, warum sie die Riemen ihres Fallschirmgeschirrs durchgeschnitten hat«, sagte Dad und schüttelte traurig den Kopf. »Manche Leute meinten, sie hätte panische Angst vor dem Ertrinken gehabt und gefürchtet, der Fallschirm würde sie zum See tragen. Doch so ist sie mit dem Kopf zuerst in den Tod gestürzt. Hätte sie die Riemen nicht durchschnitten, wäre Lily Cove unversehrt auf festem Boden gelandet und hätte nicht als blutiger Haufen Fleisch und Knochen ihr Ende auf unserem Land gefunden. Genau hier. Sie trugen sie ins Haus und legten sie auf den Küchentisch, und genau da, wo du jetzt immer frühstückst, lag sie mit ihrem zermalmten Inneren und den zertrümmerten Knochen und tat ihren letzten, tragischen Atemzug.«

Dad war mir ganz nah gekommen, so nah, dass ich das Feuer in seinen Augen tanzen sehen konnte. »Und es heißt, in ruhigen Nächten wie dieser, wenn man genau hinhört, kann man ihre entsetzten Schreie quer über den See hören.«

Wir saßen eine Weile so da und lauschten nichts als dem Rauschen der Bäume im Wind und dem Knistern des Feuers und den Schreien der armen toten Lily Cove, als Dad plötzlich »Buh!« machte. Ich quiekte vor Schreck, und dann lachten wir uns kaputt. Doch als unser Lachen verstummt war, passierte etwas sehr Seltsames, etwas, das ich niemals vergessen werde: Wir hörten mitten in der Nacht einen Vogel rufen, ziemlich schrill, klagend, immer wieder. So etwas hatte ich noch nie gehört, es klang wie das Echo einer Erscheinung, die nicht hierhergehörte.

»Was ist das?«, hatte ich Dad mit weit aufgerissenen Augen gefragt. Er hatte den Kopf geschüttelt und dann monatelang versucht, den Ruf zu bestimmen – vergeblich.

In jener Halloweennacht war Lily nicht erschienen.

Aber damals wie jetzt brauchte ich keine sichtbare Erscheinung, um daran zu glauben, dass sie immer noch da war – ich fand es völlig einleuchtend und logisch, dass sie nicht ganz verschwunden, dass etwas von ihr immer noch vorhanden war. Dass die Energie, die sie einst zu einer unerschrockenen jungen Frau machte, sich immer noch auf Ponden befand, zusammen mit all den anderen Leben, die dieses Gemäuer beherbergt hatte, zusammen mit dem von Dad und eines Tages auch meinem.

Weil Ponden Hall so etwas wie eine lebende Zeitkapsel ist, die einen winzigen Moment von allem, was je dort vorging und vorgehen wird, einfängt und immer wieder ablaufen lässt; die jede Geschichte, die in Ponden Halls Mauern aufgeschrieben wurde, wieder erzählt, sie in die Gegenwart transportiert und auf diese Weise zeitlos und allgegenwärtig macht.

Deshalb wirkt die Stille immer so lebendig, so voller Energie, deshalb betrachte ich dieses Foto der längst verstorbenen Lily Cove und spüre sie ganz in meiner Nähe, sie ist genauso Teil des Hauses wie der Kalkstein, aus dem es erbaut ist, und wie die Dielen unter meinen Knien.

Behutsam löse ich das Zeitungsfoto heraus und lege es zu Dads Kreuzworträtsel. Irgendwie freut es mich, dass diese beiden Dinge sich in den letzten Jahrzehnten Gesellschaft geleistet haben.

Noch ein paar Minuten harter Arbeit, vorsichtigen Zerrens und Schneidens, wobei ich immer wieder beiseitelege, was mir interessant erscheint, dann endlich sehe ich die breiten, dicken Kiefernholzdielen. Ich bin zwar keine Expertin, aber ich finde, sie sehen vollkommen unversehrt aus.

Auf allen vieren streiche ich über die uralten Bretter, die einst aus Bäumen gefertigt wurden, die ihrerseits zu dem Zeitpunkt bereits Hunderte von Jahren alt waren. So viel Zeit steckt in den Fasern und zwischen den Astlöchern. So viele Füße haben sie bereits berührt, die Füße aller Heatons, die je auf Ponden Hall gelebt hatten, und dazu die von Emily Brontë, wenn sie sich in diesem Zimmer ans Feuer setzte, um zu lesen … Und ihre Geschwister wahrscheinlich auch.

Ich lege mich hin, auf die Seite, die Wange auf dem Holzboden, und erlaube mir, mich der Erschöpfung zu ergeben. Ich betrachte die unterschiedlichen Rot- und Gelbtöne im Holz, taste die Maserungen ab. Als meine Finger die Nut zwischen zwei Dielen erreichen, durchströmen mich eine wohlige Wärme und ein Gefühl inneren Friedens. Ich weiß, wenn ich jetzt die Augen schließe, schlafe ich an Ort und Stelle auf dem nackten Holzboden in diesem leeren Zimmer ein, und dann …

Ich reiße die Augen auf.

Unter meinen tastenden Fingerspitzen war plötzlich etwas Unregelmäßiges. Kaum breiter als mein Finger, und doch … Ich setze mich auf und sehe eine Zeichnung im Holz, keine Maserung und auch nicht einfach nur Kratzer oder Abnutzungserscheinungen. Eine bewusst zugefügte Zeichnung. Ich rappele mich auf, suche nach meiner Taschenlampe und meiner Lupe, richte beides auf die auffällige Stelle – und halte die Luft an.

Ein Wort. Vier Buchstaben. Ins Holz geritzt. So klein, dass man sie niemals sehen würde, wenn man nicht praktisch die Nase direkt auf dem Boden hätte.

Vier winzige Buchstaben, die mich an etwas erinnern, das ich schon einmal irgendwo gesehen habe, und die ein Wort ergeben.

Look.

Kapitel 8

Mein Herz klopft wie verrückt, als ich auf allen vieren in den schmalen Spalt zwischen den Dielenbrettern spähe, wo das Wort eingeritzt ist, und ja, Tatsache, da ist etwas, da steckt etwas, ein kleiner Holzkeil vielleicht?

Doch als ich mit dem kleinen Finger darüberstreiche, fühlt es sich eher weich an. Leder?

Ich ziehe meinen Werkzeugkasten näher heran, entnehme ihm meine lange Pinzette und leuchte mit der Taschenlampe, so tief es geht, in den Spalt. Ich bemerke, dass das ständige Brausen des Windes plötzlich verstummt und es ganz still ist, fast, als würde jemand die Luft anhalten und mich beobachten.

Auf dem Bauch liegend ziehe ich langsam das Fundstück hervor, Millimeter für Millimeter. Ein kleines Paket.

Dieses Etwas, dieses seltsame, dunkle Ding, das so lange verborgen war, scheint das Licht meiner Taschenlampe zu absorbieren. Ich drehe es um und stelle fest, dass es aus dünnem Leder besteht, zusammengefaltet zu einem Päckchen, nicht größer als meine Handfläche.

Ich nehme das Buchkissen aus meinem Kasten – eine Art Sitzsack für alte, empfindliche Dokumente – und lege meinen Fund darauf.

Das Leder sieht sehr alt aus, ergraut mit schwarzen Flecken. Es ist fest mit einer Schnur zusammengebunden, vielleicht auch aus Leder, aber so alt und steif, dass es schwer zu sagen ist.

Ich weiß, ich sollte warten, bis ich wieder Tageslicht habe, aber ich bin so furchtbar aufgeregt, und es ist mir egal, gegen welche Regeln ich hier verstoße. Was auch immer das hier ist, es wartet schon so lange darauf, entdeckt zu werden, dass es mir gänzlich unvorstellbar erscheint, dieses Warten auch nur noch eine Sekunde zu verlängern.

Wie lange ich brauche, um mit größter Sorgfalt die verknotete Schnur zu lösen, weiß ich nicht, aber Zeit spielt keine Rolle. Ich weiß, dass es draußen dunkel wird und der Mond aufgeht.

Aus der Ferne höre ich Wills Stimme und Mabs Bellen, und irgendwo tief in meiner Brust spüre ich immer noch den Verlust und die nicht nachlassende Sehnsucht nach Abe.

Aber hier und jetzt, ganz gleich, wie lange dieser Moment anhält, ist all das weit weg, und ich bin völlig versunken in dieser Entdeckung. Mit einem kleinen Metallspatel helfe ich nach, damit das Leder sich wieder auffaltet. Ich achte darauf, keine ruckartigen Bewegungen zu machen, und dann, endlich, treten zwei ineinander gefaltete, beschriftete Dokumente zutage.

Die beiden Papiere stammen aus unterschiedlichen Zeiten, unterschiedlichen Jahrhunderten, das sehe ich sofort, als ich die Beschaffenheit des Papiers und die Handschriften in Augenschein nehme.

Ich falte alles Leder und Papier, so gut es geht, auseinander und lege es nebeneinander.

»O Gott!« Ich höre das Staunen und die Aufregung in meiner Stimme, als hätte gerade jemand anderes gesprochen.

Die Schrift auf dem zweiten Papier kenne ich. Und wenn ich jetzt die in die Diele geritzten Buchstaben ansehe, weiß ich auch wieder, woran sie mich erinnern. An ein in eine Tischplatte geritztes »E«.

Ich kenne diese Schrift so gut wie meine eigene, weil es die Schrift eines Menschen ist, den ich liebe, seit ich alt genug war, um mir seinen Namen zu merken; die Schrift eines Menschen, mit dessen Leben ich fast genauso vertraut bin wie mit meinem eigenen.

Es ist die Schrift von Emily Brontë.

ZWEITER TEIL

O Gott in meiner Brust,
Allmächtiger König, immer gegenwärtig,
Leben, das in mir ruht,
Wie ich, unsterbliches Leben, hab Macht in Dir.

Emily Brontë

Tru und Abe

Die ersten Monate fühlten sich an wie ein halbes Jahr. In jenem Sommer versteckten wir uns immer wieder in der Heide und zwischen Farnen, unter den wenigen kargen Buchen, die nur dann hoch und aufrecht wuchsen, wenn sie im gnädigen Schutz des Tals standen. Wenn wir so frei zusammen waren, unter dem Himmelszelt, dann fühlte es sich an, als seien wir selbst ein Teil der Erde und als entdeckten wir jedes Mal, wenn wir zusammen waren, etwas Neues. Wenn ich die Augen schließe, kann ich es immer noch spüren, das Kratzen des Ginsters an meinem nackten Rücken, Abes raue Wange an meinen Oberschenkeln, die blauen Flecken, die ich mir an ein paar Felsen zugezogen hatte, Abes Finger, die mein Handgelenk nicht als Geste der Dominanz, sondern als eine der Verschmelzung umschlossen. Wenn wir zusammen waren, wenn der Wind uns umwehte und Käfer uns über die nackten Füße krabbelten, erlebten wir Unendlichkeit. Ich, Abe, die Erde, die Luft, das Geräusch des Wassers, wie es den Hang herunterplätschert, und der eisenhaltige Geruch des Bodens, der so intensiv war, dass man ihn bei jedem Kuss schmeckte.

Das war alles, was ich damals wollte. Ich hatte mich nach ihm, nach seinem Körper, nach dem genauso harten Boden darunter gesehnt und verzehrt. Es war Abe gewesen, der mehr wollte, der mich mit in seine Wohnung nach Leeds nahm, der mit mir und seiner Mutter Unity Kaffee trinken ging, der sich über meine Jugend und meine Anspruchslosigkeit an das Leben lustig machte, der aber auch lieb und hoffnungsvoll war. Es war Abe gewesen, der mich nach einigen Treffen an immer denselben Orten gebeten hatte, ihm das Haus der Brontës von innen zu zeigen.

Ich hatte gezögert, aus Angst, alles würde kaputtgehen, wenn er die Schwestern nicht genauso glühend verehrte wie ich. Mein junges, sensibles Herz hatte den Teil, der ganz und gar den Brontës vorbehalten war, unter Verschluss gehalten, auf dass er weiter ganz allein mein war.

Erst als ich mir hundert Prozent sicher war, dass Abe begriffen hatte, wie großartig die Schwestern waren und wie sie allen Erwartungen ihrer Zeit getrotzt hatten, um Großes zu leisten, konnte ich mit ihm ihr Haus betreten.

Wir blieben vor dem dicken Seil stehen, mit dem der Raum abgetrennt war, und als Abe den Tisch betrachtete, an dem sie gesessen und geschrieben hatten, war ich sicher, er verstand, dass es sich nicht einfach nur um irgendein Zimmer handelte und nicht um irgendwelche Möbel. Dass das hier mein Tempel war.

»Die Schwestern waren so unerschrocken – und genau deshalb sind hier einige der großartigsten Geschichten, die je erzählt wurden, entstanden. Ist das nicht der Wahnsinn? Wenn man tief Luft holt, dann atmet man sie ein. Stell dir das doch mal vor.«

Abe hatte immer wieder genickt und aufmerksam zugehört, während ich ihn von Zimmer zu Zimmer führte und ihm, ohne ihn dabei anzusehen, alles erzählte, was ich über die Brontës und jedes kleinste Ausstellungsstück wusste –

bis uns schließlich ein Dutzend fremder Leute folgte und mir ebenfalls zuhörte. Als wir wieder rauskamen in den warmen, verträumten Nachmittag, bemerkte ich, wie aufgeregt ich gewesen war – noch aufgeregter, als wenn ich ihn meiner Mutter vorgestellt hätte.

»Danke«, sagte Abe, als wir die Hauptstraße hinuntergingen zu seiner Bushaltestelle. »Das hat mir richtig gut gefallen.«

»Achtung, Sarkasmusalarm«, lachte ich.

»Nein, wirklich.« Er nahm meine Hand. »Wenn du mich vor einem Jahr gefragt hättest, was ich über die Brontë-Schwestern weiß, dann wäre mir dazu nichts eingefallen außer ›drei langweilige Frauen, die drei langweilige Bücher geschrieben haben, die längst Geschichte sind‹. Du hast mir eine Tür geöffnet und Einblick in etwas Wunderschönes gegeben – und wie du das alles so erzählt hast, wie dieses ganze Wissen aus dir hervorgesprudelt ist, mit welcher Begeisterung! Das war wunderschön. *Du* bist wunderschön.«

»Ach, Klappe«, sagte ich, musste aber trotzdem lächeln.

»Ob ich wohl dieselbe Wirkung auf dich hätte, wenn ich dir das zentrale Nervensystem erklären würde?«

»Könnte sein.« Ich lachte. »Aber ich lerne auch schon allein durch deine Nähe genug über mein zentrales Nervensystem. Musst du jetzt zurück? Sonst könnten wir vielleicht noch …«

»Moment, hör mal eine Sekunde auf, mich abzulenken.« Abe nahm meine Hände von seiner Brust. »Ich muss dir was sagen. Schon seit Längerem, und jetzt wird mir gerade bewusst, wie wichtig es mir ist.«

»Aha?« Ich wurde schlagartig furchtbar nervös.

»Du bist so klug, Tru. Du machst jetzt bald Abi, aber du

hast dich bisher an keiner einzigen Uni beworben. Du redest nicht mal darüber, und mich würde einfach interessieren: Warum?«

»Ich weiß es nicht«, sagte ich achselzuckend. »Ich komme halt nicht aus einer Akademikerfamilie. Außerdem mag ich mein Leben so, wie es ist, ganz gerne, und ich habe keine Ahnung, was ich später mal machen will. Vielleicht brauche ich dafür gar kein Studium, warum also soll ich mich unter Druck setzen?«

»Weil dein Leben nicht immer so sein wird wie jetzt.« Abe blieb stehen. Versuchte, mir in die Augen zu sehen, aber ich wich seinem Blick aus und betrachtete über seine Schulter hinweg das Mosaik aus Menschen, die in bunte Farben gekleidet die Anhöhe hinaufstiegen.

»Vielen Dank, Dad«, sagte ich. »Du weißt aber schon, dass ziemlich viele Leute erst mal ein Jahr Pause machen?«

»Ja, zum Beispiel, um zu reisen«, hielt Abe dagegen. »Nicht, um zu Hause herumzuhängen und im Pub zu jobben. Hör zu, das ist natürlich deine Entscheidung, aber nach allem, was ich über dich weiß, nachdem ich dich da drinnen hab reden hören, kann ich nur sagen, es gibt in der Welt so vieles zu entdecken, zu verstehen, zu erfahren. Ich bin sicher, das Studentenleben wäre genau das Richtige für dich, du würdest neue Leute treffen, mehr über die Welt lernen. Hier würdest du doch einfach nur versauern.«

Er verstummte – vielleicht, weil er die tiefe Furche zwischen meinen Augenbrauen sah.

»Ich empfinde mein Leben hier als sehr reich«, erklärte ich ihm. »Du magst es klein und piefig und bescheiden finden, und sicher werde ich nie lernen, Leben zu retten wie du. Aber ich liebe die Gegend hier, ich liebe mein Zuhause, und

Ma ist … Ich bin alles, was sie hat. Und ich habe dich. Mehr brauche ich nicht.«

Abe sah weg, schob die Hände in die Hosentaschen. Ich verstand nicht, wieso das, was ich gerade gesagt hatte, diesen Effekt auf ihn hatte.

»Ich habe dich doch, oder nicht?«, fragte ich verunsichert. »Oder schämst du dich für mich?«

»Es ist nur … du und ich … das wird nicht funktionieren, wenn … es nicht so sein kann«, stammelte er.

»Wie ›so‹?«, fragte ich lachend, aber er lächelte nicht einmal. »So wie was, Abe?«

»Ich liebe dich, Tru, aber ich will nicht der Grund dafür sein, dass du nichts aus deinem Leben machst.«

»Wovon redest du? Was ich mache, hat überhaupt nichts mit dir zu tun, und außerdem mache ich sehr wohl etwas – *das hier* ist etwas.«

»Etwas mehr, Tru. Du könntest so viel mehr aus dir machen, wenn du dich von deinen Erwartungen an dich selbst befreien könntest. Wen interessiert das schon, dass die Familie Heaton seit fünfhundert Jahren in dem Haus wohnt oder dass du in dem Haus geboren wurdest? Das heißt noch lange nicht, dass du auch in dem Haus sterben musst. Da draußen gibt es eine ganze, große, weite Welt, in der es so viel zu entdecken gibt – auch für dich.«

»Hörst du dir eigentlich selber zu?«, fragte ich. »Du redest mit mir wie mit einem kleinen Kind.«

»Weil du dich manchmal wie eins benimmst!«

Ich weiß nicht, was er dann noch sagte, weil ich auf dem Absatz kehrtmachte und abdampfte. Ich hörte ihn rufen und erwartete, er würde mir nachlaufen und mich gleich einholen. Tat er aber nicht. Ich drehte mich nicht nach ihm um, bis ich ganz oben auf dem Hügel angekommen war, und als ich es endlich doch tat, war er nicht mehr da.

»Trudy Heaton.« Ich hätte mich fast zu Tode erschrocken, als Erica Sadler vom Kunstladen mich ansprach. Eine Frau, die sehr gerne redete. »Stress mit dem Liebsten?«

»Nein«, sagte ich und wollte weitergehen, doch sie redete weiter.

»Ich hab dich schon ein paarmal mit dem jungen Mann gesehen. Wo kommt der her?«

»Aus Leeds.« Ich verschränkte die Arme vor der Brust.

»Ursprünglich, meine ich.«

»Aus London.« Ich sah sie herausfordernd an.

»Ach, was soll's, Hauptsache, deine Mutter mag ihn.«

»Sie liebt ihn«, sagte ich. »Ist ganz vernarrt in ihn.«

»Pass bloß auf, dass du vor lauter jungem Liebesglück nicht deine Prüfungen vernachlässigst, ja?« Erica Sadler lachte, und ich sah ihr lächelnd nach. Aber ich wusste, Ma würde noch vor Ablauf des Tages über Abe Bescheid wissen, weil Erica Sadler es sich einfach nicht verkneifen können würde, ihr brühwarm von ihm zu erzählen, weil sie unbedingt ihr Gesicht sehen wollte.

Und ganz gleich, was diese alte Schachtel vielleicht dachte, Ma würde sich ganz bestimmt nicht über Abes Hautfarbe aufregen.

Nein, sie würde sich darüber aufregen, dass ich etwas so Wichtiges vor ihr geheim gehalten hatte. Dass ich es für mich behalten hatte, für mich allein.

Und das würde heißen, dass ich nicht mehr zu ihr gehörte, dass ich das nie wieder tun würde, und ich wusste – ich hatte das schon immer gewusst –, wie schlimm das für sie sein würde, wie schwer es ihr fallen würde, mich loszulassen.

Ich hätte in dem Moment nach Hause gehen können. Ich hätte es ihr erzählen können, bevor Erica Sadler in ihren Honda Civic stieg und »zufällig vorbeikam«.

Das hätte ich tun können, aber ich tat es nicht. Stattdessen nahm ich den langen Weg nach Hause, ließ mir die Sonne auf die Arme scheinen und den Kopf schwirren, während ich zig Wanderer überholte, bis ich endlich oben an Top Withens angekommen und mit dem Wind und den Wolken alleine war.

Erst als ich mich an den steilen, steinigen Abstieg machte und schon fast zu Hause angekommen war, wurde mir klar: Es ging nicht darum, dass ich auf gar keinen Fall ein anderes Leben wollte als mein jetziges. Es ging darum, dass ich nichts wusste und kannte, das ich mir mehr gewünscht hätte.

Ich wusste, wenn ich dortbleiben würde, wo ich war, dann wäre ich auf jeden Fall zufrieden.

Aber zum ersten Mal in siebzehn Jahren fragte ich mich, ob zufrieden genug war. Und selbst wenn es das gewesen wäre, so war es kurz darauf ohnehin egal, denn als ich nach Hause kam, wartete Ma bereits auf mich, und Abe hatte recht. Nichts bleibt, wie es ist.

Kapitel 9

»Trudy Heaton, vermute ich?«

Marcus Ellis taucht auf, während ich vor dem Haus auf und ab spaziere und den Blick abwechselnd auf Will, der Mab Stöckchen holen lässt, und das Fenster meines Schlafzimmers richte, wo ich den gestrigen Fund in einer Archivbox verstaut habe.

Kurz nachdem ich begriffen hatte, was ich da vor mir sah, war Will hereingekommen, hatte den Raum mit seiner kinetischen Energie gefüllt, und die Uhren tickten wieder.

»Mummy, es ist schon fast zehn, und ich bin immer noch nicht im Bett!«, informierte er mich und sah mich aus viereckigen Augen an. »Gran sagt, sie hat für heute genug von mir und dass ich dich holen soll.«

»Oh, Will, tut mir leid.« Ich warf einen letzten Blick auf die Worte auf dem Papier, und da verschwammen sie bereits. Ich begriff, wie müde ich war, nicht nur von meinem Tagwerk, sondern von den ganzen letzten Wochen und Monaten, in denen ich immer und immer weitergemacht hatte. »Ich habe den Teppich hier rausgerissen. Gefällt es dir?«

Will, der inzwischen vor lauter Müdigkeit extrem aufgedreht war, freute sich über das Geräusch, das seine nackten Füße auf dem Boden machten, als er zigmal um mich herum im Kreis rannte, während ich die Papiere sorgsam in eine Pappmappe legte.

»Vorsicht, Will.« Ich zwang mich zurück in die Realität, als würde ich versuchen, mich von einem sehr intensiven Traum zu lösen. »Der Sachverständige muss sich den Boden erst noch ansehen.«

»Wozu? Ist doch einfach nur ein Boden.« Will lachte und ruderte mit den Armen, als wollte er fliegen. Zitternd schob ich die Mappe und das Leder in die Kiste zu Dad und Lily Cove.

Hatte ich tatsächlich gesehen, was ich glaubte, gesehen zu haben? Vielleicht war es die Erschöpfung gewesen oder die Hoffnung, die die Wissenslücke mit Übersinnlichem füllte, weil ich etwas brauchte, irgendetwas, an dem ich mich festhalten konnte.

»Liest du mir noch mehr aus dem *Geheimen Garten* vor?«, bettelte Will. »Ich mag das Buch.«

»Hast du gegessen?«, fragte ich und war selbst entsetzt, dass ich das überhaupt fragen musste.

»Ja, Marmeladenbrot und Kuchen.«

»Dann putzt du dir jetzt besonders gründlich die Zähne und gehst ins Bett – und ich lese dir noch was vor.« Ich schämte mich dafür, dass ich in diesem Augenblick viel lieber noch einmal anschauen wollte, was ich gefunden hatte, als meinen Sohn ins Bett zu bringen. Ich schob die Archivbox auf das oberste Regal im Bücherschrank in meinem Zimmer und schloss die Tür. Erst dann war es mir möglich, mich aus meiner Blase zu lösen und ins Jetzt zurückzukehren. Will schnitt beim Zähneputzen Grimassen, und ich lachte. Von oben betrachtete ich seinen kleinen Kopf, als mein Junge sich zum Vorlesen an mich kuschelte. Ich wartete, bis er in meinem Arm eingeschlafen war, den Kopf auf meiner Brust, und schickte ein Gebet hinauf zu dem Stern, der genau über dem Loch im Dach stand, ich dankte dem Herrn für meinen Sohn, der sich weigerte, die Hoffnung aufzugeben, das Lachen aufzugeben und das Leben, bis ich schließlich auch einschlief. Und zum ersten Mal seit Monaten war die Nacht im Nu vorbei, nach traumlosem Schlaf wachte ich immer noch komplett angezogen auf und hatte das Gefühl, mich sowohl körperlich als auch mental erholt zu haben.

Gestern Abend wollte ich unbedingt wissen, ob ich da vielleicht etwas gefunden hatte, das aus der Feder von Emily Brontë stammte – jetzt habe ich Angst, noch einmal hinzusehen und festzustellen, dass es genau das nicht ist.

»Trudy Heaton?«, wiederholt Marcus Ellis, und ich lächele ihn an und reiche ihm die Hand.

»Ganz richtig. Und Sie sind Marcus Ellis?«

Er ist der Prototyp eines Angehörigen der englischen Upperclass: blondes, dünner werdendes Haar, blasse Haut, blaue Augen, nagelneu aussehende Wachsjacke und Jeans – Ma wird ihn auf den ersten Blick nicht ausstehen können. Und was sieht er? Eine nicht gerade sehr gepflegte Frau in zerknitterten Klamotten und mit zerzaustem Haar – von daher sollte ich vielleicht nicht allzu vorschnell urteilen.

Marcus lächelt breit und nickt. Er kann den Blick nicht von dem Haus abwenden, als könnte er es gar nicht abwarten hineinzugehen. Ich glaube, ich mag ihn.

»Und du bist …?« Er lächelt Will an, doch der lässt ihn links liegen.

»Das ist mein Sohn Will, und das hier ist Mab, der Hund meiner Mutter.«

»*Mein* Hund«, sagt Will, ohne einen von uns anzusehen.

»Kommst du bitte mal her und sagst Guten Tag, Will?«, fordere ich ihn auf, doch Marcus schüttelt den Kopf.

»Schon in Ordnung. Welches aufgeweckte Kind will sich schon mit einem Erwachsenen unterhalten? Da habe ja nicht mal ich besonders große Lust drauf, und ich bin fast vierzig.«

»Ich dachte eigentlich, ich hätte ihm ganz gute Manieren beigebracht«, sage ich so laut, dass Will mich hören kann, und füge etwas leiser hinzu: »Er macht gerade eine Menge durch, danke, dass Sie nicht so streng mit ihm sind.«

»Kann ich draußen bleiben und mit Mab spielen?«, fragt Will.

»Ja, aber bitte im Garten, nicht auf der Straße, okay?«

»Okay.« Will bedeutet Mab, ihm zu folgen, und mit kurzer Verzögerung stößt sie einen tiefen Seufzer aus und trottet ihm hinterher.

»Offen gestanden, ich will schon seit Jahren wahnsinnig gerne mal einen Blick in dieses Haus werfen«, sagt Marcus und sieht sich alles sehr genau an, als ich ihn hineinführe. »Unsere Familie ist ziemlich Brontë-verrückt, müssen Sie wissen – als ich klein war, ist mein Vater oft mit mir hier vorbeigegangen, mindestens zwanzig, dreißig Mal, und hat mir erzählt, dass der Alkoven aus *Sturmhöhe* in diesem Haus steht. Damals habe ich es sogar mal geschafft, mich ins Haus zu stehlen, weil ich das Bett unbedingt sehen wollte, aber dann war da diese junge, aber ziemlich Furcht einflößende Frau und hat mich am lang gezogenen Ohr wieder hinausbefördert.«

»Oh, das wird meine Mutter gewesen sein«, sage ich und senke unwillkürlich die Stimme, als wir das Haus betreten. »Sie sind in unser Haus eingebrochen?«

»So würde ich das nicht nennen. Die Tür stand offen.«

Wir stehen jetzt im Eingangsbereich, und im Nu breitet sich ein Lächeln auf seinem Gesicht aus. Ich kann nicht anders, als es zu erwidern.

»Das wird wunderschön werden«, sagt er mit leuchtenden Augen. »Ich finde ja, so alte Gebäude sprechen irgendwie mit einem, man muss einfach innehalten und lauschen und herausfinden, was sie einem sagen wollen. Welches ihrer vielen Geheimnisse sie verraten wollen. Oder was meinen Sie?«

»Genau dasselbe. Ich habe schon immer mit dem Haus gesprochen, schon als ich klein war. Es käme mir unhöflich vor, es nicht zu tun.«

Ich bleibe vor der Küchentür stehen, hinter der Ma ziemlich geräuschvoll dabei ist, die Lieferung vom Supermarkt einzuräumen, und ich hoffe, meine nonverbale Kommunikation ist ausreichend, um Marcus zu verstehen zu geben, dass wir besser noch damit warten, die Aufmerksamkeit meiner Mutter auf uns zu ziehen.

Vielleicht erinnert er sich an die Frau, die ihn schon einmal hinausgeworfen hatte, während er mir schweigend die Treppe hinauf und durch den Flur folgt, bis wir die Tür zu Cathys Zimmer erreichen. Ich öffne sie und beobachte ihn, als er hineingeht. Er lacht vor Begeisterung. So ansteckend, dass auch ich lache.

»Ich fasse es nicht, dass ich wirklich hier stehe«, sagt er. »Seit meiner Schulzeit weiß ich von diesem Zimmer. Mein Vater hat wertvolle antiquarische Bücher gesammelt und damit gehandelt – das tut meine Familie schon seit Generationen –, und es war quasi Gesetz bei uns zu Hause, dass ich, bis ich zwölf war, sämtliche Bücher der Brontës gelesen haben musste. Als er mir von diesem Zimmer und dem Fenster erzählte, wollte ich unbedingt den Ort sehen, der Emily Brontë zu der berühmten Szene in *Sturmhöhe* inspiriert hatte. Vielleicht ist das einer der Gründe dafür, dass ich mich auf die Restaurierung alter Häuser spezialisiert habe … Ich habe hier schon ein paarmal meine Dienste angeboten, aber nie eine Rückmeldung bekommen. Und jetzt bin ich hier und … bin wie verzaubert, Trudy. Das hier ist der Wahnsinn.«

Ich beobachte sein Mienenspiel, als er sich weiter in den Raum hineinbewegt, sich dreht und jeden einzelnen Balken, jeden Stein beäugt. Sein Lächeln wird immer breiter.

»Das ist unglaublich«, sagt er. »Und der Alkoven! Der Alkoven ist ein Schatz. Ich kann gar nicht glauben, dass ich ihn endlich mit eigenen Augen sehe. Darf ich?«

Ich nicke. Zögernd bewegt er sich darauf zu, dann legt er die Hand auf das dunkle Holz und schiebt die Tür zur Seite. Ich höre ihn japsen, als er das kleine, quadratische Fenster sieht.

»Wahnsinn! Als wäre ich im Roman. Und es sieht vollkommen original aus.«

»Ich finde es toll, jemandem zu begegnen, dem das alles hier genauso viel bedeutet wie mir«, sage ich, ohne nachzudenken. »Ponden Hall ist ziemlich wählerisch, es mag nicht jeden. Aber ich habe das Gefühl, dass Sie genau sein Typ sind.«

»Na, jedenfalls ist Ponden ganz und gar mein Typ.« Lächelnd dreht Marcus sich zu mir um, aus seinen Augen spricht große Wärme und Vertrauenswürdigkeit. Plötzlich würde ich ihm am liebsten zeigen, was ich gestern Abend hier gefunden habe, ich weiß, er wäre genauso aufgeregt und begeistert wie ich. Aber irgendetwas hält mich zurück, fast so etwas wie eine

Hand auf meiner Schulter, eine unvermittelte Wachsamkeit und das sehr starke Bedürfnis, das zweihundert Jahre alte Geheimnis für mich zu behalten. Ich bin der einzige Mensch auf der Welt, der davon weiß. Und das verleiht mir eine gewisse Macht.

»Wir beide müssen doch in etwa zur selben Zeit hier in der Gegend aufgewachsen sein. Wollen wir uns nicht duzen?«, frage ich.

»Gerne.«

»Ich kann mich gar nicht erinnern, dich in der Schule gesehen zu haben?«

»Nein, meine Familie hat mich auf eine andere Schule geschickt.« Marcus' Lächeln lässt ein wenig nach. »Mein Vater meinte, das sei gut für die Charakterbildung und so. Ich habe dich mal gegoogelt und gesehen, dass du im Lister-James-Museum in London gearbeitet hast. Da war ich letzten Sommer mal – ein großartiges Museum. Die Ausstellung mit den Todesmasken fand ich ganz besonders bewegend.«

»Genauso geht es mir damit auch. Komisch, die meisten Besucher haben hinterher Albträume davon. Sie verstehen nicht, wie selbstverständlich die Menschen in der viktorianischen Zeit mit dem Tod umgingen.«

Marcus holt einen iPad aus seiner Arbeitstasche.

»Also, für das Gutachten sind erst einmal das Alter des Gebäudes und sein momentaner Zustand wichtig. Wir werden natürlich so viel wie irgend möglich von der Originalsubstanz bewahren, aber wir wissen auch, wie man so renoviert und restauriert, dass die Denkmalaufsicht zufrieden ist. Ich schätze, ich werde fast den ganzen Tag brauchen, um in dem alten Teil des Hauses, dem aus dem 16. Jahrhundert, alles aufzunehmen. Wenn ich alle nötigen Daten zusammengetragen habe, schreibe ich einen Bericht, und dann können wir anfangen, über die Kosten zu sprechen und darüber, was der Denkmalschutz fordert, und …«

Ein schriller Angstschrei dringt durch das offene Fenster zu uns herein. Will.

Kapitel 10

Ich stürze aus dem Haus, taumele dem weiten grauen Himmel entgegen. Meine Füße tragen mich über den steinigen Untergrund, atemlos renne ich Wills Schrei entgegen, lange Grasbüschel und kleine Senken lassen mich immer wieder straucheln. Ich laufe wie jemand, der weiß, dass schlimme Dinge passieren können, sehr schlimme Dinge.

Mein Junge liegt unter der großen alten Eiche, zusammengerollt wie ein Fötus, er weint und wiegt sich auf der weichen Erde. Mab wacht über ihn, wie eine Brücke hat sie sich über ihn gestellt, die dicken Pfoten fest neben seinem mageren Körper in den Boden gerammt, so schützt sie ihn vor weiterer Unbill. Erst als ich mich nähere, macht sie Platz.

»Will, mein Schatz, was ist passiert? Kannst du alles bewegen? Tut dir was weh?« Schnell untersuche ich ihn auf offenkundige Verletzungen, dann schließe ich ihn in die Arme.

Irgendwann hört er endlich auf zu weinen. Sein einer Schuh liegt ein, zwei Armeslängen von uns entfernt, auf der Seite, und Will vergräbt das Gesicht an meinem Hals.

»Ich war in dem Baum klettern, so wie du früher, und dann – dann bin ich runtergefallen.«

»Ach, mein süßer Schatz.« Ich drücke ihm den Handrücken gegen die erhitzte Wange. »Du hast dich bestimmt ganz schön erschrocken.«

»Ja, da war der Schreck bestimmt größer als der Schmerz«, plappert er den Satz nach, den er schon mindestens hundert Mal von mir gehört hat.

»Wo tut es denn weh? Arme? Beine? Kopf?«

»Fußgelenk«, sagt Will. »Aber nur ein bisschen. Aber genug, dass ich morgen vielleicht nicht in die Schule gehen kann?«

Das überrascht mich. Ich sehe ihn an, er senkt den Blick. Hat er …? Er ist doch wohl nicht …? Nur, um morgen nicht in die neue Schule gehen zu müssen – oder? Habe ich seine Sorgen und Ängste wirklich so weit aus dem Blick verloren?

»Hallo«, ruft Marcus uns zu, als er über die Wiese kommt, und Will guckt ziemlich entgeistert, als er sich völlig unbekümmert mit seiner makellosen Jeans ins nasse Gras setzt.

»Ich kenne mich ein bisschen mit Erster Hilfe aus, bin Reservist bei der Armee – darf ich mal gucken?«

»Hast du ein Gewehr?«, fragt Will.

»Ja«, antwortet Marcus ernst. »Aber nicht, weil ich Reservist bin. Schießen ist ein Hobby von mir, darum habe ich ein Paar Waffen. Darf ich mal gucken?«

»Schießt du auf Tiere?« Will kneift die Augen zusammen.

»Nein, nie.« Marcus lächelt. »Nur auf Zielscheiben. Kannst du mal mit den Fingern wackeln?«

Will wackelt mit den Fingern.

»Zehen?«

Wills Zehen zappeln in den Socken.

»Okay, ich würde jetzt gerne die Beweglichkeit deiner Fußgelenke, Knie, Arme und Handgelenke prüfen. In Ordnung?«

Mit jedem Gelenk, das Marcus untersucht, wird Will ruhiger. Er beobachtet Marcus mit unverhohlener Neugier. Ich muss gestehen, mir geht es genau wie ihm, während ich diesen höflichen, gut gekleideten Mann betrachte, wie er in dem nassen Gras kniet und ihm die Haare ins Gesicht fallen. Er hat etwas an sich, er strahlt etwas aus, das mir bekannt vorkommt und mich tief im Inneren berührt – und dann wird mir klar, dass dieser Mann, der Abe äußerlich so gar nicht ähnelt, mich dennoch an ihn erinnert. Seine ruhige Art, seine entspannte Bestimmtheit sind Balsam für meine Seele. Die Erkenntnis schmerzt mich so sehr, dass mir kurz die Luft wegbleibt, und ich muss mich verdammt zusammenreißen, um nicht dem Impuls nachzugeben, mich bäuchlings auf die Erde zu werfen und zu heulen.

»Auf welchem Ast warst du denn, Sportsfreund?« Marcus sieht in den Baum hinauf.

Ohne nachzudenken, steht Will auf und zeigt auf einen der niedrigeren Äste.

»Puh! Nicht ohne«, sagt Marcus. »Aber wenigstens bist du weich gelandet. Ich glaube nicht, dass du dich ernsthaft verletzt hast.«

»Zeigst du mir deine Waffen?«, fragt Will.

»Würde ich gerne.« Marcus lacht. »Aber ich habe sie nicht dabei, ich habe sie zu Hause im Waffenschrank eingeschlossen.«

»Komm«, sage ich und hebe Wills Schuh auf. »Wir gehen rein. Wie wäre es, wenn du dich aufs Sofa legst und eine DVD guckst? Und ich mache dir eine Kleinigkeit zu essen.«

Will humpelt mir voraus, eine Hand an Mabs Halsband. Ich sehe zu dem Fenster des Zimmers, in dem ich kurz zuvor noch gewesen war, und das Fenster blinzelt mir zu. Es wartet geduldig.

»Danke«, sage ich an Marcus gewandt, als Will ins Haus hüpft. »Für die Erste Hilfe. Mein Mann ist Arzt …«

»Ach, dann hättest du mich ja gar nicht gebraucht!« Marcus lächelt. »Wann kommt er denn?«

»Er ist …« Ich seufze, es wird nicht leichter. »Ich dachte, hier wüssten alle Bescheid.«

»Worüber?«

»Er ist vor acht Monaten mit einem Flugzeug abgestürzt und seither verschwunden. Was ich sagen will, ist – er ist tot. Er ist tot. Bisher wurde seine Leiche noch nicht gefunden, aber … er ist tot. Er kann das nicht überlebt haben. Und darum … na ja, also …«

»Herrje.« Marcus sieht mich an. »Das tut mir so leid, Trudy.«

»Mir auch«, sage ich. »Es tut mir leid, das ist eine wirklich blöde Situation. Normalerweise machen solche Sachen in Haworth schnell die Runde.«

»Nein.« Marcus lächelt mitfühlend. »Nein. Ich bekomme selten irgendwelche Gerüchte mit. Meine Ex-Frau seinerzeit schon eher, sie hat im Brontë-Museum gearbeitet und wusste immer über alles Bescheid. Aber ich nicht. Manchmal glaube ich, dass ich einfach von Natur aus ein Außenseiter bin. In diesem Fall aber wünschte ich, ich hätte es gewusst, dann hätte ich … mich anders verhalten.«

»Das war sehr nett von dir«, sage ich, den Blick auf meine verknoteten Hände gerichtet.

»Wer sind Sie?« Ma steht in der Tür und versperrt Marcus den Zutritt. »Was haben Sie mit meinem Enkel gemacht?«

»Mrs Heaton? Sie werden sich nicht erinnern, aber wir sind uns schon einmal begegnet, ist schon lange her. Ich heiße Marcus Ellis, und ich bin hier, um den alten Teil des Hauses zu begutachten, bevor wir mit den Sanierungsarbeiten beginnen.« Marcus streckt ihr genauso lächelnd die Hand entgegen wie mir vorher, doch Ma sieht ihn an, als sei er etwas, in das sie gerade hineingetreten ist.

»Interessiert mich einen feuchten Kehricht, wer Sie sind, ich habe Ihnen nicht erlaubt, mein Haus zu betreten.«

»Ma, ich hatte dir von dem Termin mit Marcus erzählt«, sage ich leise. »Am Haus muss was getan werden, schon vergessen?« Ich drehe mich kurz zu Marcus um, dem die Situation sichtlich unangenehm ist. »Das muss sein, ob es dir passt oder nicht. Ich muss Will eine gewisse Sicherheit in seinem Leben geben, und Ponden kann diese Sicherheit sein. Dieses Haus ist ein ganz besonderer Ort, Ma, aber man muss sich darum kümmern, und ich verstehe einfach nicht, wieso du dich so dagegen sträubst.«

»Ich …« Ma schüttelt den Kopf. »Das werde ich ganz bestimmt nicht hier und jetzt besprechen. Ich möchte einfach noch ein bisschen warten. Ich habe meine Gründe.«

»Würdest du dann bitte mal nach Will sehen? Er war nach dem Sturz vom Baum ziemlich durcheinander.«

»Er ist vom Baum gefallen? Meine Güte, warum sagst du mir das denn nicht?«

Ich reibe mir das Gesicht, als sie ins Haus verschwindet.

»Tut mir leid.« Ich sehe Marcus durch meine Finger an.

»Normalerweise komme ich bei Müttern eigentlich ganz gut an«, sagt er.

»Meine Ma ist keine normale Mutter.« Ich lächele. »Und sie würde eher sterben als zugeben, dass sie sich geirrt hat.«

Will liegt mit Mab auf dem Sofa, das Kinn auf ihrem Kopf, die Hände unter ihren Ohren, den Blick auf den Bildschirm meines Laptops gerichtet, auf dem ein Film läuft. Ich höre Ma in der Küche herumhantieren und mit ihren Töpfen und Pfannen schimpfen.

»Wie geht es dir?«, frage ich Will und setze mich neben ihn.

»Gut.«

»Kein Kopfweh? Dir ist nicht übel?«

Er schüttelt den Kopf.

»Vorhin hast du gesagt, du könntest vielleicht morgen nicht zur Schule gehen?«

»Mal sehen.« Er dreht sich zu mir um. »Vielleicht stehe ich unter Schock.«

»Hör mal«, sage ich. »Ich weiß, es ist kein Spaß, in einer neuen Schule anzufangen, so weit weg von zu Hause und mitten im Schuljahr … Ich kann mir vorstellen, dass dich das belastet. Du kannst mir das also ruhig sagen.«

Will betrachtet mich ausgiebig und ernst.

»Ich will morgen nicht zur Schule gehen«, sagt er. »Ich will überhaupt nicht zur Schule gehen. Jedenfalls nicht hier. Was, wenn ich der Einzige bin, der so aussieht wie ich? Was, wenn die nichts mit mir zu tun haben wollen? Kann ich nicht einfach zu Hause bleiben, bis wir wieder nach London fahren? Oder weißt du was, in Australien gibt es Kinder, die online Unterricht bekommen. Kann ich das nicht auch? Über Skype oder so? Miss Andrews hätte da bestimmt nichts dagegen, wir können sie fragen. Sie könnte einen Laptop auf mein Pult stellen, mit mir auf dem Bildschirm.«

Er lächelt bei der Vorstellung.

»Ich wünschte, das würde gehen«, sage ich behutsam. »Ich wünschte, wir hätten in den letzten Monaten nicht so viel durchmachen müssen, mein Hase, so viele Veränderungen, aber …«

»Ich bin kein Hase!« Er wendet sich von mir ab. »Und ich will hier nicht zur Schule gehen.«

»Warum nicht?«, frage ich. »Nach ein paar Tagen wird es dir bestimmt gefallen, du wirst neue Freunde finden. Ich wette, hier gibt es eine Fußballmannschaft.«

»Ich mag keinen Fußball, und hier ist alles anders. Und ich will nicht noch mehr anderes. Noch nicht. Ich bin noch nicht so weit, Mummy. Vielleicht, wenn Daddy kommt … Kann ich nicht einfach zu Hause bleiben, bis Daddy kommt?«

»Will …« Ich ziehe ihn näher an mich heran. »Das alles ist so furchtbar schwer und noch viel schwerer für dich als für mich, das vergesse ich immer wieder. Als ich so alt war wie du, war das hier mein Leben, und ich dachte wohl, dir würde es ruck, zuck genauso gehen. Aber wenn ich jetzt so drüber nachdenke, wie das alles auf dich wirken muss, dann ist es wohl eher ziemlich einsam hier und vielleicht auch ein bisschen unheimlich, aber …«

»Ponden ist nicht das Problem«, sagt Will. »Ich mag das Haus. Ich mag nur nicht, was draußen ist.«

»Ich weiß, du vermisst deine Freunde und dein Bett und alles, was dir vertraut war. Das tue ich auch, mein Schatz.«

»Ich vermisse Daddy.« Will sieht mich an. »Ich vermisse ihn, und ich will nichts Neues mehr anfangen, bis er wiederkommt. Ich will nicht, dass er denkt, wir hätten uns an das Leben ohne ihn gewöhnt, Mummy, das würde ihn sehr traurig machen. Bitte, Mummy, kann ich einfach nichts Neues machen? *Bitte?* Ich kann Bücher lesen, ganz viele Bücher, und ich esse Salat und räume immer auf, versprochen. Aber ich will zu Hause bleiben, bei dir. *Bitte.*«

»Ach, mein Schatz, glaub mir, nichts täte ich lieber, als jeden einzelnen Tag nur mit dir zu verbringen. Ich würde mich auch am liebsten verkriechen, aber – das geht nicht, Will. Wir müssen all das tun, was wir immer getan haben, wir müssen stark sein und weitermachen, wir dürfen nicht aufgeben, bis es sich nicht mehr so schwer anfühlt.«

»Ich muss also in die Schule?« Will scheint in meinen Armen zu schrumpfen, ich drücke ihn noch fester an mich.

»Ich mach dir einen Vorschlag: Du gehst wenigstens einmal hin und siehst dir die Sache an. Das würde Daddy auch wollen, meinst du nicht? Dass du wenigstens mal guckst. Er hat immer gesagt, wer nicht auf den Berg klettert und auch nicht in eine Rakete zum Mond, der wird nie wissen, wie es oben auf dem Berg aussieht oder wie es ist, auf dem Mond zu spazieren.«

»Aber Daddy ist noch nicht wieder hier …«, piepst Will.

»Natürlich ist er hier«, sage ich. »Er ist immer bei uns. Wenn ich dich ansehe, sehe ich ihn. Seine Stärke und seinen Mut, das Lächeln, mit dem er immer alle für sich gewonnen hat. Ich sehe ihn in dir. Wenn ich dich ansehe, gibt mir das Mut und Kraft.«

Will sieht mich an. »Hast du Angst, Mummy?«

»Ein bisschen.«

»Vor den bösen Dingen da draußen?«

Die Aussage finde ich ein bisschen putzig, ich lache leise.

»Nein. Ich habe Angst, für immer so traurig zu sein, Daddy so zu vermissen, dass ich darüber all die anderen Dinge übersehe, die schönen Dinge, wie dich zum Beispiel.«

»Ich gehe morgen zur Schule«, sagt Will. »Ich guck mir das mal an.«

»Du bist toll«, sage ich. »Und morgen scheint die Sonne, und dann sieht sowieso alles besser aus. Ich schätze, der Sturz vom Baum hat dich ein bisschen mitgenommen, und das ist völlig verständlich.«

Will dreht sich mir so zu, dass ich ein Auge sehen kann.

»Ich bin nicht einfach so vom Baum gefallen«, flüstert er, als fürchte er, jemand könnte zuhören. »Jemand hat mich geschubst. Das Böse hat mich geschubst.«

Ponden 1655

Herr, unser Retter, bitte vergib mir meine Sünden, denn ich habe Diebstahl begangen. Heute Abend, als Casson mit seinen Kumpanen trank, schlich ich mich in sein Kontor und nahm mir Papier und etwas mehr Tinte. Lieber Gott, ich musste das tun, denn sonst wird niemand je von den Grausamkeiten erfahren, die dieser Mann begeht, nur Robert und ich können sie aufzeichnen. Ich schreibe von Tag zu Tag besser, und in mir brennt ein Verlangen, jeden Gedanken auf Papier zu bringen, ich kann mich kaum zügeln, auch wenn es der Teufel sein sollte, der mich versucht. Lieber Gott, vergib mir und bewahre mich vor dem Bösen, aber wie kann Wissen Sünde sein, Herr, wenn mein Herz und meine Absichten rein sind?

Täglich versucht Casson, Robert aus seinem eigenen Haus zu vertreiben und alles an sich zu reißen, was ihm gehört. Aber ich werde alle Vergehen, von denen ich weiß, hier aufzeichnen, und wenn die Zeit gekommen ist, werde ich alles der Gerichtsbarkeit vorlegen, auch wenn ich damit mein eigenes Leben verwirke, weil ich zeitweise seine Komplizin war.

Ich mag eine Frau sein, von niederer Geburt dazu, aber ich bin kein Feigling. Ich werde nicht tatenlos dabei zusehen, wie er, der mein Leben ruiniert hat, ein weiteres Leben zerstört. Meine Seele brennt vor Zorn angesichts der Ungerechtigkeiten, die er rechtschaffenen Menschen zuteilwerden lässt, und ich werde ihn nicht in Frieden lassen, solange ich stark genug bin, um auf meinen eigenen zwei Beinen zu stehen.

Robert sitzt häufig im Flur in dem alten Portierstuhl, versteckt sich im Schatten der Haube und hört sich an, was Casson zu sagen hat. Je mehr Bier der trinkt, desto mehr hat er zu sagen. Wenn ich kann, krieche ich neben Robert in den Stuhl, und wir lauschen gemeinsam, verschlungen wie ein Paar Moorhühner.

Heute Abend trug Casson seinen kleinen Henry umher wie eine Trophäe und sagte: »Wir brauchen nicht noch mehr hungrige Mäuler, jetzt, wo ich einen Säugling zu ernähren habe. Wir brauchen nicht noch mehr Ballast, und es wird Zeit, dass der Junge seinen eigenen Weg in der Welt findet. Wohin auch immer, solange es möglichst weit weg von hier ist.«

Es wurde laut gelacht und Zustimmung gerufen, denn die Männer, die Casson seine Freunde nennt, arbeiten alle für ihn und wissen, vor wem sie kriechen müssen.

Ich hielt Roberts Hand und suchte seinen Blick. Darin stand so viel Trauer und Wut, dass ich fürchtete, er werde etwas tun, das ihm Schläge einbrächte.

»Hast du Angst?«, fragte ich ihn.

Robert sagte: »Wenn meine Mutter stirbt, wird dieser Bastard dafür sorgen, dass ich ihr schleunigst nachfolge.« Er spähte Richtung Baby, das immer noch schrie, und die Männer lachten weiter.

»Vielleicht lässt er das Kind fallen«, sagte ich. Gott vergebe mir, aber Robert ist eine viel reinere und gläubigere Seele als ich.

»Das Kind kann nichts dafür, dass sein Vater ein Teufel ist«, sagte er.

Ich sprach meine größte Angst aus, dass ich bald gezwungen werden könnte, Ponden Hall zu verlassen. Ich erzählte Robert von meinem Traum, in dem ich im Paradies gefangen war, so grün und wunderschön wie Eden, und in dem ich in einen großen, wilden Fluss geworfen wurde, auf dass ich ertränke. In dem rot angemalte dämonische Gesichter dabei zusahen, wie ich in dem braunen, strudelnden Wasser kämpfte. Sie sahen etwa so aus wie das Gesicht, das ich an den Rand der Seite gezeichnet habe.

Robert drückte mich eng an sich und sagte: »Ponden Hall ist dein Zuhause und wird es immer sein. Ich bin hier der Hausherr, und das ist mein Wille. Ich werde nicht zulassen, dass du mich verlässt, Agnes, denn wenn du nicht mehr wärst, stürbe alle Hoffnung.«

Ich bin nie so glücklich und angstvoll auf einmal gewesen. Ich hatte Angst vor dem, was Gedanken und Sehnsüchte in meinem Herzen bewegen könnten, Herr, unser Retter, vergib mir! Dann sprach Robert weiter, er sah mir dabei fest in die Augen, auf dass ich wisse, dass es sich um einen Schwur handelte.

»Ich würde für dich sterben, Agnes.«

»Und ich würde für dich töten, Robert.«

Kein weiteres Wort. Mehr war nicht nötig. Als Robert mich schließlich verließ, stahl ich dieses Papier und die Tinte, und ich bereue es nicht, denn in meinem Kopf sind so viele Wörter, dass ich eine ganze Bibliothek damit füllen könnte.

Agnes, 12 Jahre (in etwa)

Kapitel 11

Es wird Nacht, und ich warte darauf, dass es still wird in Ponden, dass Mas Radio aufhört zu plärren und ich Wills Atem tief und regelmäßig höre.

Als ich ihm vorhin einen Gutenachtkuss auf die Stirn drückte, schleppte Mab sich die Treppe herauf und breitete sich stöhnend vor der Tür aus. Zum ersten Mal, seit wir angekommen sind. Wahrscheinlich haben sie und Will sich seither einfach besser angefreundet, oder sie spürt, dass er unruhig ist wegen morgen.

»Was weißt du, Mab?«, fragte ich sie, und sie sah mich aus ihren bernsteinfarbenen Augen sehr ernst an. »Ich wüsste nur zu gerne, was du weißt, aber du hast ein Auge auf ihn, ja?«

Sie legte den Kopf auf die Vorderpfoten und wandte den Blick nicht von mir ab, als ich die Tür schloss. Das fasste ich als ein Ja auf.

Will sagte, jemand hätte ihn vom Baum geschubst. Er beharrte darauf, und als ich ihn bat, mir zu erzählen, wer oder was »das Böse« ist, verschloss er sich und wollte mich nicht mehr ansehen.

Ich weiß, dass niemand außer uns im Garten war, ich habe niemanden gesehen, auch nicht auf der Straße oder sonst wo. Doch als ich alles ganz genau mit Will durchging, hielt er daran fest, dass jemand ihn gestoßen hatte. Er sagte, er hätte eine Hand im Rücken gespürt.

Also ging ich raus und sah mir den Baum an, bevor es dunkel wurde. Da die Sonne am Nachmittag nicht herausgekommen war, lag eine metallische Kühle in der Luft.

Der Baum war moosbewachsen, Stamm und Äste verschwanden restlos unter einem grünen Pelz, wie es hier häufig vorkommt, weil immer alles entweder von unten oder von oben feucht wird. Nach einem morgendlichen Schauer sind die Äste sicher glitschig, und eine kräftige Bö konnte sich schon mal so anfühlen, als würde man geschubst.

Aber er war sich so sicher, so absolut sicher, dass er gestoßen wurde, und ausgerechnet heute Abend hat Mab beschlossen, vor seinem Zimmer Wache zu schieben.

Ich nehme die Archivbox aus dem Bücherschrank, klemme sie mir unter den Arm und öffne die Zimmertür. Mab sieht kurz zu mir und dann in das Zimmer, in dem Will schläft.

»Na, auf«, sage ich, und sofort trottet sie hinein und kuschelt sich an den Jungen. Ich bin beruhigt, als ich sehe, dass er den Arm um sie schlingt. Es tut gut zu wissen, dass sie da ist und auf ihn aufpasst wie ein in die Jahre gekommener Schutzengel. Ich weiß, es gibt kein gewissenhafteres und loyaleres Wesen auf der Welt als sie.

Oben an der Treppe bleibe ich stehen und lausche. Unten ist alles still, ich höre nur das Ächzen des alten Gebälks und den über die losen Dachziegel fegenden Wind. Ich gehe in Cathys Zimmer und dort direkt zum Fenster, um einen letzten Blick auf den Baum zu werfen, von dem Will beim Klettern gefallen ist. Er ist kaum noch zu erkennen, ist kaum mehr als ein dunkles, in den Himmel ragendes Gezweig.

Als ich klein war, erzählte mein Vater mir vom »Kind von

Ponden Hall«, das man nie sah, aber oft hörte. Es klang wie das Weinen eines kleinen Kindes, wie ein Kratzen am Fenster, um Einlass bittend.

»Keiner weiß, wie die arme Seele heißt«, erklärte Dad mir damals. »Man hört immer nur dieses arme, verlorene Kind, das nach seiner Mutter ruft und weint und kratzt, weil es hereinwill.«

»Ich hab das noch nie gehört.« Ich richtete den Blick über seine Schulter hinweg.

»Na dann. Erzähl mir mal von deiner Freundin«, sagte Dad. »Von dem Mädchen, mit dem du manchmal hier oben spielst.«

Und da fällt es mir wieder ein. Das war es, woran ich mich nicht richtig erinnern konnte, als Will unten im Wohnzimmer lachte und redete – obwohl niemand da war. Ich hatte selbst mal eine imaginäre Freundin.

Auf einmal ist das alles wieder da: die vielen Stunden, die ich in meinem Zimmer verbrachte und mit dem Puppenhaus spielte und dabei mit ihr redete, lachte und ihren Geschichten zuhörte. Erst als mein Vater mir jene Frage stellte, war mir aufgegangen, dass das Mädchen vielleicht gar nicht real existierte.

»Das ist bloß ein Spiel«, sagte ich zu ihm, während sie in der Zimmerecke stand und darauf wartete, dass er wieder verschwand. »Das Mädchen hab ich mir bloß ausgedacht.«

»Okay.« Dad wirkte erleichtert, als er mir das Haar aus dem Gesicht strich und mir einen Kuss gab, so, wie ich Will heute Abend in demselben Zimmer einen Kuss gegeben hatte, in demselben Bett. »Freunde dich nicht mit Toten an, mein Kind«, sagte mein Vater. »Pass auf, dass sie dich nicht so sehr mögen, dass sie dich für immer bei sich haben wollen.«

Sechzehn Jahre Abstand von Ponden Hall, und ich hatte tatsächlich vergessen, wie oft Dad über Geister gesprochen hat, als seien sie so selbstverständlich wie die Wolken – aber so war das oft hier in der Gegend: Die Leute redeten vom Gytrash und dem Barghest, als ob diese Art von schwarzen Bluthunden genauso existierte wie die Schafe auf den Weiden, und sie erzählten, die Feenvölker seien erst von hier verschwunden, als die industrielle Revolution Einzug hielt. Das war lang genug her, um als Märchen dienen zu können, aber noch jung genug, um hier und da als Erinnerung überliefert worden zu sein. Und dann wird man erwachsen, und der ganze Zauber löst sich in Wohlgefallen auf, so habe ich das jedenfalls immer gesehen, aber Dad überhaupt nicht. Dad hat bis zu seinem Tod an Geistergeschichten geglaubt.

In Gedanken ganz bei meinem Vater, drehe ich mich um und suche das Zimmer ab.

»Ist da jemand?«, frage ich laut und staune selbst, wie sich mir der Magen zusammenzieht. Ich halte die Luft an, als sich mir sämtliche Körperhaare aufstellen, aber ich bekomme keine Antwort. Kein dumpfer Schlag im Dunklen, kein geisterhaftes Seufzen. Hier ist nichts als das, was immer hier ist: gelebte Jahrhunderte. Jetzt, wo ich alleine bin, kann ich endlich einen Blick auf das Mosaik werfen, das ich gestern hier gefunden habe, und genauer prüfen, ob es wirklich das sein könnte, was ich hoffe.

Kapitel 12

Endlich kann ich mich ganz auf den Inhalt der Kiste konzentrieren, obwohl ein Teil von mir sie gar nicht öffnen möchte, vor lauter Angst, womöglich zu dem Schluss zu kommen, dass ich mich getäuscht habe und dass es sich nicht um etwas handelt, das die Literaturgeschichte umschreiben wird.

Meine Hände zittern, ich spüre das Beben in meinen Fingern, als ich mit Bedacht alles Nötige bereitlege. Es ist erst wenige Wochen her, seit ich dem Museum endgültig den Rücken gekehrt habe, aber dieses Gefühl habe ich wirklich vermisst, diese vorfreudige Anspannung, während ich ein winziges Stück Geschichte ans Licht bringe.

Seit Abe verschwunden ist, habe ich keinen Kopf für so etwas gehabt, da war nur Platz für das absolut Alltägliche, jeder einzelne Tag musste einfach nur überstanden werden. Aber jetzt habe ich dieses Geheimnis entdeckt, mein ganzes Leben hat es hier auf mich gewartet, auf mich allein.

Ist es verwerflich, dass ich mich so darüber freue, dass es *meins* ist? Meine Entdeckung? Denn ja, natürlich, es gehört dem Haus – aber das tue ich ja auch. Das hier gehört also mir, und ich gehöre Ponden Hall.

Abermals falte ich die Papiere auseinander und breite sie vor mir aus. Ich lasse zunächst nur den Blick darauf ruhen, ich werde erst später, wenn ich alles vorbereitet habe, genauer hinschauen. Denn wer auch immer diese Zeilen geschrieben hat, es war jemand, den es längst nicht mehr gibt, jemand, der einst hier geatmet, geliebt, gelacht und geweint hat, und ganz gleich, was da geschrieben und wie profan auch immer es sein mag, ich finde es unfassbar aufregend.

Ich mache mir klar, dass hier eine Verbindung vor mir liegt, eine Verbindung mit der Vergangenheit, dass ich also die Hand nach einer anderen Hand ausstrecke und mein Leben ein anderes Leben berührt.

Was ich hier vor mir sehe, war von Anfang an für mich bestimmt. Davon bin ich felsenfest überzeugt, egal, wie seltsam es sein mag, wie sehr es jedem gesunden Menschenverstand widerspricht.

Ich wende mich meinen Büchern und Biografien zu, ich schlage sie dort auf, wo die wenigen erhaltenen Tagebuchseiten von Emily Brontë abgebildet sind, ihre Briefe und ihre Zeichnungen. Die Reproduktionen sind längst nicht gut genug, um einem seriösen Vergleich standhalten zu können, aber im Moment sind sie das Einzige, was ich habe. Zwar haben wir wieder Strom, aber es gibt weder Handyempfang noch Internet. Ich betrachte die ausladende, sich über die alten Seiten ergießende Handschrift, die die Skizze eines dünnen, bemitleidenswert aussehenden Mädchens umrahmt, von dort in einem Fünfundvierzig-Grad-Winkel in die Ecke des Papiers stürzt und immer kleiner und unleserlicher wird.

Es sieht aus wie etwas, das Emily geschrieben haben könnte, das Schriftbild ähnelt dem auf den Abbildungen. Nein, gleicht. Aber es könnte natürlich eine Fälschung sein, eine Hommage. Das hätte mir mit zwölf, dreizehn Jahren auch einfallen können, Seiten zu gestalten, die in meiner Fantasie aus Emily Brontës Tagebuch hätten stammen können, und sie in dem Zimmer zu verstecken, in dem sie immer gelesen hat.

Nun bin ich so weit: Ich richte die Lampe direkt auf die Papiere, halte die Lupe darüber und fange an zu lesen. Und kaum tue ich das, höre ich ganz glockenklar eine Stimme.

August 1848

Charlotte und Anne sind zu Hause geblieben, und ich bin alleine nach Ponden gekommen. Es hat lange gedauert, bis Robert endlich meinen Wunsch akzeptierte, in Ruhe lesen zu wollen – immer will er mit mir über alle möglichen unwichtigen Dinge sprechen, als würden mich seine kläglichen Versuche als Dichter und Zeichner interessieren. Er ist ein guter, sanftmütiger Freund. Und doch wünschte ich, er wäre weniger präsent, wenn ich in Ponden bin und lesen möchte. Ich musste so weit gehen, ihn finster anzublicken und zu ignorieren, erst dann ließ er mich endlich allein. Und dann fand ich in Du Bartas' ›Die göttlichen Wochen und Werke‹ diese drei Seiten einer fast zweihundert Jahre alten Tagebucheintragung. Da das Buch selbst über zweihundert Jahre alt ist, halte ich die Datierung der Papiere für glaubwürdig.

Ich glaube, niemand hat sie in diesen letzten zweihundert Jahren je gesehen. Und ich bin sicher, es gibt mehr davon, denn ich kann das Mädchen, das dies geschrieben hat, hören. Wenn ich aufmerksam lausche, höre ich ihre Stimme im Knarren der Dielen oder im Atem des Windes. In der Bibliothek von Ponden gibt es tausend Bücher, und viele davon sind in den letzten Jahren von niemandem außer mir je aufgeschlagen worden, darum werde ich jetzt jedes einzelne vor 1660 erschienene Buch in die Hand nehmen und nach weiteren Aufzeichnungen dieses Mädchens suchen. Hier gibt es eine Geschichte, die erzählt werden will. EJB 1848

Das ist sie! Ich spüre es bis in meine Knochen: Ich weiß es. Ich habe jedes einzelne handschriftlich von ihr hinterlassene Wort gelesen, und ich erkenne sie wieder. Ich sehe mich in dem stillen Zimmer um, als könnte jemand da sein, mit dem ich diese großartige Neuigkeit teilen könnte, und mitten in meinem Unglauben, meiner Freude, würde ich am liebsten losrennen, zu Abe, und ihm erzählen, was ich gefunden habe. Ich sehe sein Lächeln vor mir, das Blitzen in seinen Augen. Tiefe Trauer begegnet überschwänglicher Freude in diesem Moment der festen Überzeugung: Diese Handschrift ist die von Emily Brontë. Selbstverständlich muss ich das Papier den Fachleuten im Brontë-Museum vorlegen, aber ich weiß, das hier ist von ihr, und *ich* habe es gefunden. Ich habe etwas von ihr gefunden, das noch niemand vor mir je gesehen hat, das hier könnte der wichtigste Augenblick meiner beruflichen Laufbahn sein, ein absoluter Höhepunkt. Langsam richte ich mich auf und lese die Zeilen noch einmal, unter Tränen, lächelnd, schweigend; wie gerne würde ich das Papier mit meinen bloßen Händen berühren, aber ich halte mich zurück. Stattdessen bewege ich den Lichtkegel hin zu den anderen drei Bögen Papier, von denen Emily so fasziniert war, und nehme einen von ihnen zwischen die Finger. Das dicke, alte Papier fühlt sich spröde an, und ich frage mich, wer es wohl als Erster berührt hat – und wer als Letzter.

Das Papier ist federleicht, aber bedeutungsschwer, es trägt Erinnerungen in sich, ist durchdrungen von DNS und Leben. Es ist eine Momentaufnahme, die sich in einen neuen

Moment hinein entfaltet, Geschichte, die in die Gegenwart schwappt und beides vereint. Wunderschön.

Die Schrift ist alt, aber gut leserlich, das Papier nicht nur von Worten bedeckt, sondern auch von Zeichnungen. Ein Motiv wiederholt sich immer wieder, ein ängstliches Gesicht, zur Hälfte überschattet, daneben etwas, das eine Weinrebe oder eine Ranke sein könnte oder ein Fluss, von dem sie geträumt hat, oder einfach nur eine für das 17. Jahrhundert typische Kritzelei am Blattrand. Ein Wort wurde mit solchem Nachdruck geschrieben, dass die Tinte Flecken hinterließ, und so heftig mehrfach unterstrichen, dass die Federspitze ins Papier schnitt. Mir stockt das Blut in den Adern, als ich es lese, denn ich sehe einen Namen, der die Heatons seit Jahrhunderten verfolgt, einen Namen, der uns noch immer innehalten und eine Prise Salz über die Schulter werfen lässt.

Henry Casson

Die Glühbirne über mir flackert und erlischt.

Kapitel 13

Mucksmäuschenstill sitze ich im Dunklen, das Zimmer um mich herum rührt sich und flüstert. Ich halte die Luft an. Hell steht der Mond vorm Fenster, das Scheinwerferlicht eines in der Entfernung vorbeifahrenden Autos wandert über die Wand hinter mir. Plötzlich bin ich gespannt wie ein Flitzebogen, meine Sinne sind scharf und nehmen jedes Molekül um mich herum wahr, jeden Geschmack, jedes Geräusch, jede Bewegung.

Hinter mir knarrt eine Diele, und ja, ich höre jemanden atmen, ein langes Seufzen in meinem Nacken. Auch ich atme langsam wieder aus.

Mab erscheint im Türrahmen und knurrt. Im knappen, silbrigen Licht sehe ich, dass sie die Ohren angelegt und den Schwanz zwischen die Hinterläufe geklemmt hat. Den Blick richtet sie fest auf einen Punkt direkt über meinem Kopf.

Angst habe ich keine – das ist eigentlich das Seltsamste, das mir in dem Moment aufgeht. Ich habe keine Angst, irgendetwas zu sehen, eigentlich habe ich viel eher Angst davor, dass … da nichts ist.

Unendlich langsam drehe ich den Kopf und blicke mir über die Schulter.

Das Licht geht brummend wieder an und durchflutet das Zimmer so schnell mit künstlichem Gelb, dass ich mir nicht sicher bin, ob das, was ich für den Bruchteil einer Sekunde zu sehen glaubte, nur dem Mondlicht und meiner Fantasie geschuldet war. Aber was auch immer die Erscheinung hervorbrachte, in aller Flüchtigkeit, ich habe sie gesehen.

Eine junge Frau, gertenschlank, in Rot getaucht, die mir direkt in die Augen sah, obwohl sie selbst gar keine Augen hatte.

Ich habe sie wiedererkannt.

Als ich klein war, habe ich mit ihr gespielt.

Tru und Abe

An meinem achtzehnten Geburtstag waren Abe und ich zehn Monate zusammen. Wir hatten unsere jeweiligen Prüfungen abgelegt, und ich war mit der Schule fertig. Ich hatte ab Herbst einen Studienplatz für Anglistik in Leeds, aber zunächst gab es nur den Spätsommer und uns. Als ich Abe an dem Morgen an der Bushaltestelle abholte, wölbte sich ein strahlend blauer, wolkenloser Himmel über die sonnensatte Landschaft.

Ma hatte meinen Lieblings-Schokoladenkuchen gebacken, und Abe stieg mit einem riesigen Strauß rosa Rosen aus, in seinem Rucksack klirrten Sektflaschen. Gemeinsam liefen wir Richtung Ponden, der Weg war uns inzwischen beiden vertraut. Die Sonne schien uns warm in den Nacken, Staub stand in der Luft. Das Lila des Heidekrauts war in der Hitze des langen, trockenen Sommers verblasst, die Hügel bedeckten verschiedene Goldtöne. Als wir den Pfad erreichten, der direkt zu mir nach Hause führte, zögerte Abe.

»Ich will dich noch nicht teilen«, sagte er, und wir küssten uns, mitten auf der Weggabelung. Ich weiß noch, wie ich mich ihm mit jedem Kuss und jeder Berührung vollkommen hingab. Ich fand eigentlich nicht, dass wir uns immer vertrauter wurden, sondern dass mit jeder Umarmung neue Gefühle geweckt wurden, die uns einander noch näherbrachten, die uns immer mehr miteinander verschmelzen ließen, bis er ich war und ich er.

»Ich will auch noch nicht nach Hause«, sagte ich. Er stellte seinen Rucksack ab und nahm mich bei der Hand. Wir gingen den sich zwischen hohem Heidekraut hindurchschlängelnden Pfad zu Top Withens hinauf, an großen Felsen vorbei und einem knorrigen, moosbedeckten Baum dort, wo einst ein Torpfosten gestanden haben mag. Auf dem Weg ging mir durch den Kopf, wie viele Menschen vor uns bereits diesen Pfad beschritten hatten, einschließlich Emily Brontë, die von hier aus die weite Landschaft betrachtete und den Wind einatmete, und ich stellte mir vor, dass diese Wildheit und Pracht alles gewesen war, was sie über die Liebe wusste. Es war fürchterlich heiß … Vielleicht waren wir deshalb die einzigen Menschen auf dem Pfad, oder vielleicht kam das daher, dass das Moor auf uns wartete – so fühlte es sich für mich jedenfalls an –, auf uns allein. Wir gingen langsam, schweigend, unsere Finger berührten sich. Heiße Haut grenzte an noch heißere Luft, ich spürte, wie mir der Schweiß den Rücken runterlief, die trockene Erde unter meinen Füßen bröselte, und wir gingen immer weiter, bis wir die Ruine erreichten, die Emily Brontës *Sturmhöhe* als Vorbild diente. Ein Merlin stand in der Luft, und im Fenster des ehemaligen Farmhauses lagen vertrocknete Rosen. Wir setzten uns in den Schatten eines gedrungenen Weißdorns, dessen Zweige in die Breite gingen. Sein Wachstum war von jahrzehntelanger Windeinwirkung beeinflusst, aber an jenem Tag ging nur eine sanfte Brise.

Wir blieben eine Weile dort, ohne zu reden, die Landschaft sprach für sich, die paar weißen Wattewolken und der Wind, der Muster in die Heide drückte.

Dann nahm Abe meine Hand, und wir gingen den Rest des Wegs bis nach Ponden Kirk, wo wir eine Ewigkeit auf dem Felsen standen, Hand in Hand, Schulter an Schulter, und beide überlegten, was jetzt zu sagen wäre.

»Ich habe ein bisschen was über diesen Ort hier gelesen«, flüsterte Abe mir zu.

»Aha? Warum?« Ich lächelte.

»Wusstest du, dass direkt unter dieser Felsformation eine Art Tunnel verläuft? Und wenn wir da runterklettern, dann gibt es da einen Felsen, der der Ehefelsen genannt wird?«

»Ja, klar!«, lachte ich. »Die Mädchen hier in der Gegend haben lange geglaubt, wenn sie durch diesen Tunnel oder Spalt hindurchklettern, dann sind sie spätestens in einem Jahr verheiratet. Manche glauben immer noch daran.«

»Ja, das gilt für die jüngere Vergangenheit«, sagte Abe. »Aber noch viel früher war das hier ein Ort, an dem Ehen geschlossen wurden. Eine Art Wiedergeburt – zwei Menschen kriechen hinein und werden als ein Mensch wiedergeboren.«

»Echt?« Ich sah ihm in seine sanften Augen. »Klingt ganz schön kitschig.«

»Kriechst du mit mir da durch?« Abe lachte und führte mich zurück an die Stelle, wo man den Hang hinabklettern konnte. »Kriechst du mit mir durch den Felsen, Tru?«

»Wozu?« Ich entzog ihm meine Hand, mir wurde mulmig, als ich so nah an die steile Kante kam. »Warum?«

»Was glaubst du wohl?« Er strahlte mich an wie tausend Sonnen. »Weil ich dich heiraten möchte, Trudy Heaton.«

»Ich will dich auch heiraten«, sagte ich. »Aber zuerst muss ich dir was sagen … Es dauert nicht mehr lange, dann passe ich nicht mehr durch das Loch. Ich bin nämlich schwanger, Abe.«

Diese Freude in seinen Augen, diese Gewissheit. Er nahm mich sehr lange in den Arm.

»Dann will ich euch beide heiraten«, flüsterte er mir ins Haar.

Meine Angst war wie weggeblasen, als ich seine Hand nahm und wir den Hang halb herunterrutschten, halb kletterten, bis wir am Fuß von Ponden Kirk angekommen waren. Ich dachte, es würde sich albern anfühlen, dumm und unbeholfen, aber als ich dann erst da war und in den langen, kantigen Tunnel blickte, der den Felsen teilte, als meine Hände den Stein berührten, da war mein Herz so voller Hoffnung, Glaube und Tradition, älter fast als die Felsen selbst, und es fühlte sich richtig an.

Und so kletterten Abe und ich hindurch, durch diesen Ehefelsen, ich voran, er hinter mir her, und als wir wieder herauskamen, ließen wir uns auf dem Hang ins Gras fallen. Hand in Hand lagen wir nebeneinander da, und Abe pflückte einen winzigen Stängel Miere und drückte mir die knallrote Blüte in die Hand. Ich betrachtete den winzigen Schatz. Es war das erste Mal, dass ich diese seltsame kleine Blume hier blühen sah, inmitten von Heidekraut, Wollgras und Sonnentau.

»Jetzt sind wir vor diesem Felsen verheiratet«, sagte Abe. »Wirst du mich auch vor dem Gesetz heiraten, Trudy? Ich kann dir nicht versprechen, dass ich keine Fehler machen und dich nie verletzen werde, ich bin auch nur ein Mensch. Aber ich werde es nie mit Absicht tun. Ich liebe dich, und ich werde jeden einzelnen Tag mein Bestes tun, um dich zu verdienen und unserem Kind ein guter Vater zu sein.«

Am Himmel waren immer mehr Wolken aufgezogen, sie türmten sich über uns auf wie die Kuppel der Sixtinischen

Kapelle, und ich hatte das Gefühl, wenn ich die Hand nach ihnen ausstreckte, könnte ich den Himmel berühren.

»Ich werde dich heiraten«, sagte ich. »Ja, ich werde dich heiraten.«

Kapitel 14

Strahlender Sonnenschein nach sintflutartigen Regenfällen am frühen Morgen lässt die Bäume vor dem zinngrauen Himmel golden erstrahlen, und die Straßen sehen ganz frisch und neu aus, als ich Will zu Fuß zur Schule bringe.

Ich betrachte das Dorf aus unterschiedlichen Blickwinkeln: Während ich hier jede Ecke und jeden Stein kenne, muss Will das alles sehr merkwürdig vorkommen. Was für eine Umstellung für so einen Jungen, der in London jeden Tag mit dem Bus zur Schule fuhr, jetzt durch die Straßen eines Orts zu marschieren, der den Hang herunterzupurzeln scheint und von nichts als frischer Luft und einer Festung aus Hügeln umgeben ist.

Will geht nicht an meiner Hand – natürlich nicht. Aber er trottet im Gleichschritt neben mir her, den Blick auf den Asphalt gerichtet.

Vorhin, als er frühstückte, hatte ich mich mitten in Cathys Zimmer gestellt, dahin, wo ein wenig Sonnenlicht schräg auf den Boden fiel. In meiner Tasche, in einer Mappe, die Papiere, bereit. Ich wollte heute damit ins Brontë-Museum gehen, wollte, dass jemand von den Fachleuten einen Blick auf die Handschrift wirft und bestätigt, dass es tatsächlich die von Emily ist.

Aber zwei Dinge halten mich zurück.

Emily schien überzeugt davon, dass im Haus noch mehr von Agnes' Aufzeichnungen zu finden waren, und das bedeutete, dass auch sie hier und da in Ponden Hall Papiere und Notizen versteckt haben könnte, und wenn dem so war, dann wollte ich es sein, die diese Schätze findet. Und das musste ich, bevor irgendwelche Renovierungsarbeiten in Angriff genommen wurden, durch die sonst alles verloren gehen könnte. Emily hatte die Öffentlichkeit stets gescheut, sie hatte sich gegen Charlottes Vorhaben, für ihre Gedichte einen Verlag zu finden, gewehrt, und wir können nur erahnen, was in ihr vorging, als die Rezensionen zu *Sturmhöhe* erschienen. Rezensionen, die ihre Genialität genauso hervorhoben wie ihre rohe, grobe Wildheit, Rezensionen, in denen die Frage gestellt wurde, wie einer Frau bloß eine Geschichte hatte einfallen können, die so voller Übel und Grausamkeit war.

Immerhin hatte Emily diese Besprechungen ausgeschnitten und aufbewahrt, also müssen sie ihr etwas bedeutet haben. Aber sie wollte sich nie einer genauen Prüfung stellen, sie strebte nicht nach Anerkennung wie ihre große Schwester, und darum wäre es durchaus denkbar, dass sie ein Geheimnis hatte, dass sie etwas versteckt hatte, von dem nur sie wusste ... Vielleicht sogar den zweiten Roman, den sie noch schreiben wollte.

Und dann war da Agnes. Ihre Geschichte. Und ein Detail, das ich nicht ganz verstand. Dass ein Mädchen ihres Alters und Standes Mitte des 17. Jahrhunderts schreiben konnte und ihr Leben aufzeichnete, war erstaunlich genug. Wenn sie die Papiere in den Büchern der Bibliothek versteckt hatte und wenn sie von dort nie entfernt worden waren, dann waren sie für immer verloren, denn der gesamte Bibliotheksbestand wurde 1898 verkauft – in dem Jahr, in dem die Heatons Ponden Hall und damit ihr Zuhause beinahe ganz verloren hätten. Aber wenn Emily die Aufzeichnungen damals gefunden und sie noch mehr Fragmente im Haus versteckt haben sollte, dann wartet ein beispielloses Stück Geschichte darauf, entdeckt zu werden. In meinem Haus.

Diese Dokumente gehören mir, sie sind mein. Sie müssen einfach mein sein, und darum trage ich zwei kostbare, potenziell unbezahlbare literaturhistorische Fundstücke in meiner Tasche mit mir herum, während Will und ich nebeneinander hergehen, und ich bin mir immer noch nicht ganz sicher, was ich als Nächstes tun werde.

Will verlangsamt seinen Schritt, sein Kinn sinkt noch tiefer herab, je näher wir der Schule kommen. Schließlich bleibt er vor der alten Apotheke stehen.

»Was ist das da oben?« Er zeigt die Gasse hinauf, die an der Kirche vorbeiführt.

»Das ist das Pfarrhaus, in dem die Brontë-Schwestern gelebt haben«, sage ich. »Weißt du noch? Ich hatte dir erzählt, dass sie öfter nach Ponden kamen, um zu lesen. Und dass ich mich, als ich ein bisschen älter war als du, in sie verliebt habe.«

»Aber wie kannst du jemanden lieben, dem du nie begegnet bist?«, fragt Will. »Den du überhaupt nicht kennst?«

Er lässt es zu, dass ich ihn bei der Hand nehme, als wir die Straße überqueren und über die Stufen der Kirche gehen, bis wir die Fenster des Pfarrhauses sehen, die durch die hell belaubten Bäume hindurch auf die Grabsteine blicken.

»Das kann ich, weil ich daran glaube, dass die Menschen aus mehr als nur aus Blut und Knochen bestehen«, sage ich, und nun können wir das Haus komplett sehen. »Ich glaube, was die Menschen wirklich ausmacht, sind ihre Taten und Ideen. Ihre Gedanken, ihre Liebe, ihre Güte – und ihre Grausamkeit. Menschen sind Energie, Will. Und was wissen wir über die Energie?«

»Dass sie nicht vernichtet werden kann, nur verwandelt.«

»Wenn ein Mensch also aus aller Kraft lebt, mit so viel Freude und Leidenschaft und Hingabe wie irgend möglich, dann kann man auch nach seinem Tod noch spüren, dass er mal gelebt hat – man kann ihn immer noch kennen, und man kann ihn für das lieben, was er hinterlassen hat. All seine Ideen und Worte, Gefühle und Bilder stecken auf den Seiten eines Buches, genau wie die Blumen, die wir letzten Sommer gepresst haben, weißt du noch?«

»So ähnlich wie die vom Urknall ausgelöste Strahlung?« Will sieht zu mir auf.

»Ja, ganz genau so.« Ich lächele. »Weißt du, Emily hat alles gelesen, was sie zwischen die Finger bekam. Ich glaube, sie hätte auch deine Lieblingsbücher über Physik und das Weltall wahnsinnig gerne gelesen.«

»Nimmst du mich bald mal dahin mit?«, fragt Will, und ich tue mein Bestes, nicht allzu entzückt zu reagieren.

»Klar«, sage ich. »Aber jetzt gehst du erst mal in die Schule, ja?«

»In welcher Richtung liegt zu Hause?« Will sieht mit zusammengekniffenen Augen zum von Häusern gesäumten Horizont.

»Also, wenn du da geradeaus am Pfarrhaus vorbeigehst, kommst du auf den Pfad, auf dem wir neulich schon mal unterwegs waren. Wenn du dem folgst und an den Brontë-Fällen rechts abbiegst, dann kommst du wieder direkt nach Hause.«

»Ich meinte unser richtiges Zuhause«, sagte er. »Unsere Wohnung. In welcher Richtung?«

»Das ist sehr weit in die Richtung, glaube ich.« Ich zeige so in etwa nach Süden. »Aber Ponden ist auch unser Zuhause, Will. Seit Jahrhunderten ist es das Zuhause der Heatons, und du bist schließlich auch ein Heaton.«

»Ein Heaton Jones«, korrigiert er mich. »Und abgesehen davon – kann doch ganz egal sein, wie ich heiße.«

»Nein, das ist nicht egal«, sage ich. »Dein Name sagt etwas darüber aus, woher du kommst und wohin du gehst. Und heute gehst du in die Schule.«

Das moderne Schulgebäude ist von Bäumen umgeben und hat bodentiefe Fenster, die geschmückt sind mit Basteleien der Kinder. Ich erinnere mich an meine Schulzeit als Jahre voller sonniger Nachmittage, an denen ich im Schneidersitz auf dem Bücherteppich saß und zuhörte, wie die Lehrerin uns etwas vorlas; voller guter Freunde und imaginärer Ponys, auf denen ich über den Spielplatz galoppierte. Ich hatte eine glückliche Kindheit, und ich will, dass auch Wills Kindheit eine glückliche ist. Auch wenn er vielleicht nie wieder so unbeschwert sein wird wie früher – er hat viel zu früh lernen müssen, wie fragil das Leben ist, dass Menschen, die er für unbesiegbar hielt, genau das nicht sind, und dass das Leben einem jederzeit ein Stück vom Glück entreißen kann, für immer. Ich wünsche mir für meinen Sohn, dass er so glücklich wird, wie er unter den Umständen sein kann, ich will ihm klarmachen, dass ich alles, was in meiner Macht steht, tun werde, um ihn vor weiteren Schicksalsschlägen zu schützen. Dass er endlich wieder durchatmen kann.

»Ich bin noch nicht so weit.« Plötzlich umklammert Will meine Hand, seine Stimme bebt. »Ich will da nicht reingehen, Mummy, bitte zwing mich nicht, da reinzugehen.«

Seine Worte, sein Ton, der Druck seiner Finger dringen direkt bis in mein Herz vor. Er schmiegt sich an mich, drückt das Gesicht an meinen Bauch, schlingt die Arme um mich, und ich erwidere seine Umarmung.

»Will, mein Schatz …«

»Ich brauche noch etwas mehr Zeit. Etwas mehr Zeit«, schluchzt er. »Das ist mir alles zu viel. Ich will nicht in die Schule gehen. Man kann mich doch nicht zwingen, oder?«

Mit tränenvollen Augen sieht er zu mir auf, und das Einzige, das jetzt zählt, ist, ihn irgendwohin zu bringen, wo er sich sicher fühlt, wo wir beide uns vor der Welt verstecken können, wo wir uns zusammenrollen können rings um den Schmerz über all das, was wir verloren haben.

»Komm«, sage ich, doch bevor wir weggehen können, halten wir auch schon wieder inne.

»Du musst Will sein«, sagt eine freundliche Frauenstimme.

Wir drehen uns um und sehen eine Frau Ende fünfzig mit schulterlangem, silbernem Haar, deren Lächeln durch einen knallpinken Lippenstift noch mehr strahlt.

»Ich bin Mrs Rose, deine Lehrerin. Wir freuen uns alle schon sehr darauf, dich kennenzulernen, Will. Möchtest du mit mir reingehen?«

»Wir hatten gerade überlegt, vielleicht doch besser noch bis nächste Woche zu warten«, sage ich, als Will mir fast unter den Mantel kriecht.

»Ja, natürlich, gerne, wenn Sie möchten – aber dann kannst du ja gar nicht mit uns Kürbisse anmalen und auch nicht aus Plastikflaschen und Backpulver Raketen bauen?«

Wills Gesicht erscheint zur Hälfte, er beäugt sie.

»Außerdem wollen wir über das Sonnensystem reden, und ich hoffe sehr, dass ich das alles richtig erkläre, Will, denn offen gestanden weiß ich so gut wie gar nichts über das Sonnensystem.«

Mrs Rose hat meinen Brief gelesen, den Brief, in dem ich ihr schrieb, wofür Will sich interessiert und mit welcher Leidenschaft und fast schon Obsession er davon redet, zu den Sternen zu fliegen, weit weg von allem, was unserer Familie zugestoßen ist. Sie hat das alles gelesen und verstanden, und dafür bin ich ihr zutiefst dankbar.

Will wagt sich jetzt wieder ganz hervor und sieht Mrs Rose kurz an.

»Dabei könnte ich Ihnen vielleicht helfen«, sagt er leise.

»Tatsächlich?« Mrs Rose lächelt gütig und reicht ihm die Hand. »Das wäre ganz toll.«

»Okay.« Er nimmt ihre Hand und sieht sich nach mir um.

»Ich hole dich nachher wieder ab«, sage ich.

Er nickt und lächelt ein winziges bisschen, und ich sehe Mrs Rose an und formuliere ein lautloses »Danke«, bevor sie mit ihm hineingeht. Ihn ziehen zu lassen macht mich fertig, aber vielleicht ist das hier der Anfang einer neuen Version eines glücklichen Lebens. So glücklich, wie es eben sein kann, wenn man viel zu jung mit dem Tod konfrontiert wurde.

Kapitel 15

»Trudy?«

Ich drehe mich nach der mir bekannten Stimme um und sehe Marcus, der lächelnd auf mich zukommt.

»Was für ein Glück, dich zu sehen. Neulich dachte ich, ich verkrümele mich lieber unauffällig, damit deine Mutter sich nicht noch mehr aufregt, und seitdem habe ich keine Zeit gehabt, mich mit dir zu besprechen. Aber der Zustandsbericht ist inzwischen fertig. Hättest du Zeit, ihn mit mir durchzugehen?«

Seine Augen sprühen vor Aufregung und Vorfreude, und mir ist seine Begeisterung eine willkommene Abwechslung.

»Ja, klar, warum nicht«, sage ich und entspanne meine geballten Fäuste.

»Alles okay?« Marcus sieht mich prüfend an. »Ach, heute ist Wills erster Schultag, richtig? Du hast ihn gerade hingebracht, oder? Das muss schwer für dich gewesen sein, für beide. Ein großer Schritt.«

Ich sehe kurz weg und ringe um Fassung.

»Irgendwie möchte man seine Kinder am liebsten immer bei sich haben, ganz in der Nähe, wo man sie beschützen kann«, sage ich dann.

»Wie wäre es mit einer Tasse Tee?« Marcus' Stimme klingt sanft, er lächelt mild. Abe hat immer angefangen zu singen, wenn ich traurig war, furchtbar schief. Das hat mich regelmäßig zum Lachen gebracht. Er fehlt mir so …

»Woran es hier in der Gegend wirklich nicht mangelt, sind Teestuben und exzellenter Kuchen«, lockt Marcus mich, und ich unterdrücke meine Tränen.

Dankbar folge ich ihm, dankbar dafür, dass das Leben der anderen um mich herum weitergeht, dankbar für den süßen Duft und die beschlagenen Fenster in der Teestube, für die köstliche Buttercreme auf dem Kuchen. Jedes Detail erinnert mich auf seine Weise daran, dass wir weitermachen müssen, ganz gleich, wie übel uns das Leben mitgespielt hat.

»Wirklich bemerkenswert«, sagt Marcus, als er erst mir und dann sich selbst Tee einschenkt. »Der gesamte aus dem 16. Jahrhundert stammende Teil des Hauses ist in einem unglaublich guten Zustand. Ich meine, fast alles ist noch original und intakt, bis auf das Dach – und das scheint mir auch nur ein einziges Mal neu gedeckt worden zu sein. Ich kann dir gar nicht sagen, wie selten so etwas ist, Trudy, gerade wenn ein Gebäude so dem Wetter ausgesetzt ist wie Ponden Hall. Man könnte meinen, das Haus würde selbstständig für seine Verjüngung sorgen!«

Seine Miene ist so erfrischend offen und begeistert, sein Lächeln das eines Mannes, der soeben seine verloren geglaubte Liebe wiedergefunden hat.

»Als wäre die Zeit in dem Teil des Hauses langsamer vergangen als im Rest – der, wie du weißt, in einem ziemlich schlechten Zustand ist. Das ist so ungewöhnlich und interessant, dass ich, dein Einverständnis vorausgesetzt, ein paar Tests durchführen würde – Feuchtigkeitsgehalt, welche Materialien verwendet und wie sie behandelt wurden, solche Sachen. Fast wie bei einer Moorleiche, die durch eine Laune der Natur aufs Wunderbarste konserviert wurde, und ich wüsste nur zu gerne, mit was für einer Laune wir es hier zu tun haben. Würdest du mir dein Okay geben?«

»Ja, aber bitte nicht jetzt sofort. Wills Leben ist derzeit ein einziges großes Durcheinander, ich hatte mir nicht klargemacht, dass unsere Rückkehr nach Ponden Hall in Wirklichkeit nur für mich eine Rückkehr bedeutet, während er sich in einer völlig neuen, fremden Umgebung zurechtfinden muss. Er muss erst etwas zur Ruhe kommen. Außerdem gibt es jede Menge Kram, den ich durchgehen und ausmisten muss.«

»Selbstverständlich.« Marcus lächelt, kann seine Enttäuschung aber nicht ganz verbergen. »Und bitte lass mich wissen, wenn du in dem ›Kram‹ irgendwelche vergessenen Erstausgaben findest, ich sammle nämlich solche Schätze. Gut, dann komme ich morgen vorbei und sehe mir die jüngeren Teile des Hauses an, und wenn du nicht möchtest, dass wir sofort mit den Arbeiten beginnen, kann ich zumindest dafür sorgen, dass du in dem Haus überwintern kannst. Das Dach abdichten, ein Gerüst aufbauen und Planen spannen. Was meinst du?«

»Das klingt sehr gut, danke.« Mich beschleicht ein schlechtes Gewissen, weil ich ihn und seine Aufregung so ausbremse. »Tut mir leid, dass ich dich so hinhalte. Aber weißt du was? Es bedeutet mir sehr viel, zu sehen, wie sehr du unser Haus liebst. Ich möchte nämlich, dass nur Menschen, die Ponden Hall genauso ins Herz geschlossen haben wie ich, mit dem alten Haus zu tun haben – und wie ich sehe, stehst du mir in nichts nach.«

»Wie recht du hast, Trudy.« Marcus lächelt. »Ich liebe Ponden Hall. Und doch kommen auch für mich Menschen an erster Stelle, noch vor schönen alten Häusern. Und du und dein Sohn, ihr seid die nettesten Menschen, die mir seit Langem begegnet sind, und darum möchte ich dir helfen, wo ich kann. Ich dachte, wenn du aus Ponden Hall ein Bed & Breakfast machen würdest, dann würden Brontë-Fans aus der ganzen Welt Schlange stehen, um in dem Alkoven schlafen zu dürfen. Ich auf jeden Fall.«

»Meine Mutter würde ausflippen«, sage ich und lächele ein wenig. »Aber wer weiß? Vielleicht. Eines Tages. Unser Haus ist also – zumindest in Teilen – so etwas wie ein Wunder, ja? Schon seltsam. Aber es überrascht mich nicht. Für mich ist das Haus schon immer mehr als ein Haus gewesen. Es ist irgendwie lebendig.«

»Schön gesagt.« Marcus' Augen glänzen vor Begeisterung, und ich muss den Blick abwenden. Abes Augen hatten den gleichen Ausdruck, wenn es um eine neue Reise nach Übersee ging, wenn er an die Orte dachte, die er besuchen würde, und an die Menschen, denen er helfen könnte. Ich sah das Licht des Abenteuers in seinem Blick leuchten und wusste jedes Mal, dass ich ihn für eine Weile verlieren würde und dass ich ihn loslassen musste, denn wenn ich es nicht täte, dann würde ich den Mann, zu dem er geworden war, für immer verlieren. Den Mann, der stets danach strebte, die Welt von morgen noch ein bisschen besser zu machen, als sie gestern gewesen war.

Unerträglich ist mir jetzt der Gedanke, dass ich, als er zu seiner letzten Reise aufbrach und sich von mir verabschieden wollte, nicht mal richtig von dem Buch aufsah, in das ich so versunken war. Wenn ich mich richtig erinnere, dann habe ich nur den Kopf ein wenig zur Seite geneigt, damit er mir einen Kuss geben konnte, so sicher war ich mir unserer Verbundenheit, so gewöhnt daran, dass unser Band während seiner Abwesenheit zwar länger und lockerer wurde, aber niemals riss, wie eine Schnur von meinem Herzen zu seinem. Ich war mir so sicher, dass er immer wieder den Weg zurück zu mir finden würde. Ich war mir so sicher – und habe mich so getäuscht.

»Trudy.« Marcus spricht meinen Namen mit einer gewissen Zärtlichkeit aus. »Ich weiß, wir kennen uns kaum, aber ich müsste schon blind sein, um nicht zu sehen, was du durchmachst. Ich weiß nicht, ob ich dir helfen kann, aber wenn du gerne reden möchtest – ich kann gut zuhören.«

Ich betrachte sein Gesicht, erkenne seine Offenheit und wünsche mir nichts mehr, als dass es Abes Gesicht wäre, in das ich da blicke, dass es seine braunen Augen wären, die mich fixieren, seine Hand, die nach meiner greift.

»Es geht mir gut«, bringe ich schließlich über die Lippen, was natürlich gelogen ist, und ich sehe ihm an, dass ihn die Ablehnung seiner freundschaftlichen Geste verletzt. Aber es gibt da etwas anderes, über das ich gerne reden würde, diese flüchtige Erscheinung, die ich gestern Abend gesehen habe. »Ich meine, ich glaube zwar, dass ich gestern Abend einen Geist gesehen habe, aber davon abgesehen, geht es mir gut.«

»Einen Geist?« Marcus hebt die Augenbrauen.

»Na ja, nicht richtig. Kein Gespenst, eher eine diffuse Erscheinung, ein sichtbar gewordenes Gefühl. Klingt das sehr verrückt?«

»Überhaupt nicht. Unser Gehirn spielt uns am laufenden Band Streiche.« Marcus lächelt. »Du wohnst in einem alten Haus, in dem Jahrhunderte von Folklore stecken, und deine Fantasie ist offen für solche Geschichten. Außerdem warst du sicher müde, und du bist emotional gerade sehr belastet …«

»Stimmt.« Ich lächele. »Und außerdem habe ich mein halbes Leben in dem Haus gewohnt – da kann nach zwei läppischen Erscheinungen wohl kaum von regelrechtem Spuk die Rede sein.«

»*Zwei* Erscheinungen?«

Ich zögere, ein sehr tief sitzendes Unbehagen ergreift mich. Ich habe die Geschichte in meinem Leben erst einem einzigen Menschen erzählt, und der hat mich dafür gehasst.

»Hast du schon mal vom Gytrash gehört, Marcus? Von dem graubärtigen Mann, der immer auftaucht, kurz bevor ein Mitglied der Familie Heaton stirbt?«

Marcus nickt eifrig. »Ja, zum ersten Mal habe ich in diesem Buch von Halliwell Sutcliffe von ihm gelesen und dann in einem schmalen Band, geschrieben von dem Mann, der behauptete, seinen Geist ausgetrieben zu haben.«

»Tatsächlich? Wo hast du den denn gefunden?« Ich lehne mich ein wenig nach vorn. »Dieser Band befand sich in der Bibliothek von Ponden, ging aber verloren, als der Bestand verkauft wurde, und von einem zweiten Exemplar ist mir nichts bekannt.«

»Hm. Gute Frage. Das kann ich dir jetzt gar nicht beantworten.« Marcus sieht perplex aus. »Vielleicht irgendwo im Netz – ich werde mal suchen und dir Bescheid sagen.«

»Wie dem auch sei, der Exorzist hat versagt«, erkläre ich. »Ich habe Graubart gesehen. Mit eigenen Augen. Am Tag, an dem mein Vater starb, stand er am Gartentor. Da war ich zehn, und mein Vater hatte mir sämtliche Geistergeschichten von Ponden Hall erzählt, bis auf diese eine. Meine Mutter hat später mal gesagt, das sei die einzige Geschichte gewesen, die ihm wirklich Angst gemacht hätte.«

»Willst du damit sagen, du hättest geträumt, ihn gesehen zu haben, oder dass du es dir eingebildet hast?«

»Ich will damit sagen, dass ich ihn *gesehen* habe.«

Kaum rufe ich mir den Moment in Erinnerung, ist alles wieder da, das warme Gefühl der Sonne an meinem Hals, das Kitzeln des Mooses an meinen nackten Beinen, meine Collie-Hündin Myrtle, die neben mir auf der Wiese liegt. »Es war ein warmer Tag, ich habe im Garten vor dem Haus mit meinem Hund gespielt, da spürte ich plötzlich, dass mich jemand beobachtete. Ich sah mich um, und da war dieser Mann mit dem grauen Bart, der auch sonst vollkommen grau aussah – seine Haut, seine Kleidung –, bis auf die Augen. Die waren schwarz wie Kohle, und auf einmal wurde mir trotz der Hitze eiskalt, bis ins Mark. Der Wind legte sich, die Vögel verstummten. Und er stand da.« Ich schaudere, als die Erinnerung wie ein kalter Schatten durch mich hindurchhuscht. »Ich habe die Augen zugemacht und nach meiner Mutter gerufen, aber bis sie bei mir war und ich wieder die Augen aufmachte, war er weg. Ma dachte erst, ich hätte mir wehgetan oder dass jemand versucht hätte, mich zu entführen, aber als ich ihr erzählte, was ich gesehen hatte, haute sie mir eine runter. So heftig wie nie zuvor. Und niemals wieder. Keine Stunde später fanden sie meinen Vater draußen auf einem Feld. Herzinfarkt. Tot. Meine Mutter wusste, was es bedeutete, Graubart zu sehen. Aber ich nicht. Ich hatte keine Ahnung, ich kannte die Geschichte nicht. Bis zu jenem Tag.«

Ich warte nur darauf, dass Marcus lacht oder sich unter einem Vorwand verabschiedet, aber er tut weder das eine noch das andere. Er schweigt nachdenklich, und ich sage: »Aber wenn es tatsächlich etwas zwischen Himmel und Erde gibt, etwas, das nach unserem Tod bleibt, warum bekomme ich dann nie Besuch von den Menschen, die ich liebe und vermisse?«

»Es gibt keine Geister«, sagte Marcus mit freundlicher Stimme. »Es tut mir unendlich leid, dass du geliebte Menschen verloren hast. Aber weißt du, selbst wenn man dir die Graubart-Geschichte nicht erzählt hatte, ist es doch durchaus möglich, dass du sie dennoch kanntest. Vielleicht hat mal jemand darüber geredet, als du noch ganz klein warst, oder du hast ein Gespräch mit angehört und oberflächlich wieder vergessen. Es kommt vor, dass Menschen, wenn sie an die traumatischsten Ereignisse ihres Lebens zurückdenken, ganz falsche Erinnerungen damit verbinden, die ihnen selbst aber hundert Prozent real und richtig vorkommen. Unser Gehirn versucht immer wieder, alles so hinzubiegen, dass es irgendwie Sinn ergibt. Als Celia ... als meine Ex-Frau mich verließ, konnte ich damit leichter umgehen, indem ich mir vorstellte, sie sei gestorben, denn so konnte ich um sie trauern, ohne selbst verletzt oder wütend zu sein, ich konnte sie ganz natürlich und friedlich gehen lassen. Ich habe über ein Jahr gebraucht, bis ich das annehmen konnte, dass sie nach Frankreich gezogen war, um dort mit einem anderen Mann zu leben und Kinder zu bekommen, zumal sie mit mir nie Kinder haben wollte.«

»Ich würde alles darum geben, wenn ich mir vorstellen könnte, dass Abe am Leben und gesund ist«, sage ich leise. »Selbst wenn das heißen würde, dass er mich nicht mehr liebt.«

»Selbstverständlich, und auch ich habe das dann irgendwann begriffen. Ich verstand, dass die Verletzungen, die sie mir zugefügt hatte, meine Liebe zu ihr nicht kleiner machten und dass ich ihr nicht wirklich die Pest an den Hals wünschte.«

Wie schweigen eine Weile, und mir geht durch den Kopf, dass wir vielleicht gute Freunde werden könnten. Diese Aussicht weckt in mir etwas wie Optimismus.

»Wenn du mal drüber nachdenkst, ist das vielleicht der Grund dafür, dass du Graubart gesehen hast. Es mag Furcht einflößend sein, aber irgendwie bekommt das Sinnlose etwas Sinn dadurch, dass es sich wie Schicksal anfühlt.«

»Danke«, sage ich. »Dafür, dass du mich hast reden lassen und nicht weggelaufen bist. Das gibt mir … Sicherheit.«

»Ich finde dich viel zu interessant, als dass ich vor dir weglaufen wollte.« Marcus schenkt noch etwas Tee ein. »Und außerdem bin ich bis über beide Ohren verliebt in dein Haus.«

1658

Lieber Herrgott, vergib mir. Herr, habe Mitleid mit meiner Seele. O Herr, bitte, lieber, gnädiger Retter, ich flehe Dich an, zeige Gnade mit mir, denn ich habe die schlimmste Sünde begangen, die eine christliche Maid begehen kann, und dabei tat ich es bereitwillig, ja, gerne, voller Freude im Herzen.

Heute Morgen hat Henry Casson Robert verprügelt. Robert lehnte sich gegen ihn auf, als er sah, wie seine Mutter zugerichtet war, dieses Mal war sie dem Tode nah, und wie Cassons eigen Fleisch und Blut sich duckte und schrie, als sein Vater ihm nahe kam. Robert ist noch nicht ganz so groß und stark wie Casson, und obschon die Menschen zu ihm halten, vermag Casson sie alle in Angst und Schrecken zu versetzen. Doch heute forderte Robert Casson heraus, und der schlug ihn mit größter Gewalt nieder, er landete im Schlamm. Robert wich nicht zurück, er erhob sich und wurde wieder niedergeschlagen, erhob sich abermals und wurde niedergeschlagen, mindestens zehn Mal, vielleicht zwanzig, vielleicht noch öfter, ich weiß es nicht. Betty hielt mich in der Küche zurück und ließ mich nicht zu Robert, bis er ganz kalt war und ich fürchtete, er sei tot. Sobald Casson mit seinen Schergen ausritt, eilte ich zu Robert, und Betty tat es mir nach, und wir badeten ihn am Feuer, versorgten seine Wunden, so gut wir konnten. Betty trug etwas von ihrer Salbe auf seine Wunden auf, Salbe aus dem Honig der Bienen in der Bienenmauer und Moor-

heide. Ich schäme mich zutiefst, das zu schreiben, Lieber Gott, mein Retter und Heiland, bitte vergib mir, aber ich muss in meiner Beichte ehrlich sein: Als ich den lieben Robert so da liegen sah, als ich sah, wie seine Brust sich hob und senkte, als ich die Muskeln in seinen Armen und seiner Brust sah und sein liebliches Gesicht, umringt von goldenen Locken, empfand ich ein so starkes und reines Verlangen, meine Lippen auf seine zu drücken und meinen Körper auf seinen und ihn überall zu berühren und von ihm überall berührt zu werden. O Herr, Lieber Gott, wirst Du mir diese Verderbtheit vergeben?

Als Robert später erwachte, reichte Betty ihm ein geflicktes Hemd. Er war sehr erregt, ja, er raste vor Wut und wollte seinen Peiniger finden und sich auf ihn stürzen. Betty sorgte sich um seine Sicherheit und ich auch. Sie bat mich, mit Robert hinauf aufs Moor zu gehen, wie früher, als wir Kinder waren, sie sagte sogar, ich solle ein Pferd aus dem Stall holen. Robert saß auf, ich hielt mich an ihm fest, und so ritten wir auf das Moor zu unserem Lieblingsplatz, unserem Schloss namens Ponden Kirk, und dort pausierten wir, obwohl es kalt war, doch der Himmel war klar und wunderschön wie die gesamte Schöpfung des Herrn, unseres Gottes, Amen.

»Ich möchte ohne dich nicht leben«, flüsterte Robert mir zu, als wir auf dem Felsen lagen, und mir ging das Herz über, als ich seine Worte hörte. »Wüsste ich nicht, dass ich dein Antlitz morgen wiedersähe, ich würde keinen weiteren Atemzug mehr tun. Ich weiß jetzt, dass du mir mehr als eine Schwester bist, mehr als ein Freund. Du bist meine große Liebe. Agnes … Agnes, wirst du mit mir durch das Feenloch klettern und dem Himmel sagen, dass du meine Frau bist?«

Er nahm mich mit, den steilen Hang hinab, und ich hatte Angst, zu stürzen. Er zeigte mir das lange, dunkle Loch in Pon-

den Kirk, das andere Mädchen in Ponden die Feenhöhle nennen und wo am Vorabend der Sonnenwende manche herkommen, um nach altem Brauch zu heiraten.

Ich hatte Angst vor Deinem Zorn, Herr, aber es war ein warmer, lieblicher Tag, als ich Robert durch das Loch folgte, und als wir auf der anderen Seite herauskamen, flocht er Wildblumen in mein Haar und küsste mich und drückte meine Hände an seine Brust, an sein Herz, und nannte mich sein geliebtes Weib.

Lieber Gott, gütiger Herr, ich kann nicht aufschreiben, was ich empfand, denn bis dahin hatte ich nicht eine Sekunde reinster Freude und puren Glücks erlebt, es war immer nur mal aufgeblitzt. Doch dort war ich mit einem Mal wie verwandelt – in die glücklichste Seele, die je gelebt hat. Ich lag auf dem Felsen, und Robert beugte sich über mich, die Sonne verwandelte sein Haar in einen Heiligenschein … Ich habe nie etwas schöneres Sterbliches gesehen. In dem Augenblick wirkte er auf mich wie ein Engel.

»Lass mich dich küssen, Agnes«, bat er, und ich ließ ihn. Und o Herr, Lieber Gott, vergib mir, ich verlor mich in Wohlgefallen. Ich ließ zu, dass seine Hände meine Haut entblößten, und meine Hände entdeckten all das neu, was sie schon lange kannten, wonach sie sich schon immer sehnten.

»Wir sind bereits verheiratet«, flüsterte Robert mir zu, »du und ich. In unseren Herzen und Seelen sind wir Mann und Frau und auch vor Gott. Das hier ist unsere Kirche, diese Küsse sind unser Schwur.« Und Lieber Gott, Lieber Gott, ich ließ zu, dass er mit mir lag, wie ein Mann nur mit seinem Weib liegen sollte, und es war eine ungeheuerliche, ungeheuerliche Sünde, von der ich erst gereinigt werde, wenn wir eines Tages vor einem Mann Gottes stehen und den Schwur ablegen, wie es sein soll.

Es war eine ungeheuerliche, ungeheuerliche Sünde. O Herrgott, mein Retter, bitte vergib mir.

Es war eine ungeheuerliche Sünde. Und es war herrlich.

Agnes Heaton, denn das ist jetzt mein richtiger Name.

Kapitel 16

Auf dem Weg zur Schule schleicht ein LKW mit Überbreite über die schmalen Straßen, ich hänge dahinter fest und komme zu spät. Mit geröteten Wangen und verschwitzten Haaren eile ich schließlich auf den Schulhof, die anderen Eltern beobachten mich, und ich lächele sie scheu an. Wenn ich richtig aufblicken, mich umsehen und grüßen würde, dann würde ich vielleicht jemanden entdecken, den ich kenne, jemanden, mit dem ich zur Schule gegangen bin, aber mein Bedürfnis, *nicht* mit fremden Leuten Small Talk zu betreiben, wird nur übertroffen von meiner Ungeduld, Will wiederzusehen.

Ein Kaleidoskop aus bunten Jacken strömt aus der Tür, die Kinder fallen ihren Müttern und Vätern in die Arme, plappern, hüpfen, springen, rufen. Aus trockenen Nudeln gefertigte Kunstwerke werden überreicht, aber keine Spur von Will.

Als dann Mrs Rose herauskommt, seine Jacke in der Hand, Sorge im Blick, rutscht mir das Herz in die Hose.

»Wo ist er?«, frage ich und eile auf sie zu.

»Vor ein paar Minuten war er noch hier«, sagt sie. »Ich habe ihn gesehen, als ich alle rausgeschickt habe, um ihre Jacken anzuziehen. Er hat einen richtig guten Tag gehabt, und … Mrs Heaton Jones, es tut mir leid, aber er ist weg.«

»Was soll das heißen, er ist weg?« Mir schwirrt der Kopf.

»Ich bin mir sicher, dass er irgendwo hier ist – ich sehe noch mal auf den Toiletten nach. Kommen Sie.«

Nachdem wir die Toiletten, den Flur, den Eingangsbereich abgesucht haben, hasten wir auch noch ins leere Klassenzimmer – nirgendwo eine Spur von ihm.

Dann muss ich an unser Gespräch an dem Morgen denken, als er mich nach dem Weg nach Hause fragte. Ich war spät dran gewesen, nur eine oder zwei Minuten zu spät, aber vielleicht hat er mich nicht gesehen, vielleicht hat er Angst bekommen. Und auf einmal weiß ich ganz genau, wohin er wollte.

Auf meinem Weg hinaus nehme ich kaum mehr wahr als ein Mischmasch aus dunklen Fenstern und elektrischem Licht, aus durch die Flure hallenden Stimmen und aufblitzenden Gesichtern. Dann bin ich draußen, an der kalten Luft, sie strömt in meine Lungen, und ich zwinge meine Beine, weiterzulaufen, die steile Steigung der Hauptstraße hinauf, ich stolpere die Stufen an der Kirche vorbei, und dann, endlich, endlich erreiche ich das weite Moor, diese riesige schwarze Landmasse unter dem mich umgebenden dunkelblauen Himmel.

Nichts ist zu hören außer meinem stoßweisen, keuchenden Atem und meinen Schritten im steinigen Matsch.

Wenn er zu mir wollte, ist er sicher hier vorbeigekommen. Ich habe ihm erklärt, dass dieser Weg nach Ponden führt, und er weiß, dass er mich dort finden kann.

Was ich ihm heute Morgen nicht erklärt habe, ist, dass der Weg nicht ganz ohne Hindernisse ist. Dass man aufpassen muss, an der richtigen Stelle abzubiegen oder dem richtigen Pfad zu folgen, um sich im Moor nicht zu verlaufen. Und dass selbst ein Erwachsener, der den Weg kennt, über eine Stunde braucht. Mein armer Will – wenn er traurig war, wenn er aufgewühlt war und allein und nicht wusste, mit wem er reden sollte oder wen er fragen könnte, wenn er nach Hause kommen wollte, dann wäre er selbstverständlich hier entlanggegangen. Dann hätte er hier nach mir gesucht.

Er war noch nicht bereit gewesen für die Schule, und ich hatte das gewusst. Ich hatte es gesehen, und er hatte es mir sogar gesagt. Er wollte nicht in die Schule gehen, und ich habe ihn trotzdem hingebracht.

Meine Beine sind schwer, aber ich bleibe nicht stehen, ich kann nicht stehen bleiben. Wenn ich dieses Tempo lange genug durchhalte, dann finde ich ihn irgendwann, dann sehe ich ihn, jeden Moment kann es so weit sein. Aber der Weg hinauf zum Bergkamm ist menschenleer, und der Weg, der hinunter in die Dunkelheit führt, ist kaum auszumachen.

»Will!«, rufe ich. »Will! Bist du da?«

Es kommt keine Antwort, ich höre nur den Wind in den Bäumen und in der Entfernung Autos. Der Wind trägt den Ruf einiger Brachvögel herbei, aber ich sehe keinen einzigen. Ich habe mich noch nie so allein gefühlt wie jetzt, ich war noch nie so verzweifelt, nicht einmal in dem Chaos und der Hitze in Lima, als mir klar wurde, dass ich meinen Mann nicht wiederfinden würde.

Und dann sehe ich ein Licht.

Vielleicht sind es Autoscheinwerfer, aber die bewegen sich eher in größerer Entfernung durch das Tal, und dieses Licht wirkt näher und statisch. Vielleicht ist es ein Irrlicht, ein spontan sich aus im Moor vorkommenden natürlichen Gasen wie Methan entzündendes Feuer, das in alten Zeiten Reisende vom rechten Weg abgebracht und ins Verderben geführt haben soll. Aber ich hatte das Glück, diese Lichter zu sehen, als ich ein kleines Mädchen war, und das hier sieht anders aus.

»Look.«

Mir fällt das Wort wieder ein, und als ich es denke, kann ich es auch hören, und ich weiß, dass das nicht von mir kommt. Bevor mir selbst bewusst ist, was ich tue, presche ich auch schon los, auf das Licht zu. Ich denke nicht nach, frage mich nicht weiter, wessen Stimme das gerade war, denn ich muss einfach daran glauben. Ich renne also, so schnell ich kann, dem nicht nachlassenden Rufen entgegen, dem Rufen von etwas, das ich nicht verstehe, dem ich aber vertraue.

Ich biege ab auf eine kleine Straße, von der sich beiderseits steile Hänge erheben. Jenseits eines Stacheldrahtzauns befindet sich ein altes, verfallenes Haus, ein »Betreten verboten! Lebensgefahr!«-Schild ist in der Dämmerung gerade noch zu lesen. Aber ein kleiner Junge könnte durchaus meinen, dass dies ein guter Unterschlupf sei. Und gleich hinter dem dunklen Loch eines glaslosen Fensters glüht wieder das Licht auf, und der Wind lässt nach. Ich höre einen Vogel rufen. Zum zweiten Mal in meinem Leben. Das erste Mal hörte ich ihn an jenem Halloween-Abend, als Dad mir die Geschichte von Lily Cove erzählte. Der Ruf scheint aus dem Haus zu kommen, mich hereinzubitten. Und dann verstummt er.

Der Stacheldraht beißt sich in meine Hände, als ich ihn auseinanderbiege und darübersteige, er verfängt sich an meiner Jacke und meiner Jeans, ich höre Stoff reißen und spüre einen Metallstachel auf meiner Haut. Will ist hier. Ich kann ihn spüren.

»Will?« Ich tue mein Bestes, um schön leise und ruhig zu sprechen. »Alles ist gut, Will. Mummy ist hier. Es tut mir leid, dass ich nicht für dich da war.«

»Mummy?«, erklingt seine Stimme aus einer anderen Ecke. Ich bahne mir einen Weg durch die Äste eines toten Baums, der sich einst einen Weg zwischen den steinernen Bodenfliesen hindurch erkämpft hat, und sehe meinen gegen eine Wand gekauerten Jungen.

»Will.« Ich ziehe ihn zu mir hoch und drücke ihn an mich, so fest, dass ich spüren kann, wie sein kleines Herz rast – genau wie meins. Ich spüre seinen Atem auf meiner Wange. »Es tut mir so furchtbar leid, Will. Was ist passiert? Wolltest du zurück nach Ponden?«

»Du warst nicht da«, sagt er, und seine Stimme ist kaum mehr als ein Hauchen. »Ich habe nach dir geguckt, aber du warst nicht da, und ich hatte Angst, dass ich dich jetzt auch noch verloren hätte. Mir will das alles nicht gefallen. Ich will nach Hause, in mein Zuhause, in mein Bett, zu meinen Spielsachen. Und ich will meinen Daddy wiederhaben. Ich will meinen Daddy, aber er ist nicht hier, und ich weiß nicht, wo er ist, aber ich weiß, dass er nicht *hier* ist. Ich dachte, wenn ich mich verlaufe, so richtig, hier draußen, in der Dunkelheit, und wenn ich dann nach ihm rufe, dass er dann kommen würde. Ich dachte, dann müsste er doch … aber ist er nicht. Daddy ist nicht gekommen, um mich zu retten. Du bist gekommen.«

»Ach, Will …« Ich lasse ihn weinen, Wange an Wange.

»Du musst hier so fürchterliche Angst gehabt haben«, sage ich.

»Nö«, antwortet Will sofort, und ich glaube ihm.

»Du hattest keine Angst in diesem gruseligen alten Scooby-

Doo-Haus ganz weit draußen auf dem Moor und im Dunklen?« Ich lächele und sehe, wie seine Augen leuchten.

»Nein, hatte ich nicht, ich habe mich hier sicher gefühlt. Im Dunklen hatte ich zuerst ein bisschen Angst. Ich kannte den Weg ja nicht, und er wurde immer länger. Aber dann habe ich mich nicht mehr allein gefühlt, und auf dem Schild steht zwar ›Betreten verboten‹, aber ich dachte, wenn ich hier warte, dann kommst du. Und darum habe ich hier gewartet.«

»Na, aber besonders sicher ist das hier nicht. Hier könnte uns jede Minute etwas auf den Kopf fallen, und es war sehr unvorsichtig von dir, dich ganz allein so weit von allen Häusern zu entfernen, aber …« Ich lege die Hände an seine Wangen. »… jetzt bist du ja in Sicherheit, du bist bei mir.«

»Tut mir leid, Mummy.« Will schmiegt das Gesicht an meinem Hals.

»Und mir tut es leid, dass ich dich hängen gelassen habe.«

»Muss ich morgen in die Schule gehen?«

»Nein, morgen nicht«, sage ich. »Aber bald, Will. Astrophysiker kann man leider nur werden, wenn man die Grundschule abgeschlossen hat.«

»Okay«, sagt Will. »Danke, dass du mich gefunden hast, Mummy.«

»Gern geschehen«, sage ich. »Ich würde niemals aufgeben, nach dir zu suchen, mein Schatz.«

Will schweigt. Von draußen höre ich die Rufe der Suchenden, durch das Fenster sehe ich huschende Lichtkegel von Taschenlampen.

»Aber du hast die Suche nach Daddy aufgegeben«, flüstert Will, kurz bevor die Taschenlampen sich auf uns richten. »Warum hast aufgegeben, nach Daddy zu suchen, Mummy?«

Tru und Abe

Wir warteten noch einen Monat, bis wir unseren Eltern von meiner Schwangerschaft erzählten. In der Zwischenzeit fanden wir eine gemeinsame Wohnung in Leeds, und ich konnte mit der Uni einiges klären. Vier Wochen seligen Glücks, in denen wir unser Leben planten, als hätte niemand anderes irgendetwas zu melden.

Als wir so weit waren, setzten wir uns als Erstes in den Zug nach London. Drei nervöse Stunden, in denen wir kaum ein Wort sprachen. In der U-Bahn nach Putney hielten wir uns fest an den Händen.

Unity nahm mich zur Begrüßung in den Arm, Sam gab mir die Hand und küsste mich auf die Wange. Hinter ihnen, im Esszimmer, war der Tisch gedeckt, inklusive Weinkühler.

Dann trat Unity einen Schritt zurück, betrachtete mich von oben bis unten und sagte:

»Aber Trudy, wieso hast du mir denn nicht erzählt, dass du schwanger bist?« Ihr Lächeln erstarb.

Tränen flossen, wir stritten. Unity weinte, und Samuel machte einen langen Spaziergang mit Abe, während ich auf der Sofakante saß und aus dem Fenster schaute, vor dem ganz London auf mich zumarschierte. Ich verknotete die Finger und glaubte, keine Luft zu bekommen.

»Er wird sein Studium beenden«, sagte Unity. »Er hat so hart dafür gearbeitet.«

»Ich weiß.« Ich wandte mich ihr zu. »Ich habe auch hart gearbeitet. Und auch ich werde mein Studium abschließen. Auch wenn ich länger dafür brauchen werde. Und wir werden unser Kind sehr lieben.«

Sie schüttelte den Kopf und betrachtete eine ganze Weile ihre Hände.

»Ich werde jetzt nicht so tun, als würde ich das hier gut finden«, sagte sie. »Aber ich kann sehen, wie glücklich du ihn machst, und ich möchte auf jeden Fall lieber auf derselben Seite stehen wie du und nicht gegen dich antreten. Also mach nicht so ein sorgenvolles Gesicht. Du bist jetzt auch meine Tochter, und du trägst mein Enkelkind unterm Herzen. Mit anderen Worten, ich bin jetzt ein Teil deines Lebens, und zwar für immer.«

Als Abe und sein Vater zurückkamen, aßen wir und lachten, und ich schaute mir Tausende Kinderfotos von Abe an. Es fühlte sich toll an, im Schoß dieser Familie zu sitzen und Teil von etwas Größerem als nur mir selbst zu sein.

Aber ich wusste auch, dass die Sache mit Ma nicht so glimpflich ablaufen würde.

Abe mietete sich ein Auto und kam damit direkt nach Ponden. Er brachte Ma Tulpen mit, diese altmodischen, die man auf den Gemälden der alten holländischen Meister sieht, mehrfarbig und mit gefransten Blütenblättern. Ma liebte die.

»Nein.« Ma schüttelte einfach nur einmal den Kopf, nachdem ich ihr von unseren Plänen erzählt hatte. »Nein.«

»Ma, das war keine Frage, das war eine Mitteilung.« Ich zügelte mich, lächelte. Hoffnungsvoll. »Abe und ich werden heute in einem Monat im Standesamt von Leeds heiraten. Ich würde mich sehr freuen, wenn du kommst. Abes Eltern werden auch da sein. Wir sind so glücklich. Glücklich, dass wir heiraten, und glücklich, dass wir ein Kind bekommen.« Ich machte einen vorsichtigen Schritt auf sie zu. »Bitte, Ma, kannst du nicht auch glücklich sein? Dann wäre ich gleich noch glücklicher.«

Sie betrachtete die Blumen in ihrer Hand und warf sie einschließlich dem braunen Einschlagpapier in die Küchenspüle.

»Du bist zu jung, Herrgott noch mal«, sagte Ma. »Du bist doch selbst fast noch ein Kind. Was weißt du schon über die Welt? Wen hast du bisher geliebt, der nicht irgendeine Figur in irgendeinem deiner verdammten Bücher war? Wenn du wirklich glaubst, Heathcliff sei dein Traummann, dann hast du wirklich noch eine Menge zu lernen. Und was dich angeht …« Sie wandte sich an Abe. »Dieses Mädchen ist eine Traumtänzerin, schon immer gewesen. Aber du wirst Arzt.«

»Mrs Heaton, wir wären nicht das erste Paar, das sehr jung heiratet, und auch nicht die ersten jungen Eltern. Nicht alle diese Geschichten enden in Tragödien und Katastrophen. Wir wünschen uns beide jeweils nur das Beste und unserem Kind auch. Und ich liebe Ihre Tochter.«

»Wenn du sie lieben würdest, wirklich aufrichtig lieben würdest, dann würdest du warten.« Ma verlegte sich aufs Bitten und Flehen. »Warte, bis sie mit der Uni fertig ist, bis du mit der Uni fertig bist, Herrje, bis du feste Arbeit hast, und dann, wenn ihr dann immer noch heiraten wollt, dann seid ihr alt genug. Und das ist dann auch der richtige Zeitpunkt, um ein Kind zu bekommen.«

»Tja, das Kind ist aber nun mal schon unterwegs«, sagte ich und nahm Abes Hand. »Es kommt im Januar.«

»Die Zeiten haben sich geändert. Es ist nicht mehr so wie früher, als ich jung war. Ihr müsst deswegen nicht heiraten, und ihr müsst auch das Kind nicht bekommen, nur weil ihr einmal nicht aufgepasst habt. Eure Eltern drängen euch nicht zu etwas, das ihr nicht wollt. Du kannst frei entscheiden, Trudy.«

»Ich weiß«, sagte ich. »Und ich entscheide mich frei. Für Abe und für unser Baby.«

»Mrs Heaton …« Abe hob beschwichtigend die Hand. »Ich weiß, wie das aussieht. Glauben Sie nicht, wir hätten nicht dieselbe Standpauke von meinen Eltern zu hören bekommen. Die finden auch, dass wir zu jung sind, und glauben, dass wir es bereuen werden. Aber ich habe meinen Eltern dasselbe gesagt, das ich jetzt Ihnen sage: Trudy ist die Frau, die ich liebe, die Frau, die ich glücklich machen möchte, die Frau, an deren Seite ich den Rest des Lebens sein möchte, und ich werde unserem Kind ein guter Vater sein. Meine Eltern wollen uns gerne unterstützen.«

Ma stützte sich mit den Händen auf dem Tisch auf, eine silberblonde Strähne fiel ihr vor die Augen.

»Ihr beiden«, sagte sie kalt, »wisst nicht, was Liebe ist. Ihr meint, Liebe sind große Worte? Oder Sex? Damit hat Liebe überhaupt nichts zu tun. Liebe ist harte Arbeit, Liebe heißt, Kompromisse einzugehen und Dinge zu akzeptieren, die man nicht ändern kann. Dafür bist du noch nicht bereit, Trudy Heaton. Glaub mir, wenn du dich jetzt in diese Ehe stürzt, dann sitzt du schon bald da mit einem Mann, der dich nicht liebt, und einem Kind, das du nicht …«

Wenn ich an der Stelle richtig zugehört hätte, dann wäre

ich vielleicht vorbereitet gewesen auf das, was als Nächstes kam. Aber ich hörte Ma nicht zu, ich schäumte vor Wut und wollte, dass sie mir zuhörte.

»Was fällt dir ein, mir einen Vortrag über die Liebe zu halten?« Ich lachte höhnisch. »Ausgerechnet du, die du nie irgendjemanden geliebt hast? Du hast Dad behandelt wie einen Fremden und mich wie einen lästigen Gast.« Ich wandte ihr den Rücken zu und sah aus dem Fenster, den Hügel hinunter, dahin, wo die beiden Hänge sich trafen, und ich sehnte mich an die andere Seite des Horizonts, weit weg von ihr, so weit es irgend ging. »Du hast mich nie leiden können, Ma, und daraus hast du auch nie einen Hehl gemacht. Normale Mütter lieben ihre Kinder, sie sind stolz auf sie. Sie verbringen Zeit mit ihnen, sie sind liebevoll, sie trösten sie, wenn ihr Vater stirbt … Du bist nie für mich da gewesen. Selbst als Dad gestorben war, bestand dein ultimativer Akt der ›Liebe‹ darin, mir eine Tasse Tee einzuschenken. Ich werde dir sagen, wer nichts über die Liebe weiß, Ma: Du. Du bist eine kaltherzige, gehässige, verbitterte alte Frau, die neidisch ist auf ihre eigene Tochter. Du warst neidisch, weil Dad mich mehr liebte als dich, und jetzt bist du neidisch, weil ich Abe habe und glücklich bin – und ich bin mehr als glücklich, endlich von dir wegzukommen.«

»Das ist nicht fair, Trudy«, sagte Abe, aber ich schüttelte seine Hand von meinem Arm ab und stierte meine Mutter an.

»Fair? Findest du es fair, eine Mutter zu haben, die ihrem Kind im Leben kein einziges Mal gezeigt hat, dass sie es gernhat?«

»Gut, wenn du nicht auf mich hören willst, dann hör wenigstens auf dich selbst«, sagte Ma. »Ich war noch ein Teenager, als dein Vater und ich heirateten. Da war ich auch schon schwanger. Er wollte mich nicht heiraten, aber mein Vater war da sehr altmodisch, und er hat mir keine Wahl gelassen, ganz anders als ich jetzt dir gegenüber. Darum haben wir geheiratet, und wir haben unser Bestes getan, dein Vater und ich. Oder zumindest ich. Dein Vater hat sich schon mit mir gelangweilt, bevor du überhaupt geboren warst, und als du dann da warst … Na ja, jedes Mal, wenn ich dich hochnahm, hast du angefangen zu plärren. Ich war so müde, so einsam. Und ich habe darauf gewartet, dass sich diese Liebe zu dir einstellt, darauf, das zu empfinden, was angeblich alle Mütter empfinden, aber das passierte leider nicht. Für mich war das damals fatal, in diese Ehe gezwungen zu werden und ein Kind zu bekommen, es hat mein Leben zerstört, und deins wird es auch zerstören. Von jenem Zeitpunkt an drehte sich alles, was ich tat, nur noch um dieses Haus, um deinen Vater oder um dich. Aber es ging nie um mich. Ich hatte kein Kind gewollt, es war einfach der falsche Zeitpunkt für mich, wie es auch für dich der falsche Zeitpunkt ist. Ich wollte dich nicht, Trudy, verstehst du? Ich wollte dich nicht, und ich konnte dich nicht lieben, und du hast mich gehasst, weil ich dir nicht die Mutter sein konnte, die du gebraucht hättest.«

Ich sagte nichts, das war nicht nötig. Ich nahm meine Tasche, zog den Hausschlüssel hervor und warf ihn auf die Tulpen. Dann ging ich. Ich verließ das Haus und marschierte durch den Regen, bis einige Minuten später Abe in dem Mietwagen neben mir auftauchte und ich bei ihm einstieg.

Wir schwiegen. Fuhren durch Haworth hindurch und schlugen den Weg nach Leeds ein. Nach etwa zwanzig Minuten nahm Abe meine Hand.

»Ich liebe dich, Tru«, sagte er. »Deine Mutter ist eine sehr unglückliche Frau, aber ich bin sicher, sie hat das nicht so gemeint. Wenn sie dich nicht lieben würde, dann hätte sie schließlich nicht versucht, dir das auszureden, oder?«

»Sie hat jedes Wort ganz genau so gemeint«, sagte ich und richtete den Blick stur geradeaus.

»Also, *ich* liebe dich. Ich liebe dich, und ich schwöre bei Gott, dass ich dich immer lieben werde, immer, jede einzelne Sekunde. Bis ich sterbe – nein, noch länger. Meine Liebe wird immer bei dir sein, hörst du?«

Darauf musste ich nichts entgegnen, nicht laut. Ich drückte seine Hand und sah, wie die Landschaft an mir vorbeiglitt in die Vergangenheit.

Ich hatte mich entschieden: Mit meiner Mutter war ich fertig. Ich würde erst nach Ponden zurückkehren, wenn sie nicht mehr da war. Sechzehn Jahre sollten vergehen, bis ich meine Mutter wiedersah.

Sechzehn Jahre vergingen zwischen jenem Tag und dem, an dem mein Mann mit einem Flugzeug abstürzte.

Kapitel 17

Ma hat etwas geahnt. Mit einer Laterne in der Hand steht sie vor dem Haus und wartet auf uns. Zuerst sehe ich nur ihren dunklen Umriss, eine Gestalt im letzten Licht der Dämmerung, und erschrecke mich, weil ich an Graubart denken muss, doch dann flackert die Kerze, wirft Schatten auf ihr Gesicht, und ich sehe darin nichts als Sorge.

»Ihr seid spät dran, was ist passiert?«, fragt sie, als wir die letzten Meter auf Ponden Hall zumarschieren.

Erschöpft stapft Will, immer noch in meiner viel zu großen Jacke, an ihr vorbei ins Haus.

»Na?« Ma sieht mich fragend an. Wir folgen Will. Im Erdgeschoss brennen sämtliche Lichter. Mein Sohn lässt sich aufs Sofa plumpsen, Mab klettert sofort auf ihn. Er vergräbt das Gesicht unter ihren Ohren und schlingt die Arme um sie. Ich dachte, ich hätte ihn verloren, und diese Angst steckt mir noch in den Knochen, nagt noch an mir wie ein Albtraum, aus dem ich nicht ganz erwacht bin. Mein Herz will nicht recht glauben, was meine Augen sehen, ich kann nicht recht glauben, dass er in Sicherheit ist.

»Mum, wir brauchen hier endlich einen Telefonanschluss! Will war weg, und keiner konnte dich erreichen. Das geht so nicht.«

»Hat er etwa geschwänzt, der kleine Mann?« Ma ignoriert

mich, und erst jetzt betrachte ich sie so richtig, wie sie in einem Rechteck aus elektrischem Licht steht. Ihr Gesichtsausdruck passt so gar nicht zu ihrem flapsigen Ton, sie sieht völlig fertig aus vor Sorge.

»Er ist weggelaufen. Er hatte Heimweh und Angst, und ich habe ihn im Stich gelassen, Ma. Ich habe ihn enttäuscht, ich habe seinen Dad nicht wieder mit nach Hause gebracht, und ich war nicht für ihn da, als er mich brauchte.«

Fast sage ich: »Genau wie du immer«, aber da sehe ich Mas gerötete Augen und beiße mir auf die Zunge.

»Er ist in Sicherheit, nur das zählt jetzt«, sagt sie. »Und normalerweise bekommt man eine zweite Chance, mein Kind. Du hast genug Zeit, es wiedergutzumachen.«

»Ich weiß nicht … Ach, Ma, ich bin so traurig.« Heiße Tränen rinnen mir über die kalten Wangen, meine Schultern beben, und meine Mutter steht unbeweglich vor mir. Sie macht keine Anstalten, mich zu berühren, aber sie geht auch nicht weg.

»Komm schon, mein Kind«, sagt sie freundlich. »Das hat doch keinen Zweck. Komm, wir machen uns einen schönen heißen Tee, ja?«

Ma legt nun den Arm um meine Schultern und führt mich in die Küche.

»Ich will bei Will bleiben«, sage ich, doch sie schiebt mich zu einem Stuhl.

»Ich glaube, er braucht jetzt mal einen Moment für sich«, sagt sie. »Mab passt auf ihn auf.«

Ich fühle mich komplett nutzlos, als ich mich auf den wackeligen Stuhl sinken lasse und durch das Fenster hinaus in die Dunkelheit starre.

»Kommt dir wohl vor wie der Weltuntergang.« Ma lässt Wasser in den Kessel laufen, ein seltsam plätscherndes Geräusch in dem Bauch aus Kupfer.

»Es *ist* der Weltuntergang, Ma«, erkläre ich. »Seit dem Anruf, mit dem mir mitgeteilt wurde, dass Abes Flugzeug abgestürzt ist. Vorher habe ich mir nie Gedanken gemacht, wie es sich anfühlen könnte, vor jedem einzelnen Tag Angst zu haben. Und jetzt ist es genau so. Ich habe Angst, die ganze Zeit, und niemand kann mir diese Angst nehmen. Und ich kann Will seine Angst nicht nehmen, und das ist im Grunde das Schlimmste.«

»Du kannst sie ihm auf die Schnelle nicht nehmen«, sagt Ma. »Aber eines Tages wird es dir gelingen. Immerhin seid ihr dafür ja schon mal am richtigen Ort. Ponden wird euch beide heilen. Ganz am Anfang, als dein Vater und ich frisch verheiratet waren ...« Sie lächelt und sieht sich in der Küche um. »Da war das Haus voller Liebe und Licht. Und jetzt seid ihr hier, und ihr werdet es wieder zum Leuchten bringen, du und der Junge.«

»Darf ich fragen, was eigentlich mit dir und Dad passiert ist, Ma?«, taste ich mich heran. »Warum wart ihr irgendwann nicht mehr glücklich?«

»Es ist sehr schwer, glücklich zu sein, wenn der Mann, den man liebt, diese Liebe nicht erwidert«, sagt Ma. Sie verzieht keine Miene, das tut sie nie, wenn es um die Wahrheit geht. »Du und der Junge, ihr werdet da schon durchkommen. Es wird seine Zeit dauern, aber es wird euch gelingen. Da vertraue ich ganz auf dich, Trudy.«

»Du vertraust auf mich?« Ich sehe zu ihr auf. »Warum? Warum jetzt?«

»Weil du bist wie dein Vater, und der hat sich nie lange

hängen lassen. Weil ich mich getäuscht habe, was dich und Abe anging, was mich anging. Und meine Liebe zu dir, mein Kind. Und das tut mir leid.«

Ich sehe weg. Ich wage nicht, etwas zu sagen, aus Angst, den Augenblick zu stören, zu *zer*stören. Ich weiß nicht, was ich darauf entgegnen soll, darum fange ich einfach an zu reden, schließlich habe ich so lange nicht mit meiner Mutter geredet, ich bin regelrecht ausgehungert, was das angeht.

»Ich habe Angst, mein Sohn wacht eines Tages auf und begreift, wie sehr ich ihn im Stich gelassen habe. Er ist jetzt schon so wütend auf mich.«

»Ich weiß.« Sachte berührt Ma meine Schulter. »Lass ihm Zeit. Mein ganzes Leben bin ich ein fürchterlicher Sturkopf gewesen, aber jetzt … jetzt glaube ich fest daran, dass es nichts gibt, was nicht mit ausreichend Zeit und Geduld wieder heilen kann. Jeder Fehler, jede Verletzung kann wiedergutgemacht werden, wenn man nur aufrichtig sagt, dass es einem leidtut.«

Ich sehe zu ihr auf.

»Das glaubst du wirklich?«

»Das hoffe ich«, sagt sie. »Hast du das schon versucht? Hast du dem Jungen gesagt, dass es dir leidtut?«

Ich schüttele den Kopf. Ich habe ihm nicht gesagt, dass es mir leidtut, dass ich ihn hängen gelassen habe. Weil ich ihm etwas versprochen hatte, von dem ich im Grunde wusste, dass ich es nicht würde einhalten können. Ich habe ihm versprochen, seinen Dad nach Hause zu bringen. Am Tag nach der Schreckensnachricht hatte ich einen Flug gebucht. Ich sah meinem Sohn in die Augen und erklärte ihm, ich würde seinen Vater suchen – und finden. Doch es gelang mir nicht.

Ich verlor den Glauben und die Hoffnung. Ich gab die Suche auf. Ich gab seinen Vater auf.

Und das wird er mir vielleicht niemals verzeihen.

1658

Großes Unglück ist über mich gekommen. Robert ist weit weg, und ich weiß nicht, ob tot oder lebendig. Dem Herrn sei Dank, dass ich immer noch etwas von meinem kostbaren Papier und ein wenig Tinte habe, die der gütige Reverend von Haworth mir geliehen hat, obschon er davon noch nichts weiß.

So trug sich alles zu. Robert und ich waren so glücklich in unserer Liebe und unserem Bund, dass wir jede Minute, die wir erübrigen konnten, nutzten, um zusammen zu sein und unseren Schwur und unser Liebesversprechen einzulösen.

Vielleicht waren unsere Blicke zu sehnsuchtsvoll und unser Lächeln zu strahlend, und gerötete Wangen und zerknitterte Röcke trugen wenig dazu bei, unsere Zuneigung zueinander zu verbergen. Und doch weiß ich, dass vom Gesinde niemand uns an Casson verraten hätte, schon gar nicht die liebe Betty. Aber irgendjemand hat uns verraten.

Robert wurde zu den Farmpächtern geschickt, um die Pacht einzusammeln und sich ihre Klagen anzuhören. Am Abend erwartete ich seine Rückkehr, ich hielt auf der langen, nach Ponden Hall führenden Straße Ausschau nach seiner Laterne. Als ich das matte Licht in der Dunkelheit sah, wusste ich, dass mein Liebster zurück war. Es war bitterkalt, aber ich versteckte mich dennoch beim Gartentor, drückte mich in die Schatten und wartete, bis er die Pferde versorgt und den Wagen verstaut hatte.

Dann kam Robert an mir vorbei, genau, wie ich es vorausgesehen hatte, und ich packte ihn und zog ihn an mich, dass er aufkreischte wie eine Maid.

Das Haus war ganz still. So kam es mir vor. Dort im Schatten begrüßten Robert und ich einander mit Küssen und großer Freude, wir versanken ineinander und waren keiner Gefahr gewahr.

Casson riss mich aus Roberts Armen und schleuderte mich zu Boden, er schlug mir so heftig ins Gesicht, dass meine Lippe aufplatzte. Er stürzte sich auf Robert, und die beiden kämpften. Das ganze Haus, Betty, Mistress Casson, John, alle kamen heraus und sahen dabei zu, wie Casson wieder und wieder die Hand gegen Robert erhob. Zwar ist Robert jetzt siebzehn, aber Casson ist ein geübter Gewalttäter und Robert nicht. Ich hatte solche Angst, denn ich habe mit eigenen Augen gesehen, wie Henry Casson einen Mann tötete, und ich fürchtete, er würde es wieder tun.

Die Worte aus seinem Mund, mit denen er Robert beschimpfte, waren übel und gottlos, er nannte ihn einen Bastard und einen heidnischen Hund, ungeeignet für ein christliches Leben. Mich nannte er eine Hure und eine Hexe. Robert lag blutend am Boden, niemand wagte es, sich ihm zu nähern, aus Angst, Casson gegen sich zu erzürnen. Der Unmensch packte mich bei den Haaren, zerrte mich hinaus auf den Weg und erklärte, ich sei hiermit von Ponden Hall verstoßen und dürfe nie wieder einen Fuß über die Schwelle des Hauses setzen, wenn mir mein Leben lieb sei. Das Letzte, was ich von meinem Liebsten sah, war, wie Casson ihn ins Haus schleifte, begleitet von den Schreien der Mistress.

Es dauerte einige Minuten, bis ich versuchte, wieder auf die Füße zu kommen, meine Rippen und mein Gesicht schmerzten furchtbar. Ich schleppte mich zur Hintertür und dachte, Betty würde mich verstecken oder mir zumindest meinen Mantel und Schuhe geben. Doch Casson war in der Küche und von Robert keine Spur. Durchs Fenster sah ich, wie Casson sich vor Betty aufgebaut hatte und die Faust hob, und ich musste nicht hören, was gesagt wurde, um zu wissen, dass er sie bedrohte. All die Jahre, seit ich ihm nicht mehr nützlich bin, muss er sich gewünscht haben, mich loszuwerden, und er hat mich nur behalten, weil er keine andere Wahl hatte. Mich an einem solchen Abend mit nackten Füßen und dünner Kleidung zu verstoßen würde meinen sicheren Tod bedeuten, und das wusste er.

Mir blieb nicht viel übrig, ich schlich mich zur Bienenmauer, wo die Körbe stehen und Honig gesammelt wird. Dort konnte ich unterschlüpfen, die Bienen waren im Winter ruhig. Ich wagte es nicht, irgendetwas zu verschieben, hatte Angst, die schlummernden Tiere gegen mich aufzubringen, und darum sammelte ich Zweige, Moos und Heidekraut und bedeckte mich mit einer dicken Pflanzendecke, als würde ich mich in mein eigenes Grab legen. Die ganze Nacht betete ich zu Gott, unserem Retter, er möge mich vom Bösen erlösen, von diesem Mörder. Ich habe die Sünde begangen, nicht auszusprechen, was ich wusste. Erst aus Angst vor Cassons Zorn, dann aus Angst, dass Robert mich verstoßen würde, weil ich es zuließ, dass ein so verderbter Mann seine Familie übernahm. Aber ich habe nicht gesündigt, weder im Herzen noch in der Seele. Robert und ich sind gute, gläubige Menschen, die stets das Richtige tun. Und doch ist es Henry Casson, der vorankommt, Henry Casson, der all jene schmäht, schlägt, bedroht und tötet, die er respektieren und lieben sollte, und ich bete zu Gott, Er möge mir erklären, warum solche Männer nicht ihrer gerechten Strafe zugeführt werden. Ich weiß nicht, ob es die Zweige waren oder ein tiefer, brennender Zorn, der mich jene Nacht überleben ließ, ich weiß nur, dass ich irgend-

wann die Sonne aufgehen sah, dass ich auf die Straße ging und sah, wie Betty nach mir suchte. Sie hatte einen Korb für mich, meinen Mantel, Schuhe und etwas zu essen. Sie schickte mich zu ihrem Bruder, einem Weber, in Haworth, und dort bin ich jetzt und bin unendlich dankbar für ihre Güte.

Gäbe es eine Möglichkeit, die Wahrheit über Cassons schlimmste Sünde, seinen schlimmsten Verstoß gegen die Gebote unseres Herrn zu sagen, ohne meinen Robert zu verlieren, dann würde ich alles sagen, und dann würde Henry Casson, Constable von Haworth, am Ende des Stricks hängen.

Aber ich muss schweigen. Ich darf niemals sagen, was ich weiß, denn mein Herz gehört dem Sohn jenes Mannes, den Casson getötet hat.

Kapitel 18

»Wo ist Ma?«, frage ich Will, der an Mab gekuschelt ins Kaminfeuer starrt.

»Hat gesagt, sie will mit irgendwelchen Bienen reden …« Will kräuselt die Nase. »Ich bin müde. Kann ich ins Bett? Darf Mab mit?«

»Klar.« Ich setze mich und streichele Mabs seidige Ohren.

Ein Bild blitzt vor meinem inneren Auge auf: Ma, die den Bienen erzählt, dass Dad gestorben ist, die ihnen einen Teller Leichenschmaus und ein Glas Honigwein ins Gras stellt.

»Nicht anrühren«, sagte sie damals streng, als sie bemerkte, dass ich sie beobachtete. »Wenn wir die Bienen nicht ehren, holen sie das nächste Mal einen von uns, vielleicht sogar dich.«

»Ich habe gerade einen Shepherd's Pie in den Ofen gestellt«, sage ich. »Du hast doch bestimmt Hunger?«

»Ich bin zu müde, um zu essen«, sagt Will. »Ich will einfach nur ins Bett.«

»Okay«, sage ich, weil ich nicht zu viel Wind machen will. »Aber können wir uns vorher noch ein bisschen unterhalten?«

Er zuckt mit den Schultern, seufzt und vergräbt das Gesicht in Mabs Fell.

»Ich möchte dir gerne sagen, dass es mir leidtut. Alles, was du hast durchmachen müssen. Dir ist das Schlimmste passiert, was einem Kind passieren kann. Deine Gefühle, deine Gedanken, ich verstehe das alles. Ist vollkommen logisch. Und ich verspreche dir, dass ich alles dafür tun werde, dass wir uns ein neues Leben aufbauen, in dem du dich sicher fühlen kannst.«

Er saugt seine Unterlippe ein und kaut kurz darauf herum, dann sieht er mich an.

»Hast du wirklich überall nach Daddy gesucht? Hast du wirklich alles getan, um ihn zu finden?«

Ich schweige zunächst, denn obwohl ich mir diese Frage auch selbst schon zigmal gestellt habe, weiß ich immer noch nicht, was ich darauf antworten soll.

»Als ich in dem Lager ankam, wo Daddy gearbeitet hat, konnte ich sehen, wie groß das Gebiet war, in dem man nach ihm suchte. Man hatte ja eine ungefähre Vorstellung davon, wo das Flugzeug in den Regenwald gestürzt ist, aber eine Suche zu Fuß war ausgeschlossen, und aus der Luft war es auch schwierig, weil die Belaubung so dicht ist, dass man schon sehr tief fliegen müsste, um vielleicht Anzeichen auf einen Absturz zu erkennen. Die offizielle Suche per Flugzeug dauerte zwei Wochen. Dann haben die Angehörigen der anderen Verunglückten und ich auf eigene Kosten Piloten angeheuert. Immer ist irgendjemand von uns mitgeflogen, ich war auch mehrmals dabei. Wenn man über den Regenwald fliegt, dann sieht der von oben aus wie ein grünes Meer, die Bäume stehen so dicht, dass man nicht ins Unterholz sehen kann, und dieses endlose Grün wird nur von dem breiten, sich schlängelnden Fluss durchschnitten. Trotzdem haben wir immer weitergesucht, immer weiter, in der Hoffnung, irgendetwas zu finden. Zusammen mit einer Frau, deren Sohn an Bord der abgestürzten Maschine war, habe ich ein Boot gechartert, mit dem wir dann flussabwärts fuhren bis in die Nähe der vermuteten Absturzstelle, und da war es so heiß und feucht, dass ich dachte, ich würde Dampf einatmen. Eine Woche lang sind die Guides mit uns in den Wald gegangen. Wir konnten nur wenige Meter weit sehen, und trotzdem haben wir gesucht und gesucht und gesucht. Und dann diese Geräusche … Im Regenwald ist es nämlich verdammt laut, musst du wissen.« Ich stocke, als ich mich an das Gefühl der Niederlage und an die Erschöpfung erinnere, mit der ich das Flugzeug zurück nach Großbritannien bestieg. Die Maschine startete, und ich blickte aus dem Fenster, bis wir die Wolkendecke erreichten, bis kein Land mehr zu sehen war. »Will, ich glaube, dass ich alles getan habe, um Daddy zu finden. Wirklich. Ich habe getan, was ich konnte.«

»Daddy kommt wieder«, sagte Will nach einer Weile. »Ich weiß es.«

Ich schließe kurz die Augen und denke an das Licht vorhin im Moor, so sanft und leise, wie es mir den Weg zu Wills Versteck gewiesen hat.

»Ich liebe deinen Daddy so sehr, Will«, sage ich. »Ganz gleich, wo er ist. Und er liebt uns auch, er wird uns immer lieben, und ich glaube … Ich glaube, dessen können wir uns immer sicher sein, wir wissen und spüren das. Ich glaube, ich konnte ihn heute spüren, ich glaube, er hat heute nach uns Ausschau gehalten. Er ist nicht mehr da – aber für uns ist er immer noch da. Verstehst du, was ich meine? Er wird immer bei uns sein.«

Schweigend schüttelt Will den Kopf.

»Ich glaube nicht, dass das Daddy war«, flüstert er.

»Was meinst du? Was war nicht Daddy?«

»Der uns geholfen hat. Im Dunklen.«

»Sondern?«

»Es ist nur …« Er zögert, als könnte er Ärger bekommen, wenn er es ausspricht. »Sie hat gesagt, es droht Gefahr. Sie hat gesagt, wir sind nicht sicher. Und dass Graubart kommt.«

»Was für ein grober Unfug!« Wütend setze ich mich auf. »Hör nicht auf sie. Granny hat kein Recht, dir meine Geheimnisse zu verraten. Sie ist eine dumme alte Frau.«

Will schüttelt den Kopf und schiebt seine Hand in meine.

»Das war nicht Granny«, flüstert er. »Das war das Mädchen, das an meinem Bettende sitzt und mir Geschichten erzählt, wenn du schläfst. Du hast sie auch gekannt, als du so alt warst wie ich. Das rote Mädchen. Sie sagt, das Böse ist auf dem Weg.«

Kapitel 19

Will schläft. Ich sitze an die Bücherregale gelehnt da und betrachte ihn. Seine geschwungenen Wimpern, das Heben und Senken seines Arms, der Mabs Atem folgt. Es fällt mir schwer, meine Gefühle in klare Gedanken zu übersetzen. Das Adrenalin, das mich durchflutet hat, als ich auf der Suche nach ihm war und ihn verloren glaubte, ist längst abgeebbt, und nun spüre ich Erschöpfung.

Während ich ihn so betrachte, weiß ich, dass es niemals ein Szenario geben wird, in dem ich ihn verliere. Ganz einfach, weil ich es nicht zulassen werde. Ich werde Gott und dem Teufel trotzen und Will stets beschützen. Diesen Jungen und sein Leben werde ich niemals aufgeben, dessen bin ich mir so sicher, wie ich mir noch nie einer Sache sicher war.

So klein und verletzlich Will auch ist, er ist sehr mutig. Und so traurig er auch ist, hat er doch Hoffnung. Ich habe immer gedacht, er sei unbesiegbar, aber dieses Mädchen, von dem er sprach, von dem er träumt – das er sich einbildet. Das passt so gar nicht zu ihm, Schatten für Gestalten zu halten und Stimmen zu hören, wo keine sind. Ist das seine Trauer, seine Angst, die sich manifestiert? Oder etwas anderes? Größeres? Ich habe ihm nie von meiner eingebildeten Freundin oder von Graubart erzählt. Vielleicht meine Mutter …

Ich versuche, mich an das Mädchen zu erinnern, an meine

imaginäre Spielkameradin, als ich klein war. Vor meinem inneren Auge ist sie einfach eine andere Version meiner selbst in dem Alter, ein Spiegelbild, das ich mir ausdachte, um nicht so allein zu sein. Doch so sehr ich es auch versuche, ich sehe kein Bild vor mir. Ich denke an sie und sehe Rot, das sich wie Flammen um sie herumbewegt. Es kann nicht dasselbe Mädchen sein, natürlich nicht, und doch …

Langsam und vorsichtig stehe ich auf und öffne die Türen des Bücherschranks. Das kalte weiße Gesicht einer von Mas alten Porzellanpuppen starrt mich an.

Ihr leerer schwarzer Blick durchdringt mich, leise fluchend schiebe ich sie beiseite und nehme ein paar dicke Taschenbücher an mich. Ich lege den Stapel so in die Tür zu Wills Zimmer, dass diese sich nicht schließt, dann gehe ich wieder nach unten.

Ma sitzt bereits eingesunken in ihrem Sessel. Sie ist etwas näher an das warme Feuer gerückt, und ich sehe zunächst nur ihre Kuschelsocken und ihre Hände auf den Armlehnen.

»Ist dir warm genug?«, frage ich und lege etwas Holz nach.

»Dein Pie ist in der Küche. Ist noch warm.«

»Ach, den habe ich ja ganz vergessen. Eigentlich habe ich auch gar keinen Hunger.«

Ma schweigt. Sie möchte nicht reden, aber mir brennen ein paar Fragen auf den Nägeln.

»Ma? Kannst du dich an meine eingebildete Freundin erinnern?«

Sie antwortet nicht. Sekunden verstreichen, die neuen Scheite beginnen zu glimmen und fangen Feuer.

»Ma? Kannst du dich erinnern? Eine Zeit lang habe ich ständig mit ihr gespielt, und Dad hat sich langsam Sorgen um mich gemacht.«

»Davon weiß ich nichts«, sagt Ma. »Ich erinnere mich nicht.«

»Will hat mir vorhin erzählt, dass sich manchmal ein Mädchen an sein Bettende setzt und ihm Geschichten erzählt. Er hat gesagt, sie hat gesagt, dass das Böse auf dem Weg ist.«

Ma lehnt sich ein Stück nach vorne, ihr Gesicht tritt aus dem Dunkel hervor.

»Hat sie gesagt, wann?«

Das ist nicht die Antwort, die ich erwartet hatte.

»Nein ... Es war ein harter Tag heute«, sage ich. »Du hast dir Sorgen gemacht.«

»Das steht mir wohl gar nicht zu«, sagt Ma. »Je älter ich werde, desto bewusster wird mir, was ich verloren habe. Dieser Junge ist der erste Mensch seit Langem, der ... mich mag.«

»Ma ...« Ich suche nach Worten, mit denen ich ihr widersprechen könnte, aber letztlich hat sie doch recht. Sechzehn Jahre lang habe ich mich von ihr ferngehalten.

»Ich sollte mir nicht so viele Sorgen machen«, sagt sie. »Er hat viel um die Ohren. Und Kinder empfinden die Dinge viel intensiver als wir, sie sehen die Welt, wie sie wirklich ist, erst später verfestigt sich der Geist, versteift sich geradezu, und dann ist kein Platz mehr für Feen und dergleichen. Und dass der Tod eines Tages nach Ponden zurückkehren wird, ist so sicher wie das Amen in der Kirche.«

»Du glaubst also, dass Will sich mit einem Geist angefreundet hat? Und ich damals auch? Ist es das, was du sagen willst?«

Ma zuckt mit den Schultern.

»Wer? Das Kind von Ponden?«, frage ich und spüre, wie mir die Nacht in die Knochen kriecht.

»Nein, das Kind kommt nicht ins Haus«, sagt Ma. »Das

arme kleine Ding ist ganz allein da draußen unterwegs. Ich weiß nicht, wer sie ist. Nachdem du weg warst, war auch von ihr keine Spur mehr. Jetzt bist du wieder da, genau wie sie. Du musst etwas an dir haben, das sie anzieht. Und Will vermutlich auch.«

»Ma, du machst mir Angst. Ich meine, das sind doch alles nur Geschichten. Das ist dir doch klar, oder?«

Ma schüttelt den Kopf. »Du hast mich gefragt, und ich habe geantwortet. Wenn du nicht hören willst, was ich dir sage, hör halt weg.«

Ich rücke etwas näher ans Feuer, beobachte die tänzelnden Flammen und versuche, aus meinem Gefühl der Beunruhigung schlau zu werden. Wir alle hier in Ponden haben so viel verloren. So viel, dass wir waidwund sind und manchmal sogar die uns umgebende Luft uns schmerzt. Das wird es sein, das ist es, was uns die Schatten länger erscheinen lässt, was uns im Halbschlaf ein rotes Kind sehen lässt, was die Geschichten einer Frau, die zu lange allein gelebt hat, zu Leben erweckt. Das ist alles. Nichts weiter.

Ich muss etwas wiedergutmachen, ich muss einen Weg finden, auf dem Ma und ich irgendwie aufeinander zugehen können, auch nach all dem Schmerz, den wir einander zugefügt haben.

»Übrigens, Ma, unter dem Teppich in Cathys Zimmer habe ich etwas ganz Unglaubliches gefunden … Bisher habe ich noch niemandem davon erzählt, weil es einfach so unfassbar ist, aber dir möchte ich es gerne erzählen.«

»Was denn, mein Kind?«

Von oben ist ein lautes Krachen zu hören, von der Decke rieselt Staub, und einige Risse im Putz laufen weiter. Gleich darauf ertönt etwas wie Schritte, schnelle, polternde Schritte, einmal quer über die Decke, dann die Wände herunter und durch das Zimmer.

»Will!« Ich rase die Treppe hinauf in die Dunkelheit und bleibe oben wie angewurzelt stehen.

Die Tür zu Wills Zimmer ist zu, die Bücher, die als Türstopper gedient hatten, liegen kreuz und quer im Flur verteilt.

Jenseits der Tür setzt ein wütendes Bellen ein, schrill und eindringlich. Ich höre Mab panisch an der Tür kratzen, sie will raus. Ich greife nach der Klinke und will die Tür öffnen, aber sie klemmt, als würde sie jemand von innen zuhalten.

»Will!«, rufe ich. »Was ist los? Mach die Tür auf! Mach die Tür auf!«

»Hilfe!« Wills Stimme klingt angstverzerrt. Mit der Schulter versuche ich, die Tür aufzustoßen, doch sie gibt keinen Millimeter nach, und meine Schulter tut weh.

»Bitte, lieber Gott, bitte hilf mir!« Wieder dieser Schmerz in seiner Stimme, ich erkenne sie kaum.

»Ich bin hier, Will, ich komme!«, rufe ich und will mich wieder gegen die Tür werfen, doch genau in dem Moment schwingt sie von allein auf.

Mab schießt an mir vorbei und die Treppe hinunter, ich taumele ins Zimmer und stürze zu Boden. Einige Sekunden glaube ich, das klagende Weinen eines Babys zu hören, irgendwo hier im Zimmer oder draußen? Doch dann ist es auch schon wieder weg, so schnell, dass ich mir gar nicht sicher bin, ob ich es wirklich gehört habe. Meine Augen gewöhnen sich an die Dunkelheit, und ich rappele mich auf, um nach meinem Sohn zu sehen.

Friedlich und ungestört liegt er in seinem Bett, die Decke ordentlich über sich ausgebreitet. Als ich die Wange an seine

Brust lege, geht sein Atem regelmäßig, und in seinem Gesicht ist keine Spur von Tränen. Im Zimmer ist es still.

Dann sehe ich das Einzige, das nicht mehr so ist wie vorher – die Porzellanpuppe, die ich wieder in den Schrank geschlossen hatte. Die sitzt jetzt am Fußende von Wills Bett und beobachtet mich.

»Was ist passiert?«, ruft Ma vom Fuß der Treppe. »Geht es ihm gut?«

Nicht ganz mühelos hebe ich Will inklusive seiner Decke aus dem Bett und trage ihn nach unten. Er wacht nicht einmal auf, als ich ihn aufs Sofa lege. Ma dreht den Sessel zu ihm um.

»Er hat geschlafen, als ich reinkam«, flüstere ich und betrachte sein Gesicht im Schein des Feuers. »Aber die Tür war zu. Wie abgeschlossen. Ich konnte nicht rein, und ich dachte, ich hätte etwas gehört, ein …«

»Ein Schreien«, sagt Ma. »Das hast du tatsächlich gehört, ich habe es nämlich auch gehört. Ich habe einen Schrei gehört. Und die Schritte und das Krachen … Und ich habe ein Baby weinen gehört … Du doch auch, oder?« Mas schmales Gesicht ist blass.

»Das habe ich auch gehört, ja«, sage ich. »Vielleicht hatte Will einen Albtraum, der dann plötzlich endete. Vielleicht waren das bloß ein paar sich fetzende Katzen draußen oder heulende Füchse.«

»Aber all das war es eben nicht, Tru, oder was meinst du?« Ma sieht zur Zimmerdecke hinauf.

»Nein«, sage ich. »Nein, Ma, all das war es nicht.«

Da fällt mir ein Name ein. Der Name eines Mädchens, dessen Geschichte nach jahrhundertelangem Vergessen gerade wieder ans Licht kommt: Agnes.

DRITTER TEIL

Nun lasse Deinen blutenden Zweig büßen
Für jede quälende Träne.
Sollen die Sünden meiner Jugend, meine Sünden allein
für die Ewigkeit sein?

Emily Brontë

Kapitel 20

Ma sitzt am Tisch, betrachtet die vor ihr ausgebreiteten Papiere und lauscht mir und meiner Entdeckungsgeschichte.

»Die hast du hier gefunden? Zwischen den Fußbodenbrettern? Unter dem ollen Teppich?«

Ich nicke. »Ja, und ich schätze, die liegen da schon seit über hundert Jahren, denn darüber lagen Zeitungen von 1906, also vielleicht auch schon seit hundertfünfzig Jahren. Hast du jemals etwas über dieses Mädchen gehört, diese Agnes? Gibt es irgendwelche Familiengeschichten? Ich bin mir ziemlich sicher, dass Dad mir nie von ihr erzählt hat.«

Ma überlegt.

»Dein Vater hat mit dir viel mehr über solche Sachen geredet als mit mir«, sagt sie. »Ich hatte immer das Gefühl, eine angeheiratete Heaton ist keine richtige Heaton.«

Ich beobachte sie, wie sie dasitzt mit den Händen im Schoß, wie sie die Papiere betrachtet, aber keine Anstalten macht, sie zu berühren, sich nicht einmal richtig darüber beugt, um sie besser zu sehen.

»Das ist nicht wahr, Ma«, sage ich sanft. »Dad hat immer versucht, dich einzubeziehen. Aber du wolltest ja nie … dabei sein.«

Ma sieht mich an, und das Leid, das aus ihrem Blick spricht, überrascht mich.

»So erinnerst du dich?«, fragt sie.

»So war das, wenn ich an meine Kindheit hier zurückdenke. Entweder war ich mit Dad zusammen, oder ich war allein. Du warst immer irgendwie woanders. Zu Hause, aber nicht bei uns.«

»Ich hatte immer das Gefühl, dass ihr mich nicht dabeihaben wolltet. Ihr beiden wart euch so nah, und ich war ... überflüssig, würde ich sagen. Ich habe mich mehr und mehr hinter einer Mauer verschanzt, als die Beziehung zu deinem Vater sich verschlechterte, aber es war nie meine Absicht, auch dich auszuschließen.« Sie richtet den Blick zurück auf die Papiere. »Und du glaubst wirklich, das könnte von Emily Brontë sein?«

»Ja«, sage ich. »Das glaube ich. Ich *weiß* es.«

»Damit hätten wir ja das Geld für die Renovierungsarbeiten«, sagt Ma.

»Das hier ist so viel mehr wert als Geld«, erkläre ich. »Das ist etwas Neues. Etwas nie Dagewesenes. Und ich könnte mir vorstellen, dass noch mehr davon im Haus versteckt ist – ich muss nur danach suchen.«

»Na dann«, sagt Ma. »Ich kann morgen gerne auf Will aufpassen. Ich war heute Morgen kurz bei Jean, um bei ein paar Telefongesellschaften anzurufen, damit sie herkommen und gucken, ob sie uns anschließen können und was das kostet. Die meinten, das dürfte kein Problem sein. Und sie haben gesagt, wenn sie hier Telefonkabel verlegen, dann können sie auch gleich für Fernsehen und dieses Internet sorgen. Kommen morgen Nachmittag. Will kann bei mir und Mab bleiben, ich hab ein paar Bücher und jede Menge Schmierpapier, auf dem er malen kann, wenn er will, und er hat gesagt, er will mit mir zusammen einen Film auf diesem Laptop-Computer gucken. Ich passe auf ihn auf, während du nach mehr Papieren von Emily suchst. Das, was du da gefunden hast, ist wichtig. Es ist von Bedeutung.«

»Ich glaube, es ist das Beste, vorerst niemandem davon zu erzählen«, sage ich. »Ich will keine Fremden hier, solange wir nicht bereit sind.«

Ma nickt. »Freut mich, dass du dich meiner Meinung anschließt.«

»An dem Abend, als ich das hier fand, da dachte ich, ich hätte etwas gesehen. Nur ganz kurz. Eine Gestalt. Aus dem Augenwinkel. Eine Sekunde war sie da und dann wieder weg.« Ich zögere. »Das war nicht das erste Mal, dass ich hier in diesem Haus so ein Gefühl hatte. Ponden Hall ist schon immer ein sehr gefühlsintensiver Ort gewesen, aber das war … Ich dachte, meine müden Augen würden mir einen Streich spielen, aber nach dem, was vorhin passiert ist, bin ich mir da nicht mehr so sicher.«

»Es wäre nicht das erste Mal.« Mas Stimme klingt gepresst. »Du hast Graubart gesehen.«

»Ich dachte, ich hätte ihn gesehen«, sage ich. »Aber ich war doch noch ein Kind …«

»Du bist nach sehr langer Abwesenheit nach Hause zurückgekehrt«, sagt Ma. Ihre Stimme klingt angespannt, aber unter der Anspannung liegt etwas sehr Sanftes, Gütiges, das mich überrascht. »Du bist selbst fast so etwas wie ein Geist, eine fleischgewordene Erinnerung. Du bist nach Hause zurückgekehrt, voller Trauer und Zorn, mit einem Kind, dem es genauso geht. Alles, was du hier spürst, hörst oder siehst, auch alles, was früher passiert ist … Das ist nichts, wovor du Angst haben müsstest, nichts, das dir Schaden zufügen könnte. Es ist, wie wenn der Wind alle Äste im Wald in dieselbe Richtung biegt. Dein Verlust und dein Schmerz, Wills Verlust und Schmerz stimmen ein in die vielen Verlusterfahrungen, die die Menschen hier in Ponden machen mussten, und sie hallen in euch wider, sie antworten auf euer Rufen.« Ma lehnt sich zurück, sie sieht auf einmal sehr erschöpft aus, und ich denke einen Moment über ihre Worte nach. So habe ich sie vorher noch nie reden gehört – als würde sie dieses Haus verstehen. Als würde sie mich verstehen.

»Es ist nur … Geister, Ma. Ich kann nicht an Geister glauben. Gefühle, Atmosphäre, ja … aber ich bin mir sicher, dass es eine logische Erklärung für diese Vorgänge gibt. Vielleicht sind ein paar Ziegel vom Dach gefallen …«

»Natürlich gibt es eine logische Erklärung«, sagt Ma. »Geister.«

»Mal angenommen, du hast recht – was machen wir dann jetzt?« Ich kann kaum glauben, dass wir dieses Gespräch führen.

»Nix.« Ma zuckt mit ihren schmalen Schultern. »Na ja, nicht gar nix. Ich finde, wir sollten alle versuchen zu schlafen, bis die Geister sich wieder beruhigt haben – Will auf dem Sofa, und du holst deinen Schlafsack runter und legst dich auf den Boden. Und du musst das Haus nach weiteren Schätzen durchsuchen. Die Dachreparatur bezahlt sich nicht von selbst.«

»Das Mädchen, von dem Will erzählt, hat gesagt, dass das Böse auf dem Weg ist. Sie wollte ihn warnen.« Ich schüttele den Kopf. »Ich weiß, Kinder reden viel, wenn der Tag lang ist, aber Will wirkte so überzeugend, Ma.«

»Du darfst eins nicht vergessen«, sagt Ma. »Geister sehen die Welt nicht so wie die Lebenden. Geister haben kein Zeitgefühl wie wir, für sie finden Vergangenheit, Gegenwart und

Zukunft gleichzeitig statt. Die Gefahr, von der das Mädchen spricht, könnte gedroht haben, als sie lebte – oder auch ein anderer Geist in diesem Haus. Graubart, der darauf wartet, dass der nächste Heaton stirbt. Gefahr droht, hat gedroht, wird drohen – für die Geister ist das alles dasselbe, weil sie gefangen sind im schlimmsten Moment ihres Lebens.«

Behutsam nehme ich die Papiere und lege sie zurück in die Mappe.

»Ich wusste gar nicht, dass du dich so gut mit dem Paranormalen auskennst«, sage ich.

»Ich bin seit ziemlich langer Zeit die einzige lebendige Seele in diesem Haus«, sagt Ma und sieht mich aus hohlen Augen an. »Aber bestimmt nicht die einzige Seele.«

1658

Gütiger Gott, ich danke Dir, unserem Gerechten Retter, für Deine Führung, denn seit ich in dieser neuen Situation bin, habe ich noch viel mehr gebetet als sonst, ich war jeden Tag in der Kirche, morgens und abends, und jetzt weiß ich, was ich tun muss. Ich muss das, was gottlos ist, in etwas Frommes verwandeln, und das, was sündhaft ist, in etwas Reines. Ich muss den Mann meines Herzens ins Gotteshaus bringen und mit ihm vor einem Mann Gottes den Eheschwur ablegen, denn jetzt gibt es keinen Grund mehr, länger zu warten.

Bettys Bruder Timothy und seine Frau sind gütige, gute Christen, sie haben mich bei sich aufgenommen, obwohl die üble Nachrede darüber, was zwischen Robert und mir gewesen ist, sich schneller über die Berge verbreitet hat als Wollgras. Die beiden glauben einzig dem, was Betty ihnen sagt, und sie hält immer noch zu mir, gottlob. Leider kann ich ihnen ihre Güte nicht entgelten, ich kann nur meine Arbeitskraft anbieten, die sie kaum brauchen. Jetzt, da ich für immer frei bin von Casson, werde ich nicht einen Tag länger warten, um vor der ganzen Welt mein neues Leben als Mrs Heaton zu beginnen.

Aber erst musste ich meinen Robert sehen, den ich ganze fünf Tage entbehren musste, von dem ich keine Nachricht hatte, während ich nicht wagte, mich in die Nähe von Ponden Hall zu bewegen. Auch von Betty habe ich keine Nachricht erhalten, und ich befürchtete Schlimmstes, aber mit Gottes Gnade und Hilfe wusste ich, was ich zu tun hatte, und so machte ich mich gestern gleich nach Sonnenuntergang auf den Weg zu ihm.

Betty wäre fast tot umgefallen, als ich mich in die Küche schlich, und schalt mich sehr, weil ich sie so erschreckt hatte und weil ich nach Ponden Hall gekommen war, da Casson immer noch damit drohte, mich als die Hexe hängen zu lassen, für die er mich hielt. Lieber Gott, beschütze mich vor seiner Sünde.

Ich sagte, Betty, ich bin keine Hexe. Wenn ich doch nur eine wäre, dann könnte ich sie alle verfluchen! Betty wollte nichts dergleichen hören und bekreuzigte sich. Ich fragte sie, wo Robert sei und ob er schwere Verletzungen davongetragen hätte, und sie erzählte mir, Casson habe Robert seither im Keller eingesperrt. Ich schäumte und spuckte vor Wut und Empörung, und Betty musste mich wieder ermahnen zu schweigen und bekreuzigte sich abermals.

Ich bat sie um die Schlüssel, damit ich Robert befreien und mit ihm fortgehen konnte.

»Das kann ich nicht«, sagte Betty. »Ich habe den Schlüssel nicht. Und wenn ich dabei erwischt werde, dass ich dir helfe, bin ich die Nächste, die kein Dach mehr über dem Kopf hat.«

Sofort mäßigte ich mich, denn wenn ich zusammen mit Betty entdeckt würde, brächte sie das in arge Bedrängnis, dabei hat sie sich mir gegenüber doch immer freundlich und gütig erwiesen. Sie hatte dennoch Mitleid mit mir und wies mich an, die Kellertreppe herunterzuschleichen und festzustellen, ob Robert mich durch die Kellertür hören konnte. Ich musste ihr versprechen, lediglich zu flüstern und mich in den Schatten zu halten.

Ich hatte keine Angst, obwohl ich wohl Grund dazu hatte. Wenn man mich erwischte, hätte das schlimme Folgen für mich gehabt, aber ich hatte das Gefühl, Schutz zu genießen, eingehüllt zu sein in das Licht des Herrn, das jene schützt, die rechtschaffen handeln.

So leise, wie es mir möglich war, rief ich durch die Tür nach Robert – und bekam keine Antwort. Grausen packte mich. War er tot? Lag er tot da unten?

»Robert, bitte, antworte mir!«, rief ich, dieses Mal zu laut, aber es war gottlob nur mein Geliebter, der mir antwortete.

»Agnes?« Seine Stimme klang leise, aber vernehmlich.

»Er sagt, ich bin eine Hexe, und er will dich wegschicken«, sagte ich ihm. »Ich muss dich befreien, und dann können wir sofort heiraten, und niemand wird uns jemals wieder trennen können.«

Roberts Stimme war schwach und, was noch schlimmer war, verzagt. Er sagte, er sei zu schwer verletzt, er könne nicht mit mir fliehen, er könne nicht einmal stehen.

»Dann helfe ich dir«, sagte ich. »Ich werde dich stützen und stark genug für uns beide sein, Robert, ich schwöre es. Ich werde den Schlüssel stehlen und dich von hier fortbringen.«

Doch Robert ließ das nicht zu. Er sagte, ich solle nach Haworth zurückkehren und mir Arbeit suchen, ich solle warten, bis er wieder genesen und zu Kräften gekommen sei, und dann würden wir heiraten.

»Ich schwöre es dir, Agnes«, sagte er. »Er wird mich schon morgen früh hier rauslassen, wenn ich seinem Plan zustimme, und sobald ich wieder gesund bin, komme ich und hole dich, und wir gehen gemeinsam fort, ich schwöre es. Denn meine Seele ist deine Seele, und deine Seele ist meine Seele. Ich werde dich bis an mein Lebensende und darüber hinaus lieben. Du bist mein Herz, mein Weib vor Gott. Geh, bevor er dich hier findet, und warte auf mich.«

Ich tat, was er sagte, und kehrte zu Timothy und seiner Frau zurück und wartete, wie von meinem Gott und von meinem Mann geheißen. Ich bete, dass ich nicht mehr lange warten muss, denn mein Herz verzehrt sich nach seinem Zwilling.

Agnes Heaton

Kapitel 21

Ich sitze auf dem Boden in Cathys Zimmer und lasse den Blick über sämtliche Oberflächen schweifen, auf der Suche nach einem Hinweis auf ein mögliches Versteck, in dem Emily noch mehr Notizen verborgen haben könnte, noch mehr von Agnes' Geschichte.

Von unten höre ich Mas und Wills Stimmen, ihre eher gedämpft, seine glockenklar.

Als Will heute Morgen aufwachte, wirkte er fröhlich und ausgeruht, als hätte die erste Brise des Tages sämtliches gestriges Drama weggepustet. Ich beobachtete ihn aufmerksam dabei, wie er seinen Toast mit viel zu viel Butter bestrich, und konnte keine Spur der Nöte und der Angst entdecken, die ich ihm gestern Abend angesehen hatte. Kein Wort von einem Mädchen, das ihm Geschichten erzählte, oder von dem, was Ma und ich letzte Nacht alles gehört und gesehen hatten. Mas Geistergerede im Schein des Kaminfeuers war mir ziemlich unter die Haut gegangen. Heute Morgen ist alles anders, es fällt mir leichter, zu glauben, dass wir nur den Wind gehört hatten, das Ächzen und Knarren des Hauses, das Jaulen sich balgender Katzen. Im hell auf den Küchentisch fallenden Sonnenlicht schienen diese Erklärungen so viel plausibler und glaubwürdiger.

Als Will fertig gefrühstückt hatte, schleppte Ma einen Stapel von Dads alten Ausgaben des *National Geographic* an, uralten Kleber und haufenweise leere Verpackungskartons, die sie für keine Ahnung was aufgehoben hatte – vielleicht für genau diese Gelegenheit. Wills Augen leuchteten, als sie all das vor ihm abstellte sowie eine ehemalige Konservendose voller Buntstiftstummel, die, glaube ich, mal meine waren. Gemeinsam setzten sie sich an den langen Tisch, redeten, schnitten aus, klebten. Ich beobachtete sie eine Weile und stellte fest, dass Ma lächelte, wenn sie Will zuhörte, dass sie Spaß daran hatte, seinen Gedanken zu folgen, dass sie sich freute, ihn bei sich zu haben.

Eine der Zeitschriften rutschte vom Tisch und landete auf dem Boden. Stöhnend bückte Ma sich, um sie aufzuheben.

»Unbekannte Amazonas-Stämme«, las Ma vor und betrachtete dabei ein von Stammesbemalung bedecktes, lächelndes Mädchen. Eine Gesichtshälfte weiß, die andere rot. »Stell dir das mal vor, Will, so weit weg von allem zu leben, von dieser ganzen Technologie, ganz ohne Internet oder Telefon.«

»Ist doch genau wie hier«, entgegnete Will.

Ich hörte sie gemeinsam lachen und machte mich auf den Weg nach oben.

Ich hatte immer gedacht, Ma wollte Dad und mir nicht nah sein, so erinnere ich mich jedenfalls. Aber was, wenn es Dad gewesen war, der Ma nicht an uns heranlassen wollte, der sie ausschloss? Was, wenn ich es gewesen war, die sie an den Rand gedrängt hatte? In mir schnürt sich etwas zusammen, und ich erhasche einen winzigen Einblick in ein Leben voll Traurigkeit und Einsamkeit. Und in den Jahren nach seinem Tod, in denen wir alles dafür taten, einander zu verletzen, gab es da irgendwann einen Moment, in dem wir so weit auseinandergeschleudert wurden, dass die letzte Verbindung zwischen uns riss? Ich kann mich nicht erinnern, aber es muss ihn gegeben haben.

Jetzt fühlt sich Cathys Zimmer so durch und durch gut und friedvoll an, durchflutet von morgendlicher Wärme. Ich überlege, mich auf die einladenden Dielen zu legen und den Himmel vor dem Fenster vorbeiziehen zu sehen, genau wie früher, als ich klein war.

Stattdessen sehe ich mich um.

Ich entdecke nichts, was sich in meinen Augen als Versteck anböte, und ich hatte auch nicht erwartet, dass es so einfach werden würde. Schließlich hätte ich das erste Papierpäckchen niemals gefunden, wenn ich nicht mit der Wange auf dem Boden gelegen und mit den Fingerspitzen die Dielen abgetastet hätte. Wenn ich das Zimmer wirklich gründlich absuchen will, dann muss ich es mit jedem weiteren Quadratzentimeter des Fußbodens, der Wände und der Balken ähnlich akribisch tun.

Ich fange in der einen Zimmerecke an, die Dielen zu untersuchen, meine Fingerspitzen gleiten über sämtliche Oberflächen, Astlöcher und Kerben. Ich arbeite mich systematisch vor, folge einer Diele in die eine Richtung und der nächsten in die andere, ich begutachte jedes Detail, bis ich glaube, die Kratzer seien geritzte Botschaften und in den Rissen würden sich Schätze verbergen, die da natürlich nicht sind. Als ich an der gegenüberliegenden Wand ankomme, habe ich null Komma gar nichts entdeckt, nicht einmal die vier Buchstaben, die mich neulich zu dem verborgenen Schatz geführt haben, konnte ich wiederfinden.

Als Nächstes sind die Wände dran. Meine Finger wandern durch Mauerspalten voller Spinnweben und über uralte Bolzenlöcher. Ich kauere nieder und halte das Licht meiner Taschenlampe in den dunklen Kamin. Ich kämpfe gegen den Ekel vor den vielen Spinnen an, als ich mich durch dicke Staubschichten und klebrige Fäden arbeite, um so weit wie möglich im Inneren des Schornsteins zu suchen. Nichts. Schaudernd schüttele ich die Reste vertrockneter Insekten aus Haaren und Gesicht und wende mich dem Alkoven zu. Er befindet sich in der Zimmerecke, ist dort an den Wänden festgebolzt, und irgendwie habe ich das Gefühl, er würde auf mich warten, mich herbeirufen. Als ich noch ganz klein war, so klein, dass ich mich eigentlich nur an Sonnenschein und den Geschmack von Erdbeereis von einem Silberlöffel erinnern kann, hatte ich Angst vor diesem Bett. Es kam mir vor wie ein riesiges in die Ecke gekauertes, lauerndes Monster, und ich hatte Angst, dass es mich fressen würde, wenn ich ihm zu nahe käme. Das hatte ich bis eben völlig vergessen. Ich betrachte das Bett, und es scheint meinen Blick starr zu erwidern, doch so antik und berüchtigt es auch sein mag, ich werde mich nicht von einem alten Möbelstück ins Bockshorn jagen lassen.

Ich schiebe die Tür auf, klettere hinein und lasse die Tür offen stehen. Vor dem winzigen, in die Steinmauer eingelassenen quadratischen Fenster hat der Morgen ein geheimnisvolles Grau angenommen. Der Wind lässt die Scheibe leise vibrieren, und begleitet von diesem Summen suche ich sämtliche Oberflächen ab, Stein wie Holz, ich sehe auch unter der alten Matratze nach. Gewissenhaft betrachte ich jeden Kratzer und jede Kerbe im Holz, doch ich finde nichts als Staub und Schmutz, die Überbleibsel vieler Leben und Tode.

Ich halte inne und drücke die Handfläche gegen das kalte Glas, spüre, wie es sich im Wind leicht bewegt, und muss daran denken, wie ich als Kind mit wehenden Haaren über die

Felder gerannt bin, wie ich lachte und redete … Mit wem eigentlich? Die meiste Zeit meines Lebens war doch nie irgendjemand anderes da.

Vielleicht ist das Mädchen, das ich mal war, heute auch ein Geist hier.

»Wenn du hier bist, dann gib mir ein Zeichen.« Mit diesen Worten klettere ich aus dem Verschlag, doch dann wird mir plötzlich klar: Ein Zeichen ist das Letzte, was ich will. Der omnipräsente Wind jagt um das Haus, die Dielen seufzen unter meinen Füßen. Ich habe ein extrem merkwürdiges Gefühl … als würde … gleich beim Einatmen ein Wort gehaucht werden. Doch dann ist nichts, meine Stimmung sackt. Plötzlich empfinde ich entsetzliche Hoffnungslosigkeit und das dringende Bedürfnis, nach draußen zu kommen, das Gesicht dem regenschweren Himmel entgegenzustrecken, die ersten Tropfen mit der Zunge aufzufangen und zu schmecken.

Eine bittere Erkenntnis trifft mich wie ein umstürzender Baum.

Ich habe nicht gründlich genug nach Abe gesucht. Ich habe nicht jeden Quadratzentimeter des Bereichs abgesucht, in dem er sich befinden könnte, ich habe nicht da nachgesehen, wo man ihn nicht erwartete. Ich habe mich von der Trauer besiegen lassen und aufgegeben. Von dem Moment unserer ersten Begegnung an hatte ich dafür gekämpft, mit Abe zusammen sein zu können, bis er in den Tiefen des Regenwalds verloren ging. Und ausgerechnet da, als ich sie am dringendsten gebraucht hätte, verlor ich die Hoffnung. Fast ein Jahr ist vergangen, und ich weiß, ich weiß einfach, dass er tot sein muss, aber er ist immer noch da, irgendwo zwischen den Bäumen, er ist da, alleine, am anderen Ende der Welt, und wartet darauf, dass ich ihn finde.

Silbernes Licht bricht zwischen den dunklen Wolken hervor und wird vom Fenster am Alkoven reflektiert. Das Zusammenspiel von Licht und Schatten bringt ganz kurz die Illusion eines Gesichts hervor, das mich betrachtet, wie ich da im Garten stehe. Als ich mich zum Tal umdrehe, wölbt sich ein Regenbogen über den Stausee, und auf einmal wird mir etwas klar, als hätte eine Stimme es mir in diesem Augenblick zugeflüstert.

Ein Kampf ist nicht verloren, solange man den Mut hat weiterzukämpfen.

Kapitel 22

»Danke, dass Sie gekommen sind.« Mrs Rose lächelt mich an. »Als Sie anriefen und sagten, dass Will nun doch erst in ein paar Tagen bei uns anfangen wird, stieß das bei uns allen natürlich auf großes Verständnis, und ich kann nur noch einmal sagen, wie leid es mir tut, was passiert ist. Ich würde Ihnen gerne die Aufzeichnungen unserer Überwachungskameras zeigen, auf denen zu sehen ist, wie Will das Schulgelände verließ.«

»Das ist sehr freundlich von Ihnen, aber die Sache ist ganz und gar meine Schuld gewesen. Ich habe ihn zu früh hierhergebracht, er war einfach noch nicht so weit«, sage ich, während sie mich in ein freies Lehrerzimmer führt, in dem ein aufgeklappter Laptop auf dem Tisch steht.

»Unsere Hausmeisterin, Mrs Bennett, schließt jeden Morgen, wenn alle Kinder da sind, das Schultor ab«, erklärt Mrs Rose und bedeutet mir, mich zu setzen. »Wir wissen, dass ein paar Kinder ab und zu auf dumme Gedanken kommen, und die behalten wir die ganze Zeit sehr genau im Auge. Außerdem möchten wir nicht, dass jemand unbefugterweise das Schulgelände betritt. Nach dem Mittagessen ging ich die Anwesenheitsliste durch, und Will war da. Wenige Minuten später sah ich ihn in der Leseecke, dann war ich mit ein paar anderen Kindern beschäftigt. Er blieb für sich, wirkte damit aber sehr zufrieden. Sowohl ich als auch meine Kollegin haben im Laufe des Nachmittags mehrmals nach ihm gesehen, und sie sagt, sie hätte beobachtet, wie er jemandem vor dem Fenster zugewinkt hat. Sie dachte, das wären Sie, aber im Grunde hätte es auch ein Eichhörnchen sein können – Sie wissen ja, wie Kinder sind. Aber als wir dann das hier sahen …«

Mrs Rose dreht den Laptop mit dem Bildschirm zu mir um. Darauf ist ein Standbild vom Schultor zu sehen.

»Wir haben uns gefragt, wer das wohl sein könnte?« Sie zeigt auf das ziemlich unscharfe Bild eines Menschen, den ein seltsames rotes Leuchten umgibt, obwohl die Aufnahmen schwarz-weiß sind. »Ist das jemand, den Will kennt? Könnte es sein, dass er dieser Person gefolgt ist?«

Mrs Rose drückt auf Play, die Aufnahme springt weiter und zeigt eine Gestalt, die männlich oder weiblich sein könnte und die durch das Schultor direkt in Wills Klassenzimmer blickt. Zwei Standbilder weiter ist die Gestalt verschwunden.

»War das tatsächlich ein Mensch? Oder nur eine optische Täuschung?«, frage ich.

»Hier, sehen Sie«, sagt Mrs Rose. Kurz darauf sehe ich, wie Will das Schultor öffnet, den Hang hinaufblickt und sich in Bewegung setzt, aus dem Bereich der Kamera hinaus.

»Laut Aufzeichnung hat Will um Viertel vor drei das Schultor geöffnet und das Gelände verlassen – aber ich bin mir sicher, Will noch gesehen zu haben, als die Kinder sich die Jacken anzogen. Die Hausmeisterin ist um fünfzehn Uhr fünfundzwanzig rausgegangen, um das Tor zu öffnen, und sie schwört Stein und Bein, dass es abgeschlossen war. Auf den Aufzeichnungen ist zu sehen, wie sie das Tor aufschließt, aber ganz sicher kann man sich natürlich nicht sein … Mit anderen Worten: Wir haben keine Ahnung, wie Will so einfach hinauskommen konnte.«

Ich lasse die Aufnahme ein Stück rückwärtslaufen und halte sie dann da an, wo Will den Hang hinaufblickt. Ich erstarre. Er lächelt.

Ich höre, wie das Tor hinter mir verschlossen wird, und brauche einen Moment für mich. Ich gehe Richtung Park, flüchte mich zwischen die ordentlichen Blumenbeete, auf denen nichts blüht, und betrachte das auf dem Rasen verstreute Laub. Ich versuche, dieses Gefühl von Unbehagen zu verstehen, das sich in mir breitmacht. Ein Teil davon ist natürlich Trauer über den immensen und alles durchdringenden Verlust von Abe, von dem ich mir nicht vorstellen kann, dass er je erträglicher werden wird. Ein Teil ist Sorge – um meinen Sohn, um meine Mutter, um mein verfallendes Zuhause, um mich selbst. Aber ein Teil ist auch begeisterte Aufregung, ausgelöst durch den Fund von Emilys Notizen und Agnes' Tagebuch und die Verheißung von etwas ganz Unglaublichem. All das wirbelt in mir durcheinander, und jede emotionale Stabilität, die ich vielleicht gerade wiedergefunden hatte, ist wie weggepustet. Fakt ist, dass ich nicht weiß, wo mir der Kopf steht, dass mein Sohn mit unsichtbaren Mädchen spricht und meine Mutter an Geister glaubt.

Gut, auf den Aufzeichnungen der Sicherheitskamera war etwas zu sehen gewesen, aber es könnte auch ein Lichtblitz direkt vor der Kamera gewesen sein, vielleicht ein Insekt. Wie Will ein abgeschlossenes Schultor öffnen konnte, weiß ich nicht, aber er ist ein schlaues Kerlchen und liest viel. Ich muss aufpassen, mir hier nicht irgendwelche Märchen auszudenken. Mag ja sein, dass Ma gerne über Geister und Omen redet, und vielleicht braucht Will zurzeit einfach einen imaginären Freund, aber ich nicht. Ich muss den Überblick bewahren, ich muss auf dem Boden der Tatsachen bleiben und mich auf meinen Sohn konzentrieren, ich muss im Haus nach weiteren Hinterlassenschaften von Emily und Agnes suchen. Handfestes Material von Menschen, die wirklich mal gelebt und geatmet haben, keine Geister, keine Gespenster, keine nächtlichen Spukgestalten. Und ich muss unbedingt noch einmal nach Peru, aber das kostet Geld, und darum brauche ich Arbeit. Ich muss mich auf die praktischen Dinge konzentrieren. Wenn mein Sohn mich ansieht, muss er eine Frau sehen, die sein und ihr eigenes Leben im Griff hat, die ihn beschützt, so gut sie kann, und die nicht in jedem Schatten ein Phantom sieht.

Als ich zum Auto zurückgehe, bin ich etwas ruhiger und erfüllt von einer gewissen Zielstrebigkeit. Ich bin nach Ponden zurückgekehrt in dem Glauben, dass ich keine andere Wahl hatte, aber das ist nicht wahr. Ich bin zurückgekommen, weil es mein Zuhause ist, weil ich es liebe. Und irgendwie habe ich gewusst, dass ich mich hier wieder fangen würde, dass ich hier in der Lage sein würde, auf einen sicheren Weg durchs Leben zurückzufinden.

Ich hole das Handy aus der Tasche und rufe Marcus Ellis an. Ich will ihn bitten, das Dach mit einer Plane abzudecken, bevor das Wetter dauerhaft schlechter wird.

»Trudy?« Er geht schon nach dem ersten Klingeln dran.

»Hallo, Marcus! Ich wollte fragen, ob du vielleicht … oh!« Wir stoßen fast zusammen, als ich mich dem Parkplatz nähere und er unvermittelt um die Ecke biegt. Wir lachen, ich werde rot.

»Oh, das ist ja ein lustiger Zufall.« Ich stecke das Handy wieder ein.

»Passiert hier relativ häufig«, lacht er. »Manchmal laufe ich sogar mir selbst über den Weg. Ich wollte gerade mit dem Kostenvoranschlag zu dir fahren, aber dann sah ich dein Auto hier stehen und dachte, ich rufe dich kurz an, aber du warst schneller.«

Er reicht mir einen braunen A4-Umschlag und sieht dann ziemlich verloren aus, mit leeren Händen. Er schiebt sie in die Hosentaschen und wirkt dadurch nur noch mehr wie ein verlegener Schuljunge.

»Hoffentlich findest du das nicht anmaßend, aber ich wollte dich noch mal auf das Dach ansprechen.« Es fällt mir etwas schwer, ihn an sein Angebot zu erinnern. »Du hattest doch gesagt, man könnte es zumindest für die Wintermonate provisorisch abdichten?«

»Ja, natürlich!« Marcus nickt. »Entschuldigung, habe ich ganz vergessen, dir zu sagen, Trudy, morgen kommt ein Arbeitstrupp zu euch, das dauert höchstens einen halben Tag.«

»Ach, super, schickst mir dann eine Rechnung oder …?«

»Nein, nein, keine Rechnung – das sind alles Leute aus dem Ort, die mir einen Gefallen schulden.«

»Das kann ich nicht annehmen, Marcus. Ich habe Geld gespart, also bitte lass mich wissen, was ich dir schulde.«

»Gut. Gehen wir spazieren«, sagt er und lächelt.

»Wie bitte?« Ich schüttele den Kopf.

»Es ist so ein herrlicher Tag heute. Die Sonne scheint, die Luft ist klar nach dem Regen. Wie wäre es, wenn wir übers Moor marschieren, bevor die letzten schönen Herbstfarben verschwinden?«

Wenig überzeugt von seiner Idee sehe ich zum Auto und denke an Will, der zu Hause auf mich wartet, und an die vielen Wände und Fußböden, die ich noch nicht nach weiteren Notizen von Emily abgesucht habe. Unter diesen oberflächlichen Argumenten gegen seinen Vorschlag brodelt aber noch mehr. Mit einem Mann spazieren gehen, der nicht Abe ist, mit einem anderen Mann auf denselben Wegen gehen, auf denen wir einst Hand in Hand gingen, mit einem anderen Mann dieselbe Aussicht bestaunen? Nein, das will ich nicht – aber ich kann nicht Nein sagen.

»Du zögerst«, stellt Marcus fest. »Es geht mir bloß darum, dass ich dir vielleicht Arbeit anbieten könnte, und ich wollte das nur ungern auf einem Parkplatz besprechen.«

»Arbeit?« Ich kann mir beim besten Willen nicht vorstellen, was ich in einem auf Sanierung historischer Gebäude spezialisierten Bauunternehmen arbeiten könnte. »Ich darf da nur noch eine Stunde stehen.«

»Ich verspreche dir, dass du rechtzeitig zurück bist.« Fast erwarte ich, er würde mir in seiner etwas schrägen, manierierten Art seinen Arm anbieten, aber er geht einfach los, etwas zögerlich, und es braucht ein paar holprige Schritte, bis wir hinter dem Brontë-Museum in einen angenehmen Rhythmus finden und das Moor ansteuern. Mit jedem Schritt fühle ich mich ein klein wenig leichter, als würde ich alles Schwere in meinem Herzen im Tal zurücklassen.

»Wie kommst du zurecht, Trudy?«, fragt Marcus nach anfänglichem Schweigen. »Entschuldige, das ist wahrscheinlich eine dumme Frage.«

»Ehrlich gesagt, habe ich keine Ahnung, was ich darauf antworten soll.« Ich halte das Gesicht in die kühle Luft. »Uns geht es ganz gut, mir, meiner Mutter und Will. Berappeln uns langsam in dieser Welt ohne Abe. Etwas Arbeit würde sicher helfen.«

Marcus lächelt verlegen, als ich ihn etwas platt daran erinnere.

»Ich dachte, du könntest mir vielleicht dabei helfen, meine Bibliothek zu sortieren. Ich habe vor ein paar Jahren ziemlich viele Bücher geerbt – ungefähr zweitausend, würde ich sagen, von meinem Vater, der sie wiederum von seinem Vater geerbt hatte, und so weiter und so fort, und sie wurden lange zwischengelagert, bis mein Haus fertig war. Jetzt stehen sie alle in meiner Bibliothek im Regal, aber ich habe keine Ahnung, was ich da eigentlich besitze.«

»Im Ernst?« Er hat mein Interesse geweckt.

»Weißt du noch, dass ich sagte, ich hätte dich gegoogelt? Na ja, du kannst dir sicher vorstellen, wie aufgeregt ich war, als mir klar wurde, dass du gelernte Archivarin bist.«

»Es gibt nicht viele Menschen, die das aufregend finden«, sage ich.

»Ja, aber ich brauche genau so jemanden wie dich. Mir kommt das regelrecht schicksalhaft vor, Trudy. Nach der Scheidung von meiner Frau habe ich für meinen eigenen Bedarf ein Haus renoviert, ein vollkommen ausgebranntes edwardianisches Herrenhaus namens Castle Ellis. Es ist schwer zu beschreiben, man muss es wirklich gesehen haben, aber jedenfalls ist das mein Traumhaus. Ich habe es für mich allein saniert, und Teil meines Traums war es, darin eine Bibliothek einzurichten, in der diese geerbte Sammlung Platz findet. Ich hätte sie natürlich auch einfach verkaufen können, aber ich weiß nicht, für mich haben Bücher einfach etwas ganz Besonderes an sich, findest du nicht auch? Ich könnte es nicht über mich bringen. Wenn du dir die Sammlung mal ansehen und dann eine Einschätzung abgeben würdest, wie lange du dafür brauchen würdest, sie zu katalogisieren, und wie viel du dafür haben möchtest, dann wäre ich dir unendlich dankbar.«

»Aber gerne«, antworte ich lachend. »Das ist mein Traumjob! Eine Bibliothek zu organisieren, ganz von vorne. Aber ich brauche auch Zeit für Will und für unser Haus …« Von den Papieren, die ich gefunden habe, erzähle ich ihm lieber nichts. »Ich könnte also nur unregelmäßig und kurzfristig stundenweise daran arbeiten, aber wenn dir das recht ist, dann gerne, vielen Dank!«

»Wirklich?« Seine Augen leuchten. »Dann möchte ich dir die Bibliothek zeigen! Die meisten können nichts damit anfangen. Ich wollte die Bibliothek so gerne mal jemandem zeigen, der genauso bücherverrückt ist wie ich! Ich freue mich total!«

»Wir kennen uns kaum, Marcus, und trotzdem bist du so freundlich zu mir«, sage ich. »Vielen Dank.«

»*Ich* habe zu danken«, entgegnet er. »Ich darf an einem Haus arbeiten, das mich seit meiner Kindheit fasziniert, und endlich werden meine Bücher katalogisiert. Und was das Beste ist: Ich bin um eine Freundschaft reicher.«

Er reicht mir die Hand, ich schüttele sie, wir besiegeln den Deal.

»Komm doch mal zu mir.« Marcus lächelt. »Wie wäre es heute Abend? Ich mache uns was zu essen. Ich habe so eine hypermoderne Küche, die ich kaum benutze, aber Tiefkühlpizza kriege ich allemal hin. Und bring Will mit, ich habe ein Gamingzimmer und richtige Burgwälle zu bieten – das wird ihm gefallen. Wir können essen, du kannst meine Bibliothek ansehen, und Will und ich können Mario Kart spielen.«

»Danke«, sage ich. »Das klingt alles sehr gut.«

»Gut, dann gehen wir jetzt mal besser zurück zu deinem Auto«, sagt er und macht eine Kehrtwende.

Ich folge ihm und blicke noch einmal über meine Schulter zu dem Weg, der sich hinter mir in die Ferne schlängelt, und habe das dumpfe Gefühl, hinter uns sei jemand. Aber da ist nichts als der Himmel, an dem sich dunkle Wolken zusammenbrauen.

Kapitel 23

Ma findet es gar nicht gut, dass wir ausgehen wollen.

Es wird schon richtig dunkel ums Haus, als wir uns fertig machen, und die kalte Luft zieht durch alle undichten Fenster und Türen ins Haus.

»Ich dachte, ihr hättet euch in den letzten Tagen schon genug außer Haus herumgetrieben«, sagt sie, als sie Wills Jacke zuknöpft, ihm den Schal um den Hals wickelt und feststeckt. »Gestern hast du deinen Sohn verloren, und jetzt willst du schon wieder abdampfen und den Abend mit diesem … Kerl verbringen.«

»Ich habe Will nicht verloren, Ma«, erkläre ich mit Nachdruck. »Und Marcus ist ein netter Mann, er liebt dieses Haus. Er liebt es und versteht es. Du solltest dich darüber freuen, dass ausgerechnet er Ponden restaurieren wird. Er stammt aus der Gegend, und er hat mir Arbeit angeboten, und ich brauche Arbeit. Wir können nicht ewig von meinem Ersparten leben.«

»Aber wenn das, was du gefunden hast, echt ist …«, sie senkt die Stimme, »… dann ist es doch eine ganze Stange Geld wert.«

»Ma, wenn es echt ist, würde ich es doch niemals verkaufen. Ich würde es dem Museum als Leihgabe zur Verfügung stellen und Vorträge darüber halten, aber ich könnte es niemals verkaufen, nie! Diese Papiere sind ein Teil von Emily, von diesem Haus, von *unserem* Haus. Sie gehören nach Ponden.«

Ma sieht mich an, als hätte ich sie nicht alle, und vielleicht hat sie sogar recht, aber diese Papiere bedeuten mir so viel mehr als Geld. Sie verkneift sich einen Kommentar.

»Muss ich mit?«, nörgelt Will und schiebt die Füße in den Kies. »Ich bin müde, ich will lieber bei Mab bleiben. Und bei Granny.«

Ma schürzt den Mund und küsst ihn auf den Scheitel.

»Der Junge mag Hunde lieber als Menschen«, sagt sie. »Kommt ganz nach mir.«

Wahrscheinlich wäre es wirklich das Beste, ihn zu Hause zu lassen, der gestrige Tag hängt ihm noch nach, aber ich möchte ihn einfach gerne bei mir haben.

»Marcus hat ein Gamingzimmer«, sage ich. »Mit Internet und einem riesigen Bildschirm. Und eine PlayStation hat er auch.« Wills Widerstand ist schnell gebrochen.

»Aber wieso können wir Mab nicht mitnehmen?«, fragt er, und eine Sekunde zu spät fügt er hinzu: »Und Granny?«

»Weil wir nicht eingeladen sind.« Ma schneidet eine Grimasse, und Will antwortet mit einem Grinsen. »Außerdem ist ja wohl klar, dass ein Mann, der sich kleidet wie er, nur höchst ungern eine muffige alte Dame im Haus haben will. Da ist bestimmt alles voller weißer Teppiche und Glas und Kunst.«

»Nun rede doch nicht so abfällig von dir selbst, Ma.« Ich riskiere einen Scherz und werde dafür mit einem Lächeln von Ma und einem schallenden Lachen von Will belohnt. »Außerdem ist es dir doch sicher mehr als recht, wenn du das Haus mal ein, zwei Stunden für dich hast, oder?«

»Hab mich wohl an die Gesellschaft gewöhnt«, sagt Ma, schlingt die dünnen Arme um sich selbst und schaudert.

Einem Impuls folgend nehme ich sie in den Arm und drücke ihren zarten, zerbrechlichen Körper an mich. »Es wird nicht spät«, verspreche ich.

»Fahr vorsichtig«, ruft Ma mir hinterher.

Ich sehe sie im Rückspiegel, sehe ihre zierliche Gestalt in der großen Eingangstür, als wir losfahren. Ich ignoriere den hinter ihr vorbeihuschenden Schatten, das Licht, das im Obergeschoss flackert, die nachtschwarze Wolke, die über allem steht.

Ich halte an, als wir die Hügelkuppe erreichen, von der aus wir Castle Ellis zum ersten Mal sehen. Es verschlägt mir die Sprache. Das Anwesen bietet einen spektakulären Anblick.

»Das sieht aus wie ein Raumschiff, das aus dem Schloss kommt.« Will beugt sich weit nach vorn, und auf einmal entflammt sein Interesse an dem bevorstehenden Abend.

Er hat recht. Der größte Teil des ursprünglichen Gebäudes ist nicht mehr als eine Ruine, viel davon noch schwarz vom Feuer. Lediglich ein nachgeahmter Mittelalterturm ist noch übrig sowie ein Teil des Flügels, an den er sich anlehnt. Durch die glaslosen Fenster in den dicken Steinmauern ist elektrisches Licht zu sehen. Es stammt von einer gewaltigen Glaskonstruktion innerhalb des Skeletts des alten Gemäuers, mindestens drei Stockwerke hoch, mit äußerst soliden Wänden. Es sieht aus, als wäre jeder einzelne Raum lichtdurchflutet und würde nicht nur die Grundfesten des alten Hauses ausleuchten, sondern auch das Land, auf dem es sich befindet, die geschwungene Einfahrt, die Gartenterrassen, die vor sich hin bröckeln wie ein längst vergessenes Camelot.

»Na, was meinst du? Willst du es dir von innen ansehen?«, frage ich Will über die Schulter.

»Ja!« Seine Augen leuchten. Ich fahre weiter, hinunter in das kleine Tal, in dem das Anwesen sich befindet, immer weiter, bis wir vor lauter sich um uns erhebender Landschaft keine Sterne mehr sehen. Ich lächele Will breit an, als ich den Wagen auf den Kiesplatz lenke, in dessen Mitte sich ein riesiger beleuchteter Brunnen befindet: eine große Steinschale, getragen von vier mächtigen Hunden, die alle wachsam den Blick nach außen gerichtet haben.

»Nicht schlecht, was?«, sage ich, als ich Will die Autotür öffne.

»Sieht ziemlich gut aus«, räumt Will ein. »Ich will auf den Turm.«

Die Eingangstür ist sicher noch original, ein imposantes, massives Eichenportal mit Schnitzereien und Eisenbeschlägen. Will ist besonders eingenommen von dem dicken schmiedeeisernen Klopfer, dessen Ring im Maul eines Hundes steckt, der denen unter dem Brunnen ähnelt.

Er stellt sich auf die Zehenspitzen, packt den Ring und lässt ihn gegen die Tür donnern. Wir grinsen beide angesichts des Höllenlärms, den er verursacht.

Fast erwarte ich, dass ein buckliger Butler uns die Tür öffnet, aber dann ist es doch Marcus. Er trägt ein weißes Hemd, das in der Sorte makelloser Jeanshosen steckt, die Ma so verabscheut.

»Herzlich willkommen, liebe Heatons«, sagt er und gibt den Weg frei zu einem gläsernen Flur, der in den Hauptteil des modernen Gebäudes führt.

»Will.« Er reicht Will die Hand, und Will schüttelt sie feierlich.

»Hallo«, sagt Will. »Mum sagt, du hast eine PlayStation.«

»Will!«, lache ich, und auch Marcus lacht.

»Kommt mit«, sagt Marcus, und wir folgen ihm, wobei wir die Köpfe verdrehen, um die Lichtspiele um uns herum zu betrachten.

»Das muss doch Unsummen an Strom kosten«, sage ich mit Blick auf das hell erleuchtete Innere der Ruine, als Marcus uns in einen großen gläsernen Flur führt.

»Geht so. Alles Glas ist modernstes Solarglas mit integrierten Sonnenkollektoren, und das spart mehr, als man hier in Yorkshire meinen möchte; außerdem ist das Haus nach allen Regeln der Kunst isoliert, und ich habe eine Geothermieanlage installieren lassen, das heißt, ich nutze natürliche, regenerative Erdwärme, und dadurch ist das Haus unterm Strich fast ein Passivhaus.«

»Wahnsinn«, sage ich. »Das ist … Also, so etwas habe ich noch nie gesehen.«

»Danke.« Er lächelt stolz, als würde ich ihm Komplimente zu seinem Baby machen. »Es ist zwar nicht das einzige seiner Art, aber ich bilde mir ein, dass es das beste ist. War natürlich gar nicht so einfach, eine Baugenehmigung dafür zu bekommen, aber letztlich war es einfach der beste Plan, um den Rest des alten Gebäudes zu bewahren. Während des Zweiten Weltkriegs wurde hier Sprengstoff gelagert, und durch einen Unfall brach dann das katastrophale Feuer aus. Innerhalb der verbliebenen Außenmauern ein ganzes neues Gebäude zu errichten war die einzige Option. Ganz besonders stolz bin ich auf den Turm.«

»Ich bin sprachlos, echt«, sage ich, als Will mich bei der Hand nimmt und wir einen weitläufigen Innenhof betreten.

»Der Kamin«, Marcus zeigt auf einen kunstvoll gekachelten und mit Bögen gestalteten Arts-and-Crafts-Kamin, »stammt noch aus dem alten Gebäude, und bei der Neuerrichtung der Haupttreppe wurden so viele Originalsteine wie möglich verwendet. Na, was sagst du, Will?«

»Mum hat gesagt, hier gibt's WLAN.«

»Stimmt. Soll ich dir das Kino- und Gamingzimmer zeigen?«

»Ja!« Wills Augen leuchten, und er hüpft und springt hinter Marcus her, während dieser uns noch weiter ins Haus führt. Er öffnet eine Tür und tritt beiseite, damit Will das Wunderland sofort in voller Pracht sehen kann.

Will quietscht vor Freude, läuft in das Zimmer und wirbelt herum. Er beäugt drei altmodische Spielautomaten an der einen Wand und einen enormen Bildschirm mit diversen Spielkonsolen davor an der anderen. Auf knallbunten Sitzsäcken liegen die Controller. Die hintere Wand besteht aus unverputzten Ziegeln und dunklen Holzpaneelen, die Marcus sicher aus dem ursprünglichen Gebäude gerettet hat. Durch das schräge Glasdach sieht man, wie sich die dunkle Silhouette des Turms über alles erhebt.

»Zu seiner Verteidigung möchte ich sagen, dass er in letzter Zeit diesbezüglich ziemlich auf Entzug war«, sage ich und sehe zu Marcus, der gütig lächelt.

»Ich find's toll, das mal jemandem zu zeigen«, sagt er. »Will? Möchtest du dir mit uns zusammen die Bibliothek ansehen, oder willst du lieber hierbleiben und spielen?«

»Spielen!« Will reißt einen der Controller an sich und lässt sich vergnügt auf einen der großen Sitzsäcke plumpsen, während Marcus das Mario-Kart-Spiel für ihn einstellt.

Als er damit fertig ist, lenkt er mich mit einer Geste zur

Tür, aber ich bleibe einen Moment stehen und betrachte meinen Sohn. Es fällt mir schwer, ihn in diesem riesigen Haus alleine zu lassen. Als Marcus mein Zögern bemerkt, sagt er: »Will? Wir gehen einfach nur in das Zimmer gegenüber, ja? Ich lasse die Türen auf, wenn was ist, rufst du uns, okay?«

Aber Will ist schon vollkommen in Mario Kart versunken.

Ich folge Marcus über den gefliesten Boden und sehe fasziniert nach oben in den Nachthimmel, an dem der Mond perfekt von der Glaskonstruktion umrahmt wird.

»Sind alle Zimmer hier aus Glas, oder gibt es auch welche mit mehr Privatsphäre?«, frage ich.

»Manche Zimmer haben ganz normale Wände – vor allem die Schlaf- und die Badezimmer.« Marcus' Hand liegt auf einer doppelflügeligen Tür aus heller Eiche, in die Darstellungen von Büchern geschnitzt sind. »Die meisten Innenwände sind ganz traditionell, weil ich wollte, dass es in dem Haus einerseits gemütlich, andererseits hell ist, und die Schlafzimmer sind natürlich nicht einsehbar. Aber selbst wenn man von draußen reingucken wollte – dadurch, dass das Haus in einer Senke liegt, ist das nur schwer möglich.«

»Da bin ich beruhigt. Ich dachte schon, hier würde man wohnen wie in einem Goldfischglas.«

»Hier draußen gibt es niemanden, der mir hinterherschnüffelt«, sagt Marcus. »Das ist einer der Gründe dafür, dass es mir hier so gut gefällt. Ich vermute, ich bin im Grunde meines Herzens ziemlich introvertiert und selbstgenügsam. Allerdings …« Er setzt ein breites Lächeln auf und öffnet die Tür. »Allerdings hatte ich mir schon lange jemanden gewünscht, der diesen Raum genauso wertschätzen würde wie ich. Trudy Heaton, darf ich vorstellen …? Meine Bibliothek!«

Ich bin in meinem Leben noch nicht oft richtig sprachlos

gewesen, aber jetzt bin ich es. Drei Stockwerke hohe Bücherregale, von oben bis unten voll mit Büchern jeder Art, und schon auf die Entfernung kann ich erkennen, dass viele von ihnen alt sind, richtig alt, und es juckt mich sofort in den Fingern, die endlosen Reihen von Buchrücken näher zu betrachten. An beiden Enden der Bücherwand befinden sich Wendeltreppen, über die man auf Galerien mit Geländer gelangt, und auf jeder Galerie sind professionelle Schiebeleitern, sodass man wirklich an jedes einzelne dieser Tausenden Bücher herankommt. Die Beleuchtung in diesem Raum ist so gestaltet und ausgerichtet, dass die alten Schätze nicht zu viel schädigendem Licht ausgesetzt sind, an mehreren langen Tischen steht eine ganze Reihe von Stühlen und an jedem Arbeitsplatz eine Leselampe. Hier könnte ein Dutzend Leute sitzen und arbeiten, dabei ist Marcus doch ganz alleine und hat nur selten Gäste. Doch dann verstehe ich: Er hat hier einen Tempel errichtet, ein Denkmal, eine Hommage an die Literatur. Und ich bin begeistert.

»Gütiger Gott!« Ich japse genauso wie Will vor wenigen Minuten. »Marcus! Das ist ja der Wahnsinn!«

»Dachte ich mir, dass es dir gefallen würde.« Marcus lächelt. »Ich habe so viele Bücher von mehreren Generationen geerbt, dass ich keinen Überblick über den Bestand habe. Mein Vater war ein richtiger Sammler und Brontë-Enthusiast, er hat immer wieder interessante Aufzeichnungen gefunden und neue Bücher hinzugekauft. Ich habe die Sammlung über die Jahre auch immer mal wieder erweitert, aber eher planlos, weil mir die nötige Kenntnis fehlt. Ich suche nur immer mal nach Büchern oder Aufzeichnungen, die mit der Gegend hier zu tun haben oder mit den Brontës, und wenn ich welche finde, kaufe ich sie. Viele davon waren über Jahrzehnte in einem Lagerraum, bevor sie hier ihren Platz fanden. Immer noch interessiert an dem Job?«

»Ich weiß nicht, was ich sagen soll.« Fasziniert sehe ich mich um. »Außer natürlich ja, ja bitte!«

»Großartig.« Breit lächelnd verschränkt Marcus die Arme vor der Brust und betrachtet sein Königreich. »Ich kann dir gar nicht sagen, was für eine Freude mir das ist, einen Gast hier zu haben, der meine Begeisterung teilt. Eine Archivarin, eine Brontë-Liebhaberin, eine echte Heaton von Ponden Hall – du bist ein Geschenk des Himmels, Trudy.«

»Ich … Danke.« Voller Herzenswärme lächele ich ihn an. »Mich würde interessieren, warum du so staubtrockenen, langweiligen Kram sammelst.«

»Staubtrocken und langweilig? Mir kommt es eher vor, als würde ich Leben sammeln: vergessene Geschichten, Geburten, Todesfälle, Eheschließungen, alte Fotografien, Bücher mit handschriftlichen Notizen darin … Das alles hat irgendwann einmal irgendjemandem etwas bedeutet. Und deshalb muss sich jemand darum kümmern.«

»Ganz genauso sehe ich das auch«, antworte ich, und wir erleben einen Moment gegenseitigen Verstehens, begleitet von dieser Wärme, die man empfindet, wenn man einen Gleichgesinnten trifft.

Mein Blick wandert von Regal zu Regal, während Marcus redet, ich registriere zahllose noch verschlossene Kisten und frage mich, was sich wohl darin befindet, das uns einen Einblick in längst Vergangenes und Vergessenes gewähren und uns helfen könnte, den Lauf der Geschichte zu verstehen oder gar zu ändern.

»In den Kisten ist jede Menge Archivierungsmaterial, das ich schon vor Monaten bestellt habe, spezielle Kartons und

Mappen und so weiter, ich hatte noch keine Zeit beziehungsweise Gelegenheit, das auszupacken, von daher …«

»Du bist der perfekte Mann für mich, Marcus.« Ich habe die Worte ausgesprochen, bevor ich darüber nachdenken konnte, was ich da eigentlich sage, und ich sehe, wie sich seine Augen weiten und seine Wangen sich röten. »Ich meine … Ich meinte nur … So hab ich das nicht gemeint. Mist.«

Mich trifft das wie eine Ohrfeige, wie ein Schlag in die Magengrube, dass ich Abe vergessen konnte, wenn auch nur für die paar Sekunden, die es dauerte, um völlig unbekümmert etwas so Kokettes zu sagen. Auf einmal möchte ich einfach nur noch gehen.

»Trudy.« Marcus hält mich zurück. Kurz legt er mir die Finger auf die Schulter. »Schon okay, wirklich. Alles gut. Ich verstehe das schon richtig. Und wenn du immer noch in meiner Bibliothek arbeiten möchtest, dann würde ich dir jetzt gerne das hier überreichen.« Er öffnet die Hand, und in ihr liegt ein alter Eisenschlüssel.

Ich starre ihn an, würde ihn am liebsten sofort in die Hand nehmen und seine schwere Kühle spüren.

»Das ist der Haustürschlüssel«, erklärt Marcus. »Aber er hat eher symbolische Funktion, um ehrlich zu sein. Die Schlösser sind alle elektronisch gesichert und über einen Zahlencode zu öffnen, aber ich würde dich trotzdem bitten, gut auf den Schlüssel aufzupassen, es gibt nämlich insgesamt nur zwei Exemplare, und es wäre ziemlich nervig, einen neuen anfertigen zu lassen. Der Zahlencode steht hier auf dieser Karte. Du wirst beides brauchen, weil ich oft unterwegs bin.«

»Vielen Dank.« Ich nehme Schlüssel und Karte entgegen. »Das bedeutet mir sehr viel, dass du mir diese Chance gibst.«

»Da gibt es überhaupt nichts zu danken«, sagt er. »Dich hier zu wissen ist ein sehr schöner Gedanke. Und du kannst gerne jederzeit Will mitbringen. Er kann sich im Gamingzimmer austoben, wie er will.«

»Du bist wirklich ein sehr großherziger Mensch«, sage ich.

»Ach, ich weiß nicht.« Marcus errötet leicht. »Es gab eine Zeit, in der gute Manieren und Anstand eine Selbstverständlichkeit waren. Und Großherzigkeit ist doch eine Form von Höflichkeit, oder?«

»Stimmt.«

»So, und jetzt essen wir etwas. Und danach machen wir einen Rundgang. Ich würde gerne mit dir auf den Turm gehen, aber leider sind die oberen Stockwerke nicht ganz sicher. Vielleicht können wir stattdessen einen Spaziergang auf den Wällen machen.«

»Das wäre ganz wunderbar«, sage ich aufgeregt und sehe zu dem Märchenturm hinauf, in dessen oberstem Fenster Licht brennt. »Da oben ist Licht?«

»Ja, ich setze alles daran, möglichst viel Romantik zu schaffen. Da oben ist nicht mal eine Zwischendecke, aber ich habe ein Licht einbauen lassen, das eine brennende Kerze simuliert und das ich von hier aus bedienen kann.« Er zeigt mir eine hinter einem Holzpaneel verborgene große Schalttafel, über die er Licht und Heizung in allen Zimmern steuern kann, und schaltet einmal kurz das Licht im Turm aus und wieder an. »Ja, tut mir leid, ich bin ein ziemlicher Angeber. So, dann wollen wir mal sehen, ob wir den jungen Mann von dem Bildschirm losreißen können.«

Kapitel 24

Gegen neun sind wir wieder zu Hause. Will badet und schlüpft vor dem Kamin in seinen Schlafanzug, während ich ihm unter mehrmaligem Wegschieben einer brummelnden Mab auf dem Sofa ein Bett herrichte. Will fragt nicht, warum, und ich fange auch gar nicht an, das zu begründen, obwohl ich eine gute Erklärung parat hätte: Draußen regnet es in Strömen, und als ich oben war, um seine Sachen zu holen, tropfte es beständig auf den Teppich. Ich habe einen alten Metalleimer aufgestellt, den Ma vermutlich genau zu diesem Zweck im Badezimmer aufbewahrt.

Wir lesen ein bisschen, und Will erzählt mir, dass er der erste Mensch auf dem Mars sein will, und ich sage ihm, dann würde ich ihn fürchterlich vermissen, aber er solle trotzdem fliegen, denn die Welt brauche mutige Menschen, um neue Entdeckungen zu machen, und außerdem könne ich ihn ja in den Ferien besuchen.

Diese Momente der Nähe sind so kostbar. Ich liebe es, das Gewicht von Wills an mich geschmiegtem Körper zu spüren und dass er mit dem Goldarmband spielt, das sein Vater mir zum siebten Hochzeitstag geschenkt hat und das ich nie ablege. Wir träumen vor uns hin und planen eine Zukunft mit fliegenden Autos und Städten auf dem Mond. In solchen Momenten der Nähe mit Will spüre ich Abe am intensivsten, als würden Will und ich ihn gemeinsam wieder zum Leben erwecken.

»Ma«, sagt Will. »Du hast mir lange nichts mehr von Dad erzählt. Wie ist es weitergegangen?«

Ich denke an das erste Jahr nach unserer Hochzeit und drücke meinen Jungen etwas enger an mich.

»Es ist einfach nur so weitergegangen, dass wir sehr, sehr glücklich miteinander waren, bis du kamst, und danach waren wir nur noch glücklicher, weil du unser Glück perfekt gemacht hast.«

Das scheint ihm für den Moment zu reichen, und ich halte ihn weiter fest an mich gedrückt. Ich spüre seinen Kopf an meiner Brust, seine innere Ruhe und seine Zufriedenheit.

Und dann denke ich an mein erstgeborenes Kind.

Tru und Abe

Unsere Wohnung war ziemlich klein: ein einziges großes Zimmer und ein Bad. Mehr konnten wir uns nicht leisten, aber wir fanden es toll. Obwohl ich dafür mein Elternhaus aufgeben musste, den vielen Platz und die Schatten und mein mir so vertrautes Moor, liebte ich diese Wohnung, weil sie *unsere* war. Wenn ich aus dem hohen Fenster auf die Stadt blickte, sah ich unsere Zukunft – meine, Abes und die unseres Kindes, und diese Zukunft strahlte.

An jenem Tag braute sich ein Gewitter zusammen, zunächst noch ohne Regen, aber die Luft lud sich immer mehr auf. Ich war den ganzen Tag an der Uni gewesen, hatte mich aufs Sofa gelegt, die Füße hoch, und wartete darauf, dass Abe mit Pizza nach Hause kam. Ich war glücklich und zufrieden.

Als Abe hereinkam, war er ganz aufgebracht.

»Was ist passiert?«, fragte ich und legte mir die Hand auf den Bauch, in dem es kurz schmerzhaft zog.

»Da hat so 'n Penner in der Tür gestanden, total dicht, und wollte mich nicht reinlassen. Was sollte ich da machen? Ich wollte ihm ja nicht wehtun, und die Polizei wollte ich auch nicht rufen, aber der hat gestunken wie verwest, also habe ich ihm gesagt, wenn er in fünf Minuten nicht verschwunden ist, gibt's Ärger.« Ich weiß noch, wie ich angesichts Abes lahmer Drohung lächeln musste. »Ich habe eine Runde um den

Block gedreht und hatte Glück, er war dann weg, als ich wiederkam. Sonst hätte ich wohl meine schwangere Frau auf ihn hetzen müssen.«

»Deine schwangere Frau …« Ich lächelte, und er stellte die Pizza auf dem Tisch ab und schlang die Arme um mich.

Dann wieder dieses schmerzhafte Ziehen tief in meinem Bauch, immerhin so heftig, dass ich zusammenzuckte.

»Was ist?« Besorgt sah Abe mich an.

»Nichts«, sagte ich und lächelte, aber ich glaube, da wusste ich es bereits. »Du holst Teller, ich geh pinkeln.«

»Du musst in letzter Zeit ziemlich oft pinkeln«, rief Abe mir lachend hinterher.

Und da sah ich das Blut.

Sie war perfekt, unser kleines Mädchen. Sie hat keinen einzigen Atemzug getan, aber in meinem Herzen lebt sie. Für immer. Unsere Emilia.

In den folgenden Wochen habe ich meine Mutter vermisst, ja, gebraucht. Aber wenn ich daran dachte, wie sehr ich das Kind, das ich verloren hatte, bereits liebte, bevor es überhaupt geboren war, dann dachte ich unweigerlich auch an alles, was Ma an meinem letzten Tag in Ponden zu mir gesagt hatte. Und ich ertrug die Vorstellung nicht, ihr zu begegnen.

Kapitel 25

»Warum schläfst du nicht auch hier unten?«, fragt Ma, kaum dass ich Will zugedeckt habe. »Das wäre doch viel gemütlicher, wir alle drei und Mab hier unten. Das ewige Getropfe da oben wird dich doch wahnsinnig machen. Und wer weiß, vielleicht … geht da wieder was vor.«

»Kann sein, dass ich später zu euch komme«, sage ich. »Aber erst will ich noch ein bisschen lesen. Du weißt doch, ich bin auf der Suche nach einem Buch. Heute Nachmittag bin ich nicht fündig geworden, darum will ich heute Abend weitersuchen.«

Ma sieht mich vollkommen verständnislos an, es dauert ein paar Sekunden, bis sie kapiert, dass ich von den Tagebucheintragungen spreche.

»Wir gehen jetzt erst mal in die Küche und trinken eine Tasse Tee«, sagt Ma.

»Ich möchte keinen Tee, Ma, ich will lieber …«

»Du kommst jetzt mit mir in die Küche«, ordnet sie an und zeigt zur Tür.

Ich werfe einen Blick auf Will, der sich gerade auf die Seite dreht und dabei ist, tief und fest einzuschlafen.

»Pass gut auf ihn auf, ja?«, sage ich an Mab gerichtet, die sich sogleich neben ihn legt, den Kopf auf seiner Hüfte, und deren Lider langsam schwer werden.

»Ich will hoffen, dass deine stinkenden Pupse jede Form von Geistern vertreiben«, flüstere ich im Gehen.

Ma hat das Deckenlicht in der Küche ausgeschaltet und Kerzen angezündet.

»Ma …« Ich sehe ein kopfüber abgestelltes Glas auf dem Küchentisch sowie mehrere Zettel, auf die sie Buchstaben schreibt. »Was wird das hier?«

»Es ist schon Ewigkeiten her«, sagt sie, den Kopf über ihre Arbeit gebeugt. »Als dein Vater und ich frisch verheiratet waren und du noch ganz klein, meinte er, es wäre doch lustig, an Halloween mal ein Medium hierher einzuladen. Ich fand das gar nicht lustig und war strikt dagegen. Ich wollte auf keinen Fall an etwas rühren, das sich zur Ruhe gelegt hatte, aber dein Vater bestand darauf. Und wenn dein Vater sich erst mal was in den Kopf gesetzt hatte, dann hat er dafür gesorgt, dass er seinen Willen bekam, er hat die anderen Menschen um sich herum getriezt, bis man schließlich nachgab, nur um endlich Ruhe zu haben.«

»Ihr wart frisch verheiratet?«, frage ich leise.

»Ja, etwas über ein Jahr, glaube ich. Er wollte eine richtige Party schmeißen und eine große Sache daraus machen. Weißt ja, wie viel Halloween ihm bedeutet hat.«

Auf einmal verstehe ich, worauf sie hinauswill.

»Das ist nicht dein Ernst. Du willst eine Seance abhalten?« Ich setze mich an den Tisch und beobachte sie dabei, wie sie die Wörter JA und NEIN auf zwei Zettel schreibt. »Ma? Im Ernst?«

»Damals haben wir es an dem großen Tisch im Wohnzimmer gemacht«, sagt Ma. »Aber ich will den Jungen nicht stören.«

»Wie rücksichtsvoll von dir«, sage ich. »Hör zu, Ma, dieser

Kram hier – das ist Quatsch. Ich weiß das, ich habe mich während der Ausbildung intensiv mit der viktorianischen Besessenheit mit Spiritismus beschäftigt, und es ist alles Humbug, glaub mir. Und selbst wenn es das nicht wäre, was weißt du, was weiß ich schon … darüber?«

»Du musst gar nichts darüber wissen, du musst einfach nur bereit sein«, sagt Ma und sieht mich aus sehr wachen Augen an. »Im Ernst, als ich damals den ganzen Krempel sah, den Bob für diese Frau hereinschleppte, da war mir doch schon klar, dass sie eine Hochstaplerin war, aber gut, dein Dad war happy, seine Freunde hatten ihren Spaß, und ich dachte, das sei alles ganz harmlos. Aber damit hatte keiner von uns gerechnet.«

»Womit hatte keiner gerechnet?«, frage ich vorsichtig.

»Marion Makepeace hieß sie.« Ma rümpft die Nase, als sie sich daran erinnert. »Die reinste Parfümbombe. Hat gesagt, sie würde die Geister rufen, die sich im Haus befinden. Du meine Güte, die Frau hatte keine Ahnung, was sie da tat.«

»Und was soll das dann?« Ich zeige auf ihr selbst gebasteltes Ouijabrett.

»An dem Abend ist natürlich in erster Linie Blödsinn passiert«, sagt Ma und schiebt die Zettel hin und her, bis sie mit dem Arrangement zufrieden ist. »Hier ist jemand mit einem E im Namen, der an einer Lungen- oder Herzkrankheit gestorben ist – das übliche Geschwätz. Aber dann ist kurz vor Ende etwas Seltsames passiert. Es wurde ganz kalt im Zimmer, und auf einmal fing einer von Dads Gästen, eine Frau, an zu weinen. Tränen strömten ihr übers Gesicht, und sie hatte keine Ahnung, weshalb, sie sagte, sie sei nur plötzlich so unendlich traurig. Und Marion Makepeace kriegte auf einmal richtig Schiss. Hat von einer Sekunde auf die andere gar nichts mehr gesagt und nur das Glas angeglotzt. Das bewegte sich nämlich – und zwar ohne dass Madam es berührte. Ich hab's mit eigenen Augen gesehen, und das Glas hat nacheinander die Buchstaben L-O-O-K angesteuert. Die alte Marion kreischte los und schnappte sich das Glas, aber es flog ihr aus der Hand, gegen die Wand, und zersprang.«

»O…kay«, sage ich sehr langsam. »Sie hat es also gegen die Wand geworfen?«

»Nein, es sah aus, als würde es ihr jemand aus der Hand reißen. Die dumme Kuh ist dann schreiend aus dem Haus gerannt, und die Gäste haben sich kaputtgelacht. Dachten, das sei alles Teil der Show und dass der alte Bob das alles vorbereitet hätte, und dein Vater hat das auch nicht abgestritten. Sie blieben lange auf und tranken, bis zum Morgengrauen, wenn ich mich richtig erinnere, und als er endlich ins Bett kam, fragte ich ihn: ›Wie hast du das mit dem Glas gemacht, Bob?‹ Und er hat mich angesehen und gesagt: ›Frag mich nicht, Schatz, denn damit hatte ich nichts zu tun.‹«

»Dad hat sich immer gerne Geschichten ausgedacht«, sage ich und unterdrücke ein Schaudern.

»Stimmt, und ich hab seither auch nie wieder an die Geschichte gedacht – bis heute«, sagt Ma. »Denn nach allem, was letzte Nacht hier passiert ist, ging mir etwas durch den Kopf: Vielleicht war sie das ja damals. Deine Agnes. Vielleicht hat sie all die Jahre gewartet, und niemand hat ihr geholfen. So viele Jahre allein und todunglücklich – was für ein schreckliches Leben. Was für ein schrecklicher Tod. Also was, wenn es deine Agnes ist?«

»Sie ist nicht *meine* Agnes, Ma«, korrigiere ich sanft und erhasche gleichzeitig wieder einmal einen winzigen Einblick in ihr mir unbekanntes Leben, erahne seine Tragik. Wie konnte es sein, dass ich so viele Jahre hier mit ihr unter einem Dach gelebt und nie verstanden habe, wie unglücklich sie war? Wie habe ich sie mit all dem allein lassen können?

»Sie ist Teil dieses Hauses, und das Haus gehört dir, von daher …« Ma legt zwei Fingerspitzen jeder Hand auf das Glas und nickt mir zu. »Vielleicht kann sie uns etwas verraten.«

»Aha. Du meinst, wo Emily Brontës zweites Buchmanuskript versteckt ist zum Beispiel?« Meine Belustigung hält sich in Grenzen.

»Wer weiß? Vielleicht.« Ma meint das ernst. Und ich möchte ihr jetzt unbedingt gefallen, und wenn das heißt, dass ich hier mitmachen muss, dann ist das eben so.

Ich lege die Fingerspitzen auf das Glas.

Hinter den vorhanglosen Fenstern ist es stockfinster. Ich sehe hinaus, doch das Einzige, was ich erblicke, ist mein Spiegelbild. Das Haus um uns reckt sich und seufzt. Von oben sind Geräusche zu hören, als wäre dort jemand, als würde eine Tür geschlossen, Schritte.

»Ist da jemand?«, fragt Ma, und ich unterdrücke ein Kichern. Sie sieht mich an, und ich bemühe mich um Contenance. Um ehrlich zu sein, ich lache nicht, weil ich das hier alles total albern finde, sondern weil ich Angst habe, dass es womöglich alles andere als albern ist.

»Agnes? Agnes, Liebes, bist du hier?«, versucht Ma es noch einmal. »Brauchst du unsere Hilfe?«

Das Glas bewegt sich nicht.

»Sprich mit uns, Liebes«, sagt Ma sanft. »Brauchst du Hilfe, Agnes? Hast du Angst?«

Auf einmal legt sich eine Spannung auf alles, ein stilles, anhaltendes Gefühl der Beklemmung, das die Luft um uns herum beinahe zerreißt. Ich ringe nach Atem, als ich sehe, wie die Kerzen flackern und fast erlöschen. Einen kurzen Augenblick meine ich, im Fenster eine weitere Gestalt zu sehen, doch als ich genauer hinsehe, ist da wieder nur mein Spiegelbild.

Das Glas auf dem Tisch bewegt sich nicht. Wir warten und warten, doch es rührt sich nicht.

»Na dann«, sagt Ma sehr leise, »gehe ich eben schlafen.«

Ich verspüre grenzenlose Erleichterung, als ich die Finger vom Glas nehme, und die angespannte Atmosphäre löst sich in Luft auf, als Ma das Deckenlicht einschaltet. Die Leuchtstoffröhren stottern und flackern, dann fluten sie die Küche mit ihrem künstlichen Licht.

»Ich weiß, du hältst mich für bescheuert.« Sie sieht mich an, als sie die Küchentür hinter sich schließen will. »Aber ich bin eine alte Frau, ich habe meine Macken.«

»Du bist weit davon entfernt, alt zu sein, Ma. Ist dir eigentlich klar, dass das Durchschnittsalter von Frauen schon seit hundertfünfzig Jahren über fünfzig liegt? Und überhaupt, alles gut.« Ich erhebe mich, um Wasser in den Kessel zu füllen. »Ich räume hier auf.«

»Und du schläfst unten bei uns, wenn du fertig bist mit … suchen.«

»Ja, mache ich.« Ich wundere mich über ihr plötzliches Bedürfnis nach meiner Nähe. Es rührt mich. »Natürlich, Ma.«

Sie schließt die Tür hinter sich, und ich suche mir einen sauberen Becher, hänge einen Teebeutel hinein, gieße kochendes Wasser darüber und murmele, meine Mutter ein wenig nachahmend: »Agnes, Liebes, bist du da?«

Erst als ich mich wieder dem Tisch zuwende, um die Buchstabenzettel wegzuräumen, bemerke ich, dass das Glas nicht mehr am selben Fleck steht wie vorher. Es befindet sich jetzt direkt über einem der Ouijazettel.

Über dem mit der Aufschrift JA.

Kapitel 26

Am oberen Ende der Treppe ist es dunkel.

Ich unterdrücke den Impuls, mich umzudrehen und zurückzugehen ins warme, behagliche Wohnzimmer, denn wenn in Ponden Hall noch mehr von Agnes' Geschichte versteckt ist, noch mehr von Emilys Vermächtnis, dann werde ich weder das eine noch das andere in meiner Komfortzone finden.

Oben angekommen, betätige ich den Lichtschalter, aber es tut sich nichts, im Flur bleibt es dunkel – bis auf einen schmalen Streifen Licht unter der Tür zu Cathys Zimmer. Ich hole tief Luft, denke an Mab und ihre stoische Entschlossenheit vorhin, bei Will zu bleiben, und versuche, das gewanderte Glas auszublenden. Ich straffe die Schultern, bewege mich auf den Lichtstreifen zu und betrete das Zimmer. Wenn sie das eben in der Küche war, dann hat sie hier vielleicht etwas für mich hinterlassen, irgendeine Botschaft.

Die Glühbirne wirft ihr gnadenloses Licht in alle Winkel des Raums – nichts. Ich bewege mich durch das Zimmer, sehe mein zweites Ich draußen in der Dunkelheit, wie es jede meiner Bewegungen spiegelt, und wage nicht, zu genau hinzusehen, aus Angst, mein Abbild zu ertappen.

Ich gehe zurück auf den Flur, schalte meine Taschenlampe ein und denke über die anderen geschlossenen Türen nach, die Zimmer und Abseiten, in denen ich noch nicht gewesen bin. Alles, was links von meinem alten Zimmer liegt, wurde viel später erbaut als dieser Teil des Hauses. Den neueren Teil gab es bereits zu Emily Brontës Zeiten, aber noch nicht, als Agnes hier lebte, und ich halte es durchaus für möglich, dass Emily das, was sie verbergen wollte, im jüngeren Gebäudeteil versteckt hat. Vorsichtig öffne ich die Tür zu dem größten Zimmer mit den hohen Fenstern auf beiden Seiten. Hier standen früher wahrscheinlich die Webstühle und wurden die hier gefertigten Stoffe aufbewahrt. Jetzt befindet sich darin nichts als Mas Krempel. Hier müsste ich erst einmal alles rausräumen, bevor ich nach alten Papieren suchen kann, aber ich habe auch nicht das Gefühl, als wäre das hier der geeignete Ort für meine Suche. Dafür, dass das Zimmer so vollgestopft ist, fühlt es sich erstaunlich leer an.

Das Zimmer, in dem Ma früher schlief, fühlt sich ähnlich an und die nächsten beiden auch. Mit jeder Tür, die ich öffne, ist mir, als würde eine Tür zu meiner Kindheit geöffnet – Gerüche wecken Erinnerungen, aber auch alte Tapeten und Vorhänge, alles erwacht plötzlich zu Leben. Die blaue Tapete mit den Pfauen, auf die Ma früher so stolz war, und die winzigen Rosen auf dem Vorhang in dem kleinen Zimmer, passend zur Tagesdecke – für mich damals das Nonplusultra in Sachen Inneneinrichtung. Das hier ist so etwas wie ein schlecht kuratiertes Museum meines Lebens, es steckt voller Ausstellungsstücke, folgt aber keinerlei Konzept. Und doch sehe ich mir alles an, und gleichzeitig frage ich mich, ob ich vielleicht langsam verrückt werde, ob ich vor der Trauer weglaufe und mich in eine Geistergeschichte stürze, in der die Menschen, die ich liebe, vielleicht nur darauf warten, mich bei der Hand zu nehmen.

Ich gehe zurück auf den dunklen Flur, schalte die Taschenlampe aus, schließe die Augen und lasse die Nacht auf mich wirken, öffne mich für irgendwelche Zeichen von Abe, und wenn es nur ein Atemzug ist, der mich hoffen lässt, dass ich ihn sehen könnte. Kein Zeichen. Aber während ich so dastehe und alle Angst und alle Sorgen von mir weichen, weiß ich plötzlich, wo ich suchen muss. Natürlich. Liegt doch auf der Hand: In dem Zimmer, das der Grund für Emilys häufige Besuche auf Ponden Hall war. In der Bibliothek.

In meinem alten Zimmer.

Kapitel 27

Kaum schließe ich die Tür hinter mir, weiß ich, dass ich hier richtig bin und wo genau ich mit der Suche beginnen muss.

Nämlich da, wo auch ich seinerzeit alle möglichen kleinen Heimlichkeiten versteckt habe: in den Bücherschränken. Sie sind nicht ganz so alt wie andere Teile des Hauses – sie wurden im 18. Jahrhundert eingebaut –, aber es gab sie zu Emilys Zeit schon, und sie kannte sie wie ihre Westentasche. Wahrscheinlich war das hier auch eines der wenigen Zimmer, in denen sie mal eine Weile allein sein konnte.

Und nur wer selbst seine Kindheit in diesem Zimmer verbracht und es von oben bis unten nach kleinen Verstecken abgesucht hat, weiß, dass die Holzpaneele beiderseits der Schränke entfernt werden können und dass sich dahinter die grobe Steinmauer mit unzähligen Nischen und Löchern befindet.

Jetzt sind die Schränke vollgestopft mit ungeliebten, Staub sammelnden Taschenbüchern und Mas Puppen, die darin liegen, als warteten sie auf ihre eigene Beerdigung, mit vor der Brust gefalteten Händen. Als ich klein war, habe ich alles Mögliche darin versteckt, ich habe die im Schreibwarenladen geklauten Duftradiergummis in den dunklen Spalt geworfen sowie kleine Nachrichten an mich selbst, ohne mir je Gedanken darüber zu machen, wie schwierig es sein würde, das alles wieder da rauszuholen. Dort waren die Sachen sicher, nur das zählte.

Ich ziehe die Bücher stapelweise von den Einlegeböden und werfe sie aufs Bett, wobei jedes Mal Staubwolken von der gestreiften Matratze aufsteigen. Bis auf das Geräusch von unsanft landenden Büchern ist es ganz still im Haus.

Kein Piep von unten, kein Knarzen im Flur, selbst der Wind draußen hat ausnahmsweise mal nachgelassen. Ich halte inne und lausche, doch da ist nichts außer dem Klingeln in meinen Ohren.

Als ich das letzte Buch aufs Bett werfe, habe ich unvermittelt das Gefühl, mich selbst aus großer Entfernung zu sehen, von oben aus den dunklen Wolken. Eine einsame Gestalt, umrahmt von einem Rechteck gelben Lichts in einem sehr alten Haus, das recht isoliert in einem unendlich scheinenden Moor steht. So ein kleines, zerbrechliches Leben in einer so großen, mächtigen Landschaft.

Wie verletzlich man sich hier draußen fühlen kann. Wie ohnmächtig ein Mensch sein kann, wenn er mit der wütenden Natur konfrontiert wird, mit Himmel und Hölle, und wenn jede Hilfe und Zuflucht fehlt. Ein seltsamer, melancholischer Gedanke, der sich da in meinen Kopf schleicht – als hätte jemand anderes ihn gedacht. Und während ich dieses Gefühl der Hilflosigkeit empfinde, bin ich mir auf einmal sicher, dass Abe sich ganz genauso gefühlt haben muss, falls er den Flugzeugabsturz an sich noch überlebt hatte, schwer verletzt und sicher sehr verängstigt. Er hätte gewusst, dass um ihn herum in alle Richtungen Regenwald war, nichts als dichtester Regenwald, Hunderte von Quadratkilometern, und dass keinerlei Hoffnung bestand, je gefunden zu werden, und dass ihm nichts blieb, als zu sterben.

Das Grauen packt mich, presst sämtliche Luft aus meinen Lungen und lässt mich rückwärts auf Bett und Bücher fallen.

Das hier ist nicht der richtige Zeitpunkt, um diese Gedanken, diese Angst, zuzulassen, ihn mir vorzustellen, wie er ganz allein und verloren auf mich wartete, auf mich hoffte, während ich wieder ins Flugzeug zurück nach London stieg. Nicht jetzt. Ich habe ihn gesucht, das habe ich wirklich. Wochenlang war ich dort, ich habe alles getan, das haben alle gesagt, und doch … und doch … und doch …

Die Einlegeböden vor mir sind frei geräumt. Als Erstes löse ich das eine Paneel, das ich schon als kleines Mädchen mal entfernt hatte, ich schiebe meine Finger so weit in den dunklen Spalt wie möglich und taste den rauen Stein ab. Ich finde eine kleine Papierrolle, und als ich sie hervorhole, die Finger voller Spinnweben, weiß ich sofort wieder, was das ist: ein roter Daumenabdruck. Ich hatte mir mit einer Nadel in den Daumen gestochen und mit dem Blut einen Abdruck gemacht, oben satt, nach unten immer dünner werdend. Mit einem Stift hatte ich ein Gesicht daraus gemacht und BLUTSSCHWESTERN daruntergeschrieben. Allerdings kann ich mich nicht erinnern, wessen Blutsschwester ich gewesen sein soll – die paar Freundinnen, die ich hatte, waren für so etwas viel zu etepetete gewesen.

Ich stecke den Zettel ein und suche weiter. Ich entdecke weitere Zettel, eine einzelne Socke, einen Plastikring, der mir mal sehr viel bedeutet haben muss und mir jetzt überhaupt nichts mehr sagt. Ich taste mich weiter über das rückwärtige Paneel, bis ich ganz oben ein etwas längeres loses Brett finde. Mit äußerster Vorsicht rüttele ich daran, drücke ich es mal in die eine, dann in die andere Richtung, und als ich es richtig anfassen kann, ziehe ich daran, bis es sich endlich löst und polternd in den dunklen Zwischenraum fällt.

Ich leuchte mit der Taschenlampe auf die entstandene Lücke, kann aber nicht viel sehen, weil der Lichtstrahl den falschen Winkel hat. Ich müsste Gewalt anwenden, um noch mehr Bretter zu entfernen, und ich bringe es nicht über mich, weiteren Schaden anzurichten. Ich probiere aus, ob der unterste Einlegeboden mein Gewicht aushält, dann klettere ich darauf und weiter auf das nächste Brett. Ich habe das Gefühl, jeden Moment abzurutschen. Mit der Taschenlampe in der einen Hand ziehe ich mich weiter an die Lücke heran und spähe hinein. Auch hier findet sich das grobe Mauerwerk, in dem der ganze Teil des Hauses erbaut ist, alles ist voller Spinnweben, aber auch voller dunkler Nischen, die sich hervorragend als Versteck für Kostbarkeiten eignen.

Ich versuche, so weit wie möglich erst nach oben, dann nach unten zu leuchten, und da entdecke ich es: ein Loch in der Wand. Ein Loch, das jemand in den Mörtel gekratzt hat, ein Loch, in das eine ganze Hand passt. Nur wenige Zentimeter unter der Lücke im Schrank, wenn ich also meinen Arm irgendwie da durchwurschteln kann …

Ich schiebe die Hand durch die Lücke und nach unten, während ich gleichzeitig den ganzen Körper tiefer in den Schrank drücke. Die Bretter schneiden mir in Brust und Bauch, während ich versuche, mich so lang wie irgend möglich zu machen. Zentimeter für Zentimeter taste ich mich an der Steinmauer entlang, bis ich die zackigen Kanten des Lochs erreiche. Aber nur mit den Fingerspitzen. Egal, was ich tue, weiter komme ich nicht.

Doch dann …

… bleibt meine Hand plötzlich stecken, wird festgehalten

wie von eiskalten, knöchernen Fingern. Ich versuche, mich zu befreien, doch die kalten Finger umklammern meine Hand mit unfassbarer Kraft und ziehen mich weiter in das Loch.

Ich bekomme keine Luft.

Ich kann nicht atmen, meine Lungen und sämtliche Muskeln schmerzen. Ich kann keinen klaren Gedanken fassen, ich gerate in Panik und versuche hektisch, mich zu befreien. Meine Füße baumeln in der Luft, mein Schultergelenk schmerzt höllisch, und ich höre, wie mein Handgelenk kracht, spüre bereits, wie es anschwillt und wie etwas Scharfkantiges in mein Fleisch beißt.

Dann werde ich losgelassen.

Ich taumele rückwärts und lande auf dem Boden, höre das dumpfe Geräusch von Knochen auf Holz, als ich mit dem Kopf gegen den Bettrahmen schlage, und spüre das schmerzhafte Kribbeln des wieder zirkulierenden Bluts in meiner fest geballten Faust.

Mit offenem Mund japse ich nach Luft und sehe hinauf zu der Lücke im Schrank.

Ein großes, fieberhaftes Auge starrt mich an, ohne zu blinzeln.

Und dann ist es weg.

Kapitel 28

Ich stolpere ins Wohnzimmer und lasse mich auf den Sessel vor dem Kamin fallen. Mein Atem geht flach und schnell, beruhigt sich aber nach einer Weile wieder.

Meine Hände sind immer noch zu Fäusten geballt. Wenn ich die Augen schließe, spüre ich wieder das Brennen der nach mir greifenden eiskalten Finger auf der Haut und sehe wieder das mich anstarrende Auge.

Ich lege mir eine vernünftige Erklärung zurecht. Ich war in Panik, ich steckte fest, ich habe meinen Arm durch zersplittertes Holz gezogen, das war alles. Das Auge: Ich hatte mir den Kopf angeschlagen, um mich herum verschwamm kurz alles, und jetzt pocht es heftig in meinem Schädel. Ich hatte Angst, und mein Gehirn hat mir einen Streich gespielt. Ich hatte wahnsinnige Angst.

Ich habe immer noch Angst.

Nur mit Mühe gelingt es mir, mich auf Wills regelmäßige Atmung zu konzentrieren. Er schläft. Ma schläft. Mab hat sich zu ihren Füßen zusammengerollt. Was auch immer gerade passiert ist, es war eine Mischung aus Adrenalin und Fantasie, ganz bestimmt. Als ich dann allerdings langsam endlich meine Fäuste löse, bemerke ich, dass ich etwas in der rechten, verletzten Hand habe. Meine Finger zittern, als ich sie ganz öffne und sehe, was ich da halte.

Noch ein in Leder gewickeltes Päckchen, genau wie das erste.

Ich wende den Blick davon ab, sehe zum Fenster, sehne mich nach der Morgendämmerung. Ich höre den Wind und den Regen … und dazwischen ein Heulen, das so sehr wie das Weinen eines verlassenen Kindes klingt, dass es mir Tränen in die Augen treibt.

Diese Nacht wird sehr lang werden.

VIERTER TEIL

Eitel die tausend Kredos,
Die Menschenherzen bewegen, unsäglich eitel,
Wertlos wie welkes Unkraut
Oder nichtiger Schaum im unbegrenzten Meer,

Wecken nur Zweifel im Menschen,
Der sich so fest an deine Unendlichkeit hielt,
So sicher verankert war
In dem beständigen Felsen der Unsterblichkeit.

Emily Brontë

Tru und Abe und Will

Abe hielt mir die Tür auf, und ich trug Will in unsere Wohnung, ging mit ihm direkt ans Fenster und zeigte ihm die Straßen von London.

»Hier bist du geboren, in London«, erklärte ich Will und zeigte auf den roten Bus, der unten durch unsere Straße rumpelte. »Aber in deinen Adern fließt echtes Yorkshire-Blut. Eines Tages fahre ich mit dir dahin, nach Hause, und zeige dir die schönste Landschaft der Welt.«

Vom ersten Moment an, in dem er in meinen Armen lag und mich aus seinen dunklen Augen ansah, war ich geerdet. Als hätte ich Will nicht nur sein ganzes Leben gekannt, sondern auch mein ganzes Leben. Und in meinem Herzen erkannte ich seine Schwester wieder. Das hätte mich natürlich traurig stimmen können, aber im Gegenteil, ich freute mich immer sehr, wenn ich meinen kleinen Jungen betrachtete, weil ich nicht nur ihn sah, sondern auch jedes Mal einen winzigen Blick auf Emilia erhaschte.

Auch Abe war vom ersten Augenblick an vollkommen hin und weg, Tränen liefen ihm über das Gesicht, das ein einziger Ausdruck des Staunens war, er lächelte, wie ich ihn noch nie zuvor lächeln gesehen hatte. Ein Lächeln so voller Liebe – und noch irgendetwas anderem, das ich nicht ganz beschreiben kann. So eine Art Versprechen vielleicht?

»Sieh doch nur, wie hübsch er ist«, sagte er und hielt mir das runzelige Gesicht unseres neugeborenen Sohns entgegen.

»Wunderhübsch«, stimmte ich zu und strich ihm über die dunklen Locken.

»Und schlau, das sehe ich ihm jetzt schon an. Das ist eine echte Denkerstirn. Vielleicht sogar die von einem Genie.«

»Und gerade mal zwei Stunden alt«, betonte ich, als Abe den Jungen zurück in meine Arme legte und uns dann beide umschlang.

Und dann waren wir zu Hause, standen nebeneinander am Fenster und betrachteten die Welt da draußen mit neuen Augen – nämlich mit denen einer Mutter und eines Vaters, die alles tun sollten, um diese Welt zu verbessern.

»Wir bauen uns eine ganz neue Welt auf«, sagte Abe. »Du und ich.«

»Unsere eigene Welt, in der es nur uns gibt.« Lächelnd sah ich zu ihm auf. »Und manchmal auch deine Mutter, die übrigens gerade auf dem Weg hierher ist.« Abe lachte und runzelte gleich darauf die Stirn, und ich wusste, was er als Nächstes sagen würde.

»Meinst du nicht, dass es jetzt, wo wir verheiratet sind, jetzt, wo William da ist, an der Zeit wäre, mal wieder mit deiner Mutter zu reden, Tru? Ihr noch eine Chance zu geben? Ihr habt beide Dinge gesagt, die ihr sicher gar nicht so gemeint habt …«

Ich schüttelte den Kopf. »Wir haben es jetzt gerade so gut miteinander, Abe. Und Will ist perfekt. Nein, ich bin noch nicht bereit. Ich werde ihr schreiben und ihr von ihm erzählen, ich schicke ihr auch gerne ein Foto. Aber bis auf Weiteres ist das hier – du, ich, Will – alles, was für mich zählt. Nur wir drei und ab und zu mal deine Mutter. Ich möchte diese Zeit mit dir und unserem Baby zu dritt genießen.«

»Ich werde die Welt für dich verbessern«, flüsterte Abe Will zu. »Das verspreche ich dir. Ich werde dafür sorgen, dass diese Welt gerechter, freundlicher und gleicher wird, wo ich nur kann. Damit du lernst, dass nicht Geld, Macht oder Hautfarbe einen Menschen ausmachen, sondern wie er mit seinen Mitmenschen umgeht, ganz gleich, wer sie sein mögen. Das ist die Welt, in der du groß werden wirst, mein Sohn, dafür werden deine Mutter und ich schon sorgen.«

Kapitel 29

Ich schließe die Tür zu Cathys Zimmer und setze mich auf den Boden, mein Werkzeug um mich herum ausgebreitet. Ich schalte um auf Logik und Ordnung, Vernunft und Verstand. Mein Handgelenk schmerzt und pocht noch immer, der Handrücken hat kleine, halbmondförmige Wunden davongetragen, und am Hinterkopf bildet sich eine ordentliche Beule. Inzwischen kommt mir alles, was passiert ist, unwirklich vor, wie ein Traum. Aber die Wunden an der Hand und die Blutergüsse, die aussehen, als hätten dünne Finger sie hinterlassen, das Päckchen in meiner Hand … Ich habe Ma nichts davon erzählt, ich habe ihr überhaupt nichts erzählt. Ich habe keine Ahnung, wie ich erklären soll, was passiert ist, ohne komplett gaga zu klingen, und darum schlüpfe ich in meine akademische Rolle, darum bin ich jetzt wieder die Archivarin. Ich tue das, was ich am besten kann, während draußen die Arbeiter, die Marcus zusammengetrommelt hat, eine Plane über das undichte Dach spannen.

Dieses Päckchen ist etwas größer als das erste. Handtellergroß, rechteckig, in Leder gewickelt und geschnürt wie das andere.

Ich kauere mich auf den Boden, mich fröstelt noch immer, obwohl ich die ganze Nacht wach geblieben bin, mich um das Kaminfeuer gekümmert und mich daran gewärmt habe. Mir ist, als hätte das, was mir da letzte Nacht passiert ist, meinen Körper vereist, als sei Kälte in mich geflossen und in meinen Adern und allen Organen zu Eis gefroren.

Als ich heute Morgen wieder nach oben ging, blieb ich vor meiner alten, geschlossenen Zimmertür stehen. Ich nahm allen Mut zusammen und öffnete sie. Durch die dünnen Vorhänge fiel das wässrig-blaue Morgenlicht. Die Bücher lagen auf dem Bett, die Tür des Bücherschranks stand offen, und in der Rückwand war eine Lücke. In Windeseile zog ich mir zwei Pullover über, wickelte mir einen Schal um den Hals, stopfte alles, was Will und mir gehörte, in einen Koffer und zerrte ihn aus dem Zimmer.

Mir ist immer noch kalt …

Als der Schock, die entsetzliche Angst und der Schmerz nachlassen, ist nur noch diese Kälte übrig – und ein untröstliches Gefühl der Hoffnungslosigkeit, das ich von mir so überhaupt nicht kenne. Zwar habe ich es selbst gespürt, selbst schmerzlichen Verlust erlitten, aber ich begreife auch, dass das zum Gesamtpaket meiner Erfahrungen gehört.

Mit äußerster Vorsicht löse ich den Knoten, minutenlang kämpfe ich mit dem brüchigen Leder. Als die Verschnürung geöffnet ist, nehme ich den Spatel zur Hand, um das Leder aufzuklappen, das entlang der Falte ein klein wenig einreißt. Ich lege vier Bögen Papier frei. Zwei unterschiedliche Sorten Papier, zwei unterschiedliche Handschriften. Ich kenne sie beide: Emily und Agnes, zwei durch zweihundert Jahre getrennte Frauen, deren Worte zusammengebunden und für weitere zweihundert Jahre versteckt wurden. Im Grunde unvorstellbar. Dieser Fund ist einfach unglaublich.

Gleich werde ich entscheiden müssen, was zu tun ist. Aber vorerst sind da einfach nur diese Worte.

Mit großer Sorgfalt mache ich mich daran, die Papiere auseinanderzufalten. Ich lege die Seiten mit Agnes' Handschrift beiseite und die mit Emilys unter meine Lampe. Als Erstes sehe ich wieder eine Skizze jenes Gesichts, das halb im Schatten liegt, mit einem entschiedenen Mund. Und dann ihre Worte:

Oktober 1848

Ich habe jedes einzelne der älteren Bücher durchgeblättert, doch sind diese Seiten das Einzige, das ich finden konnte. Höchstens die Hälfte der Geschichte. Wo der Rest sich befindet, was der Rest sein mag, ich ahne es nicht. Vielleicht wurde nicht mehr geschrieben, vielleicht sah Agnes Heaton ihren Robert nie wieder, vielleicht starb sie jung und arm, wie so viele andere, wie mein lieber Bruder, wie wohl auch ich eines Tages. Als ich anfing, Sturmhöhe *zu schreiben, dachte ich, ich spinne mir all die Grausamkeiten zurecht und banne sie auf Papier. Ich schrieb all das nieder, was ich selbst gesehen hatte, was ich von Tabby gehört hatte, als ich klein war, und von Robert und seiner Familie hier in Ponden Hall. All die finsteren Geschichten darüber, was böse Menschen ihren Mitmenschen antun. All das hatte ich erzählen wollen, ich hatte den Zorn aufdecken wollen, der im Herzen eines Menschen brennt, der betrogen worden ist. Und doch reichten selbst meine schlimmsten Träume nicht an die bittere Wirklichkeit heran. An sämtliche bereits begangenen und zukünftigen Grausamkeiten. Ich werde mit niemand anderem darüber sprechen, aber als ich diese Papiere las, hatte ich das Gefühl, sie sei hier bei mir, würde neben mir stehen, mich durchdringen, und es war so entsetzlich kalt, dass ich immer noch friere, obwohl ich vor dem Kamin sitze. Eine solche Kälte und ein solcher Zorn waren mir bisher noch nie begegnet. Und eine solche Angst vor dem Tod … Diese Angst ist meine eigene.*

Ich denke an meinen toten Bruder, an seine blasse Haut, die sich eiskalt anfühlte, und daran, wie er sich mit einer Leidenschaft nach dem Tod sehnte wie nach einer Geliebten. Ich dagegen möchte vor dem Tod davonlaufen. Ich möchte ihm niemals begegnen. Ich möchte niemals so kalt und leblos daliegen wie Branwell, vollkommen seelenlos. Ich fürchte den Tod, ich fürchte das Vergessen, und ich fürchte die Enge. Ich will nicht in einem vernagelten Sarg liegen, zu Staub zerfallen und nie wieder den kalten Wind im Gesicht spüren oder den Regen in meinem Haar. Der Himmel wird mich nicht wollen, und ich will ihn nicht. Ich fürchte ihn, und ich kann ihn spüren. Ich spüre meinen Tod in mir. Ich spüre, wie er pfeift und knarrt und rasselt.

Aber ich verweigere mich ihm. Ich werde nicht sterben. Ich werde schreiben – für Agnes und für Emily Jane Brontë. Ich werde Agnes' Geschichte fertig schreiben, ich werde dafür sorgen, dass wir nicht sterben. Ich werde mich gegen das Dunkle stemmen.

Papa und Charlotte werden sicher nicht zulassen, dass ich noch einmal nach Ponden gehe, wenn sie sehen, wie schwach ich geworden bin, sie werden alle möglichen Ärzte rufen, aber ich will keinen von ihnen sehen. Ich möchte nicht, dass Charlotte oder Anne sehen, was ich schreibe, denn ich weiß, dass Charlotte meine Texte zu roh, brutal und maskulin findet; aber ich muss schreiben, wie ich bin, was ich weiß, und wenn das roh und verachtenswert ist, dann bin ich das eben auch. Ich habe Angst, dass Charlotte diese Seiten verbrennt, wenn sie sie findet. Aber Robert wird mir helfen – er musste es mir schwören, bei der Liebe, die er für einst mich empfand. Ich werde ihm diese Seiten schicken, und er wird sie in Ponden für mich verstecken, er hat es geschworen, und niemand soll sie je sehen, niemand soll je von ihnen erfahren außer ihm und mir. Und wenn ich wieder gesund bin, und nur dann, werde ich ihn bitten, mir die Seiten wiederzugeben, und dann werde ich sie nach London schicken und es der Welt überlassen, was sie damit machen möchte.

Denn ich werde nicht sterben. Ich will nicht sterben. Ich will nicht in die kalte Kiste, ich will nicht, dass der Deckel über mir zugenagelt wird. EJB

Tränen laufen mir übers Gesicht. Ich bin wahrscheinlich der erste Mensch, der diese Zeilen je gelesen hat, und ich spüre Emilys Schmerz, ihr ganzes Leid.

Denn ich weiß, dass Emily Brontë keine zwei Monate, nachdem sie dies festgehalten hatte, an Tuberkulose starb. Jetzt ihre niedergeschriebenen Gedanken zu lesen, ihre Hoffnungen, dieses Stück Papier in Händen zu halten, wenn auch mit Handschuhen, im Wissen, dass sie die Letzte war, die es berührte, bewegt mich sehr. Die Angst und Eigenartigkeit der letzten Stunden fallen von mir ab, als ich es betrachte. Das Haus hat sich für mich entschieden. Es hat entschieden, seine Geheimnisse *mir* zu verraten, und obwohl mir das Angst macht, tröstet es mich auch ein wenig.

Diese Zeilen lesen sich ganz anders als das, was sonst – abgesehen von ihrem Roman und ihrer Lyrik – aus Emilys Feder geblieben ist, die Fragmente, schnell hingekritzelten Briefe und Tagebuchnotizen. Das hier ändert alles, und es ist wunderschön und aufregend und herzzerreißend. Behutsam lege ich den Bogen zu den anderen Papieren, dann wende ich mich Agnes' Geschichte zu. Ich betrachte das minderwertige Papier, das sie sicher gestohlen hatte, ich sehe vor mir, wie sie ihre Worte mit einer notdürftigen Feder daraufkratzte, wie sie mit jedem Buchstaben alles riskierte, nur um ihre Geschichte aufzuschreiben. Ich sehe dieselbe Geschichte eines jungen Mädchens vor mir wie Emily: aus armen Verhältnissen, verführt vom Sohn des Hauses und dafür bestraft. Die Geschichte hat sich millionenfach zugetragen, Millionen von namenlosen Frauen, die in der Versenkung der Geschichte landeten, haben sie durchlitten, sie waren die Kollateralschäden in einer von Männern gelenkten Welt.

Dieses Mädchen ist ein Wunder, ein ferner Stern, der bereits seit Jahrhunderten leuchtet und nur auf diesen Augenblick gewartet hat, in dem er endlich gesehen wird.

»Mummy?« Will öffnet die Tür und kommt herein. »Was ist das?«

»Ein Schatz«, sage ich und strecke die Arme nach ihm aus.

»Sieht gar nicht aus wie ein Schatz«, sagt er und lässt sich auf meinen Schoß sinken. »Sieht aus wie altes Geschreibsel.«

Er sieht mich an.

»Weinst du?«

»Ja, aber nicht, weil ich traurig bin«, erkläre ich. »Ich weine, weil dieser Schatz so vielen Menschen so viel bedeuten wird und weil ich es bin, die ihnen diesen Schatz bringen darf.«

»Das Gekritzel da?« Will sieht mich zweifelnd an.

»Natürlich. Nicht umsonst heißt es Wortschatz. Wörter sind der wertvollste Schatz, den wir haben«, erkläre ich. »Die Frau, die das hier geschrieben hat, ist schon lange, lange tot. Und jetzt, vierhundert Jahre später, kann ich ihre Stimme hören, hier und jetzt. Bisher hat noch niemand eine Technologie erfunden, mit der Gefühle und Gedanken schneller als mit Lichtgeschwindigkeit durch die Zeit reisen können, oder?«

»Ich hab's noch nicht erfunden«, sagt Will. »Was hast du vor mit dem Schatz?«

Ich zögere. Am liebsten würde ich den Fund an mich drücken. Ich will, dass er mir gehört, aber das war es nicht, was das Haus wollte, als er ihn mir preisgab. Das Haus will gesehen werden.

»Ich werde ihn ein paar Fachleuten zeigen«, sage ich. »Fachleute wissen immer ganz genau, was zu tun ist.«

»Mummy?« Will schlingt den Arm um meinen Hals, ich spüre seine Locken an meiner Wange. »Hast du Angst?«

»Ich? Angst? Nein.«

»Aber sie sagt, wir sollen Angst haben.«

Ich will ihn fragen, von wem er spricht, halte mich aber doch noch zurück.

»Kannst du sie jetzt sehen?«, frage ich, und Will schüttelt den Kopf.

»Nein, sie kommt nur in meinen Träumen zu mir, und sie trägt immer Grün, das allergrünste Grün. Letzte Nacht war sie aber ganz rot, über und über, bis auf ihre Augen. Aber ich hatte keine Angst, weil ich wusste, dass sie mir etwas zeigen wollte – ich weiß nicht, was, aber irgendwas. Und sie hat gesagt, dass du keine Angst vor ihr haben musst. Dass keins von Roberts Kindern je Angst vor ihr haben muss. Aber dass du Angst haben sollst vor dem Bösen.«

Robert. So hieß mein Vater. Ich glaube, das weiß Will, aber selbst wenn nicht, selbst wenn das, was Will da sagt, nur die wirren Überreste eines konfusen Traums sind, geht es mir jetzt irgendwie besser. Die Kälte lässt nach.

Will drückt mich noch einmal, dann wende ich mich wieder Agnes zu, und ihre Worte, das Echo einer geträumten Warnung, lösen sich unbeachtet in Luft auf.

Kapitel 30

Höflich lächelnd führt Grace Fullerton mich in die Bibliothek des Brontë-Museums im alten Pfarrhaus und bietet mir einen Platz an einem großen Tisch an, auf dem ich den mitgebrachten Karton abstelle. Ich kenne ihr Lächeln aus meiner Zeit am Lister-James-Museum, ich habe es selbst immer dann aufgesetzt, wenn wildfremde Menschen mir Sachen brachten, die sie auf den Dachböden oder in den Abseiten betagter Verwandter gefunden hatten. Sie brachten mir Kästen voller Briefe, Postkarten oder Fotos von Menschen, die keiner mehr kannte. Dinge, die zu privat waren, als dass man sie einfach wegwerfen wollte, von denen aber niemand recht wusste, was er damit anfangen sollte. Ich habe immer alles angenommen, was mir gebracht wurde, und zwar mit genau diesem Lächeln, habe alles mit derselben Sorgfalt archiviert, wie wenn es die verschollenen Liebesbriefe von Queen Victoria gewesen wären. Und doch waren jeder Brief und jedes Schmuckstück, ganz gleich, welch zentrale Rolle sie einst in einem bestimmten Leben gespielt hatten, jetzt einfach nur eine von vielen Erinnerungen, die es zu katalogisieren galt. Was ich Grace Fullerton brachte, war jedoch von einem ganz anderen Kaliber.

»Eine echte Heaton von Ponden Hall.« Grace stützt sich auf dem Tisch ab. »Entschuldigen Sie bitte, dass ich Sie so anglotze, aber ich bin einfach hingerissen von der Tatsache, dass die Familie Heaton bereits seit fünfhundert Jahren in Ponden Hall lebt und dass Ihre Vorfahren die Familie Brontë persönlich kannten. Verrückt. Da muss ich an diese Theorie denken, Sie wissen schon, Six Degrees of Separation.« Sie lacht. »Und Ponden Hall ist ein so bedeutsames Gebäude. Seit Ewigkeiten wünsche ich mir, es mal von innen zu sehen und den Alkoven zu begutachten.«

»Jederzeit gerne«, sage ich, denn sie ist mir sofort sympathisch. »Das heißt, vielleicht nicht gerade jetzt. Wir müssen uns erst noch um ein paar … Dinge kümmern.«

»Wie ich höre, bekommt Mrs Heaton nicht gerne Besuch.« Grace nickt.

»Meine Mutter? Die hasst Besuch. Aber sowohl das Haus als auch ich bekommen sehr gerne welchen.«

»Verzeihen Sie, aber Haworth ist ein kleiner Ort, darum habe ich von Ihrem Mann gehört, und ich war neulich dabei, als nach Ihrem Sohn gesucht wurde. Ich wollte nur sagen, dass … Ich weiß, dass Sie eine schwere Zeit durchmachen.«

»Ja, das ist … Stimmt.« Ihr Freundlichkeit bringt mich aus dem Konzept, ihre Bereitschaft, die Dinge anzusprechen, über die die meisten Menschen, denen ich begegne, in undurchschaubaren Euphemismen reden, ist entwaffnend. Ich fasse instinktiv Vertrauen zu dieser Frau.

»Ich habe seit meiner Ankunft gründlich aufgeräumt in Ponden, und ich habe da ein paar schier unglaubliche Dinge gefunden, die ich Ihnen gerne zeigen würde. Ich brauche jemanden mit großem Brontë-Fachwissen wie Sie, um die Sachen einzuschätzen – aber ich muss auch sicher sein können, dass kein Wort über das, was Sie jetzt sehen werden, diesen Raum verlässt. Noch nicht.«

»Wow, haben Sie etwa das verschollene Manuskript von *Sturmhöhe* gefunden?«, witzelt Grace.

»Fast«, sage ich, und das Gesicht, das sie macht, ist einfach köstlich.

»Das ist …« Ungläubig betrachtet Grace die Papiere. »Ich meine, das ist … Und Sie sagen, Sie haben die alten Zeitungen noch, die unter den Dielen und über diesen Papieren lagen? Das wird bei der Provenienzbestimmung natürlich sehr helfen.«

»Ja, aber das gilt ja nur für das erste Päckchen. Die Zeitungen, das Leder und der Bindfaden sind in diesem Kasten.«

»Ich muss weitere Fachleute hinzuziehen, um das Alter des Papiers und der Tinte bestimmen zu können. Aber wenn wir beweisen können, dass Emilys Zeilen über hundert Jahre dort gelegen haben, dann … O mein Gott, Trudy, das ist sie. Ich weiß es, ich fühle es. Ich sehe es – es ist das Schönste, was ich je gesehen habe.«

»Das hier unterscheidet sich markant von allem, was sie in ihren sonstigen Briefen geschrieben hat«, füge ich hinzu. »Diese Seite von ihr kennenzulernen … Und die ganze Zeit hat sich das in meinem Haus befunden. Tausendmal bin ich daran vorbeigelaufen«

»Das hier, das ist Emily, die Schriftstellerin.« Grace' Augen leuchten. »Emily, die Dichterin. Nicht das gelangweilte Mädchen, das mal schnell einen Dankesbrief schreibt oder mit seiner Schwester spielt. Das hier ist die wahre Emily, die eigentliche, der Mensch. Ich vermute ja, dass es mal viel mehr Unterlagen gab, die uns diese Seite von Emily gezeigt hätten, und dass Charlotte sie alle vernichtet hat, um das Vermächtnis ihrer Schwester zu schützen.«

»Emilys Angst, Charlotte würde ihre Zeilen verbrennen, war also begründet?«

»Ja.« Grace nickt entschieden. »Ja, ich glaube schon. Charlotte hat sich ständig Sorgen gemacht, was die Leute von Emily dachten – und somit auch von ihr. Sie tat ihr Bestes, um sich und Emily zu schützen. Wenn Charlotte gewusst hätte, dass es ein Manuskript für ein zweites Buch gab … Oh, Trudy, das ist wirklich großartig!«

»Dachte ich mir.« Ich grinse breit. »Und was ist mit Agnes?«

»Genauso großartig!«, sagt Grace. »Frauen von Agnes' Stand konnten normalerweise weder lesen noch schreiben und somit Details ihres Lebens nicht festhalten, es gibt praktisch nichts Derartiges in der Geschichte, höchstens ein paar von Schreibern fixierte Zeugnisse. Das Einzige ansatzweise Vergleichbare, das mir einfällt, ist die Autobiografie von Alice Thornton, die sie nach dem Bürgerkrieg 1642 bis 1649 geschrieben hat, aber sie war eine gebildete Frau. Das hier ist einfach bemerkenswert – und dass ausgerechnet Emily Brontë diese Seiten gefunden hat und entschlossen war, Agnes' Geschichte zu schreiben?« Grace versagt kurz die Stimme, was ich sehr gut verstehe. »Das heißt, dass die ganze Welt Agnes' Geschichte lesen wird. Sie wird berühmt.«

Ich lege alles zurück in den Karton, und sie fragt: »Was werden Sie damit machen?«

»Ich werde weitersuchen, nach mehr von Emily und Agnes. Wissen Sie, ich glaube, dass da mehr dahintersteckt als nur eine Geschichte, die erzählt werden muss. Emily war krank, aber vielleicht war sie dennoch in der Lage, zu schreiben. Vielleicht hat Robert noch mehr von ihr im Haus versteckt und es nach ihrem Tod dort belassen. Immerhin musste er ihr versprechen, dass niemand außer ihr die Päckchen aus den Verstecken holen durfte. Und was Agnes angeht … Sie war in meinen Vorfahren verliebt. Aber in den vielen Geschichten, die mir erzählt wurden, ist ihr Name nie aufgetaucht. Den Namen Casson kenne ich, das war der Mann, der eine Heaton heiratete und deren erstgeborenen Sohn rausschmiss, diesen Robert, den Agnes so liebte und den er zwang, ihm sein eigenes Erbe abzukaufen. Aber von Agnes habe ich nie gehört.«

»Wahrscheinlich zählte sie einfach nichts«, sagt Grace. »Aber wenn Sie mehr über sie herausfinden möchten, dann gibt es in Keighly noch ein paar Kirchenbücher, die so weit zurückreichen. Leider keine Originale – die meisten sind einer Flut zum Opfer gefallen, glaube ich –, und es kann durchaus sein, dass von jemandem wie Agnes weder die Geburt noch der Tod registriert wurden. Ich kenne mich auf dem Gebiet nicht so gut aus.«

»Ich auch nicht«, sage ich. »Ich verbringe meine Zeit in erster Linie mit toten Viktorianern.«

»Trudy«, Grace lächelt mich zaghaft an, »was werden Sie mit diesem Fund machen, wenn Sie Ihre Recherchen abgeschlossen haben? Es gibt private Sammler, die Ihnen sehr viel Geld dafür zahlen würden – und ich meine wirklich richtig viel Geld.«

»Ich weiß. Aber das würde ich niemals tun. Ich will, dass diese Zeilen der Welt zugänglich sind, dass sie allen gehören. Aber bis dahin möchte ich weitersuchen. Das hier ist eine Geschichte ohne Ende, aber sie braucht ein Ende. Und solange ich nicht weiß, wie sie ausgegangen ist, gehört sie alleine Ponden Hall.«

Kapitel 31

Ich trete aus dem ehemaligen Pfarrhaus in die Sonne, blicke hinauf zu dem Fenster, das einst Emilys war, und lächele. Am Horizont türmen sich graue Wolken auf, aber die letzten Sonnenstrahlen tauchen alles in ein goldenes, warmes, tröstliches Licht; die letzte Angst nach der furchterregenden Berührung ist verflogen. Ein paar Stunden dachte ich, die einzige Lösung sei, mir meinen Sohn zu schnappen und wegzulaufen, aber Will hat mir klargemacht, dass das Gegenteil das Richtige ist. Ponden Hall ist mein Zufluchtsort, mein Schutz, und ich bin die Hüterin all dessen, was sich darin befindet – und all derer, die es noch nicht ganz verlassen haben. Sollte Gefahr nahen, dann möchte ich, dass Will an dem Ort sicher ist, an dem wir immer alle sicher waren.

Als ich am mit kupfernem Laub bedeckten Friedhof vorbeigehe, fällt mir ein wunderschöner, schwarz-goldener Junghahn auf, der stolz zwischen den Grabsteinen steht.

Und ich habe das Gefühl, jemand würde mich beobachten.

Eine Wolke schiebt sich vor die Sonne und wäscht jegliche Farbe aus den Blättern. Ein Schauer läuft mir über den Rücken. In einiger Entfernung, zwischen dem Grün und Grau der schiefen alten Grabsteine, höre ich ein Baby weinen – und sofort empfinde ich wieder dieses inzwischen vertraute Ziehen in der Brust. Das Weinen klingt so traurig und verlassen, dass mir Tränen in den Augen brennen. Ich kann niemanden sehen, keine Mutter mit Kinderwagen, keinen Vater mit einem Kind auf dem Arm. Der Friedhof ist menschenleer.

Das Weinen schwillt an, und als ein paar trockene Blätter über die Grabsteine wirbeln, bewege ich mich in seine Richtung, weil mich das dringende Bedürfnis packt, Trost zu spenden. Auf der Suche nach der Quelle des Wehklagens laufe ich zwischen den Bäumen herum und steige über ein Grab nach dem anderen. Völlig unvermittelt bricht das Weinen ab. Fast wünschte ich, es würde wieder einsetzen, doch da kommt mir ein entsetzlicher Gedanke: Das war *mein* Baby, das da weinte, meine kleine Tochter, die ich verloren habe, die nach mir sucht. Mir kommen die Tränen, heiße, schwere Tränen, ich werde überwältigt von einer so heftigen Trauer, dass ich wie gelähmt bin. Ich bringe kein Wort heraus. Ich kann nicht atmen.

Dann höre ich wieder das Krächzen von Krähen, das Lachen von Schulkindern in der Gasse, das Rascheln des Laubs zu meinen Füßen. Mein Gesicht ist tränennass, und ich spüre den Verlust und die Verzweiflung des Kindes mit einer Intensität, als hätte ich ihn selbst erlitten, sie selbst erfahren. Wenn ich länger hier stehen bleibe, riskiere ich, mich auf den Boden zu werfen und mit den bloßen Händen in der weichen, feuchten Erde zu buddeln, auf der Suche nach einem Baby, das ich in die Arme schließen kann.

Als die Sonne wieder hervortritt und in Tupfen durch das Laub an den Bäumen fällt, sehe ich die verwitterte Inschrift auf dem Stein zu meinen Füßen.

Catherine Bolton
1658–1659
Geliebte Tochter.
Möge Gott ihrer Seele gnädig sein.

So viele winzige, kurze Leben liegen hier unter mir, so winzig und kurz, dass sie so gut wie bedeutungslos waren – außer für die, die sie verloren. So viel Liebe, so viel Schmerz und Verlust auf so wenigen Quadratmetern. Auf einmal verstehe ich alles. Es gibt im ganzen Universum nur eine Kraft, die stark genug ist, um eine Seele weiter an die Erde zu binden und nach dem suchen zu lassen, was verloren ist. Einzig das menschliche Herz vermag mit grenzenloser Liebe – oder grenzenlosem Hass – nach dem Tod noch lange weiterzuschlagen.

Ich weiß nur von einer Liebe, die niemals bezwungen werden kann, ganz gleich von welchem Gegner. Nämlich die Liebe einer Mutter zu ihrem Kind. Und ich denke an das Kind von Ponden, das nachts weint, weil es hereingelassen werden will, und auf einmal begreife ich. Agnes Heaton ist Mutter. Eine Mutter, die ihr Kind sucht.

Kapitel 32

Als ich nach Hause komme, sitzt Ma am Esstisch. Überrascht stelle ich fest, dass sie sich das lange, helle Haar aus dem Gesicht gekämmt und zu einem Dutt zusammengebunden hat. Außerdem trägt sie nicht wie üblich ihren Morgenmantel, sondern einen blauen Pullover mit Polokragen, den sie, wenn ich mich recht entsinne, schon hatte, als ich noch klein war, sowie eine Jeans, die ihr jetzt etwas zu groß ist. Ihre Füße stecken immer noch in Hausschuhen, aber ansonsten ist sie richtig angezogen.

»Oha«, sage ich. »Was liegt an?«

»Nichts liegt an«, sagt Ma. »Ich hatte einfach Lust drauf. Wie ist es gelaufen?«

»Gut. Grace ist supernett, und sie glaubt, dass die Papiere echt sind.«

»Natürlich sind sie echt«, schnaubt Ma.

»Und wie ist es hier gelaufen?«

»Sehr friedlich.« Ma nickt Richtung Will, dessen Nase in *Der Geheime Garten* steckt. »Er liest den ganzen Tag, und das Haus fühlt sich irgendwie entspannt an, als sei es erleichtert.«

»Ich muss noch mehr über Agnes in Erfahrung bringen.« Ich senke die Stimme. »Dad hat mir immer so viele Geschichten erzählt, aber er hat mir nie irgendwelche Aufzeichnungen gezeigt, dabei muss es doch irgendwelche Unterlagen geben, zum Beispiel einen Lohnzettel. Vielleicht kann ich da was über sie finden.«

Ma schüttelt den Kopf. »Wenn wir überhaupt etwas in der Art haben, dann müsste es im Arbeitszimmer deines Vaters sein. Das meiste der jahrhundertealten Aufzeichnungen der Familiengeschichte wurde uns zusammen mit der Bibliothek gestohlen, damals, als dein Urgroßvater fast alles verloren hätte. Die ganzen kostbaren Bücher – ein First Folio von Shakespeare, Aubudons *Die Vögel Amerikas* – sind weg, wie vom Erdboden verschluckt.«

Die Geschichte der verlorenen Bibliothek von Ponden ist schon fast legendär und schmerzt mich jetzt, da ich weiß, was möglicherweise in den Büchern verborgen war, noch viel mehr. Die Familie war damals in großer finanzieller Not, bis unters Dach verschuldet, und darum wurde alles, was nicht niet- und nagelfest war, verkauft, um die Gläubiger zu beschwichtigen. Ein Lehrer aus der Umgebung registrierte den Bestand der Bibliothek und stellte fest, dass einige Bände ziemlich wertvoll waren. Doch als dann der Hausflohmarkt stattfand, waren die Bücher und damit das Kostbarste, das Ponden zu bieten hatte, plötzlich verschwunden, und obwohl der Lehrer sein Bestes tat, sie wiederzufinden, tauchten sie nie wieder auf. Alles andere wurde verscherbelt, aber nirgendwo wurde dokumentiert, wo die Dinge landeten. Erst viele Jahre später, als die Bestandsliste wiedergefunden wurde, ging uns auf, wie wertvoll einige der Bücher gewesen waren, allein die zwei von Ma genannten waren Millionen wert. Wenn auch Emily Brontës Manuskript unter diesen Büchern gewesen ist … Ich mag es mir gar nicht vorstellen. Ich kann nur hoffen, dass Robert Heaton sich bessere Verstecke hat einfallen lassen als Agnes.

»Ich wünschte, Dad wäre hier und wir könnten ihn fragen«, brumme ich.

»Ich bin hier, du kannst mich fragen«, sagt Ma. »Du stellst mir nie irgendwelche Fragen zu mir und deinem Vater, aber ich werde dir jetzt mal ein Geheimnis verraten: Ich war in dieses Haus verliebt, bevor ich deinen Vater überhaupt kannte. Geschichte war mein Lieblingsfach in der Schule, aber damals war von einem Studium keine Rede und auch nicht von Jobs wie deinem heute. Jedenfalls nicht für ein einfaches Mädchen vom Land wie mich. Ich bin so oft an Ponden Hall vorbeigelaufen und habe zu den Fenstern hochgeschaut und mir die Menschen vorgestellt, die im Laufe der Zeit durch sie hinausgesehen haben.« Sie lächelt, und ich erhasche eine winzige Ahnung, wie meine Mutter damals gewesen sein könnte, vor über dreißig Jahren. »Und so habe ich deinen Vater kennengelernt, der dachte, ich würde wegen ihm vor dem Haus herumlungern. Er kannte wahnsinnig viele Geschichten über Ponden, aber ich kenne auch so einige.«

Sie senkt den Blick, und mir geht auf, dass sie recht hat. Will löchert mich fast täglich, fragt mich aus über Abe und mich, will wissen, wie wir uns kennengelernt haben und wie unser gemeinsames Leben war. Ich habe Ma nie gefragt, wie sie Dad kennengelernt oder warum sie ihn geheiratet hat. Ich habe sie nie gefragt, wer sie eigentlich ist. Reichlich entsetzt stelle ich fest, dass ich meine Mutter überhaupt nicht kenne.

»Es tut mir leid, Ma«, sage ich leise. »Alles.«

»Mir tut es auch leid.« Sie sieht mich nicht an, hebt lediglich die Schultern ein wenig, ein halbes Achselzucken. Nicht viel, aber immerhin ein Anfang.

»Erzähl mir, was du über Henry Casson weißt«, bitte ich

sie, und gleichzeitig habe ich das Gefühl, die Atmosphäre im Zimmer würde sich verdichten, der Frieden, von dem sie gerade sprach, würde gestört. Auch Ma scheint das zu spüren, sie faltet die Hände im Schoß und strafft den Rücken.

»Gegen Ende des Bürgerkriegs, 1649, wurde William Heaton wie so viele andere hier in der Gegend zu einer Geldstrafe verurteilt, weil er sich geweigert hatte, sich gegen Bezahlung zum Ritter schlagen zu lassen, obwohl der König das damals von jedem verlangte, dessen Grundbesitz eine bestimmte Größe überstieg, und außerdem hat er aufseiten Cromwells gekämpft. So gesehen, hätte er als Sieger heimkehren sollen, aber in den letzten Kriegswochen war er auf einmal verschwunden.«

»Gefallen?«, frage ich und denke dabei an Agnes' letzte Seiten. »Oder ermordet?«

»Das wusste keiner so genau«, sagt Ma. »Niemand hat ihn fallen sehen, es wurde nie eine Leiche gefunden, und von einer Kriegsgefangenschaft ist auch nichts bekannt. Das war selbst unter so chaotischen Zuständen ungewöhnlich. Er war einfach verschwunden, hinterließ eine junge Frau und den gemeinsamen Sohn, Robert, die nun ganz allein auf sich gestellt waren. Auch sein Testament war nicht aufzufinden, sehr merkwürdig. Die Jahre nach dem Krieg waren gefährliche Zeiten. Soldaten zogen von Dorf zu Dorf und nahmen sich alles, was sie wollten, gewöhnliche Leute konnten nicht auf Gerechtigkeit hoffen. Anne Heaton war wohl zu dem Entschluss gekommen, dass sie und ihr Sohn Robert jemanden brauchten, der sie beschützte, und darum heiratete sie Casson, der sich schon bald als alleiniger Hausherr betrachtete, für ein eigenes Kind in der Wiege sorgte und in die Rolle des Dorfpolizisten schlüpfte, die traditionell von einem

Heaton bekleidet wurde. Er sorgte dafür, dass Robert nicht mehr zur Schule ging, und wollte ihn auch um sein Erbe bringen.«

Ma und ich sehen einander an. Das Licht des Nachmittags, das bisher den Raum durchflutet hatte, wird von der zunehmenden Dunkelheit verdrängt, doch wir sprechen möglichst unbeschwert weiter.

»Aber das ist ihm nicht gelungen?«

»Das ist ihm nicht gelungen. Dazu kursieren unterschiedliche Geschichten. Die einen sagen, Robert hat es aus eigener Kraft zu Wohlstand und Reichtum gebracht und Ponden Hall von Casson oder Cassons Sohn zurückgekauft. Die anderen sagen, Casson ist einfach so verschwunden, genau wie zuvor William Heaton, und dass niemand ihn je wiedergesehen hat.«

Unter meinen Füßen spüre ich ein Rumpeln, ein Grollen, das immer intensiver wird. Der lange Tisch vibriert, dann bebt die große Kommode, die wohl schon an der Wand gestanden hat, als das Haus gebaut wurde, und dann klirrt Mas Sammlung von Ziertellern, einer nach dem anderen geht auf Wanderschaft und fällt herunter. Dann ist das Haus schlagartig wieder still.

»Was war das?«, fragt Will.

»Ein großer Lastwagen draußen«, behauptet Ma, und der Junge wendet sich völlig unbeeindruckt wieder seinem Buch zu.

»Na, das erleichtert mir doch immerhin das Staubwischen«, sagt Ma, und ich kann ein Kichern nicht unterdrücken, bis ich schließlich schallend lache.

»Ich glaube, das Haus mag den Namen nicht«, sage ich.

»Wenn es noch etwas zu finden gibt«, sagt Ma, »dann ist es

in Dads altem Arbeitszimmer. Ich bin nicht da drin gewesen, seit … du weg warst. Pass auf.«

»Weil da früher die Toten aufgebahrt wurden?« Ich lächele sie schief an.

»Dein Vater hat mir nicht viele von den alten Ponden-Geschichten erzählt, aber eins hat er mir mal verraten: Dass das Arbeitszimmer der einzige Raum im ganzen Haus war, in dem er je Angst hatte.«

1658

Lieber Gott, bitte vergib mir meine vielen Sünden. Ich habe das viele Elend, das mich befällt, verdient, o Herr, aber bitte, bitte, nicht das. Das reißt mir das Herz aus dem Leib, zermalmt sämtliche Hoffnung. Das kann nicht sein, lieber Gott, mein Heiland. Das kann ich nicht, ich weigere mich, das zu glauben.

Ich blieb bei Timothy und seiner Frau Mary und wartete und wartete, ich half, wo ich konnte, spann Garn und machte Hausarbeit, aber je länger ich auf Nachricht von Betty oder Robert wartete, desto finsterer wurden die Blicke, die Mary mir zuwarf, und sie begann, das Essen zu rationieren, als würden sie und ihr Mann verhungern, weil sie mich mit durchfütterten. Und das, obwohl Betty immer wieder gut gefüllte Körbe schickte, mit Obst und Gemüse aus Ponden, aber ohne jede Nachricht.

Eines Abends verkündete Mary: »Du kannst hier nicht länger bleiben, Kind. Am besten machst du dich auf den Weg nach Leeds und siehst zu, welches Los dich dort erwartet.«

»Ich werde euch bald verlassen«, versicherte ich ihr. »Aber ich muss warten, bis ich Nachricht aus Ponden erhalte.«

»Viel länger kannst du aber nicht mehr warten«, entgegnete Mary. »Dein Bauch schwillt an, und er wird immer dicker werden, bis dein Kind geboren ist.«

O Herr, bei meinem reinen Herzen, ich ahnte nicht, dass ich in anderen Umständen war. Mir war übel, und ich war dünn-

häutig, müde und weinerlich, aber ich dachte, das käme von meinen großen Kümmernissen. Doch als sie es aussprach, wusste ich, es war die Wahrheit. Und, o Herr, ich habe noch nie solche Angst gehabt. Ich musste Robert sehen. Ich musste ihn sehen und sichergehen, dass er immer noch zu seinem Wort stand, dass wir sofort heiraten, und vor allem, dass das Kind in der Liebe und Gnade Gottes geboren würde.

Ich hatte keine Wahl, ich musste nach Ponden und wartete, bis es dunkel wurde. Ich ging über das mondlose Moor, alles war schwarz wie Tinte um mich herum, aber ich hatte keine Angst, ich kannte sämtliche Pfade wie gute Freunde. Schließlich sah ich das Haus, schwarz vor schwarz, still und schlafend. Sofort war mein Herz angefüllt von Hoffnung und Angst. Hoffnung, ja, weil es mich tröstete, den einzigen Ort zu sehen, der je mein Zuhause gewesen war, und Angst vor dem, was mich darin erwartete. Was, wenn Robert tot war? Was, wenn ich zur Witwe geworden war, bevor ich je die Ehe schloss?

Die Küchentür war fest verriegelt, das Feuer im Kamin erloschen. Ich wagte nicht, anzuklopfen, aus Angst, den Falschen zu wecken. Ich entdeckte, dass das Fenster der Vorratskammer geöffnet war, ein kleines Fenster, aber immer noch groß genug für mich, auch mit gerundetem Bauch.

Betty lag in ihrer Nische in der Küche und schlief. Ich rüttelte sie wach und hielt ihr den Mund zu, damit sie nicht schrie und das ganze Haus aufweckte.

Erst stand Betty der Schrecken im Gesicht, dann, als sie mich erkannte, die Angst und dann große Gram.

»Ist er tot, Betty? Ist es das, was du mir nicht erzählen willst?«, fragte ich, und sie antwortete: »O Gott, o Gott, nicht tot, mein liebes Mädchen, sondern fort. Master Robert ist diese Woche aufgebrochen nach Irland.«

Ich schüttelte den Kopf. Nein. Nein, nein und abermals nein.

»Seit an Seit ist er mit Casson davongeritten, sein Gepäck auf einem Karren, und ich dachte, er würde dich ganz bestimmt holen und mitnehmen«, sagte sie. »Wie ich sehe, tat er das nicht.«

Ich weinte bitterlich und dachte, ich müsste auf der Stelle sterben, denn mein Herz raste und flatterte, und ich bekam keine Luft. Ich gestand Betty meinen Zustand, und sie nahm mich in den Arm und wiegte mich an ihrem Busen, als sei ich das Baby, und einen Moment lang zähmte sie meine Angst, und ich empfand Frieden.

»Mein Mädchen«, sagte Betty. »Das ist nicht das erste Mal, dass ein junger Mann mit süßen Worten einer Maid das Herz gebrochen hat. Ich werde dir helfen, soweit ich kann. Aber du kannst heute Nacht nicht mehr über das Moor zurück nach Haworth gehen. Du gehst im Morgengrauen wieder zu Timothy, und ich bringe dir Nachricht, sobald ich kann.«

Der Tag brach an, als ich über das Moor ging, auf dem Kamm blieb ich stehen und sah dabei zu, wie Gott den Himmel mit Farben malte, die ich noch nie zuvor gesehen hatte. Der Anblick dieser Schönheit zerriss mir fast das Herz und alles Innere, weil ich nicht glauben kann und will, dass ich diese meine Liebe tatsächlich verloren habe.

Liebster Robert, ich bin es, deine Frau Agnes, Mutter deines Kindes. Liebster Robert, komm zu mir, komm zu mir, komm zu mir. Beantworte mein Gebet, denn du bist mein Herr, und ich bin deine Schülerin. Ohne deine Gnade gibt es für mich keine Rettung.

Bitte, lieber Gott, hilf mir!

Agnes Heaton, noch immer

Kapitel 33

Dads ehemaliges Arbeitszimmer ist ein großer, quadratischer Raum direkt unter Cathys Zimmer und genauso alt und aus einem Guss mit dem Haus wie das Zimmer darüber. In der Ecke zwei Fenster in der Steinmauer, ein Kamin, Steinfliesen. Meine Hand ruht auf der alten, pockigen Metallklinke. Als ich klein war, war dieses Zimmer immer sonnendurchflutet, die Bäume tanzten vor dem Fenster, überall war Dads Zeug verteilt, auf seinem Schreibtisch stapelten sich Papiere und Bücher und viele andere Sachen, für die er eine Begeisterung entwickelte, bevor er sich schon bald etwas Neuem zuwandte. Ich durfte mit an seinem Schreibtisch sitzen und malen, wenn er arbeitete, oder ich spielte in der Ecke. Hier haben wir zusammen gelesen und gelacht. Ma kam so gut wie nie rein. Ich habe meine Gründe dafür, dieses Zimmer seit meiner Rückkehr nach Ponden Hall noch nicht wieder betreten zu haben, und diese Gründe haben nichts mit Mas merkwürdigen Warnungen zu tun. Ich habe vielmehr die vage Befürchtung, dass er hinter der schweren alten Tür auf mich wartet.

Das Licht funktioniert nicht, was mich nicht wirklich überrascht. Ich könnte noch mal hochgehen und mein Handy oder eine Taschenlampe holen, aber ich habe das Gefühl, wenn ich das jetzt tue, dann wird der Moment verstreichen, und der Mut wird mich verlassen. Also reiße ich ein Streichholz an und entzünde die Kerze, die Ma mir gegeben hat. Kerzenlicht ist erstaunlich hell, aber es flimmert und flackert und lässt die Schatten tanzen. Ich befinde mich in einer Zeitkapsel, bedeckt von mehreren Lagen Staub, geschmückt mit Spinnweben, aber ansonsten noch genauso, wie ich alles in Erinnerung habe: Bücherstapel, gerahmte Fotos und an den Wänden so viele alte Zeichnungen, Gemälde und Fotos von Ponden im Laufe der Jahrhunderte, wie Dad auftreiben konnte. Diverse unterschiedliche, selbst aufgebaute Bücherregale sind vollgestopft mit Büchern, Kisten, Ordnern, Dingen. Ich habe keine Ahnung, wonach ich suche oder wo ich suchen soll. Während ich mich im Zimmer umschaue, lasse ich die Tür hinter mir auf, damit ich Mas Radio hören kann. Mit der Kerze in der Hand bewege ich mich durch den Raum und hoffe, eine Kiste zu finden, auf der »Alles über Ponden« steht.

Aber so organisiert war Dad leider nicht.

Es hat keinen Zweck, Kerzenlicht ist einfach nicht ausreichend für mein Vorhaben, ich muss bis morgen warten, wenn es wieder hell ist. Ich mache auf dem Absatz kehrt, da schießt mir ein stechender Schmerz in den Zeh und durchs Schienbein. Ich zucke zusammen und sehe die Holzkiste, gegen die ich gestoßen sein muss, mitten auf dem Fußboden stehen. Keine Ahnung, warum ich erst jetzt darüber stolpere. Ich gehe in die Hocke und streiche mit beiden Händen über die Kiste, die komplett staubfrei ist. Ich schiebe sie ein wenig über den Boden, um zu testen, wie schwer sie ist, und stelle fest, dass sich darunter Staub befindet, als sei die Kiste gerade erst dort abgestellt worden. Ich höre mich selbst schlucken, als ich versuche, den Deckel zu öffnen, aber er ist mit einem kleinen Messingschloss gesichert. Was wohl darin ist? Ich stelle die Kerze auf einem Regal ab und hebe die Kiste hoch. Als ich die Kerze wieder nehmen will, flackert sie heftig und erlischt.

Ja, ich glaube, es ist Zeit, das Zimmer zu verlassen – aber die Kiste nehme ich mit.

Will schläft immer noch, den Kopf auf Mas Schoß, sein Buch aufgeschlagen auf dem Boden, als ich ins Wohnzimmer komme. Mas Hand ruht auf seiner, und der Ausdruck in ihrem Gesicht, wie sie ihn ansieht, diese Zärtlichkeit und Fürsorge … Ich weiß gar nicht, wie ich das finden soll, wo ich mich doch so gar nicht erinnern kann, dass sie mich jemals auf diese Weise angesehen hätte.

Sie lächelt, als sie mich in der Tür stehen sieht.

»Er wollte, dass ich ihm vorlese«, sagt sie leise. »Und ist schon nach zwei Seiten eingeschlafen. Weiß auch nicht, was das über das Buch sagt, aber ich dachte, dann wird er den Schlaf wohl nötig haben. Guck dir mal seine Wimpern an, die sind so lang, dass er damit den Kies draußen rechen könnte.«

»Für das Zimmer brauche ich bestimmt eine ganze Woche, aber ich habe jetzt einfach erst mal das hier mitgenommen.« Ich setze die Kiste auf dem Boden ab und lasse mich auf den Sessel sinken.

»Ich weiß so viel über die Geschichte dieses Hauses, Ma, aber fast gar nichts über meine eigene Familie. Erzähl mir doch mal von meinen Großeltern, bitte.«

Ma vergewissert sich, dass Will wirklich fest schläft.

»Bobby, dein Vater, war der strahlende Mittelpunkt jeder Party, er war bei jedermann beliebt, auch bei denen, die ihn eigentlich ablehnten. Aber sein Vater, Bill, der hatte es nicht leicht«, sagt sie leise. »Er starb, einige Jahre bevor ich deinen Vater kennenlernte, aber Bobby hat mir erzählt, wenn

Bill von dem ›schwarzen Hund‹ gepackt wurde, dann hat er allen um sich herum sämtliches Leben und alle Farbe ausgesaugt. Bobby hat gesagt, es war, als sei er buchstäblich schwermütig, als sei seine Stimmung so schwer, dass sie sich auf alle legte und alle mit sich herunterzog, aber am allermeisten natürlich ihn selbst – als würde er von einer grenzenlosen Traurigkeit erdrückt, so hat dein Vater das genannt. Und dann, eines Tages, fanden sie ihn unten am Stausee. Mit einer Schusswunde im Kopf. Jagdunfall, stand in der Zeitung, und das hat die Familie auch allen erzählt, aber …« Ma verstummt, beißt sich auf die Lippe, unwillkürlich legt sie die Hand auf Wills Ohr.

»Was?«, frage ich.

»Dein Vater hat mir erzählt, dass er es Jahre später in den Tagebüchern seiner Mutter las. Sie hatte täglich ihre Gedanken aufgeschrieben, und natürlich schrieb sie auch, was Bill passiert war, und dabei fiel eins auf.«

»Ja?«

»Sie schrieb, dass er ihre einige Tage vor dem Unfall erzählt hatte, dass er sterben würde.«

»Es war also Selbstmord?« Das letzte Word flüstere ich.

»Bill hatte ihn gesehen. Graubart. Und das hatte sie ins Tagebuch geschrieben. Und dass Bill, nachdem er glaubte, ihn gesehen zu haben, vollkommen außer sich geriet. Dass er sagte, er könne nicht einfach abwarten, bis ihm irgendetwas ein Ende bereite, er wollte das lieber selbst erledigen. Und dann, ein paar Tage später …«

Ma und ich schweigen eine Weile.

»Das ist eine selbsterfüllende Prophezeiung«, sage ich. »Das Problem, wenn man mit der Legende von einem auf der Familie lastenden Fluch aufwächst. Kaum sieht man einen alten Mann mit Bart, glaubt man auch schon, man sei verdammt.«

»Mag sein«, sagt Ma.

»Was ist mit Dads Mutter?«, frage ich. »Kanntest du sie?«

»Nein, leider nicht. Sie hatte Krebs, Eierstockkrebs. Den musste sie schon lange gehabt haben, ohne es zu wissen, und dann ging alles rasend schnell. Bobby war neunzehn, als sie starb. Das war, kurz bevor ich ihn kennenlernte. Ich war sechzehn.«

»So jung«, hauche ich und bin mir der Scheinheiligkeit sehr bewusst.

»Er hatte dieses Haus, das Land dazu, etwas Geld. Aber er war zu jung. Für alles, was ihm bereits widerfahren war. Wir waren beide zu jung. Verstehst du jetzt, wieso ich mir solche Sorgen um dich gemacht habe?«

»Ja«, sage ich. »Und was ist mit deinen Eltern, Ma? Ich weiß überhaupt nichts über sie, über diese eine Hälfte meiner Familie.«

Zunächst schweigt Ma eine ganze Weile, sie senkt den Blick auf Will, ich kann ihre Miene nicht sehen.

»Ich erzähle dir von meinen Eltern«, sagt sie. »Dad hat in der Mühle die Straße runter gearbeitet, als sie noch eine Mühle war. Er war Vorarbeiter. Hat immer so einen langen Mantel getragen, wie ein Arztkittel, nur in Braun, und er hatte immer drei gelbe Bleistifte in der Tasche. Und er trug einen winzigen Schnurrbart. Ich glaube, der Krieg hatte ihn gezeichnet, irgendwie gebrochen. Kurz nach unserer Hochzeit ist er an einem Herzanfall gestorben, das war doch kein Alter. Irgendwo habe ich auch noch ein paar Fotos von ihm …«

»War er ein guter Vater?«

»Er war ganz wunderbar.« Ma lächelt. »Und meine Mutter, die war richtig hübsch. Nein, wunderschön, so etwas hast du noch nie gesehen, nicht im echten Leben. In meinen Augen sah sie aus wie ein Filmstar. Langes, goldenes Haar, grüne Augen. Ich habe sie vergöttert, bin ihr überallhin nachgelaufen. Sie war viel hier, als dein Vater und ich frisch verheiratet waren, hat mir dabei geholfen, das große Haus in den Griff zu bekommen. Wir hatten … Wir hatten es hier nicht immer leicht, und ich hätte das ohne sie nicht durchgestanden. Sie hat meinen Vater furchtbar vermisst und ist kurz nach deiner Geburt gestorben. Sie fehlt mir immer noch.«

»Darf ich dich was fragen?« Obwohl ich einen vorsichtigen Ton anstimme, sehe ich, wie Ma sich versteift und sich ein Schatten auf ihre eben noch zufriedene Miene legt.

»Was denn?« Sie ist auf der Hut.

»Liebst du Will?«

Sie lächelt. Zum Teil erleichtert, weil ich ihr nicht die schwerere Frage gestellt habe.

»Ja. Er ist ein ganz unerwartetes Geschenk, er bereitet mir Freude. Wie wär's, wenn du jetzt mal Wasser aufsetzt?«

Dass sie ihn liebt, reicht. Auch wenn sie mir gegenüber nie diese Art von Zuneigung gezeigt hat – es reicht, dass sie meinen Sohn liebt.

Nein. Es reicht nur fast.

Kapitel 34

In der Küche versuche ich, mit einem alten Metallspieß das Schloss an der Kiste zu knacken, aber der Spieß ist zu dick. Mithilfe einer gerade gebogenen Büroklammer, die ich in einer der vielen Schubladen voller Krimskrams gefunden habe, und unter minutenlangem leisem Fluchen gelingt es mir schließlich, die Kiste zu öffnen. Sie ist voller gefalzter Papiere, einige recht neu, andere wirken dicker und sind vergilbt.

Ich nehme eine Handvoll heraus und verteile sie auf dem Tisch. Geburtsurkunden, ein Stammbaum, Steuerunterlagen … Ich überfliege alles und wühle dann noch durch die Reste in der Kiste. Ganz interessante Sachen für ein Archiv der Familie Heaton – ich bemerke die Ecke einer Fotografie –, aber auf den ersten Blick nichts von Agnes oder Emily.

Wo hätte Robert die Bögen versteckt, die Emily ihm geschickt hat? Wo könnte ich mehr von Agnes' Geschichte finden? Ich richte den Blick zum Fenster hinaus in den Herbstabend und erkenne mein Spiegelbild, leere Augen sehen mich an.

»Hast du wirklich gar keine Idee?«, frage ich mich selbst und japse, als ich im Fenster eine weitere Gestalt sehe – oder zu sehen glaube –, ganz am Rande meiner visuellen Wahrnehmung, so zart wie mein eigenes Spiegelbild, eine gefleckte Palette aus dunklen Schatten und gedämpftem Licht, die aussieht wie ein direkt hinter mir stehendes Gesicht. Ich wage es nicht, die Erscheinung direkt anzusehen, ich habe Angst. Angst, sie zu verlieren, wenn ich es tue.

»Ich will dir helfen, Agnes«, sage ich leise und komme mir dabei einerseits reichlich verrückt vor, andererseits glaube ich felsenfest daran, dass da etwas ist. »Zeig mir, wie ich dir helfen kann.«

Zunächst passiert gar nichts, alles ist still und schwer. Ich blicke weiter zum Fenster hinaus, registriere die Scheinwerfer der Autos auf der ein gutes Stück entfernten Straße, wie sie aufblitzen und sich verwandeln, von gelbem in rotes Licht. Es dauert einen Moment, bis ich begreife, dass da ein roter Ball ist, der sich nicht bewegt, dass er dunkler leuchtet, so dunkel, dass er kaum sichtbar ist, ein Lichtpunkt, wie wenn man die Augen schließt, nachdem man in eine nackte Glühbirne geschaut hat. Er schwebt noch kurz über der hinteren Mauer, dann ist er weg – und mit ihm das Licht.

Aber das macht gar nichts, denn ich weiß jetzt, wo ich als Nächstes suchen werde.

Tru und Abe

»Musst du da unbedingt hin?«, fragte ich Abe.

Wir saßen in unserer Wohnung in Finsbury Park, drei Zimmer im zweiten Stock eines georgianischen Hauses. Wir waren dort eingezogen, als Will vier war, nachdem ich die Stelle im Liston-James-Museum angetreten hatte. Wenn man das Fenster aufmachte, dröhnte der Verkehr unten vorbei, und manchmal prügelten sich auch ganz in der Nähe irgendwelche Besoffenen, aber direkt gegenüber war ein Park, und vom Sofa aus sahen wir in die Baumkronen.

»Jetzt läuft doch gerade alles so gut«, sagte ich. »Alles läuft rund. Will macht die erste Klasse Spaß, ich bin happy mit meinem Job, du bist happy mit deinem, und jetzt … Jetzt willst du auf der anderen Seite der Welt dein Leben riskieren?«

Abe neigte den Kopf zur Seite und lächelte mich an. Er hatte den Arm um mich gelegt und strich mir mit den Fingerkuppen über die Schulter.

»Es gibt da Kinder in Wills Alter, die nicht immun sind gegen die Krankheiten, die von außen eingeschleppt werden, die dabei zusehen müssen, wie ihnen ihre Heimat und ihre Lebensgrundlage genommen werden, wie sie in immer kleiner werdende Gebiete getrieben werden. Kinder wie Will. Es geht um ein paar Wochen Freiwilligendienst. Ich fliege da hin, führe ein paar einfache Operationen durch, helfe bei den Sprechstunden und tu einfach ein bisschen Gutes, Tru.«

Ich schmiegte die Wange an seinen Oberarm und sog seinen Geruch ein.

»Ist es gefährlich da?«, fragte ich. »In Peru?«

»Nein. Die ganze Sache wird vom Roten Kreuz organisiert, das ist alles vollkommen sicher. Ich fliege da einfach nur für ein paar Wochen hin, und dann komme ich wieder nach Hause – du wirst kaum merken, dass ich überhaupt weg bin.«

»Natürlich werde ich das merken – und er auch.« Ich sah zu Will. »Seit er geboren wurde, sind wir so gut wie nie voneinander getrennt gewesen. Du wirst mir fehlen.«

»Du mir auch«, sagte Abe und lächelte wieder.

»Und wieso kannst du dann nicht wie jeder andere normale Mensch auch zu Hause bleiben, anstatt in irgendwelchen Regenwäldern Freiwilligendienste zu leisten?«

»Jetzt komm schon«, sagte Abe und zog mich noch etwas näher zu sich heran. »Macht dich das denn kein bisschen an, dass dein Lieblingsarzt nicht nur umwerfend aussieht, sondern sich jetzt auch noch als Aktivist entpuppt?«

»Ich kann nicht leugnen, dass das einen gewissen Reiz hat.« Ich erwiderte sein Lächeln. »Du bist ein guter Mensch, Abe.«

»Irgendjemand muss es ja sein.«

Wir blieben die ganze Nacht auf dem Sofa liegen, während Will im Nebenzimmer schlief. Das Fenster war einen Spalt geöffnet, der Verkehrslärm drang herein, das Gelalle von Leuten, die aus dem Pub kamen, und wir schliefen erst im Morgengrauen ein.

Abe flog nach Peru, und als er wiederkam, war er so glücklich, so energiegeladen von allem, was er gesehen und getan hatte. Er strahlte, und es war klar, dass er sich weiter engagieren wollte. Als er dann sagte, er wollte jetzt regelmäßig nach Peru fliegen, kam mir überhaupt nicht in den Sinn, auch nur zu versuchen, es ihm auszureden. Wieso auch? Ich war so stolz auf ihn.

Kapitel 35

Es dauert ein paar Minuten, aber dann habe ich in der Abseite unter der Treppe eine kleine alte Schaufel gefunden, deren Eschenholzgriff schon ganz lose ist. Ich nutze die Taschenlampenfunktion an meinem Handy und begebe mich hinaus in den schon fast dunklen, nebligen Nachmittag. In der feuchten Luft vermischt sich der Geruch von Lagerfeuern und verrottendem Laub so intensiv mit dem schweren Eisenduft des Bodens und dem Salzgehalt der Steine, dass ich alles regelrecht schmecken kann.

Hier draußen, vor der hinteren Mauer von Ponden Hall, befindet sich der tote, halb verrottete Stumpf eines alten Birnbaums. Er ist kaum zu sehen, und wenn man nicht weiß, dass er da ist, findet man ihn nicht. Aber mir ist bekannt, dass Emilys Robert Heaton diesen Birnbaum als Zeichen seiner Liebe zu ihr gepflanzt hat, das war eine der ersten Geschichten, die mein Vater mir als Kind erzählt hat.

Keiner weiß, wieso er ihn hier in Ponden gepflanzt hat und nicht beim Pfarrhaus – ich vermute, weil er hoffte, seine Angebetete so zu weiteren Besuchen zu animieren. Es gibt keinen dokumentierten Grund außer dem, dass er sie geliebt hat, aber hier ist er, direkt neben der Mauer, und rottet vor sich hin, ein Fragment des Herzens dieses jungen Mannes, das seit zweihundert Jahren der Zersetzung trotzt.

Robert Heaton hat den Baum gepflanzt, lange bevor Emily sterbenskrank wurde und ihm heimlich Papiere schickte, er wird sie also nicht unter den Wurzeln versteckt haben, sondern irgendwo in der Nähe, worüber ich sehr froh bin, denn ich möchte diese kläglichen Überreste einer ersten Liebe nur ungern zerstören.

Im schmalen Strahl der Taschenlampe betrachte ich die Erdoberfläche, als könnte ich zweihundert Jahre später noch Anzeichen von einer ausgehobenen und wieder zugeschütteten Grube erkennen. Kann ich natürlich nicht.

Wo könnte er es versteckt haben? Es ging ja höchstwahrscheinlich um Papier, darum hoffe ich sehr, dass er das Paket wasserdicht eingepackt und einen Platz gefunden hat, an dem es weitestgehend vor der Witterung geschützt war und den er schnell wiederfinden konnte.

In dem Moment fällt mir die perfekte Stelle ein: in der Hausmauer oder direkt daneben.

Ich ziehe eine direkte Linie von hinter dem Baumstumpf bis zur Mauer, dann beginne ich zu graben. In diesem Teil des Gartens reicht die Hausmauer mindestens ein Stockwerk unter das Erdgeschoss und bildet die Außenwand des ehemaligen Kohlenkellers. Die tonhaltige Erde ist schwer und fest, und schon nach wenigen Stichen bricht der Holzgriff der kleinen Schaufel endgültig ab. Ich nehme das Blatt in die Hand und grabe weiter, spüre, wie sich feuchte Erde unter meine Nägel schiebt.

Schweißperlen sammeln sich im Haaransatz, Nacken und Schultern schmerzen bereits, als ich eine zwei Stein breite Aussparung in der Mauer freilege. Mit angehaltenem Atem leuchte ich mit der Taschenlampe hinein – und tatsächlich, in der Aussparung sehe ich einen Metallkasten mit Vorhängeschloss. Ich halte kurz inne, den Kopf an die kühlen Steine gelehnt, bis mein Herzschlag sich wieder beruhigt hat.

Das könnte es sein. Das könnte das Ende von Agnes' Geschichte sein. Das könnte Emilys Roman sein. Der Inhalt dieses Metallkastens könnte die Geschichte umschreiben.

Ich hole tief Luft, um mich zu wappnen für eine weitere Begegnung mit einer helfenden Hand, und fasse ins Dunkle. In der kleinen Höhle ist es feucht und glitschig, aber dieses Mal legen sich keine eiskalten Finger um meine, während ich versuche, den Kasten zu fassen zu kriegen. Mit den Knöcheln schrappe ich über die Steine, als ich meine Beute herausziehe, dann lege ich sie auf meinem Schoß ab.

Eine Kassette. Leider ziemlich leicht. Ich atme durch und rappele mich auf, die Kassette in beiden Händen. Sie könnte leer sein. Ich höre darin nichts rutschen oder klappern. Ich stehe im rechteckigen Lichtfeld, das durch das Küchenfenster fällt, befingere das Vorhängeschloss und komme zu der Erkenntnis, dass ich vernünftiges Werkzeug brauchen werde.

Kapitel 36

In der Kassette liegen drei Blatt Papier, die alle feucht und schimmelig am Boden kleben.

Ma und ich spähen in den Kasten und betrachten die aneinanderhaftenden Bögen. Robert hat sein Bestes getan. Die Kassette war fast luftdicht, aber nicht ganz. Und das, was in ihr übrig geblieben ist, ist ganz sicher nicht alles, was einst hineingelegt wurde. Das schließe ich aus den Zeilen auf dem zuoberst liegenden Papier, die Emily mit zarter, zitternder Hand geschrieben hat:

November 1848

Lieber Robert

Der Titel dieses Romans in drei Bänden soll Das Haus in Scar Gill *lauten, und du musst dich nicht ängstigen, denn ich habe deinen Familiennamen von Heaton in Akhurst geändert. Hier bekommst du den ersten Band. Du bist der einzige Mensch, dem ich diese Seiten anvertrauen kann. Bitte bewahre sie gut und sicher auf, mein lieber Freund, bis ich sie mir abhole, der Rest kommt bald, so Gott will. Ich danke dir, dass du mir noch mehr von Agnes' Aufzeichnungen geschickt hast. Manchmal, wenn ich fiebere, glaube ich sie flüstern zu hören, als wolle sie mir ihre Geschichte erzählen. Ich gebe dir alles zurück,*

wenn ich fertig bin und die Geschichte ein Ende gefunden hat. Natürlich weiß ich, dass niemand einen von so viel Gewalt und Skandal handelnden Roman veröffentlichen möchte, aber ich muss diese Geschichte einfach schreiben. Meine Schwestern kümmern sich aufopferungsvoll um mich, und in der Tat bin ich sehr schwach und siech. Aber ich bin sicher, wenn ich den Winter überstehe, dann werde ich im Frühjahr wieder zu Kräften kommen.
Aufrichtig deine
EJB

Es gibt einen Roman oder zumindest einen ersten Entwurf eines Romans, und Emily hat ihn hierhergeschickt, an Robert, damit er ihn aufbewahrt. Ich lasse mich auf den Stuhl sinken und versuche zu begreifen, was da über hundertfünfzig Jahre in der Mauer meines Elternhauses geschlummert hat. Es gab tatsächlich einen zweiten Roman von Emily Brontë, so viel steht jetzt fest.

Das Haus in Scar Gill.

Das ist von so fundamentaler Bedeutung für alles, was wir bisher über die Brontës wissen, dieses Wissen wird nun um ein so großes Stück erweitert, dass ich zunächst wie versteinert dasitze und die Erkenntnis sacken lasse. Und dann ist da ja noch mehr. Dann ist da auch noch Emily. Diese Zeilen müssen so ziemlich ihre letzten Worte gewesen sein – und sie sind ein Zeugnis ihrer Hoffnung und ihres Überlebenswillens. Dennoch war sie, wenige Wochen nachdem sie sie geschrieben hatte, tot.

Und es gibt mehr von Agnes.

Unter diesem obersten Blatt befindet sich eine Titelseite, eine Ecke davon ragt hinter Emilys Nachricht hervor, und darunter eine fast völlig aufgelöste Seite mit Agnes' Handschrift, nur wenige Worte am Ende jeder Zeile sind übrig, kaum lesbar. Ich kann gerade so »Kind geboren« ausmachen, »Gottes Gnade«, »Hoffnung und Angst« und »Bitte, lieber Gott, bitte hilf mir!«.

Genau die Worte, die ich Will in seinem Zimmer rufen zu hören glaubte.

Agnes ist aufgegangen, dass sie schwanger war – und unverheiratet. Das weiß ich plötzlich genauso sicher, wie ich weiß, dass ich Trudy heiße. Sie muss solche Angst gehabt haben. Und was ist mit ihrem »Lieben Rob« passiert? Hat er sie und sein Kind einfach ihrem Schicksal überlassen?

»Was hast du denn da?«, fragt Ma und rümpft vom modrigen Geruch angewidert die Nase.

»Noch mehr von Emily.« Ich drehe den Kasten so, dass sie hineinsehen kann. »Und einen Hinweis darauf, dass es einmal noch mehr gegeben hat. *Das Haus in Scar Gill* – der perfekte Titel.« Frustriert reibe ich mir mit den schmutzigen Händen über das Gesicht. »Was mag damit passiert sein? Wieso sollte jemand es herausnehmen und den Kasten zurück ins Versteck schieben?«

»Vielleicht, weil wer auch immer es herausgenommen hat, nicht wollte, dass jemand merkt, dass es weg ist«, sagt Ma.

»Du meinst, jemand anderes hat davon erfahren? Und hat es vor mir gefunden?«

»Wir wissen nicht, wer bei dem Hausflohmarkt 1898 alles hier war«, sagt Ma. »Er fand statt, kurz nachdem dieser Robert gestorben war und angeblich sämtliche Familienunterlagen verbrannt waren, wir wissen nicht, warum, und nur ein paar wenige, eben die in der Kassette, wurden heimlich gerettet. Ist doch möglich, dass derselbe Mensch, der diese Sachen gefunden hat, auch über den wahren Wert der Bücher in der Bibliothek Bescheid wusste und etwas entdeckte, von dem Robert glaubte, es sei gut versteckt.«

»O Gott, das halte ich nicht aus!« Ich lasse mich auf den nächsten Stuhl sinken und betrachte den mageren Inhalt des Kastens. »Ich war so nah dran, und jetzt ist es gestohlen, zersetzt oder sonst wie verloren. Etwas so Kostbares – das ist zu viel.«

»Es ist aber nicht alles weg.« Ma nickt in Richtung der durchweichten Papiere. »Du kannst das da retten, und immerhin weißt du jetzt viel mehr als jeder andere vor dir.«

»Du hast recht«, sage ich. »Ich lasse den Kasten heute Nacht im Wohnzimmer stehen. Aber nichts anfassen, ja? Morgen bringe ich ihn zu Grace und bespreche mit dem Museum die weitere Vorgehensweise.«

»Hat *sie* dir gezeigt, wo der Kasten war?«, fragt Ma beim Rausgehen.

»Irgendwie erschien es mir schlagartig total logisch.« Ich will immer noch nicht recht einräumen, was ich aber doch halb glaube. »Robert hat Emily geliebt, darum wollte er etwas, das ihr sehr wichtig war, an einem Ort verstecken, der ihn an sie erinnerte. Und die arme Agnes, schwanger und ganz allein …«

»Kein Wunder, dass ihre Seele nicht zur Ruhe kommt.«

»Ma …«

»Sie ist wahrscheinlich auf der Straße gelandet«, fährt Ma fort. »Die Zeiten damals waren gnadenlos. Ohne Familie, ohne Vater … Vielleicht hat sie das Kind ausgesetzt, vielleicht sind sie beide verhungert …«

»Was wohl danach passiert ist?«, frage ich betrübt. »Jetzt, wo ich die paar Seiten gefunden habe, will ich auch den Rest finden, ich will wissen, was mit Emilys Roman passiert ist, was mit Agnes passiert ist.«

»Wenn sie uns wirklich helfen wollte, könnte Agnes es uns ja einfach erzählen.« Ma sieht mich an. Ich sehe sie an. Unverwandt. Keine von uns rührt sich.

»Ich hab Hunger.« Wir quietschen erschrocken und lachen dann, als Will uns aus verschlafenen Augen ansieht, die Haare stehen ihm zu Berge wie die Federn eines Kükens. »Was?«

»Ich mache uns was zu essen«, sagt Ma.

»Und ich ziehe mir diese dreckigen Sachen aus«, sage ich.

»Weißt du, was du tun solltest, mein Mädchen?«, sagt Ma. »Du solltest ein Buch über das schreiben, was du gefunden hast. Es ist deine Entdeckung, und du weißt so viel über das ganze Thema. Du bist entsprechend ausgebildet und alles. Du solltest ein Buch darüber schreiben.«

In der Tür bleibe ich stehen und lasse die Idee auf mich wirken. »Du hast recht, Ma. Ich sollte ein Buch darüber schreiben.«

»Unbedingt, mein Mädchen.«

»Ma«, sage ich. »Glaubst du wirklich an Geister?«

»Nicht nur das«, sagt Ma. »Ich glaube an noch viel merkwürdigere Sachen.«

Kapitel 37

Bei Tageslicht sieht Castle Ellis vollkommen anders aus. Gar nicht mehr wie das verzauberte Wunderland, das Will und ich bei unserem ersten Besuch vorfanden. Dichter, regenschwerer Herbstnebel wabert durch die gespenstisch anmutenden Trümmer des einst mit Sorgfalt nach strengen Regeln angelegten Wassergartens, als wir auf das Anwesen zufahren.

Ohne die Flutlichter kann man die Konstruktion aus Glas und Stahl hinter der ruinenhaften Ziegelfassade kaum sehen, nur hier und da lugt etwas davon hervor wie ein Geist, der verzweifelt versucht, sich aus den Mauern zu befreien, hinter denen er begraben und gefangen ist. Bei Tageslicht wirken die vernachlässigten, zerfallenden Gärten sphärisch und verloren, und die vielen unterschiedlichen, gebrochenen Winkel unterstreichen die unheimliche Atmosphäre.

Die gezackten Reste des ursprünglichen Hauses ragen in die Höhe und krallen sich in den tief hängenden Himmel. Bei ihrem Anblick wird mir bewusst, dass ich gegen eine dunkle Vorahnung ankämpfe.

Vielleicht hätte ich nach meinem ersten Besuch hier doch besser nichts über die Geschichte von Castle Ellis lesen sollen. Denn wenn ich das nicht getan hätte, dann wüsste ich jetzt nicht, dass das Anwesen 1888 fertiggestellt wurde und der erste Hausherr starb, bevor er einziehen konnte. Oder dass der zweite Hausherr und sein ältester Sohn wenige Jahre später bei einem Eisenbahnunglück ums Leben kamen und von dem entsetzlichen Unfall so entstellt waren, dass niemand ganz sicher sein konnte, wer da in der Familiengruft beigesetzt wurde. Oder dass der zweite Sohn wenige Tage nach seiner Rückkehr von der Beerdigung seines Vaters und seines großen Bruders an einer Bleivergiftung starb, die er sich womöglich durch die noch frische Innenfarbe im Anwesen zugezogen hatte.

Castle Ellis war danach lange unbewohnt, die Familie nutzte es lediglich für Jagdgesellschaften oder das eine oder andere Fest, bis es schließlich im Zweiten Weltkrieg durch den eingelagerten Sprengstoff weitgehend in Schutt und Asche gelegt wurde.

Im Gegensatz zu Ponden Hall war Castle Ellis ein Haus, in dem nie so richtig jemand gelebt hatte, eine leere Hülle ohne Seele.

Aber es verfügt über die schönste Bibliothek, die ich je gesehen habe. Also konzentriere ich mich doch am besten darauf.

»Da wären wir«, stelle ich betont fröhlich fest, als wir vor dem Haus halten. »Unser privat-persönliches Schloss für einen Tag. Aufgeregt?«

Will sieht hinauf zu den verrußten Fensterrahmen, die aussehen, als würden längst verloschene Flammen immer noch an den Außenmauern lecken.

»Heute gefällt es mir nicht so gut«, sagt er. »Es fühlt sich irgendwie traurig an.«

Er hat sofort den Finger in die Wunde gelegt, und ich staune, dass es mir nicht vor ihm gelungen war. Die neblige Aura des Hauses hat nichts Bedrohliches oder Verhängnisvolles an sich, sondern etwas Tieftrauriges. Und die beiden Gebäude stehen nicht in harmonischer Koexistenz da, wie ich zunächst dachte, sondern es herrscht eine ständige Anspannung zwischen ihnen. Eins von ihnen ist der Fänger, der Parasit, der sich vom anderen ernährt, aber ich bin mir nicht sicher, wem welche Rolle zukommt.

»Es gefällt dir bestimmt gleich wieder besser, wenn wir erst mal drin sind und du auf dem riesigen Bildschirm Minecraft spielen kannst«, sage ich. »Willst du den Schlüssel ins Schloss stecken?«

Wills Miene hellt sich auf, er prüft das Gewicht des Schlüssels in seiner Hand, bevor er ihn nicht ganz mühelos ins Loch schiebt und dann mit beiden Händen dreht, bis wir es laut klacken hören.

Ich tippe den Code in die in die Mauer eingelassene Zahlentastatur ein, dann drücken wir gemeinsam die schwere Tür auf und kichern, weil sie so merkwürdig quietscht. Kaum sind wir drinnen, stehen wir vor einer Schalttafel, und ich wische einfach einmal mit der Hand über die meisten Knöpfe und beobachte, wie im Flur und in dieser gesamten Glasglocke die Lichter angehen.

»Weißt du noch, wo das Gamingzimmer ist?«, frage ich meinen Sohn, der neben mir auf der Stelle hopst. Will nickt und saust los über den polierten Steinfußboden, unterwegs entledigt er sich seiner Schuhe, um elegant um die Ecke schlittern zu können. Wie sein Vater. Diese unbändige Freude an allem, was ihm Spaß macht. Als ich ihn wenige Sekunden später eingeholt habe, fläzt er bereits auf einem der Sitzsäcke und stöpselt sich in seine virtuelle Welt.

»Ich bin da drüben.« Ich zeige Richtung Flur und Bibliothek. »Nichts kaputt machen, bitte.«

»Alles klar, Ma!«

Mein Lächeln wird immer breiter, als ich die Bibliothek betrete. Der Geruch von Büchern heitert mich immer auf. Ich habe mit der einen Handbewegung vorhin nur etwa die Hälfte der Lichter in diesem Raum eingeschaltet, sodass einige Bereiche mehr oder weniger im Dunklen liegen. Aber das macht nichts, denn die Luft ist gesättigt vom Duft alter Bücher, sie kribbelt verheißungsvoll, verspricht wichtige Entdeckungen – wenn auch nicht gerade die von Emily Brontës zweitem Roman.

Ich suche mir einen der Arbeitsplätze aus, richte mich ein und schalte nun sämtliche Lampen im Raum an.

Der Regen draußen nimmt zu, er wird hörbarer, und das Haus lärmt bei jedem Tropfen, der auf dem Glas zerplatzt und dann zusammen mit den anderen wie Sirup über die Scheiben rinnt. Ich komme mir vor wie ein Fisch im Aquarium – oder besser gesagt, wie ein ins Meer zurückgespülter Fisch.

»Konzentration«, ermahne ich mich selbst in dem wässriggrauen Raum. »An die Arbeit.«

Das Wort »Arbeit« allein, das Konzept dahinter, erfreut mich, und so betrachte ich die endlos erscheinenden Regalmeter voller rätselhafter Bücher mit einem Lächeln. Wo soll ich anfangen? Das logische Vorgehen wäre, unten zu beginnen, aber das kommt mir zu methodisch vor, und wenn die Bücher ohnehin ohne System eingestellt wurden, dann kann es auch egal sein, wo ich anfange und wie ich vorgehe, solange ich den Überblick behalte. Auf der Höhe des zweiten Treppenabsatzes sehe ich ein paar Archivboxen und eine reizvolle Reihe von sehr ungleichen Buchrücken uralt wirkender Bände. Da werde ich anfangen.

Ich bin kurz verunsichert angesichts der Höhe und der scheinbaren Labilität der Galerie, aber dann mache ich die Erfahrung, dass mich nach den jüngsten Ereignissen ein Steg aus Plexiglas nicht mehr erschüttern kann, zumal er ja direkt an einer Wand voller Bücher verläuft. Ich werfe einen Blick über das Geländer nach unten und sehe, dass die Fußbodenfliesen wie lauter aufgeschlagene Bücher aussehen. Diese Bibliothek ist wirklich perfekt, ich hätte mir all diese Details nicht besser ausdenken können.

Neben den Archivboxen, etwas weiter ins Regal geschoben, steht eine ganz normale Kiste, randvoll mit Papieren, die offensichtlich mehr oder weniger unsortiert hineingestopft wurden und deren zerknickte Ecken herausragen, als wollten sie dringend entkommen.

Ich setze mich in den Schein der Arbeitslampe am Tisch, öffne die Kiste und schüttele den Kopf angesichts des so achtlos zerknitterten Inhalts, der mich sofort anspricht, auf den mein Innerstes sofort reagiert. Ein einziger Blick verrät mir, dass es sich hier um Dokumente aus mindestens zwei Jahrhunderten handeln muss. Womöglich völlig alltägliche Kleinigkeiten, Rechnungen, Absichtserklärungen, Aufzeichnungen und Buchhaltung, aber jeder Schnipsel gewährt einen kleinen Einblick in das Leben derer, die in den letzten zwei Jahrhunderten vor uns hier waren, jedes Teil trägt die Fingerabdrücke von Geistern.

Durch die offene Tür werfe ich einen Blick Richtung Gamingzimmer und sehe Will, der in sein Spiel vertieft ist. Dann wende ich mich akribisch dem Inhalt der Kiste zu.

Als ich das nächste Mal wieder aufsehe, weiß ich überhaupt nicht, wie viel Zeit verstrichen ist – die Wolkendecke ist aber inzwischen noch dicker und dunkler geworden, fast schwarz, als hätte sich die Nacht herbeigeschlichen, während ich mich durch die Kiste arbeitete, die Dokumente nach Alter sortierte, den einen oder anderen Beileidsbrief las oder Apothekenquittungen studierte. Ich halte in all dem Gewühle inne, als ich einen Bestellschein für ein Trauerarmband finde und im dazugehörigen Umschlag eine dunkelblonde, mit einem rosa Band zusammengehaltene Locke. Aus dem sorgfältig ausgefüllten Bestellschein geht hervor, dass es sich um ein vier Jahre altes Mädchen handelte, aber auch, dass die Bestellung nie erfüllt wurde. Ich frage mich, wie der Schein und die Locke hier gelandet sind.

Ich fröstele, dann friere ich, und dann werde ich auf ein metallisches Knistern aufmerksam. An den Fenstern haben sich Eisblumen gebildet. Ich muss an der Schalttafel den Knopf für die Fußbodenheizung übersehen haben, meine Finger und Zehen sind steif vor Kälte – dabei war mir doch vor wenigen Minuten noch warm.

Ich werde die Kiste hier auf dem Tisch lassen und mich morgen wieder darum kümmern. Ich schlage jeden Bogen in säurefreies Seidenpapier ein und lege alles fein säuberlich in eine der vier Archivboxen, die ich mitgebracht habe. Ich will gerade den Deckel auf die alte Kiste legen, da stelle ich fest, dass nur noch zwei Dinge darin liegen. Beide sehen viel älter aus als alles andere, was ich bisher entnommen habe, und als ich sie erblicke, ist mir irgendwie klar, dass sie für mich gedacht sind. Ich sehe kurz Richtung Gamingzimmer und kann Will zwar nicht erkennen, aber das Flimmern des Bildschirms … Zehn Minuten noch.

Das erste ist ein in Leder gebundenes Registerbuch, auf dem *Kirchenbuch der Gemeinde Haworth 1650–1670* steht. Ich bin sofort fasziniert von der akkuraten Handschrift; von den mit größter Sorgfalt ausgeführten Buchstaben, als hätte der Schreiber gewusst, dass ein einziger Fehler das Gesamtbild stören würde; von den Eintragungen, die so entscheidende Momente im Leben der aufgeführten Menschen festhielten – ihre Geburt, ihre Eheschließung und viel zu oft ihr viel zu früher Tod. Das hier sind zumindest zum Teil die Aufzeichnungen, von denen Grace sagte, sie seien bei einem Feuer vernichtet worden – ihr Auftauchen ist also relativ sensationell.

Der von dem Register abgedeckte Zeitraum umfasst auch das Jahr, das ich auf dem Grabstein für das Kind gesehen habe. Ich nehme den Finger zu Hilfe, um die Liste der Namen durchzugehen, und suche nach ihrem. Mir zieht sich das Herz zusammen, als ich ihn finde.

Catherine Bolton, ein Jahr. Zu Tode geprügelt.

Die Gefühle, die mich an ihrem Grab überwältigten, als ich das Weinen eines verlassenen Kindes hörte, lassen mir die Knie weich werden. Ich setze mich. War Catherine Bolton womöglich nicht einfach nur irgendein verlassenes Kind? War sie womöglich Agnes' Baby?

Ich schnappe nach Luft. Mit Gänsehaut auf den Armen lese ich die Eintragung noch einmal. Und ein Wort sticht als besonders brutal hervor.

Geprügelt.

»Ma!«, höre ich Will rufen. Ich halte kurz inne, schlage das Registerbuch zu und lege es weg. Ich glaube, jetzt wäre ein guter Zeitpunkt, um für heute Schluss zu machen – andererseits kann ich doch nicht das letzte in der Kiste verbliebene Dokument zurücklassen. Vorsichtig hole ich es hervor und streiche es glatt. Es ist ein Pamphlet, ein Vorläufer der heutigen Boulevardpresse, und die Schlagzeile lautet: »Agnes Bolton vor Gericht wegen Mordes und Kindestötung durch Hexerei.«

Ich schaudere, während mein Blick über die Worte wandert und sich mir ihre Bedeutung nach und nach erschließt.

Das ist *meine* Agnes, ich weiß es. Bolton. Derselbe Nachname wie das tote Baby, und sie wurde des Mordes an ihrem eigenen Kind angeklagt. *Geprügelt.* Zu Tode geprügelt.

Der Wind rüttelt an den Scheiben, Schatten kriechen unter die Tische und rotten sich in den Ecken zusammen. Und obwohl der Regen genauso heftig fällt wie vorher, ist nichts davon zu hören.

Am heutigen Tage, dem Dritten des Monats Oktober im Jahre 1660, stand die diesem Kirchspiel und Ponden Hall zugehörige Agnes Bolton, Geburtsort unbekannt, vor Gericht wegen Mordes durch Hexerei an ihrem Ehemann John Bolton und ihrem Kind Catherine Bolton, das sie im Dienste des Satans zu Tode prügelte.

Ich starre auf den Namen meines Elternhauses in dieser Meldung, und mir wird schlecht. Agnes wurde vorgeworfen, ihr Kind umgebracht zu haben.

Ein Schatten kriecht über den Tisch, aber das ist keine Wolke, die sich vor die Sonne schiebt, denn die Sonne ist den ganzen Tag nicht zu sehen gewesen. Der Schatten befindet sich hier, in diesem Raum, und er wird immer größer.

Ich bin wie gelähmt. Meine Füße wollen sich nicht vom Boden lösen, als die Dunkelheit auch das Licht im Gamingzimmer verschluckt. Mein Atem bildet Wolken, und die Eisblumengebinde, die sich auf den Scheiben gebildet hatten, erblühen knisternd.

Ach, Agnes, was hast du getan?

Und dann, mit einer heftigen, kräftigen Bewegung, wird der Stuhl, auf dem ich sitze, ein gutes Stück vom Tisch weggezogen. Ich stehe auf, sehe mich um und frage mich, ob ich das vielleicht selbst war, ob ich von den schrecklichen Worten wegwollte und mich selbst von ihnen wegstieß. Könnte sein.

Doch dann ist mir fast so, als könnte ich ihre Stimme hören, die Stimme, die in mir tönte, wenn ich die so sorgfältig zu Papier gebrachten Worte las. Ich höre ihren Zorn, höre sie in der Stille vibrieren und summen, und ich muss es einfach wissen: Was ist mit Agnes passiert? Was führte dazu, dass sie diesen John Bolton heiratete und ihr Kind auf so brutale Weise verlor?

Ich versuche mir vorzustellen, wie es einer Frau gehen muss, die weiß, dass sie bald sterben wird, weil sie des Mordes an ihrem eigenen Kind für schuldig befunden wurde. Ich versuche, mir die Trauer und die Wut vorzustellen, denn neben all dem aufgestauten Zorn und loderndem Hass, den ich gerade empfinde, muss da auch Liebe gewesen sein. Tiefe, hingebungsvolle Liebe – und die emotionale Bodenlosigkeit eines Verlusts, die nur eine Mutter kennt.

»Mum! Mum! Mummy!«, ruft Will mich wieder, doch dieses Mal klingt seine Stimme ängstlich. »Mummy, ich hab mich verlaufen!«

Ich zittere immer noch, als ich die Bibliothek verlasse, kämpfe immer noch gegen das Gefühl an, dass gerade etwas Schreckliches passiert ist. Ich ziehe die Tür hinter mir zu, und jenseits des Milchglases flackert das Licht und erlischt.

»Was ist denn, Will?«, frage ich so fröhlich wie möglich, als ich das Gamingzimmer betrete – doch Will ist nicht da. »Will?«

»Mummy?«, höre ich seine Stimme, irgendwie gedämpft und mit einem leichten Echo. Ich höre sie ganz in der Nähe, aber er ist nirgends zu sehen.

»Will? Versteckst du dich?« Es fällt mir schwer, nicht besorgt zu klingen. »Wo bist du?«

Der Bildschirm ist noch an, und ich nehme die Fernbedienung zur Hand und schalte alles ab, hebe die Sitzsäcke an, weil ich glaube, ihn darunter zu finden, kichernd, weil er sich diebisch über sein Verwirrspiel freut.

»Komm, Will, wir fahren nach Hause!«

»Mummy? Mummy, bist du da? Mummy, ich weiß nicht, wo ich bin, und es ist dunkel.«

Frustriert sehe ich mich um. Es gibt hier nichts, worin oder wohinter er sich verstecken könnte, es gibt keine Möbel.

»Will?« Ich sehe auf in den strömenden Regen, die hereinbrechende Nacht, den Schatten der Turmruine, die auf mich herunterblickt. »Will, es reicht jetzt. Wo bist du?«

»Ich weiß nicht, wo ich bin, Mummy.« Seine Stimme klingt leiser als vorher.

»Will, ruf mal, so laut du kannst«, fordere ich ihn auf. Doch was kommt, ist leise und gedämpft und klingt sehr weit weg.

»Mummy, ich habe Angst!«

Da verstehe ich: Er steckt in den Wänden fest.

Kapitel 38

Erst jetzt, in diesem Augenblick, erkenne ich, dass dieses Haus gar nicht so wahnsinnig offen und ehrlich ist, wie es auf den ersten Blick scheint, sondern dass es ein Labyrinth aus falschen Eingängen und Sackgassen ist.

»Will!« Ich laufe zur Wandverkleidung am anderen Ende des Zimmers. »Will, was hast du gemacht, als du dich verlaufen hast?«

»Ich war auf Entdeckungsreise«, sagt Will. »Und dann weiß ich nicht, was passiert ist. Es ist dunkel, und ich finde nicht zurück.«

»Okay. Alles gut, Will.« Ich versuche, ruhig und entspannt zu klingen, die instinktive Angst abzuwehren. Ich trete ein paar Schritte von der Wand zurück, bis ich mitten im Raum stehe. »Will, kannst du irgendwo Licht sehen?«

»Nein, Mummy, ich kann überhaupt gar nichts sehen.« Ich höre, wie seine Stimme bebt. Das Einzige, wovor mein tapferer Junge je Angst gehabt hat, ist totale Dunkelheit, und jetzt ist er in ihr gefangen.

»Tu mal so, als wenn deine Fingerspitzen deine Augen wären, Will«, sage ich. »Was kannst du ertasten?«

»Auf – auf der einen Seite eine nackte Mauer wie von dem alten Schloss und auf der anderen Seite eine glatte Wand. Ich kann meine Arme nicht zur Seite ausstrecken. Nur wenn ich mich ein bisschen drehe, dann kommt mir das hier vor wie ein langer Gang. Aber ich weiß es nicht so genau, und ich habe Angst, mich zu bewegen, Mummy.«

»Das ist völlig in Ordnung, mein Schatz, du machst das ganz prima.«

Die lange, hintere Wand dieses Zimmers ist die einzige, die mit dem alten Gebäude in Berührung sein könnte, sie folgt der Mauer, die zum Turm und den Wällen führt.

»Okay, Will, ich weiß jetzt ungefähr, wo du bist. Ich glaube, da ist eine doppelte Wandverkleidung, so eine Art Geheimtür wie bei Scooby Doo, und die hast du aus Versehen geöffnet. Ich möchte, dass du jetzt gegen die glatte Wand haust, ja? So fest du kannst. Keine Angst, Will, ich hole dich da raus. Und wenn ich dafür das ganze Haus auseinandernehmen muss, Stein für Stein.«

»Mummy?« Plötzlich piepst er nur noch, seine Angst ist greifbar. »Mummy, ich glaube, hier ist noch jemand. Ich höre jemanden atmen.«

Hektisch lass ich die Hände über die Paneele gleiten, die eine ziemlich große Fläche abdecken und nur von ein paar zufällig platzierten, gebogenen und beleuchteten Regalen unterbrochen werden, die aussehen, als stammten sie aus einem Raumschiff, und auf denen Spiele und DVDs abgelegt sind. Hier muss irgendwo ein Knopf versteckt sein, ein Geheimmechanismus, der eine verborgene Tür öffnet.

»Alles gut«, rufe ich. »Das ist wahrscheinlich dein eigener Atem, den du hörst, Will. Bleib schön da, wo du bist, ja? Ich hab's gleich.«

»Beeil dich, Mummy!«, schreit Will, und ich zerre an der Wandverkleidung, breche mir dabei ein paar Fingernägel ab – und dann sehe ich sie, auf einem niedrigen Bücherregal, eine einsame Darth-Vader-Figur. Die hatte Will bestimmt in die Hand genommen. Ich stürze hin, will sie ebenfalls nehmen, aber sie steht fest, rührt sich nicht, also drücke ich sie nach hinten – und höre ein Klicken. Eine Tür öffnet sich, nur einen kleinen Spalt, aber das reicht.

»Ich hab's gefunden Will, ich habe die Tür gefunden, ich komme!« Ich öffne die Tür und erwarte, ihn sofort zu sehen. Aber er ist nicht da.

Zwischen der Schlossmauer und dem Gamingzimmer befindet sich kein schmaler Gang, sondern lediglich ein modern eingerichteter, schwach beleuchteter Vorraum, von dem aus man zur Turmtreppe gelangt.

»Will?« Ich hämmere gegen die schmale Wand, mit der der Zwischenraum zwischen dem alten Gebäude und dem neuen geschlossen wird. »Will, hörst du mich?«

Stille.

»Mummy!«, kreischt er plötzlich – es klingt, als sei er auf der Treppe.

Ich höre ihn die Stufen herunterpoltern, auf mich zu, ich laufe ihm entgegen, wir fallen uns in die Arme. Er klammert sich an mir fest, ich hebe ihn hoch und renne los. Die Treppe hinunter, aus dem Raum hinaus, raus aus dem Haus, ganz raus, hin zum Auto, ich lasse alle Türen hinter uns offen stehen, wir müssen einfach nur raus, raus, raus. Wir müssen irgendwohin, wo ich die Dinge im Griff habe.

Kaum sitzen wir im Auto, schließe ich alle Wagentüren ab und sehe meinen Sohn an. Ich nehme sein tränenüberströmtes Gesicht zwischen meine Hände und lasse den Blick über ihn wandern, will sehen, ob er verletzt ist. Er ist ziemlich dreckig, hat Spinnweben in den Haaren, und er ist kreidebleich, als hätte er einen … er ist kreidebleich. Aber unverletzt.

Es regnet in Strömen, es ist so gut wie dunkel, und ich nehme Will in den Arm und drücke ihn fest an mich, bis ich spüre, wie wir beide uns langsam entspannen.

»Du bist in Sicherheit«, sage ich zu seiner und wohl auch zu meiner eigenen Beruhigung. »Du bist in Sicherheit, Will, du bist bei mir.«

»Ich weiß nicht, was passiert ist«, sagt Will. »Aber ich fand das gar nicht gut, Mummy.«

»Ich auch nicht, Will. Wie bist du denn die Treppe hinaufgekommen? Hast du einen Weg nach draußen gefunden?«

»Ich weiß es nicht, ich weiß es nicht. Es ist einfach passiert, alles ist einfach passiert, ich mag das Haus nicht. Da passieren böse Sachen. Ich will da nicht wieder hin, Mummy.«

»Das musst du auch nicht, nie wieder«, verspreche ich ihm.

»Hier, das ist für dich.« Will hält mir seine geschlossene Hand entgegen.

»Was ist das?«, frage ich, obwohl ich es irgendwie schon weiß.

Will öffnet die Hand, in der ein zerknülltes Blatt Papier liegt. Ich brauche es nicht glatt zu streichen, um zu erkennen, dass die Handschrift darauf die von Agnes ist.

1658

Heute ist das Ende der Welt. Heute geht mein Leben zu Ende, ich bin nicht mehr als ein Geist, der wandelt und spricht, aber nichts mehr empfindet, denn Gott, der Herr, hat mich verlassen, und ich muss mit meinem Glück für meine Sünden zahlen.

Kein Zeichen von Robert, kein Wort, keine Nachricht. Mein Bauch schwillt unter den Röcken an, und bald werde ich meinen Zustand nicht mehr verbergen können. Betty hat ihr Bestes getan, um etwas über Robert zu erfahren, doch vergebens. Sie weiß nicht einmal, wohin er geschickt wurde, und ich bin sicher, er ist durch Cassons Hand gestorben. Ich weiß, wozu dieser Mann in der Lage ist, und sicher liegt mein Liebster irgendwo tot im Moor.

Gott vergebe mir, ich ging nach Ponden Kirk und stand auf dem Felsen und betete um die Kraft, mich hinunterzustürzen und meinem Elend ein Ende zu bereiten, ich wollte auf den Steinen aufplatzen und für immer mit meinem Liebsten vereint sein. Aber wie konnte ich? Wie konnte ich angesichts solcher Schönheit beschließen, diese Pracht nie wiederzusehen? Es wäre eine Sünde, mir selbst das Leben zu nehmen, aber eine noch viel größere Sünde wäre es, auch dem unschuldigen Kind in meinem Leib das Leben zu nehmen. Ich habe keine Hoffnung mehr, nur noch diese Hinterlassenschaft von ihm, die ich bis an mein Lebensende lieben werde, Roberts Kind, das ich beschützen muss, ganz gleich, mit wie viel Schmerz und Demütigung das verbunden ist.

»Er ist bereit, dich zu nehmen«, sagte Betty. »Was sonst willst du tun? Du wirst keine Arbeit finden. Kein Obdach, mit einem Bastard. Du wirst auf sündige Weise überleben müssen. Du könntest hier weggehen und dich als Witwe ausgeben, aber du bist mittellos. Du hast nichts, Agnes, und eine Frau, die nichts hat, muss nehmen, was man ihr anbietet, und er ist bereit, dich zu nehmen.«

John Bolton, der Mann, von dem sie sprach, ist der Dorfschmied. Er hat wohl doppelt so lange gelebt wie ich und ist ein Trunkenbold. Ich habe ihn schon oft auf der Straße gesehen, er grinst mich jedes Mal lüstern an, ich kenne diesen Blick von Casson, es ist der Blick eines Mannes, der sich daran labt, anderen Schmerzen zuzufügen.

Erst sträubte ich mich. Ich kann nicht, kann nicht, kann nicht. Allein die Vorstellung, dass ein anderer als Robert mich berührt, ein anderer Mann über meinen Körper und mein Leben verfügt, nachdem Robert mich geliebt hat! Ich kann nicht, kann nicht, kann nicht.

Doch Betty sprach weiter.

»Er wird dir ein Dach über dem Kopf geben, Agnes, er wird dir und deinem Kind zu essen geben. Er weiß, dass du in anderen Umständen bist, und ist bereit, das Kind als seines anzunehmen. Er braucht eine gute Arbeitskraft und eine willige Frau.«

Ich weinte und weigerte mich, denn ich bin noch keine sechzehn, und mir graute beim Gedanken, mein Leben, in dem es einst Zärtlichkeit und pure Freude gab, in die Hände eines lüsternen Widerlings zu legen.

»Du hast deine Liebe gehabt, Agnes.« Betty blieb beharrlich. »Mehr Liebe, als andere Menschen im ganzen Leben erfahren dürfen. Und was hat es dir gebracht außer Kummer und Schmerz?

Er ist fort, und nicht ein einziges Mal hat er sich in den vergangenen Monaten bei dir blicken lassen.«

»Weil er es nicht kann, weil er tot ist«, jammerte ich.

»Das mag sein, aber was können wir schon tun, wenn der Mann, der ihn fortgebracht hat, der Dorfpolizist und damit das Recht und Gesetz ist? Es gibt auf dieser Welt keine Gerechtigkeit für Menschen wie dich und mich, Agnes. Dir bleibt nichts, als zu versuchen, ein Leben für dich und Roberts Kind zu schaffen. Du musst John Bolton heiraten.«

»Ich werde ihn hassen«, sagte ich.

»Dann musst du gehen«, sagte Betty. »Mach dich auf den Weg und erzähle allen, die du triffst, von deinem verstorbenen Ehemann. Wirst schon sehen, wie lange du das überlebst, denn überall treiben sich Soldaten herum, die sich jederzeit auf dich und das Kind stürzen können. Und was, wenn du eines Tages gezwungen bist, dein Kind zu verkaufen, wie deine Mutter dich verkauft hat?«

Der letzte Funke Hoffnung, den ich so behutsam genährt hatte, erstarb in diesem Augenblick, und ich verlor meinen Gott, denn ich kann ihn nicht mehr hören.

»Liebes Mädchen«, sagte Betty. »Robert ist fort. Er hat dich verlassen, versteh das doch. Dieser Teil deines Lebens ist tot, tot bis auf das Leben, das in deinem Bauch wächst. Das ist alles, was dir davon geblieben ist, und lieber Gott, es ist kostbar und zart. Du musst es beschützen, du musst heiraten. Du hast vom Honig gekostet, mein Kind. Jetzt musst du damit leben, dass die Biene dich gestochen hast.«

Und so stimmte ich zu, John Bolton zu heiraten.

»Gottlob!« Betty küsste mich. »Wenn du hart arbeitest und viel betest, wirst du vielleicht doch noch errettet.«

Ich schwieg, denn hätte ich noch mehr gesagt, so hätte ich

Böses gesprochen. Ich hätte Betty gesagt, dass ich errettet werden möchte. Dass ich in der Nähe bleiben möchte. In der Nähe des Mannes, der mein Leben ruiniert hat, damit ich dafür sorgen kann, dass er für alles, was er mir angetan hat, bezahlt.

Agnes, mein Name ist alles, was mir wirklich gehört

Kapitel 39

Auf der Fahrt zurück nach Ponden redet Will ohne Punkt und Komma, als müsse er jetzt plötzlich jeden Gedanken und jedes Gefühl seit Abes Verlust aussprechen oder als wäre eine unsichtbare Mauer, die er um sich herum errichtet hatte, eingestürzt. Ich höre zu, und er redet, während wir über die steilen, kurvenreichen Straßen rund um Debden Bridge fahren. Das Regenwasser bildet spontane Wasserfälle an den Hängen und läuft über die Straße, und zwischen uns und dem bewaldeten Abhang ist nichts als eine Trockenmauer. Will nimmt mich mit auf eine Reise in die Zeit vor dem Absturz – nicht nur des Flugzeugs, sondern seines Lebens. Er erinnert mich daran, wie früher alles war, an den Frieden und die Ruhe, die Abe und ich geschaffen hatten, an die Familie, die wir gegründet hatten, an unser unspektakuläres, belangloses, langweiliges Leben, das uns alles bedeutete, weil es so voller Liebe war.

Wir nehmen die Straße übers Moor. Hier und da sammelt sich Nebel und verschluckt unser Scheinwerferlicht. Die Nacht legt sich aufs Land, es gibt keinen Horizont. Will erzählt mir von dem Tag, an dem ich ihm gesagt habe, dass das Flugzeug, in dem sein Vater saß, spurlos verschwunden sei, von den Wochen, während ich in Peru war. Von der Zeit, die er mit Granny Unity verbracht und während der er über gar nichts geredet, sondern immer nur den Sekundenzeiger der Uhr angestarrt hat, der sich, so fand er, überhaupt nicht bewegte.

Ich drossele die Geschwindigkeit und schleiche um die Haarnadelkurven, ich habe keine Ahnung, was mich in der Dunkelheit erwartet, und rechne jederzeit damit, dass im Nebel ein weißes Gesicht erscheint und eine Hand durchs Autofenster nach mir greift und mich wegzieht, während mein Sohn weiterplappert. Er redet von dem Tag, an dem ich ohne seinen Vater nach Hause kam, und sagt, dass er das einfach nicht glauben konnte. Weil seine Mummy doch bisher immer alles wiedergefunden hatte, selbst das kleinste Legosteinchen oder sein liebstes selbst gemaltes Bild. Mummy hat immer alles gefunden, aber Daddy konnte sie nicht finden, und dann sieht er mich an, als wir bei Rot an einer temporären Ampel stehen und kein anderes Auto weit und breit in Sicht ist.

»Tut mir leid, Mummy.«

»Aber dir muss doch nichts leidtun, Will.« Ich drücke seine immer noch kalte Hand. »Was sollte dir denn leidtun, mein Schatz?«

»Ich hab gedacht, du hättest nicht gründlich genug nach Daddy gesucht, ich hab gedacht, wenn du wirklich richtig gesucht hättest, dann hättest du ihn auch gefunden.«

Die Ampel springt um auf Grün, aber ich fahre nicht weiter. Ich lege den Leerlauf ein.

»Aber Will, ich glaube, du hast recht. Ich habe so gründlich gesucht, wie ich konnte. Wie ich es *zu dem Zeitpunkt* konnte. Aber ich war nicht besonders stark, ich war so verloren und hatte Angst und war in einer fremden Umgebung und ich – ich wollte nicht wissen, was mit Daddy passiert war. Verstehst du?«

Will nickt.

»Ich bin nach Hause zurückgekehrt, um mit dir zusammen zu sein. Ich brauchte dich so sehr. Und darum – darum glaube ich, dass du recht hast. Ich hätte noch gründlicher suchen können. Und mir ist klar, dass wir Gewissheit brauchen, Will. Du und ich, wir müssen wissen, was mit Daddy passiert ist. Auch wenn es wehtut, auch wenn es schlimm ist, wir müssen es wissen. Und darum werde ich noch einmal nach Peru fliegen, so bald wie möglich. Ich fliege noch einmal hin und werde noch einmal nach ihm suchen, und vielleicht wird eine Reise dafür nicht reichen, vielleicht wird es Jahre dauern, aber ich verspreche dir, dass ich die Suche nicht aufgeben werde, Will. Ich verspreche es dir.«

»Wirklich?« Wills Augen leuchten, und in seinem Gesicht ist etwas, das ich schon lange nicht mehr gesehen habe. Was im Castle Ellis passiert ist, hat ihm eine Heidenangst eingejagt – aber es hat ihn auch befreit. Ich blicke in das Gesicht des kleinen Jungen, der er war, bevor es in seiner Welt dunkel wurde.

»Ich versprech's.«

»Ich hab dich lieb, Mummy«, sagt er. »Du bist der mutigste Mensch auf der ganzen Welt.«

Als er das sagt, habe ich das Gefühl, dass er vielleicht sogar recht haben könnte.

Und dann gibt es nichts mehr zu sagen, während wir durch die finstere Moornacht fahren. Wir brauchen keinen Mond, der uns leuchtet, weil das Licht von Ponden auf dem Hügel scheint, ein Licht, das man nicht mit den Augen sieht, sondern im Herzen spürt. Wir haben die Hoffnung einer Familie, die immer noch zu verstehen versucht, was Familie eigentlich bedeutet.

Und vor allem, und das ist wichtiger als alles andere, haben wir einander.

Kapitel 40

Will rennt vorneweg in die schützenden Arme des Hauses und seiner Großmutter, um ihr von seinem Abenteuer zu erzählen. Ich halte ihn nicht zurück, denn ganz gleich, wie Furcht einflößend und unwahrscheinlich seine Geschichte auch sein mag, ich weiß, dass Ma ihm glauben wird.

Warum war ich Agnes ausgerechnet in Castle Ellis begegnet? Ich hatte damit überhaupt nicht gerechnet. Weder in den Archiven noch im Haus. Und was ich dort empfand, war nicht dasselbe wie neulich hier in Ponden – als würde unser Haus sie etwas besänftigen. Doch in Castle Ellis begriff ich, dass jahrhundertelang gärende Sorge und Unruhe den Nährboden für gewaltige Gefühle bilden und dass Gefühle überwältigend und gefährlich sein können. Ich habe den Eindruck, dass die Spuren von Schmerz und Verlust, die immer noch in all dem stecken, was in und um Ponden von Agnes übrig geblieben ist, dieselben Gefühle in mir erkannt haben und durch sie reaktiviert wurden. Als hätten sie in mir einen Anstoß gefunden, eine Triebkraft, um das zu Ende zu bringen, was so lange Zeit unvollendet geblieben ist, als hätte eine Woge der Energie mich erfasst und ausgelotet, weil wir beide jede in ihrer eigenen Zeit auf der Suche nach demselben sind.

Wir beide, Agnes und ich, sehnen uns nach Hoffnung und

werden nicht ruhen, bis wir wissen, dass es Grund zur Hoffnung gibt.

Mir scheint, diese Spur von einem menschlichen Leben, diese Wiedergängerin, ist nicht an das Haus in Ponden gebunden, sondern an mich. Und wir werden zusammen sein, bis ich sie wieder entlasse, bis ihre Reise endlich zum Ziel geführt hat.

Hatte Agnes mich nach Castle Ellis begleitet und vielleicht sogar zu der Kiste geführt, in der ich Hinweise auf sie fand, auf ihre tatsächliche, körperliche Existenz? Aber das andere Papier, das Will mir gab – woher war das gekommen? Ich weiß es nicht. Castle Ellis wurde lange nach Emilys Tod erbaut, es wurde in dem Jahr fertiggestellt, in dem Robert Heaton starb, keiner von beiden hätte das Papier also in den Wänden des Spielzimmers verstecken können, also warum? Warum jetzt und wie?

Ich weiß nur, dass dieser hoffnungsvollen, glücklichen jungen Frau, die ihre ersten Schreibversuche heimlich betrieb, etwas ganz Schreckliches passiert sein muss, etwas, das nach wenigen Jahren dazu führte, dass sie der Hexerei und des Mordes angeklagt wurde. Es muss ihr etwas Grausames und Ungerechtes widerfahren sein, etwas, das meine Vorstellungskraft übersteigt.

Ich weiß, dass die erste Welle der Hexenverfolgung Mitte des 17. Jahrhunderts verebbte. Als Kind war ich restlos fasziniert von der Geschichte der Hexenprozesse von Pendle sowie von der Inbrunst und Angst, von Nachbarschaftsstreitigkeiten und Fehden, die zum Tod unschuldiger Frauen führten, Frauen, die sich nicht mehr hatten zuschulden kommen, als dass sie weise, gelehrt oder unverblümt gewesen waren.

Als weiteren Frauen aus Pendle vierzig Jahre später dieselben Vergehen zur Last gelegt wurden, wurden sie freigesprochen, weil sich die Haltung der Bevölkerung geändert hatte, weil Aufklärung und Bildung für Entwicklung gesorgt hatten. Bis dahin allerdings war jede Frau mit dem Etikett »Hexe« versehen worden, die nicht ganz den Erwartungen ihrer Umwelt entsprach.

Wenn man Agnes für eine Mörderin gehalten hat, wenn sie eine Unruhestifterin war oder sonst wie unbequem, dann war der Vorwurf der Hexerei die schnellste Möglichkeit, sie loszuwerden – und sie völlig legal zu ermorden.

Es gibt noch so viel mehr für mich zu erforschen, Verbindungen, die ich aufdecken muss, Geheimnisse, denen ich auf die Spur kommen will … aber irgendwie weiß ich, wenn ich diese eine längst vergessene und vertuschte Lebensgeschichte aufkläre, die in der allgemeinen Historie untergegangen ist, dann werde ich einen Weg finden, auch mit meiner Geschichte weiterzukommen.

Dann sehe ich Ma, wie sie in der Tür auf mich wartet.

»Jean war hier und hat gesagt, es hat jemand für dich angerufen. Von der Botschaft. Sie hatte eine Nummer aufgeschrieben, die du zurückrufen solltest, und da bin ich – ich hoffe, du nimmst mir das nicht übel – mit zu ihr gegangen und habe die Nummer von ihrem Apparat aus angerufen. Ich wollte nicht, dass du das tun musst.«

»Sie haben seine Leiche gefunden, stimmt's?« Der Boden unter meinen Füßen schwankt.

»Nein.« Ma sieht mich aus ihren blassblauen Augen an, nimmt meine Hände und drückt sie fest. Ich wappne mich. »Ein paar Wanderer haben das Flugzeug gefunden. Beziehungsweise Teile davon. Im Wrack waren keine Leichen, aber … Sie sagten, es sah nicht so aus, als wenn das jemand überlebt hätte, Trudy.«

Ich spüre, wie mein Körper sich auf den Zusammenbruch vorbereitet, auch mein Kopf wartet darauf, doch ich reagiere ganz ruhig. Nicht weil ich diese Information einfach hinnehmen würde, sondern … weil da etwas anderes ist, für das ich keine andere Bezeichnung finde als Liebe.

Meine Liebe zu meinem Mann ist so stark, so nachhaltig, dass nichts jemals etwas daran ändern wird. Und seine Liebe zu mir ist genauso, das weiß ich. Oder vielmehr: Ich spüre es – Abe ist da, in jedem Herzschlag, in jeder funkenden Synapse, seine Liebe ist immer noch da. Sie ist real, sie ist gegenwärtig, und sie ist lebendig. Seine Liebe ist unzerstörbar. Keine Leiche bedeutet, dass noch Hoffnung besteht – das jedenfalls würde Will sagen, und das ist es, was ich spüre.

Look, das Wort, mit dem alles begann, das Wort, das vor zweihundert Jahren in eine Diele geritzt wurde, ist das Wort, das mich weiter begleitet. *Sieh hin. Such.* Ich werde weiter nach Abe suchen, bis wir Gewissheit haben, und diese Nachricht bestätigt mich in meinem Entschluss.

»Wirst du es Will sagen?«, fragt Ma, und ich nicke.

»Ja«, sage ich. »Er muss immer alles erfahren, wenn es etwas Neues gibt. Und ich möchte nicht, dass du mit anderen über Abe sprichst, als sei er tot. Nicht mehr.«

»Bist du dir sicher, Trudy? Wäre es nicht besser, zu akzeptieren, dass …«

»Nein.« Ich schüttele den Kopf. »Nein, Ma. Aufgeben ist keine Option, das haben Will und«, ich sehe mich um, »dieses Haus mir beigebracht. Aufgeben ist keine Option, denn eines Tages wird jedes Geheimnis gelüftet.«

»Gut.« Ma nickt. »Du wirst es am besten wissen. Vielleicht

überlegst du es dir ja noch mal anders, wenn du die Nachricht ein wenig verdaut hast. Du stehst sicher unter Schock.«

»Nein, ich stehe nicht unter Schock. Ich verstehe alles, was passiert ist. Aber ich muss weitermachen, ich muss einfach. Ich habe Will versprochen, dass ich ihn nie wieder enttäuschen werde, und dieses Versprechen werde ich halten. Bis auf Weiteres werde ich also hoffen und glauben. Was bleibt mir anderes übrig? Aufgeben ist keine Option.«

»Waschechtes Yorkshire-Mädel.« Mas tränenvolle Augen glänzen. »Ich gehe Abendessen machen.«

Als sie weg ist, hole ich das zerknitterte und reichlich mitgenommene, handbeschriebene Papier aus der Tasche, streiche es auf dem Oberschenkel glatt und lese es. Ich leide mit Agnes. Dieser Teil ihrer Geschichte ist der erste, der nicht durch ein paar Zeilen von Emily Brontë begleitet ist. Vielleicht hat sie ihn nie gefunden, vielleicht hat Agnes deshalb so einen Aufwand betrieben, um ihn Will in die Hand drücken zu können, um sicherzustellen, dass auch dieser Teil ihrer Geschichte erzählt wird. Aber da ist noch etwas. Etwas, das ich noch nicht ganz einordnen kann.

Tru und Abe

Ich höre den Wind mit mir reden, als ich auf Ponden Kirk zumarschiere, ich sehe, wie er seine Botschaften in das hohe Gras schreibt, wie die Heide unter ihm zittert, und ich sehe den Morgentau wie Juwelen auf den Wildblumen funkeln.

Es ist schweinekalt, und mein Herz klopft heftig, als ich den steilsten Teil der Strecke bewältige, aber es fühlt sich gut an, hier draußen zu sein, es hat etwas Reinigendes. Meine Haare zerzausen, meine Wangen sind taub und rot. Hier draußen fühle ich mich zu Hause, hier bin ich glücklich, hier ist der Mittelpunkt meines Universums, denn das hier ist *meine* Landschaft, so individuell und unverwechselbar wie mein Fingerabdruck.

Dieser Ort ist von Anfang an ein besonderer für uns gewesen. Wie oft sind wir jeder aus seiner eigenen Richtung losgelaufen in dem Wissen, dass der andere am Felsen auf ihn warten würde.

Manchmal ist Abe schon vor mir da gewesen, und mir ging dann jedes Mal das Herz über vor Freude, ihn dort stehen zu sehen, den Blick auf das Tal gerichtet; meine Seele erhob sich und stieg auf wie ein Turmfalke. Er drehte sich zu mir um und lächelte, und es konnte noch so dunkel und kalt sein, zwischen uns war es immer heiß.

Ich liebte Ponden Kirk, hatte aber auch Respekt vor dem

Felsen, der so unverbunden in die Luft ragt. Schon als kleines Mädchen kostete es mich einige Überwindung, ihn zu betreten, und wenn ich mich bis nach vorne an die Kante wagte, dann nur auf dem Hosenboden, die Hände in ständigem Kontakt mit dem Gestein. Der Fels befand sich wohl schon seit Tausenden von Jahren in dieser Position, und doch glaubte ich, er könnte jeden Moment abstürzen.

An eins unserer Treffen dort erinnere ich mich ganz besonders gut. Kaum sah Abe mich kommen, hechtete er auf den großen flachen Felsen, stellte sich breitbeinig dort auf, warf die Arme in die Luft und rief so laut »Halleluja«, dass es durchs ganze Tal hallte.

»Was machst du denn da?« Ich war einerseits hingerissen, andererseits peinlich berührt, obwohl doch außer uns meilenweit niemand zu sehen war.

»Keine Ahnung. Ich hatte einfach plötzlich das Bedürfnis, Gott zu danken für das, was er hier geschaffen hat.« Er streckte mir die Hand entgegen und bedeutete mir, zu ihm raufzukommen. Ich schüttelte den Kopf.

»Ich habe gerne festen Boden unter den Füßen«, sagte ich.

»Aber das hier ist doch dein Fels.« Abe lachte. »Deiner und Cathys und Heathcliffs. Du bist meine Cathy, und ich bin dein Heathcliff, oder?«

»Das will ich nicht hoffen«, sagte ich. »Cathy war eine dumme Kuh und Heathcliff ein eiskalter Psychopath.«

»Gott, bist du unromantisch!« Er spielte den Schockierten. »Jetzt komm schon her zu mir, dann schmettern wir Kate Bush!«

»Okay … da springe ich lieber runter.«

»Bitte.« Abe sprach jetzt deutlich leiser, ich musste ein paar

Schritte auf ihn zugehen, um ihn zu verstehen. »Komm her, ich will dich küssen.«

Immer wieder spule ich zu jenem Moment zurück, will nach ihm greifen, ihn an mich drücken, ganz langsam, ganz sanft. Ich sehe Abe in die Augen, spüre sein Lächeln an meiner Wange. Mein Körper verschmilzt mit seinem, mein Herz steht in Flammen.

Auf einmal war ich mutig genug. Ich trat aufrecht auf den Felsvorsprung und begab mich in Abes Arme. Nicht weil er mir Mut gemacht hätte, sondern weil ich in dem Augenblick begriff, wie viel Mut ich bereits bewiesen hatte, und weil ich wusste, dass es im Leben nichts gab, das mir mehr Angst machen würde, als ihn zu verlieren.

»Ich liebe dich, Abe«, sage ich jetzt und lasse mich rücklings ins Heidekraut sinken, den Blick in den gleichgültigen Himmel gerichtet. »Ich liebe dich.«

Die Welt interessiert es nicht, wenn jemand einen geliebten Menschen verliert. Wie viele andere Menschen auf dem Erdball erleben in diesem Augenblick dieselbe Trauer, denselben Schmerz – und wie viele tun es im nächsten, im übernächsten und allen weiteren Augenblicken, solange es Menschen gibt?

Die Welt interessiert es nicht, aber mich interessiert es. Und darum erkläre ich dem Himmel, wie sehr ich Abe liebe und dass ich ihn immer lieben werde und dass ich unbedingt herausfinden muss, was mit ihm passiert ist.

Kann sein, dass es den Himmel nicht interessiert, aber er hört wenigstens zu.

FÜNFTER TEIL

Mit weitumfangender Liebe
Belebt dein Geist die ewig dauernden Jahre,
Durchdringt und schwebt da oben,
Verändert, stützt, zerstört, erschafft und nährt.

Emily Brontë

Kapitel 41

Bei Tageslicht wirkt Dads Arbeitszimmer ganz friedlich. Zwar ist es draußen düster und regnerisch, aber das Zimmer gleicht jetzt viel mehr der kleinen Oase, als die ich es in Erinnerung habe.

Will und Ma sind in der Küche damit beschäftigt, einen Kuchen zu backen. Ich hatte Will auf den Schoß und in den Arm genommen, bevor ich ihm von der Entdeckung der Wrackteile erzählte, und er hatte sich mit ernster Miene ganz eng an mich gedrückt. Er hat mir zugehört und sich dann von mir halten lassen, und Ma hat in der Zwischenzeit ihre alten Rührschüsseln, Holzlöffel, eine rostige Dose und sämtliche für einen Biskuitkuchen benötigten Zutaten bereitgestellt.

»Also, Leute«, hatte sie gesagt, als sie hereinkam. »Ich will einen Kuchen backen und brauche einen, der mir beim Rühren und Probieren hilft. Wie wär's mit dir, Will?«

»Okay, Granny«, sagte Will und rutschte von meinem Schoß. Aber in der Tür drehte er sich noch einmal um und sagte: »Wir suchen ihn aber trotzdem weiter, oder, Mummy?«

»Wir werden die Suche nie aufgeben, versprochen«, antwortete ich. Und er nickte und trottete dann beruhigt hinter Ma her.

Ich stand dann erst mal eine Weile im unteren Flur, wo ich hörte, wie Ma mächtig empört tat, nachdem Will sie irgendwie gefoppt hatte. Dann bin ich hierhergekommen und habe die Tür hinter mir zugezogen.

Und jetzt mache ich mich an die Arbeit …

Erst mal räume ich so einigen Kram hin und her, bis ich schließlich den alten Bürostuhl frei mache und die letzte Kiste vom Schreibtisch hebe. Was ich da sehe, zerreißt mir fast das Herz. Ein Füller auf einem aufgeschlagenen Notizbuch, die Seiten bedeckt mit seiner Handschrift. Ein Becher voller Staub, der einmal Schimmel gewesen war. Ein flach liegender Bilderrahmen mit einem Foto von ihm und mir, wie wir beim sommerlichen Dorffest am Grill stehen, Dad mit seinem langen Bart, ich, wie ich zu ihm aufsehe.

Mit einem Zipfel von meinem Hemd wische ich den gröbsten Staub von dem alten, zerschlissenen Lederstuhl und dem Schreibtisch, dann stelle ich den Bilderrahmen auf und lasse mich auf den Chefsessel sinken, lege die Ellbogen da ab, wo einst seine Ellbogen lagen, und die Finger da, wo seine ruhten.

Ich stelle die Holzkiste auf die frei geräumte Fläche und sehe sie noch einmal durch, um sicherzugehen, dass ich nichts übersehen habe.

Ich lege all das beiseite, was ich bei der ersten Sichtung bereits in der Hand hatte – Geburts- und Todesurkunden der letzten zwei, drei Generationen, einschließlich der meines Großvaters, bei dem als Todesursache »Unglücksfall« vermerkt ist. Tatsächlich finde ich etwas, das ich beim ersten Durchgang übersehen hatte, wahrscheinlich, weil es eine schlechte Fotokopie ist – aber immerhin, es ist eine Kopie des Originals der Bibliotheksbestandsliste von 1898. Ich verbringe einige Minuten damit, eine Spalte nach der anderen durchzusehen und zu staunen, was für Schätze uns damals verloren gingen. Viele Bücher hatten mit Bodenrecht, Ackerbau und Viehzucht zu tun. Aber es gab auch jahrhundertealte Gebetsbücher, Lyrikbände, illustrierte Wildblumenführer und natürlich die legendäre verschollene Ausgabe von Audubons *Die Vögel Amerikas*, eines der wertvollsten Bücher der Welt, sowie ein First Folio, eine Erstausgabe von Shakespeare, die beide Millionen wert sind – alles weg, verloren, und niemand weiß, wohin. Wenigstens war keine Erstausgabe von *Sturmhöhe* dabei – aber was, wenn Emilys Robert Heaton den ersten Teil von *Das Haus in Scar Gill* ausgerechnet in diesen Büchern versteckt hatte?

Der Gedanke daran, was alles unwiederbringlich sein könnte, bereitet mir Bauchschmerzen, und ich mache schnell weiter.

Unter der Fotokopie befinden sich ein paar Dokumente aus dem späten 17. Jahrhundert, die mit der damals üblichen Herdsteuer zu tun haben, und ich finde es seltsam, die Unterschrift meines längst verstorbenen Vorfahren William Heaton darauf zu sehen – zumal die Angaben zu der Anzahl von Herden in Ponden Hall gelogen waren, um Steuern zu sparen.

Und dann das für die Familiengeschichte allerwichtigste Dokument: Die Rückübertragung der Verwaltung des Vermögens von William Heaton auf seine Witwe Anne Casson, und am 22. Februar kaufte Agnes' Robert Heaton Henry Casson sein rechtmäßiges Erbe ab, womit er Cassons Herrschaft auf Ponden Hall beendete und das Haus endgültig wieder der Familie Heaton zuführte. Und irgendwo hinter diesen in altmodischer Rechtssprache verfassten juristischen Vorgängen verbirgt sich Agnes' Geschichte.

Das Zimmer rührt sich. Möbel knarren, Staub wirbelt auf,

die Schatten rücken näher. Ich gebe mich der Stille in der Hoffnung hin, vielleicht ein leises Flüstern zu hören, das mir sagt, was ich tun und wo ich suchen soll. Der wolkenverhangene Himmel draußen ist tiefgrau, und im Zimmer wird es immer dunkler, je intensiver es regnet.

Ganz unten in der Kiste finde ich seltsamerweise die jüngsten Dokumente. Ein Foto und eine Audiokassette. Ich nehme sie heraus und sehe fast vor mir, wie Dad sie unter all den alten Papieren begraben hat, weil er sicher war, dass da nie jemand nachsehen würde. Und ich begreife schnell, warum er zumindest das Foto verbergen wollte.

Es zeigt eine Frau im Badeanzug, die dem Fotografen eine Kusshand zuwirft. Auf der Rückseite ist in Dads Handschrift das Datum notiert, zwei Jahre nach Mas und Dads Hochzeit.

Die Kassette ist unbeschriftet. Unter dem Fenster steht Dads alte Stereoanlage. Ich stöpsele diverse Kabel in merkwürdig anmutende Buchsen, schalte die Anlage an und höre die Lautsprecher brummen. Ich zögere kurz, dann lege ich die Kassette ein und drücke auf Play.

»Ich erzähle das jetzt einmal, und dann werde ich nie wieder darüber reden.«

Ich zucke zusammen, als ich Dads Stimme höre, und stelle fest, dass die Lautstärke voll aufgedreht ist. Ich drücke auf Pause, regle auf Zimmerlautstärke herunter und gestatte mir eine kleine Verschnaufpause nach diesem Schrecken, seine Stimme nach so vielen Jahren wieder zu hören. Ach, Dad, du warst nicht perfekt, das wird mir jetzt auch klar, aber ich habe dich geliebt. Als ich so weit bin, drücke ich wieder auf Play.

»Hier spricht Bob Heaton. Ich bin vierunddreißig Jahre alt und im Vollbesitz meiner geistigen und körperlichen Kräfte. Ich bin nüchtern wie ein Richter. Ich lebe schon lange in diesem Haus, und ich weiß, dass es kein ganz normales Haus ist, aber heute Abend … Ich kann einfach nicht glauben, was ich gerade gesehen habe. Ich sitze an meinem Schreibtisch, es ist spät, ich kümmere mich um die Buchführung, als ich vom Fenster ein Geräusch höre, ein Kratzen, und ich denke, das wird eine Katze sein oder ein paar Zweige von dem Baum draußen. Aber dann höre ich auch noch ein Weinen, erst denke ich, das ist der Wind, aber das passt nicht ganz. Es ist ein Baby. Draußen weint ein Baby, ein armer verlassener Wurm. Und ich habe ja von dem Kind von Ponden gehört und dachte, vielleicht kommt es daher, vielleicht ist es dieser seltsame Wind, der durch das Tal heult. Also stehe ich auf und gehe ans Fenster, keine Ahnung warum, draußen ist es stockfinster, es gibt nichts zu sehen, jedenfalls dachte ich das. Und dann stehe ich am Fenster und lausche dem Weinen – dem des Windes, dachte ich. Und dann sah ich sie, fest gegen die Glasscheibe gedrückt, schneeweiß und winzig. Eine Hand, eine kleine Hand, eine Kinderhand.« Ich höre ihn schlucken, höre seine Stimme beben. »Und dann ist sie weg, und der Wind hat sich gelegt, und ich frage mich schon, ob ich mir das alles bloß eingebildet habe. Aber ich habe es gesehen, es ist wirklich passiert, und das hier ist der Beweis.«

Die Kassette läuft weiter, aber es ist fast nichts mehr zu hören. Ist Dad noch da, in dem Zimmer, in dem er sich selbst aufgenommen hat? Sind es seine Schritte, die ich höre? Ist er es, der Sachen räumt? Ich gehe mit dem Ohr ganz nah an den Lautsprecher, um besser hören zu können.

»Trudy!«

Nur ein Wort, mein Name, glasklar ausgesprochen, und ich werde ins Arbeitszimmer zurückgeschleudert. Die Stimme klang wie die von Abe!

Ein Blitz zuckt und lässt eine Sekunde lang alles hell erstrahlen, gefolgt von tiefer Dunkelheit und grollendem Donner. Vor dem Fenster, durch das regennasse Laub, sehe ich, wie das Pferd sich aufbäumt, und dahinter das offen stehende Gatter, durch das man zur Bienenmauer gelangt. Wieder knallt lauter Donner, und mir geht durch den Kopf, dass ich das Gatter noch nie im Leben offen gesehen habe. Ich weiß nicht warum, aber als ich aus dem Haus gehe und mir der Regen über die Kopfhaut rinnt, habe ich das Gefühl, dieser Stimme zu folgen. Abes Stimme.

Kapitel 42

An dem Weg, der von Ponden Hall hinunter zur Aue und dem Wasserlauf führt, befindet sich eine merkwürdige Konstruktion, die so alt ist wie der älteste Teil des Hauses und von allen »die Bienenmauer« genannt wird. Es handelt sich um ein mehr oder weniger L-förmiges Trockenmauergebilde mit mehreren tiefen Kammern, gerade so groß, dass einst handgeflochtene Bienenkörbe hineinpassten. Hier siedelten die Pondener Heatons die wilden Bienen an, die sie vom Moor mitbrachten, hier ernteten sie den Honig und das Wachs dieser fleißigen kleinen Wesen, stellten Met her und Kerzen. Das Bauwerk ist längst von Unkraut und Brombeeren überwuchert, aber früher war es einmal von großer Bedeutung für das Haus und seine Bewohner. Und es ist ein Ort, an dem Agnes und Robert sich gewiss gerne aufgehalten haben.

Der Weg dorthin ist rutschig, in meinen Fußabdrücken sammelt sich sofort Wasser, mein nasses Haar klebt mir am Rücken, Regenwasser brennt in meinen Augen. Wenigstens ist das schlimmste Donnergrollen weitergezogen und rumpelt jetzt dumpf in der Ferne weiter. Ich wage mich eine ziemlich steile Stelle hinunter und will mich an einem kleinen Baum festhalten. Doch der Stamm ist bemoost und glitschig, und so taumele und rutsche ich weiter, bis ich in einer silbrigen Pfütze lande und meine Jeans sofort komplett durchnässt ist.

Ich will schwer hoffen, dass mein Instinkt mich nicht getrogen hat.

Die Bienenmauer sieht aus wie eine antike Ruine, die man auch mitten im Urwald finden könnte, so überwuchert, wie sie ist. Wenn man nicht wüsste, dass sie da ist, würde man glatt daran vorbeilaufen und sie für eine der vielen Felsformationen hier halten. Unvermittelt hört es auf zu regnen. Mit einem Mal ist die Luft ganz frisch und sauber, und ein paar Sonnenstrahlen lassen alles scharf hervortreten wie ein Kaleidoskop aus Grüntönen. Ganz kurz werde ich geblendet von etwas feurig Rotem wie dem Aufblitzen eines alten Fotos, doch dann ist es wieder weg, und ich höre nichts als das Rauschen des Richtung Stausee strömenden, angeschwollenen Flusses und den letzten schwer durch die Baumkronen tropfenden Regen.

Ich verfange mich in den Brombeeren, sie zerkratzen mir die Hände, als ich versuche, sie beiseitezuzerren, um in eine Bienenkorbkammer nach der anderen zu greifen. Jede dunkle kleine Höhle ist voll Unkraut und Ungeziefer, aber ich überwinde mein Unbehagen und suche jede einzelne Höhle ab nach irgendetwas, das als Versteck dienen könnte.

Durch das große grüne Eden rauscht plötzlich ein heftiger Wind, ein kalter Wind, der mich erfasst und ins Taumeln bringt. Ich falle hintenüber ins hohe, nasse Gras, der Himmel über mir dreht sich, ich ringe nach Luft. Es dauert einen Moment, bis ich wieder durchatmen kann, und in diesem Moment höre ich jemanden weinen. Bin ich das? Meine Finger versinken tief im Matsch, als ich versuche, mich abzustützen und wieder aufzustehen. Ich sehe mich um, will wissen, wer oder was mich zu Boden gerissen hat. Ich höre ein kurzes, heftiges Bellen, drehe mich um und erblicke Mab, die alle vier

Pfoten fest in den Boden gerammt hat, die Zähne fletscht und irgendetwas zwischen den Bäumen fixiert. Ein kurzer Blitz im Blattwerk, dann ist es wieder still.

»Komm her, Mab.« Ich strecke die Arme nach ihr aus. »Komm her, mein Mädchen.«

Folgsam trottet sie auf mich zu und lässt sich gefallen, dass ich sie am Halsband packe und mich an ihr hochziehe, zunächst auf alle viere. Dann lege ich den rechten Arm um sie und stütze mich mit der anderen Hand im Matsch ab, um mich aus dem Morast zu erheben. Im selben Moment berühren meine kalten Finger etwas Hartes, das sich noch kälter anfühlt. Ich lasse Mab los und grabe. Kaum entferne ich eine Handvoll Schlamm, läuft braunes Wasser in die Mulde. Die nach Eisen riechende Erde färbt meine Hände und Unterarme passend zur Landschaft, aber letztlich gelingt es mir, die Finger um das vergrabene Objekt zu legen.

Ich höre mich selbst vor Anstrengung stöhnen, als ich den Fund aus dem Matsch ziehe und wieder auf dem Hosenboden lande. Auf meinem Schoß liegt ein schlammbedecktes altes Einmachglas. Mit Ärmel und Hand wische ich das Gröbste weg, um zu sehen, was sich darin befindet. Es sind gerollte Papiere.

Mab betrachtet mich aus ihren braunen Augen, als sei ich das ulkigste Wesen, das sie je gesehen hat. Vielleicht, weil ich lächele.

Aus dem Nichts schießt mir ein Gedanke durch den Kopf, der mir nicht mein eigener zu sein scheint, der aber so klar und deutlich ist, dass ich ihn laut ausspreche.

»Und jetzt muss das, was nicht ertragen werden kann, ertragen werden. Das, was nicht ertragen werden kann, muss sein.«

Kapitel 43

Ich höre Mas Stimme im Wohnzimmer, sie plaudert mit Will, während der sich bettfertig macht. Ich schleiche mich durch die Küche nach oben in Cathys Zimmer, um dort das Glas zu öffnen, aber zuerst gehe ich ins Badezimmer, um zu duschen.

Im Wandspiegel erhasche ich einen Blick auf mich selbst: Die obere Gesichtshälfte ist komplett schlammverschmiert, die untere nur voller Spritzer. Zögerlich hebe ich die Hand und berühre den Spiegel, denn mir wird klar: Ich sehe aus wie eins von Agnes' gekritzelten Gesichtern. Schnell wasche ich mich unter kaltem Wasser und ziehe mich um, aber ich bibbere immer noch, nachdem ich mich abgetrocknet habe und in warmen Sachen stecke. Als ich so weit bin, breite ich mein Werkzeug aus und nehme meine übliche Position auf dem Fußboden ein, den Alkoven direkt hinter mir.

»Bereit?«, frage ich das Zimmer.

Das Glas ist mit Wachs versiegelt, das im Laufe der Zeit eher ungeschickt erneuert wurde, aber geschickt genug, um den Inhalt zu konservieren. Ich kratze es ab. Darunter kommt ein mit Pech getränktes Tuch zum Vorschein, mit einer Schnur um den breiten Hals gebunden. Ich bemühe mich, nicht alles zu zerstören, und lege die abgelösten Teile beiseite. Dann kippe ich das Glas um und schüttele die aufgerollten Papiere heraus. Mein Herz will platzen, als ich Emilys und Agnes' Handschrift nebeneinander sehe. Aber da ist noch eine dritte Handschrift, ein paar auf einen Zettel gekritzelte Zeilen.

Dieses Glas wurde von mir, Robert Heaton, im Jahre 1848 auf Bitten meiner geliebten und geschätzten Freundin Emily Jane Brontë hier platziert. Sie hat meine Gefühle nie erwidert, aber sie hat mir vertraut, und ich habe ihre Arbeit versteckt, wie von ihr gewünscht, und sie soll auf ewig versteckt bleiben, jetzt, da Emily nicht mehr ist.

Emilys Robert, mein Vorfahr, der unverheiratet verstarb, hat dieses Geheimnis bis zum Schluss bewahrt …

Ich streiche die Papiere glatt und konzentriere mich zunächst auf Emilys Brief. Ihre Schrift ist undeutlicher geworden, die Sätze laufen so richtungslos über das Papier, dass es ein paar Minuten dauert, bis ich sie entziffern kann. Beim Lesen kann ich fast den Schmerz in ihrer Brust spüren, der sie bei jedem Atemzug quälte, das Fieber auf der Stirn, die Schwäche in ihren Armen, und ich könnte weinen angesichts ihrer Weigerung, ihren Zustand einzugestehen.

Dezember

Robert, ich möchte den Tod nicht fürchten, aber ich tue es. Ich fürchte ihn, und ich kämpfe mit dem bisschen Kraft, das mir geblieben ist, gegen ihn an, ich werde ihn durch Willenskraft abwehren, Robert. Viel mehr kann ich jetzt nicht schreiben, und diese Geschichte fließt mir einfach so aus der Feder, als würde sie mir von jemand anderem diktiert, als sei ich lediglich die Schreiberin.

Charlotte und Anne möchten, dass ich mich mehr schone. Papa drängt immer wieder, einen Arzt zu rufen, doch ich weigere mich. Ich möchte mich nicht schonen. Ich möchte mein Leben mit Leben füllen!
Hier ist der zweite Band. Bitte bewahre ihn woanders auf, nicht zusammen mit dem ersten und auch nicht zusammen mit meinen Notizen oder Agnes' Aufzeichnungen. Verteile alles gut, damit niemand, der diese Dinge vernichten möchte, sie finden kann. Denn diese Dinge sind ich, Robert. Und sie. Und sie, die vielleicht noch nicht geboren ist. Aber diese Dinge sind nicht für die Augen unserer Zeit bestimmt, nicht für eine Zeit, in der das Leben einer Frau wertlos ist.
Ich bin so schwach, dass schon das Halten der Feder, das Bannen von Wörtern auf Papier eine große Anstrengung für mich darstellt, aber ich werde nicht aufhören, bevor ich damit fertig bin.
Aber falls es mir nicht gelingen sollte, Robert, falls der Tod mich holt, bevor ich fertig bin, möchte ich, dass du weißt, wie zutiefst dankbar ich dir bin und dass ich dir allergrößten Respekt zolle, mein lieber Freund, dafür, dass du mir immer mit sanfter Liebe begegnet bist, auch wenn ich oft kalt und hochmütig war, mürrisch und unwirsch.
Ich habe in meinem Leben keinen Mann geliebt. Ich liebe das Land, das Moor und den Himmel, meine Hunde und meine Tiere. Ich liebe das Land, in dem wir leben, die Fantasie, die es mir erlaubt, andere Welten zu bereisen, und auch Gott mag ich ganz gerne. Ich liebe meine Familie über alles, aber am allermeisten liebe ich das Leben, Robert. Wie einen Geliebten. Ich wünschte, es

würde mich jetzt nicht verstoßen, denn ich will nicht gehen. Ich will nicht gehen. Ich werde nicht gehen.
Vergiss mich nicht. Nie.
Deine EJB

Unter ihrer Unterschrift hat sie das Gesicht nachempfunden, das immer wieder in Agnes' Aufzeichnungen auftaucht. Es bricht mir das Herz, von ihrer Angst zu lesen, von ihrer Weigerung, dem ins Auge zu sehen, von dem sie genau wusste, dass es ihr widerfahren würde – und meine Bewunderung für sie entflammt nur noch mehr, jetzt, da mir klar wird, dass sie genau wusste, dass das, was sie schrieb, nicht verstanden werden würde, dass sie sich davon aber nicht abhalten ließ. Robert muss sie wirklich sehr geliebt haben, wenn er so viele Zurückweisungen von ihr erfahren und sich dennoch nie von ihr abgewandt hatte. Er hielt stets an seiner Liebe fest, bis zu seinem eigenen Tod oder vielleicht sogar darüber hinaus. Er hat nie aufgehört, sie zu lieben, und das, obwohl sie seine Liebe nie erwiderte.

Ich begreife etwas über das Wesen der Liebe. Liebe ist kein Geschäft, nichts, wofür es eine Gegenleistung gibt. Liebe ist eine Kraft, die weit darüber hinausgeht, ein Versprechen, ein Schwur. Sie ist eine Erklärung: »Ich werde stets an deiner Seite sein, auch wenn du nicht an meiner bist. Ich werde dich nie allein lassen. Ich bin dein.«

Nicht alle meine Vorfahren waren gute Menschen. Manche waren Trunkenbolde, andere Betrüger und Lügner, aber dieser Mann – dieser Mann hat aufrichtig und ehrenhaft geliebt, und viel mehr kann ein Mensch nicht tun, um Spuren auf dieser Welt zu hinterlassen, ganz gleich, wie klein sie sein mögen.

Aber was war mit seinem Vorfahren, mit Agnes' Robert? Hat er seine junge Geliebte ihrem Schicksal überlassen, oder ist er zurückgekehrt? Ich wende mich den Papieren zu und lese weiter.

1659

Es ist einerlei, was er mit mir macht. Ich nehme es schweigend hin, wie eine gute Ehefrau, ich schließe die Augen und wandere im Geist durchs Moor, über die Pfade durch die Heide, ich spüre die warmen Felsen unter meinem Rücken, wenn Robert und ich wie Mann und Frau beieinanderlagen, wenn wir unbändige Freude empfanden und unsere Liebe ein Teil des Landes wurde wie die Erde und das rauschende Wasser. Wenn wir eins wurden.

Doch jeden Morgen, wenn er noch schläft, nehme ich die Tinktur zur Hand, die ich nach Bettys Anweisung herstelle, auf dass sie jeglichen Samen tötet, den er in mich gepflanzt haben könnte.

Er macht mit mir, was er will. Und ich schufte für ihn, weil er mich und das Kind bei sich aufgenommen hat, aber ich werde nicht zulassen, dass er durch mich weiteres Leben hervorbringt. Leben sollte aus Liebe entstehen, aus Reinheit und Freude. Nicht aus dem, was er Nacht für Nacht mit mir macht.

Catherine ist meine einzige Freude, und sie ist Freude genug für ein ganzes Leben. Sie sieht ihrem Vater ähnlich, aber das bemerkt außer mir niemand. Die Haare hat sie von mir, feuerrot. Sie ist gesund und kräftig. Viele Mütter im Ort müssen ihre Kinder begraben, aber Catherine wächst und gedeiht. Wenn sie sieht, dass ich sie anblicke, strahlt sie mich an. Sonntags nach dem Kirchgang, wenn er betrunken ist, bereitet es mir größte

Freude, ihr die Moorlandschaft zu zeigen, wo sie in den Wolken und im Flüstern des Windes vielleicht ihrem richtigen Vater begegnet. Ich setze sie ab und lasse sie durch die Heide laufen, lasse sie alles anfassen und erforschen, jedes Tierchen, jeden Stein. Sehe zu, wie sie sich am Matsch erfreut. Sie ist meine Wonne, mein Herzschlag, meine Hoffnung.

Robert ist nicht zurückgekehrt. Betty sagt, es gibt keinerlei Nachricht von ihm – oder wenn, dann erfährt sie nicht davon. Vielleicht sagt sie die Wahrheit, vielleicht will sie mich schonen, weil sie glaubt, ich sei zur Ruhe gekommen und hätte Frieden gefunden als Ehefrau und Mutter und sich abplackendes Arbeitstier. Betty glaubt, das sei das Beste für mich, das Sicherste. Aber sie weiß nicht, dass das, was Robert jetzt von mir fernhält, nicht auf Dauer der Kraft unserer Liebe standhalten kann. Er wird zu mir zurückkehren, weil er gar nicht anders kann.

Und wenn er kommt, werden Catherine und ich auf ihn warten.

Bis es so weit ist, wende ich weiter die Tinktur an und sehe zu, wie meine Tochter heranwächst, ich warte ab, weil ich weiß, dass meine Zeit kommen wird.

Kapitel 44

Schweigend sitzen Ma und ich nebeneinander und lesen eine Seite nach der anderen, während Will von Mab umschlungen auf dem Sofa schläft. Ich komme mit dem Lesen etwas schneller voran, denn ich habe alles schon einmal dechiffriert, meine Augen haben sich an die altmodische Handschrift und mein Gehirn sich an die alte Sprache gewöhnt. Hin und wieder halte ich inne, um Ma etwas zu erklären, und zwischen uns herrscht eine nie da gewesene Leichtigkeit, eine Vertrautheit, die ich so überhaupt nicht kenne. Wieder frage ich mich, warum ich diese Frau, meine eigene Mutter, nie richtig gekannt, nicht richtig gesehen habe, bis jetzt. Sie ist so lange so einsam gewesen, selbst als Dad noch lebte, selbst als ich hier aufwuchs, und sie war immer so furchtbar steif, so wahnsinnig damit beschäftigt, auch aus der unglücklichsten Situation noch das Beste zu machen, dass es ihr unmöglich war, Liebe zu zeigen oder anzunehmen. Und ich, die ich die Liebe in ihrer schönsten und sanftesten Form kennengelernt habe, verweigerte sie ihr.

Hier schwirren so viele Geheimnisse herum, aber dieses kapiere ich am allerwenigsten, und gleichzeitig ist es für mich der größte Anlass zur Hoffnung. Während Ma liest, lässt sie ihre Hand zu meiner wandern und drückt sie. Es entsteht ein Moment der Nähe und der Ruhe. Der Verbundenheit.

Mal ganz abgesehen von dem erstaunlichen Fund, den Emily Brontës Zeilen darstellen, ist Agnes' Geschichte schier unglaublich. Damit meine ich nicht die traurigen Details – es muss im Laufe der Menschheitsgeschichte zahllose Beispiele von jungen Frauen gegeben haben, die verführt und dann sich selbst überlassen wurden –, sondern die Tatsache, dass Agnes selbst ihre Geschichte niedergeschrieben und erzählt hat.

Wie sehr ich auch darüber nachdenke, mir fällt nichts Vergleichbares ein, nicht einmal die *Autobiografie der Mrs Alice Thornton*, von der Grace sprach. Denn diese Alice, die in etwa zur selben Zeit lebte wie Agnes und auch gar nicht so weit von hier entfernt, war eine gebildete Frau aus gutem Hause, die ihre Lebensgeschichte aufschrieb, um damit dem verleumderischen Tratsch etwas entgegenzusetzen. Schon ihre Berichte über die Belastungen und Sorgen während des Bürgerkriegs waren bemerkenswert. Aber dass es derartige Aufzeichnungen von einer einfachen Dienstmagd aus ärmlichen Verhältnissen geben könnte, hatte ich niemals für möglich gehalten. Agnes muss eine außergewöhnliche Frau gewesen sein.

»Agnes …« Ma spricht den Namen ganz leise im Kerzenlicht aus. »Kein Name, der im Stammbaum auftauchen wird. Das arme Ding.«

»Ja, ich weiß. Irgendwo in diesem Haus oder auf dem ehemaligen Land der Heatons befindet sich auch der Rest von Agnes' Geschichte und vielleicht auch Emilys Nacherzählung oder zumindest ein Teil davon. Wenn wir das finden, wäre das der größte literarische Fund der Gegenwart. Wir könnten Emily ihre Stimme geben – und endlich erfahren, wie es mit Agnes weiterging.«

»Du hast gesagt, sie hat dich zu diesem Glas geführt?«

»Irgendetwas hat mich dahin geleitet, etwas, das über reinen Zufall hinausgeht. Vielleicht liegt es daran, dass Ponden mir im Blut steckt, dass ich es genauso gut kenne wie alle anderen Heatons, die je hier gelebt haben, und dass wir alle uns dieselben Verstecke für unsere Geheimnisse aussuchen. Oder vielleicht liegt es daran, dass sie hier ist, im Licht, im Schatten …« Ich muss an meine Hand denken, die hinter der Verkleidung des Bücherschranks stecken geblieben war. »In der Dunkelheit.«

Ich nicke und zucke gleichzeitig mit den Schultern, es fällt mir immer noch schwer, es einzuräumen.

»In meinem Herzen, Ma. In meinem Herzen fühlt es sich an, als sei sie es. Eine Mutter. Eine Mutter, die ihr Baby zurückhaben will.«

»Wenn sie es ist, kannst du sie dann nicht einfach bitten, dir alles auf einmal zu liefern und hübsch hier auf den Tisch zu legen?«, fragt Ma spitzbübisch und blickt erwartungsvoll zum Esstisch.

»Ich bin mir ziemlich sicher, dass es so nicht funktioniert«, sage ich leicht lächelnd. »Aber ich weiß, dass alles, was wir bis jetzt gefunden haben, sich entweder im Haus oder auf dem Grundstück befand. Also fast alles. Wir müssen einfach nur das Haus auseinandernehmen, dann werden wir alles finden, Ma. Hilfst du mir?«

»Wär wohl das Beste«, sagt Ma. »Du hast ja als Kind nicht mal deine eigene Nase finden können.«

»Mütter finden immer alles«, sage ich und muss dabei an Wills Worte denken. »Ma … Ich glaube, ich musste erst mal erwachsen und Mutter werden, um zu verstehen, wie sehr du gekämpft hast, und um zu begreifen, was du durchgemacht hast, als ich klein war. Heutzutage gibt es Begriffe für diese Gefühle, postnatale Depression, Trauer. Es gibt so viele mögliche Gründe dafür, dass wir uns damals nicht besonders nah waren …«

»Agnes.« Ma geht überhaupt nicht auf mich ein und knabbert an ihrem Daumen. Sie runzelt die Stirn, erhebt sich, verschwindet in die Küche und kommt mit einer Taschenlampe in der Hand wieder.

»Was hast du vor?« Ihr plötzlicher Themenwechsel bringt mich ein wenig aus dem Konzept.

»Mir ist gerade was eingefallen«, flüstert sie. »Komm mit.«

»Was ist mit Will?«

»Auf den passt Mab schon auf«, sagt Ma. »Die liebt ihn wie einen eigenen Welpen. Jetzt komm schon.«

Etwas widerwillig folge ich ihr in den großen Flur und stelle einen einzelnen Arbeiterstiefel, zu dem ich keinen zweiten entdecken kann, als Stopper in die Tür. Ma öffnet die Abseite unter der Treppe, in der sich alles stapelt, was je dort abgestellt und seither vergessen wurde.

»Meinst du, wir finden Emilys zweiten Roman in einem Paar nicht zusammengehörender Gummistiefel?«, frage ich, als sie alle möglichen Sachen rückwärts hinauswirft wie ein buddelndes Nagetier.

»Jetzt steh nicht so untätig da rum und hilf mir gefälligst, du Faulpelz«, ordnet Ma an, während sie alles im Flur verteilt. Ich sehe einen Teil von Wills Kopf durch die offene Tür und mache mich an die Arbeit. Ich versetze Kartons.

»Wonach suchen wir?«, frage ich. »Hast du etwa den letzten Teil von Emilys Buch hier versteckt und aus Versehen vergessen, es mir zu sagen?«

»Wirst schon sehen«, sagt Ma nur zu meiner großen Irritation, und als der kleine Raum endlich leer geräumt ist, bückt sie sich und zerrt mit erstaunlicher Kraft eine Holzplatte beiseite, die so aussieht wie eine ehemalige Tischplatte. Dahinter kommt eine Kellertreppe zum Vorschein.

»Ich dachte, der Keller sei für immer verrammelt und verriegelt?« Mir klappt die Kinnlade herunter.

»Ja«, sagt Ma, als sei es absolut nichts Ungewöhnliches, in diesem Haus eine geheime Treppe zu entdecken. »Aber dein Vater hat sich darum gekümmert, und er war in solchen Dingen nie besonders gründlich. Ich hatte ihn gebeten, das zu machen, als du ganz klein warst – aus Angst, du könntest die Treppe runterfallen. Früher wurden da unten die Vorräte gelagert, als Agnes … als sie noch lebte.«

»Dad hat den Keller mit einer Tischplatte verrammelt?« Ich spähe hinunter in die Dunkelheit.

»Sag mal, hörst du schlecht, oder was? Hab ich doch gerade gesagt.« Ma schüttelt den Kopf. »Jedenfalls bin ich bestimmt dreißig Jahre nicht da unten gewesen, aber mir ist eben was eingefallen. Etwas, dass dich sicher interessieren wird.« Sie richtet den Strahl der Taschenlampe auf die steile, schiefe Steintreppe, die sich irgendwie nach vorn zu neigen scheint. »Vielleicht gehst du besser zuerst, meine Beine sind nicht mehr, was sie mal waren.«

»Ich stecke mitten in einer Gespenstergeschichte, und ausgerechnet ich soll nur mit einer Taschenlampe bewaffnet als Erste in den Keller runtergehen?«, brumme ich. »Super.«

Und doch steigt meine Stimmung, je weiter ich hinabsteige, eine gewisse Aufregung macht sich in mir breit. Ich hatte keine Ahnung, dass dieser unterirdische Bereich noch immer zugänglich ist und dass es einen Geheimkeller gibt – einen Geheimkeller! Davon habe ich als Kind immer geträumt! Das ist fast so, als würde ich hinterm Kleiderschrank einen verschneiten Märchenwald finden.

Die Stufen erfordern hohe Aufmerksamkeit, aber es sind ja nicht viele. Unten angekommen, reiche ich Ma die Hand und helfe ihr herunter. Ich leuchte mit der Taschenlampe umher, und Stück für Stück entsteht in mir ein Bild von diesem Raum. Er ist klein, nur wenige Quadratmeter, hat eine gewölbte Decke und tiefe Wandnischen mit Regalen, auf denen eine Vielzahl von Einmachgläsern steht, genau wie das, das ich bei der Bienenmauer gefunden habe. Ich lasse den Lichtkegel wandern und sehe stapelweise verstaubte Teller, riesige Metallhaken an der Decke und rechts von mir zwei komplett überwucherte Fenster.

»Wie kann das sein, dass ich die Fenster nie bemerkt habe?«

»Ich glaube, die bemerkt man einfach nicht, wenn man nicht danach sucht«, sagt Ma. Vor jedem Fenster wächst dichter Efeu, einige Ranken haben sich durch die Ritzen ins Haus geschlängelt, und die Steine bedeckt dickes, weiches Moos, das die Fensterscheiben grün schimmern lässt.

»Dein Vater ist nie gerne hier heruntergekommen«, sagt Ma. »Ich fand es nicht weiter schlimm, und als wir jungverheiratet waren, konnten wir uns noch keinen Kühlschrank leisten, da habe ich dann die Milch, den Käse und so weiter hier unten aufbewahrt. Und eines Tages, als ich hier durchfegte und darüber nachdachte, aus dem Raum eine richtige Vorratskammer zu machen, habe ich das hier gefunden.« Sie streckt die Hand nach der Taschenlampe aus. Wortlos gebe ich sie ihr. »Ich weiß noch, wie seltsam ich das damals fand, so etwas hier zu finden, so weit unten und so ungeschickt graviert …«

Ma richtet die Taschenlampe auf einen Stein am Fuß der Wand, und ich bücke mich, um besser sehen zu können. Vorsichtig taste ich die Buchstaben ab, die mit großer Ausdauer in den harten Stein geritzt worden sein müssen, vielleicht mit einem Nagel oder einem anderen Stein. Die Buchstaben, die ein Wort ergeben.

AGNES.

Ich falle auf die Knie, ein Tausendfüßler tritt die Flucht vor mir senkrecht die Wand hoch an.

Diese schlichte Inschrift bringt mich ihr näher als alles andere bisher – näher als ihre Aufzeichnungen und sogar ihre Erscheinungen. Weil sie sie an einem Ort und in einem Moment verankert. Vielleicht dem schlimmsten Moment ihres kurzen Lebens. Wenn ich die Finger in die Ritzen lege, die sie in den Stein gearbeitet hat, Ritzen, an denen sie sich stunden-, wenn nicht tagelang abgemüht hat, dann weiß ich, dass sie sich einst an genau derselben Stelle befand, an der ich jetzt bin, und mir kommt es fast so vor, als seien das ihre Finger, die diese Unebenheiten berühren, diese letzten Spuren eines einst gelebten Lebens. Das hier ist so zutiefst menschlich.

»O Gott«, sage ich eingedenk der Kälte, der Dunkelheit, der Angst und der Einsamkeit. »Meinst du, sie haben sie hier unten eingesperrt, Ma? Bevor ihr der Prozess gemacht wurde? Oder dass sie vielleicht sogar hier gestorben ist? Ma?«

»Wer weiß schon, ob sie selbst ihren Namen da reingekratzt hat? Vielleicht war es ja auch Robert? Er ist doch bestimmt auch hier unten gewesen. Aber immerhin, das ist ein Hinweis. Und ein Beweis dafür, dass die Geschichte wahr ist.«

Ich stütze mich auf den Ellbogen ab und richte den Lichtkegel direkt auf die Inschrift, der in ihrer Grobheit nicht anzusehen ist, ob sie von Agnes stammt oder nicht. Und dann sehe ich noch etwas, oberflächlich in den Stein gekratzt, ein Gesicht, dessen obere Hälfte verdunkelt ist, genau wie bei den anderen Skizzen, die ich bisher gesehen habe, sowohl in Agnes' als auch in Emilys Aufzeichnungen.

»Das war Agnes«, sage ich überzeugt. »Dieses seltsame Gesicht hat sie immer wieder gezeichnet. Aber ich habe noch nicht durchschaut, was es bedeutet.«

Die Tür zur Abseite fällt zu, die Taschenlampe geht aus. Im selben Augenblick fängt Mab an zu bellen, aber nicht wie eine alte Retriever-Dame, sondern wie zehn aufgebrachte Rottweiler.

»Los«, sagt Ma, und ich taste mich durch die Dunkelheit. Weiche, klebrige Insekten schrecken unter meinen Händen auf, während ich die Stufen hochstolpere und hektisch nach dem Riegel suche, der mich aus der Abseite entlässt. Mabs Bellen wird immer eindringlicher, und als ich den Riegel finde, rechne ich eigentlich damit, dass sich die Tür nicht so leicht öffnen lassen wird, aber das ist kein Problem. Ich eile ins Wohnzimmer, wo Mab mit gefletschten Zähnen Marcus Ellis in Schach hält.

»Die Haustür war auf«, sagt er, ohne den Blick von dem Hund zu nehmen. »Vielleicht hätte ich anklopfen sollen?«

Will setzt sich auf und reibt sich verschlafen die Augen. »Was ist los?«

»Sch, Mab.« Ma taucht hinter mir auf, ein wenig außer Atem, mit wieder leuchtender Taschenlampe. Sie richtet sie auf Marcus, direkt in sein Gesicht, sodass er die Augen zusammenkneift.

»Aus, Mab«, sagt sie, und der Hund zieht sich widerwillig zurück, dreht sich zwei Mal um die eigene Achse und setzt sich dann neben Will, den Blick weiter fest auf Marcus gerichtet.

»Du hast uns ganz schön erschreckt.« Es fuchst mich, dass er einfach so ins Haus spaziert ist. »Um diese Uhrzeit rechnet niemand von uns mit Besuch, am allerwenigsten Mab.«

»Aber es ist doch erst kurz nach neun«, hält Marcus dagegen.

»Wir sind hier auf dem Land.« Ma fixiert ihn mit ihrem bösesten Blick. »Wir gehen mit den Hühnern ins Bett.«

»Ja, das sehe ich.« Marcus schaut zu Wills provisorischem Bett auf dem Sofa und zu den Decken auf meinem Sessel und denkt sicher, wir sind alle ein bisschen gaga. »Ich bin gerade nach Hause gekommen, und da waren alle Lichter an, und die Haustür stand offen. Deine Tasche lag noch auf dem Tisch in der Bibliothek, Trudy, das war alles ein bisschen gespenstisch, und ich fürchtete, dir sei etwas zugestoßen.«

»Ach herrje.« Ich schlage die Hand vor den Mund, mein Ärger ist schlagartig verpufft. »Das tut mir leid. Nein, mir ist nichts zugestoßen … Also, abgesehen davon, dass mein Sohn aus Versehen die Geheimtür im Gamingzimmer geöffnet und sich dahinter verirrt hat. Ich war ziemlich durcheinander deswegen, und deswegen habe ich, als wir gingen, vergessen, die Lichter auszumachen und die Türen zu schließen. Entschuldigung.«

»O nein.« Marcus wirkt betreten. »Das tut mir leid, Trudy, davon hätte ich dir erzählen sollen. Als die Bauarbeiter die Tür entdeckten, habe ich sie gebeten, sie zu erhalten, so eine Geheimtür ist doch was Tolles! Ich habe überhaupt nicht darüber nachgedacht, dass Will sie finden und auf Entdeckungsreise gehen könnte. Da hab ich dich wohl unterschätzt, was, Will?«

»Kann sein«, sagt Will, der durch die ganze Aufregung inzwischen wieder putzmunter ist.

»Das war zwischenzeitlich nicht besonders lustig«, sage ich.

»Aber jetzt geht's euch beiden wieder gut, ja?« Marcus sieht von mir zu Will und weicht Mas Blick aus.

»Ja, alles okay«, sage ich und weiß selbst nicht, wieso ich mir wünsche, er würde jetzt sofort gehen. Besonders nett ist das nicht von mir, zumal ich ja gerade seine Haustür sperrangelweit habe offen stehen lassen, eine Einladung für jeden Einbrecher, und das bei dem Regen. »Kann ich dir eine Tasse Tee anbieten, allerdings in der Küche, damit Will weiterschlafen kann? Wir campieren zurzeit hier unten, weil ... Es fällt Will schwer, sich an die neue Umgebung zu gewöhnen, an dieses alte Haus, und er möchte gerne, dass wir alle beieinander sind.«

»Verstehe.« Marcus nimmt meine Entschuldigung und die Einladung auf einen Tee an, doch Ma wirft mir finstere Blicke zu, als ich ihn Richtung Küche führe.

»Hast du denn irgendetwas extrem Wertvolles in meiner Bibliothek gefunden, bevor du Hals über Kopf aus dem Haus gestürzt bist?«, fragt Marcus, während wir darauf warten, dass der Kessel pfeift.

»Es tut mir wirklich schrecklich leid«, wiederhole ich und frage mich, ob der Whisky, der da seit Dads Tod im Regal steht, wohl noch genießbar ist. »Als wir nach Hause kamen, empfing mich meine Mutter mit der Nachricht, dass Teile des Flugzeugs gefunden wurden, mit dem mein Mann abgestürzt ist, und da habe ich dann an nichts anderes mehr gedacht. Ich hätte noch mal zurückfahren oder dich zumindest anrufen sollen.«

Ich wende mich ihm zu und ringe mir ein Lächeln ab.

»Kannst du mir verzeihen?«

»Ach, Trudy, das tut mir leid. Selbstverständlich kannst du da keinen Gedanken an mich verschwenden. Und natürlich verzeihe ich dir. Kannst du mir und meinem Haus verzeihen?«

»Dein Haus ist ganz schön scheinheilig«, sage ich. »Aber ja, natürlich. Du kannst ja nichts dafür.«

»Gut.« Marcus lächelt. »Denn wie sollte ich sonst jemanden mit deiner Expertise und deinen Qualifikationen finden, um meine Bibliothek zu katalogisieren? Kommst du morgen wieder? Ich werde wohl den ganzen Tag da sein.«

»Ja«, sage ich, bin mir aber unsicher. Wenn ich an Castle Ellis denke, beschleicht mich ein ungutes Gefühl, und mir ist klar, dass ich es nicht ignorieren sollte. Aber … Wenn sich dort nun doch noch weitere Spuren von Agnes oder den Heatons verbergen? »Müsste hinhauen. Kann ich dir noch Bescheid geben?«

»Klar.« Er wirkt ein wenig enttäuscht, und ich vermute, dass er sich vielleicht doch ein klein wenig einsam fühlt, so ganz allein in dem großen Glaskasten. »Am Montag fahre ich nach Schottland, Donnerstag komme ich zurück, und dann habe ich ein paar Tage frei.«

»Prima«, sage ich, doch selbst in meinen eigenen Ohren klingt die Freude nicht überzeugend.

»Das hier ist so ein wunderschönes altes Gebäude«, sagt er, sieht sich um und streicht über einen der Balken. »Ich bin schon so lange in dieses Haus verliebt. Und dass ich jetzt an seiner Restaurierung mitwirken darf, ist wie ein Geschenk für mich. Es fühlt sich an, als würde es jetzt auch ein bisschen mir gehören … Na, ich fahr dann mal besser.« Er fährt sich durchs blonde Haar. »Bis bald, Tru.«

Ich sehe den Rücklichtern seines Wagens nach, als Ma neben mir auftaucht.

»Seltsamer Typ«, sagt sie.

»Er ist nett. Ich mag ihn«, sage ich schulterzuckend.

»Komisch. Und ich bin noch nie jemandem begegnet, dem ich lieber eins überbraten würde.«

Ich muss lachen.

Kapitel 45

Ganz sanft weckt uns der Morgen, um halb acht wird es langsam hell. Will rollt sich vom Sofa auf den Fußboden in meine Arme und vergräbt das Gesicht in meinem Kissen. Ich drücke ihn an mich und inhaliere den in seinen Haaren hängenden Schlafgeruch und seinen süßen Atem.

Ma erhebt sich fluchend von ihrem Sessel und setzt sich brummelnd Richtung Küche in Bewegung, um Feuer zu machen, sich zu waschen und anzuziehen. Ich bin ganz zufrieden damit, einfach nur dazuliegen und diesen Augenblick mit meinem Sohn so lange wie möglich auszukosten, und während ich ihn so an mich drücke, denke ich an Abe und daran, wie zärtlich er immer gewesen ist, vom ersten Moment an, vom ersten Kuss an, bis zu dem Tag, an dem er mich zum Abschied in den Arm nahm. In unseren fast zwanzig gemeinsamen Jahren hat es auch Zeiten gegeben, in denen ich ihn hasste – in denen er mich verletzt hat, in denen wir beide verzweifelt waren –, aber er ist kein einziges Mal wirklich gemein oder grob zu mir gewesen. Und mir geht auf, dass das ein Privileg ist. Dass nicht vielen Menschen vergönnt ist, jemanden kennenzulernen, der sie mit so viel Respekt und Fürsorge behandelt.

Ach, wenn ich ihn doch nur noch ein einziges Mal in den Arm nehmen, sein Lächeln an meiner Haut spüren, sein geliebtes Gesicht mit den Fingerspitzen berühren und ihm für die vielen Kleinigkeiten danken könnte, mit denen er mir Freude bereitet hat, nur noch ein einziges Mal, dann … dann … Ich halte inne und betrachte Will, meinen hoffnungsvollen Sohn, von dessen Herz ein so helles Strahlen ausgeht. Nein. Nicht »Ach, wenn ich doch nur könnte«, sondern »Ach, wenn ich dann endlich«. Solange ich nicht ganz genau weiß, was mit meinem Mann passiert ist, werde ich weiter an diese Möglichkeit glauben.

»Weinst du, Mummy?« Will sieht mich prüfend an und nimmt mein Gesicht in seine Hände. »Du weinst.«

»Tut mir leid.« Ich ringe mir ihm zuliebe ein Lächeln ab. »Das ist kein richtiges Weinen. Es laufen bloß ein paar Gefühle aus mir raus.«

Er schlingt die Arme um meinen Hals und zieht mich feste an sich heran.

»Ich vermisse ihn auch, Mummy, ich vermisse ihn so doll. Und man darf ruhig weinen, weißt du nicht mehr? Hast du selbst gesagt. Man darf ruhig weinen und traurig sein. Aber am Ende wird alles wieder gut.«

Er tätschelt mir den Rücken, wie ich ihm den Rücken tätschele, wenn er traurig ist.

»Du bist deinem Vater wirklich sehr ähnlich«, sage ich und sauge den Duft seiner Haut ein. »Du bist genauso lieb und klug und mutig wie er. Ich finde, ich habe ganz schön großes Glück, deine Mutter sein zu dürfen.«

»Finde ich auch«, sagt Will und geht ein bisschen auf Abstand, sodass ich sein verschmitztes Lächeln sehen kann.

»Der Tee ist fertig«, sagt Ma und kommt ins Wohnzimmer geschlurft. »Dazu gibt's Toast oder Kuchen, wenn ihr wollt.«

»Kuchen zum Frühstück?«, frage ich halb lachend.

»Ich will Kuchen«, sagt Will und saust bereits davon, dicht gefolgt von Mab.

»Ich hab nachgedacht.« Ma stützt sich auf der Rückenlehne des Sofas ab. »Wenn wir wirklich das gesamte Haus durchsuchen wollen, dann müssen wir gründlich entrümpeln, und Will und ich könnten gleich heute damit anfangen.«

»Der Kuchen ist super, Granny«, schmatzt Will, als er wiederkommt. »Von allen, die du bis jetzt gebacken hast, der beste.«

Ma zieht sich ein Taschentuch aus dem Ärmel, spuckt darauf und fängt an, Will damit im entsetzten Gesicht herumzurubbeln.

»Und außerdem hab ich überlegt«, sagt sie, nachdem sie von Will abgelassen hat, »ob du uns vielleicht nach Haworth bringen könntest. Wir könnten ein paar Sachen gebrauchen, um das Haus ein bisschen wohnlicher zu gestalten, oder was meinst du, Will?«

»Ich will einen Fernseher«, kommentiert Will sehr ernst. »Und eine Xbox.«

Und so sitzen wir zwei Stunden später alle drei in meinem Auto: Ma auf dem Beifahrersitz, etwas steif in einem alten, smaragdgrünen und bis zum Hals zugeknöpften Regenmantel und mit einem pfirsichfarbenen, unter dem Kinn gebundenen Kopftuch; Will und Mab auf der Rückbank. Will tut sein Bestes, um die alte Hündin anzuschnallen, die seine Sorgen in Sachen Verkehrssicherheit aber kaum zu teilen scheint.

»Will, schnall bitte einfach nur dich an«, sage ich. »Mab wird schon nichts passieren.«

»Aber wenn wir einen Unfall haben, dann fliegt sie Granny mit der Wucht eines Elefanten von hinten gegen den Kopf!«, klärt Will mich auf. »Hab ich auf YouTube gesehen.«

»Das Risiko nehme ich auf mich.« Ma sieht mich an. »Also, was jetzt, fahren wir heute noch los oder bleiben wir hier stehen, bis wir uns die Kalöten abgefroren haben?«

»Ist ›Kalöten‹ ein Schimpfwort, Mummy?«, fragt Will, als ich auf die holprige kleine Straße biege.

»Ich weiß es nicht genau«, sage ich. »Aber um sicher zu sein, sage ich mal lieber Ja.«

»Ich will auch ein Fernrohr«, setzt Will seinen Einkaufswunschzettel fort. »Hier sind die Sterne viel klarer zu sehen als in London.«

»In Haworth bekommt man wahrscheinlich eher wunderhübsche Brontë-Kissen und *Sturmhöhe*-Lampenschirme«, erkläre ich, aber das tut seiner Begeisterung keinen Abbruch. Wir parken hinter dem alten Pfarrhaus, und ich warte, bis Ma ausgestiegen ist und sich in aller Ruhe gerade aufgerichtet hat.

»Ich nehme Mab mit in den Pub zu meiner Verabredung mit Grace«, sage ich. »Wir sehen uns dann in einer Stunde. Und Ma, bitte wedele nicht so mit dem Bündel Geldscheine herum.«

Ich sehe ihnen eine Weile nach, meiner dürren, ungelenken Mutter und meinem aufgeregt neben ihr auf und ab hüpfenden kleinen Jungen, und mir wird ganz warm ums Herz. Wir machen uns doch gar nicht schlecht, denke ich. Ma und Will und die Bande, die zwischen ihnen entstehen. Das ist so ziemlich das Beste, was Menschen machen können. Eine Familie bilden, wo keine ist. Verzeihen, hoffen, lieben, trotz allem.

Ma, Will und ich. Mag sein, dass wir nie wieder vollzählig sein werden, aber wenigstens haben wir einander.

Kapitel 46

Das Black Bull ist berühmt – oder vielmehr berüchtigt – dafür, dass Branwell Brontë sich hier allzu häufig betrank, und doch ist der Pub fast leer. Im Handumdrehen habe ich Grace entdeckt, sie sitzt am Fenster und trägt einen dunkelgrünen Pullover, der ihre braunen Augen ganz wunderbar zur Geltung bringt. Ihr langes braunes Haar hängt zu einem Zopf geflochten über ihre Schulter.

»Vielen Dank, dass Sie sich an Ihrem freien Tag Zeit für mich nehmen«, sage ich, nachdem ich einen Kaffee bestellt und mich zu ihr gesetzt habe. Mab ist etwas unruhig so ganz ohne Will, läuft auf und ab und winselt die Tür an.

»Überhaupt kein Problem.« Ihre Augen strahlen, und sie reibt sich die Hände. »Als ich hörte, was Sie gefunden haben, konnte ich es doch selbst kaum noch abwarten! Haben Sie die …« – verstohlen sieht sie sich um – »… *Objekte* dabei?«

»Ja.« Ich hole das Glas aus der Tasche sowie die Papiere, die sich jetzt einzeln in durchsichtigen Schutzhüllen befinden, und reiche sie Grace. Vollkommen fasziniert beginnt sie zu lesen.

»Das ist höchst bemerkenswert.« Grace liest die letzte Seite, und als sie zu mir aufsieht, hat sie Tränen in den Augen. »Das ist unglaublich.«

»Ich wollte es Ihnen unbedingt so schnell wie möglich zeigen.« Ich lächele, als ich das Funkeln in ihren Augen sehe. »Und ich glaube jetzt noch fester als vorher daran, dass Emilys Robert Heaton die Manuskripte, zumindest die ersten beiden Teile, im Haus versteckt hat – und hoffentlich auch den Rest von Agnes' Geschichte. Meine Mutter und ich räumen jetzt auch alle anderen Zimmer aus, damit wir gründlich danach suchen können, und vielleicht, wenn wir Glück haben, wird Agnes uns zeigen, wo wir suchen sollen.«

»Wie bitte?« Grace' Lächeln bröckelt.

»Ich … oh.« Hitze steigt mir in die Wangen, während ich fieberhaft überlege, was ich jetzt sagen könnte, um vor einem normalen Menschen – oder einem Menschen, der nicht der Familie Heaton angehört – nicht vollkommen verrückt zu erscheinen. »Ich meine … Also, Sie arbeiten doch im alten Pfarrhaus, im Museum, da kennen Sie das doch sicher auch. Dass Sie sich so intensiv mit den Brontë-Schwestern befassen, dass Sie das Gefühl haben, sie persönlich zu kennen. Sie haben doch bestimmt das Gefühl, sie seien da, bei Ihnen, oder nicht? Denn ihre Worte, ihre Briefe … das alles verlässt doch irgendwie das Papier und erwacht zum Leben. Ich weiß, das klingt albern und romantisch, aber so geht es mir mit diesen Aufzeichnungen. Ich sehe Emily und Agnes vor mir, als seien sie tatsächlich da, als sprächen sie mit mir.«

»Oh, das verstehe ich sehr gut.« Grace nickt. »Ich habe oft das Gefühl, als wären sie im selben Raum wie ich und würden mir über die Schulter gucken bei dem, was ich da so tue.«

Sie lacht, und ich lache, aber ich weiß nicht recht, ob die Sache wirklich lustig ist.

»Also, abgesehen davon, dass ich unser Haus nach der größten literarischen Entdeckung aller Zeiten durchkämmen werde, steht mir auch bevor, weiter für Marcus Ellis zu arbeiten, das wird noch Wochen dauern, aber vielleicht finde ich da auch noch etwas über Agnes in den Archiven. Er hat keine Ahnung, was sich alles in seiner Bibliothek befindet, und ich bin überzeugt, er wird die alten Kirchenbücher entweder der Kirche zurückgeben oder einem Museum überlassen, wenn er erst von ihnen weiß.«

Grace schweigt einen Moment, dann sagt sie: »Da wäre ich mir offen gestanden nicht so sicher.«

»Nicht?« Ich staune, als ich ihre plötzlich versteinerte Miene sehe. »Aber er ist doch ein total netter Mann, und er interessiert sich wahnsinnig für Heimatkunde und die Brontës. Ich bin sicher, er würde wollen, dass alles, was von öffentlichem Interesse ist, auch der Allgemeinheit zugänglich gemacht wird.«

»Genau das ist bedauerlicherweise nicht der Fall. Marcus Ellis interessiert sich manchmal für dieselben Objekte wie wir vom Museum, und er überbietet uns regelmäßig. Letztes Jahr haben wir eins der Miniaturbücher an ihn verloren.«

»Tatsächlich?« Ich rutsche auf meinem Stuhl zurück. »Das klingt so gar nicht nach Marcus.«

»Na ja, es gibt grundsätzlich zwei Erklärungsmodelle für derartiges Verhalten«, erläutert Grace vorsichtig. »Das freundlichere lautet, dass manche Sammler schlicht eine Obsession entwickeln und unbedingt alles für sich haben müssen, auch wenn das bedeutet, es vor der Öffentlichkeit zu verbergen.«

»Ich hatte eigentlich nicht den Eindruck, dass er ein leidenschaftlicher Sammler ist, sondern eher, dass er seine Bibliothek füllen möchte«, sage ich nachdenklich. »Aber das Brontë-Museum zu überbieten, das … ist ja nun nicht gerade die feine englische Art.«

»Ganz genau.«

»Und was ist das andere Erklärungsmodell?«

»Steuerbetrug.« Grace lacht, klingt dabei aber nicht amüsiert. »Ich persönlich glaube ja eher an die Variante der Obsession, wenn ich ehrlich bin, er hat einfach so einen merkwürdigen Blick. Wissen Sie, was ich meine? So stechend? Irgendwie fanatisch.«

Ich pruste los vor Lachen und schüttele den Kopf.

»Stimmt, er hat irgendetwas Schräges an sich«, sage ich. »Aber fanatisch? So ist er mir bisher wirklich noch nicht vorgekommen.«

»Wahrscheinlich haben Sie recht, und ich sehe bloß weiße Mäuse.« Grace rutscht unruhig auf ihrem Stuhl herum. »Aber tun Sie mir bitte einen Gefallen, ja? Erzählen Sie ihm nichts von diesen Funden. Nicht, bevor Sie Ihre Untersuchungen abgeschlossen und die Provenienz geklärt haben, ja?«

»Witzig, mir ist gar nicht in den Sinn gekommen, überhaupt irgendjemandem davon zu erzählen außer Ihnen und meiner Mutter, keine Ahnung, warum. Aber ich verspreche Ihnen gerne, dass ich vorläufig mit niemand anderem darüber sprechen werde.«

Mab schiebt die Schnauze unter meine Hand, winselt und wuselt zurück zur Tür – eine klare Ansage, dass ich jetzt gefälligst aufstehen und gehen soll.

»Na dann.« Grace lächelt. »Machen Sie sich auf etwas gefasst. Denn allein das, was Sie bisher gefunden haben, reicht schon aus, um Ihr Leben zu verändern – es wird ein Buch darüber geben, eine Ausstellung, eine Fernseh-Doku – vielleicht werden Sie noch richtig berühmt!«

»Ach, berühmt will ich gar nicht werden. Mir ist das Wichtigste, der Welt zu zeigen, was ich gefunden habe, weil – ist es nicht einfach großartig? Und eigentlich ein Wunder, dass man auch heute noch solche Schätze finden kann, dass es immer noch neue Geschichten gibt, die erzählt werden wollen? Das zu wissen gibt mir Grund zur Hoffnung.«

»Sie haben recht«, sagt Grace. »Die Stimmen dieser beiden Frauen sind viel zu früh verstummt, und Sie werden sie wieder zu Gehör bringen. Das hat doch etwas Magisches.«

1659

Ehre sei Gott! Ehre sei Gott, denn er hat mir endlich ein Licht in diese Dunkelheit geschickt, und ich kann ein Ende meines Leidens erkennen. Ich darf mich Ponden nicht nähern, ganz gleich, wie und wofür. John weiß nicht, wer Catherines Vater ist, aber er vermutet, dass es jemand aus Ponden ist, und er sagte, er werde mir sämtlich Zähne ausschlagen, falls ich dorthin zurückkehre, und das glaube ich ihm. Ich würde trotzdem zurückkehren, wenn ich einen Nutzen darin sehen könnte, aber das kann ich nicht. Wann immer es geht, lässt Betty mir durch ihren Bruder Timothy mitteilen, dass sie sich an Ponden Kirk mit mir treffen möchte, und wann immer ich es einrichten kann, gehe ich mit Cathy hin. Dann erzählt Betty mir die spärlichen Neuigkeiten, die sie hat, aber meist wiederholt sich alles. Mistress Casson wird immer hinfälliger, und der kleine Casson wächst zwar, ist aber ein schwaches Kind, das seinen Vater fürchtet, und bis heute gibt es keine Nachricht von Robert.

Heute ging ich ins Dorf, um Mehl zu kaufen, und sah den Wagen aus Ponden vor dem Geschäft des Tuchhändlers. Ich blieb wie angewurzelt stehen und starrte ihn an, Catherines Arme um meinen Hals, und wusste gar nicht, warum. Ich habe den Wagen in den letzten Monaten Dutzende Male gesehen und ihm nie Beachtung geschenkt. Aber plötzlich war mir, als spräche mein Herz zu mir, als spürte es seine Nähe. Und so bewegte ich mich wie in Trance weiter, bis zur Tür des Geschäfts, und spähte hinein. Und da war er. Mein Robert.

Er hat sich im vergangenen Jahr sehr verändert. Er ist nicht mehr der Junge, den ich zuletzt küsste, sondern ein Mann, hochgewachsen, breitschultrig und stark, in einem guten Mantel und stabilen Schuhen. Ein Mann, der Casson ebenbürtig ist.

Mein Robert, mein Robert. Und ich wusste, er musste mich spüren, wie ich ihn spürte. Ich wartete draußen, obwohl Catherine mir immer schwerer wurde und John auf der Suche nach mir jeden Moment vorbeikommen konnte.

Und tatsächlich, als er herauskam, den Hut in den Händen, begegnete Roberts Blick sofort meinem. Und da sah ich sie, sie brannte so hell wie die Sonne, die nie untergeht. Ich sah seine Liebe zu mir, und ach, wie ich meinem Gott danke, dass er mir meinen Robert zurückgebracht hat! Wir sprachen kein Wort, das war nicht möglich, zu viele Zeugen. Doch während er auf den Wagen kletterte, ließ er mich keine Sekunde aus den Augen und auch Catherine nicht. Sein Blick war fest auf uns gerichtet, bis der Wagen über die Hügelkuppe verschwand.

Welche Freude, so unerwartet. Welche Hoffnung.

Denn was bedeutet schon eine falsche Ehe mit einem falschen Mann wie John Bolton, wenn eine wahre Ehe wie die zwischen Robert und mir existiert? Gott hat Seine Gründe, dass Er ihn zu mir zurückgebracht hat, und auf einmal ist auch Gott zu mir zurückgekehrt. Ich stahl mich in die Kirche, kniete nieder und betete, solange Catherine schlief, und als ich ging, besorgte ich mehr Papier und Tinte, weil ich wusste, dass die Geschichte, die ich vor langer Zeit als kleine dumme Magd aufzuschreiben begann, noch lange nicht ihr Ende gefunden hat.

Agnes Heaton

SECHSTER TEIL

Wenn auch Erde und Mond vergingen
Und Sonnen und Universen wären nicht mehr
Und nur du allein bliebst übrig,
Jedes Wesen würde leben in dir.

Emily Brontë

Kapitel 47

Eine unheimliche Stille liegt auf Castle Ellis, als ich aussteige – fast wie eine Decke Neuschnee. Kein Wind, kein Vogelgezwitscher, selbst das Knirschen des Kieses unter meinen Schritten klingt irgendwie gedämpft. In dem großen Brunnen fließt schon lange kein Wasser mehr, aber wenn heute welches darin flösse, bin ich mir sicher, das geschähe lautlos.

Marcus' Wagen ist nirgendwo zu sehen, und das ist mir ganz recht. Ich finde dieses seltsame, zusammengestückelte Gebäude zwar irgendwie beunruhigend, aber gleichzeitig verspüre ich das dringende Bedürfnis, mich ganz allein in der Bibliothek und den Archiven umzusehen und mich in meinen Gedanken zu verlieren.

Ich schließe die große Haustür auf und marschiere durch den Glasgang ins Haupthaus. Das Gefühl, beobachtet zu werden, wie ich es immer in Cathys Zimmer empfinde, ist auch hier stark ausgeprägt, und ich merke, wie ich darauf reagiere, indem sich mein Schritt verlangsamt und ich mich unnatürlich und gehemmt bewege.

Zu meinem Erstaunen hat Marcus überall das Licht und die Heizung angelassen, der Fußboden ist schön warm, als ich mir die Stiefel ausziehe. Lautlos tapse ich in Socken Richtung Bibliothek.

Auf dem Weg dorthin fällt mir auf, dass die Tür zum Gamingzimmer offen steht und der große Bildschirm weiß flimmert. Ich weiß nicht, welcher von den vielen Knöpfen der richtige ist, und probiere sie fast alle durch. Erst nach ungefähr dem zehnten wird der Bildschirm schwarz, und im Zimmer herrscht Dämmerlicht. Das hier ist das Zimmer, in dem mir mein Sohn verloren ging, und mich überläuft ein Schauer. Dem Impuls, das Zimmer zu verlassen, gebe ich nicht nach, stattdessen sehe ich mich um. Von einer Geheimtür in der Wand ist wirklich absolut nichts zu sehen, und ich bin noch unentschlossen, wie ich das finden soll, dass jemand in einem für Kinder eingerichteten Zimmer überhaupt irgendetwas so gut versteckt – ist das reizend oder ein bisschen gruselig?

Die Neugier siegt über die Zurückhaltung. Ich greife nach Darth Vader, die Geheimtür öffnet sich mit einem Klicken und gibt den dahinter liegenden Flur preis. Kalt ist es hier, als gäbe es weiter oben eine Öffnung, die die Elemente hereinlässt, aber die alte Wendeltreppe aus Stein, wie gemacht für Schwertkämpfe und die Errettung von Jungfrauen, ist einfach zu verführerisch.

Meine Hand gleitet an der gerundeten Wand entlang, während ich die Stufen erklimme, die sich bis in den Turm hinaufwinden. Da, wo einst die erste Etage war, befindet sich eine leere Türöffnung. Ich spähe hinaus, es geht einige Meter runter, der Fuß des Turms ist von Farnen und Gräsern überwachsen, die die Wände hinaufkriechen. Als ich nach oben schaue, entdecke ich etwas Unerwartetes.

Marcus hat mir erzählt, dass es im Turm keine Zwischendecken mehr gäbe, und in der Tat sind die zweite und dritte Etage völlig verschwunden, aber noch ein Stück höher befindet sich etwas, das wie ein relativ neuer Fußboden aussieht, und zwar da, wo ich das oberste Stockwerk vermuten würde.

Es gibt da oben also doch noch ein Zimmer. Aber wieso hat Marcus das nicht erwähnt?

Über mir höre ich eine Tür zuschlagen, der Hall wandert die Wendeltreppe herab. Ich erschrecke mich und falle fast rückwärts durch die leere Türöffnung, klammere mich aber rechtzeitig an ein paar Mauersteinen fest. Schritte nähern sich.

Schnell und lautlos husche ich vor lauter Schreck die Treppe wieder runter und schließe die Geheimtür hinter mir. In diesem Moment sehe ich Marcus.

»Trudy?« Er lächelt, als er mich sieht. »Wie lange bist du schon hier?«

»Bin gerade gekommen«, sage ich und versuche, das diffuse Unbehagen, das mir der Anblick von Marcus in seinem Haus bereitet, wegzulächeln. »Du hast mich ganz schön erschreckt! Dein Auto stand nicht draußen, als ich kam, darum dachte ich, du bist schon früher nach Schottland gefahren.«

»Ach so. Nein. Das Auto steht hinterm Haus, ich musste Brennholz abladen. Tut mir leid, dass ich dich erschreckt habe.«

»Schon gut. Ich finde es einfach toll hier.« Ich werfe einen sehnsüchtigen Blick in die Bibliothek.

»Trinkst du eine Tasse Tee mit mir? Ich habe noch eine halbe Stunde totzuschlagen, bevor ich mich auf den Weg mache.« Er streckt mir die Hand entgegen, und da ich nicht recht weiß, was ich sonst tun soll, nehme ich sie und lasse mich von Marcus von den Büchern weg und in die Küche führen.

»Und, wie läuft's so?« Wir sitzen an seinem auf Hochglanz polierten Küchentresen, und Marcus schenkt mir eine perfekte Tasse Earl Grey ein.

»Es läuft ... So ... Na ja, du weißt schon.« Ich zucke mit den Schultern und lächele. Ich winde mich ein wenig unter seinem milden Blick und versuche, diesen Mann mit dem abzugleichen, was Grace mir über ihn erzählt hat. »Und bei dir?«

Marcus seufzt, den Blick fest auf die Tasse gerichtet.

»Ganz ehrlich? Ich habe meistens so viel um die Ohren, dass ich gar nicht merke, wie einsam ich bin. Und dann gibt es plötzlich Tage wie gestern, an denen ich nichts zu tun habe, und dann erwischt es mich irgendwie kalt, dass ich in diesem riesigen Kasten ganz allein bin. Wozu das alles, wenn niemand da ist, der einen liebt?«

Seine grauen Augen wirken traurig und schwer, ich kann seine Einsamkeit förmlich spüren.

»Das tut mir leid.« Ich strecke die Hand über die schwarze Onyx-Arbeitsfläche aus. »Dabei müsstest du doch eigentlich einer der begehrtesten Junggesellen in ganz Yorkshire sein, bei deinem tollen Job und dem großartigen Haus.«

Er lächelt und nimmt meine Hand. »Ich wünschte, wir wären uns in einem anderen Leben begegnet, Trudy.«

»Ich ... oh.« Ich ziehe meine Hand zurück und kann ihm nicht in die Augen sehen.

»Tut mir leid«, sagt Marcus. »Ich hätte das nicht laut sagen sollen.«

»Vielleicht ist es besser, wenn ich jetzt gehe ...«

»Nein, bitte nicht.« Gleichzeitig stehen wir auf. »Bitte bleib. Dieses Haus – oder zumindest die Bibliothek – scheint wie für dich gemacht, also bitte geh nicht. Was ich mir am allermeisten wünsche, ist einfach nur ein guter Freund, eine gute Freundin. Bitte geh nicht, ich muss jetzt ohnehin los, also geh nicht wegen mir.«

»Sicher?«, sage ich.

»Natürlich.«

Einen quälenden Moment weiß ich nicht, was ich tun soll, darum nehme ich ihn in den Arm. Er erwidert meine Umarmung, und ich habe Mitleid mit ihm, weil er so nett und so einsam ist, und ich finde es ganz schrecklich, ihn noch trauriger zu machen.

»Wir sehen uns in ein paar Tagen.« Er lächelt.

Nachdem er die Haustür hinter sich zugezogen hat, bleibe ich kurz im Eingangsbereich stehen. Er ist die ganze Zeit so lieb und verständnisvoll gewesen, und doch hinterlässt er eine seltsame Unruhe, ja, eine Beunruhigung. Ich versuche, das Gefühl abzuschütteln, mache kehrt und gehe zurück zur Bibliothek. Auf Bücher zumindest ist immer Verlass.

Kapitel 48

Zurück in der Bibliothek schalte ich sämtliche Lichter an und stehe dann vor der hohen Bücherwand und betrachte das Mosaik aus Buchrücken. Jeder einzelne von ihnen ist die Tür zu einer anderen Epoche.

Die Kiste mit dem Überrest eines Pamphlets, die ich bei meinem letzten Besuch entdeckt hatte, steht immer noch auf dem Tisch. Sie ist meine erste Anlaufstelle, ihren Inhalt gehe ich noch einmal durch, nur für den Fall, dass ich etwas übersehen habe, aber ich entdecke nichts Neues.

Wenn sich in dieser schieren Unmenge von Büchern und Unterlagen wirklich noch etwas von Agnes befindet, dann werde ich jeden einzelnen Band in die Hand nehmen und durchblättern müssen, und das könnte Monate dauern.

Die Aufstellung der Sammlung folgt keinerlei System, die Bücher wurden in der Reihenfolge in die Regale gestellt, wie sie aus den Kisten kamen, in denen Marcus sie aufbewahrt hatte. Was wiederum heißen müsste, dass sie mehr oder weniger in der Reihenfolge stehen, in der sie in seinen Besitz gelangt sind.

Mein Instinkt hatte mich zu der ersten Kiste geführt, mein Instinkt und vielleicht noch etwas anderes, aber so oder so, es hat funktioniert, also lasse ich doch am besten die Heaton in mir entscheiden, wo ich jetzt weitermache. Ich steige hinauf zur ersten Galerie, strecke die linke Hand aus und lasse sie, den Blick abgewandt, über die Buchrücken wandern. Vielleicht bleibt sie ja an etwas hängen. Als ich die herzförmige Prägung eines im osmanischen Stil gebundenen Buches ertaste, ziehe ich einen in dunkles rotes Leder gebundenen Band aus dem Regal.

Ich schlage die Titelseite auf und japse: *The Man of Mode: or Sir Fopling Flutter. A comedy* steht da, und ich erkenne diesen kuriosen Titel sofort wieder. Er stand auf der Liste der Bücher der Pondener Bibliothek, die seinerzeit verkauft werden sollten. Ich halte die Luft an und blättere zurück zum Vorsatz. Unfassbar. Da ist etwas, von dem ich nie geglaubt hätte, es jemals zu Gesicht zu bekommen.

Ein Exlibris der Bibliothek in Ponden. Schwarz-weiß, Blockdruck, eine ungefähre Darstellung des Hauses und darunter der Name Heaton.

Das hier ist eins der verloren geglaubten Bücher aus Ponden, eins der Bücher, die uns geklaut wurden, und jetzt ist es hier, direkt vor meiner Nase.

Mein Herz beginnt zu klopfen, während ich behutsam eine Seite nach der anderen umblättere auf der Suche nach einem Zeichen von Emily oder Agnes. Ich finde nichts.

Moment mal! Wenn die Bücher zusammen ausgepackt wurden, dann könnten hier ja noch mehr Ponden-Bücher sein, dann könnte es sein, dass einige von ihnen nach ihrem Verschwinden aus Ponden Hall zusammengeblieben sind. Dass sich noch mehr davon in dieser Sammlung befinden.

Die Welt um mich herum tritt in den Hintergrund, während ich mich auf mein Tun konzentriere. Ich nehme ein Buch nach dem anderen rechts und links von *The Man of*

Mode aus dem Regal. Es ist erst wenige Tage her, seit ich die Verkaufsliste durchgesehen habe, aber ich kann mich nur an einzelne Titel erinnern, darum schlage ich jedes Buch ganz vorne auf, und Tatsache: In jedem dritten, vierten Buch klebt ein Exlibris von Ponden Hall.

Ovids *Liebeskunst*. Ausgabe von 1647.

A New System of Modern Geography: OR, A Geographical, Historical and Commercial grammar, AND Present State of the Several Kingdoms of the World von William Guthrie, Ausgabe von 1792.

The Arts of Logik and Rhetorick, partly taken from Bouhours, with new Reflections etc. von John Oldmixon, Ausgabe von 1728.

Ich packe mir so viele Bände wie möglich auf den Arm und bringe sie nach unten zu dem langen Arbeitstisch, wo ich sie mit dem Buchdeckel nach oben nebeneinander ausbreite. Diese Prozedur wiederhole ich immer wieder, die Reihen werden länger, und Minuten werden zu Stunden.

Als ich fertig bin, zähle ich 237 Bücher. Das ist längst nicht die ganze Bibliothek, aber doch ein beträchtlicher Anteil. Viele dieser Bücher standen in Ponden, als Agnes sich selbst Lesen und Schreiben beibrachte, und sie waren alle noch da, als Emilys Robert Heaton starb.

Die einzigen Titel von der Liste, an die ich mich sehr deutlich erinnern kann – Shakespeares First Folio und *Die Vögel Amerikas* –, sind allerdings nicht dabei. Das wäre echt ein Ding gewesen, in dieser Sammlung so kostbare, praktisch unbezahlbare, lange verschollene Bücher zu entdecken.

Ich weiß, es ist falsch, hundertzwanzig Jahre nach ihrem Diebstahl beim Anblick unserer in der Zwischenzeit offenkundig vollkommen vernachlässigten und verkannten Bücher eine solche Wut zu empfinden, und doch tue ich es. Ich kann nicht glauben, dass Marcus davon wusste, dass sie sich in seiner Sammlung befinden – wenn er es gewusst hätte, hätte er mir das gesagt. Andererseits … Der Zufall ist einfach zu groß. Dieses leise Gefühl des Unbehagens rührt sich wieder in meiner Brust, aber nein, ich unterdrücke es. Marcus ist nicht hier. Ich bin ganz allein mit den Büchern.

Ich streife mir die Handschuhe über, setze mich an den Tisch und fange an, jedes einzelne Buch akribisch durchzublättern. Das Tageslicht verschwindet langsam hinter den Hügeln, die Wanduhr tickt, und ich arbeite mich von einem Buch zum anderen durch in dem Wissen, dass auch Agnes diese Seiten einst umgeblättert hat, dass Emily mit den Büchern in Cathys Zimmer vor dem Kamin saß und jedes Fitzelchen Wissen in sich aufsog. Ich stelle mir vor, wie diese zwei Frauen, zwischen deren Leben zweihundert Jahre lagen, die sich aber in denselben Räumen bewegten, dieselben Seiten berührten und mir nun bei der Arbeit etwas ungeduldig über die Schulter sehen.

Und dann, ganz plötzlich, weiß ich, dass ich gefunden habe, was ich suche, und zwar noch den Bruchteil einer Sekunde bevor ich es zur Hand nehme: ein sehr altes Buch, dessen Ledereinband schon ganz schwarz geworden ist. Als ich es aufschlage, mit aller gebotenen Sorgfalt, rutscht die Titelseite heraus, ein schwarz-weißer Holzdruck. *Britain's Remembrancer* steht da auf einem wehenden Banner. Darunter segeln Schiffe auf hoher, stürmischer See, darüber werden Schlachten einschließlich kämpfender Cheruben dargestellt. Darüber wiederum wachen die Wahrheit und die Gerechtigkeit. Darunter der Name des Autors, George Wither, und das Jahr, 1628.

Behutsam lege ich die Titelseite wieder an ihren richtigen Platz und überlege bereits, einen Buchbinder ausfindig zu machen, der sich liebevoll um diesen alten Schinken kümmern könnte, als mir wieder einfällt, dass diese Bücher nicht mehr uns, nicht mehr den Heatons gehören, und ich muss sagen, es versetzt mir einen Stich. Ich beschäftige mich etwas eingehender mit diesem alten philosophischen und politischen Werk, in dem es um den Zustand Großbritanniens vor dem Bürgerkrieg zu gehen scheint, und finde schnell heraus, wieso die Bindung sich auflöst. Natürlich auch, weil sie so alt ist, aber der Hauptgrund ist, dass jemand das Vorsatzpapier aufgeschnitten, etwas hineingeschoben und alles mit einem größeren Bogen Papier aus einem anderen Buch wieder zusammengeklebt hat. Mit dem Baumwollhandschuh gleite ich über die ungewöhnliche Kante und drücke vorsichtig auf dem brüchigen Kleber herum in der Hoffnung, dass die nachträglich eingefügten Seiten einfach so herauskommen, ohne dass ich noch weiter eingreifen muss. Aber nein.

Ich nehme das schwere Buch in die Hand und überlege, was ich tun soll. Wäre es noch das Eigentum meiner Familie, würde ich dem falschen Vorsatzpapier mit meinem Skalpell zu Leibe rücken und es sofort vom Buchdeckel ablösen. Alte Bücher wurden oft mehrfach neu gebunden, aber nicht die Bindung ist dabei das Interessante, sondern die Geschichte, die jede neue Verkörperung erzählt. Aber dieses Buch gehört mir nicht, also werde ich nie erfahren, ob das, was sich darin verbirgt, irgendetwas mit Emily oder Agnes zu tun hat. Es sei denn, ich beschädige das Buch. Und das darf ich nicht, schon gar nicht ohne Marcus' Wissen. Obwohl … Also, er weiß ja gar nicht, was er in seiner Bibliothek hat. Ich könnte einfach nur mal reinlinsen und es hinterher wieder ins Regal stellen. Er würde es gar nicht merken.

Ich trommele ein paarmal mit den Fingern gegen den Buchdeckel – dann packe ich das Buch in meine Tasche.

1659

Ich wartete in der Dunkelheit, bis es ganz still war im Haus. Die Kälte biss mir in Wangen und Zehen. Mein schlafendes Kind hatte ich bei John Bolton gelassen. Ich hatte das Haus verlassen, und mein Fehlen konnte jeden Moment entdeckt werden, aber ich war dennoch gegangen, weil ich Robert sehen musste. Ich musste ihn sehen, anfassen, küssen.

Schließlich war es ganz ruhig. Die Hunde schliefen, die Lichter waren gelöscht. Ich ging ums Haus, die Küchentür war unverschlossen, und der alte Keeper, Roberts Hund, lag vor dem Feuer. Er rührte sich nicht, als ich mich an ihm vorbeischlich. Betty schlief in ihrer Nische, und ich blieb kurz stehen, betrachtete sie und überlegte, warum sie mir wohl nicht Bescheid gegeben hatte, dass Robert zurück war. Fast mein ganzes Leben habe ich sie geliebt und ihr vertraut, mehr als allen anderen, weil sie wie eine Mutter zu mir war, aber in dieser Sache war sie nie ganz aufrichtig. Sie meint, jetzt, da ich mit John Bolton verheiratet bin, sei ich nicht mehr frei, aber sie versteht die Liebe nicht, sie versteht nicht, was es heißt, wenn eine Seele einer anderen so sehr verbunden ist, wie es mit Roberts und meiner Seele der Fall ist. Sie will mich beschützen, kein Zweifel, aber indem sie mich von meiner Liebe fernhält, fügt sie mir große Pein zu.

Lautlos wie ein Gespenst, wie ein Geist, stieg ich die Treppe von Ponden Hall hinan, barfuß. Endlich stand ich vor der Tür zu seinem Zimmer, meine Füße eiskalt, mein Herz kurz davor zu platzen. Langsam näherte ich mich dem Alkoven, ich wollte ihn nicht erschrecken, im Dunklen tastete ich nach der Schiebetür.

Doch als ich sie öffnete, erstarb augenblicklich jedes Glück, jede Hoffnung.

Denn neben dem friedlich schlafenden Robert lag eine andere Frau.

Ich war erschüttert, voller Gram und konnte mich nicht rühren. Der Anblick, der sich mir bot, war so völlig anders als alles, was ich in meinen Träumen gesehen hatte, dass ich nichts begriff. Ich stand da und starrte sie an wie ein Dummkopf, der darauf wartet, erwischt zu werden. Nicht einen Gedanken verschwendete ich daran, was mit mir oder Catherine passieren würde, wenn man mich ohne jeden Grund und Zweck in Roberts Kammer fand.

Er musste meine Gegenwart gespürt haben, denn Robert erwachte. Als er mich sah, setzte er sich auf, unterdrückte einen Schrei und starrte mich dann genauso an, bis er begriff, dass ich keine Erscheinung war, sondern in Fleisch und Blut vor ihm stand.

Er sprang aus dem Bett, fasste mich beim Arm, eilte mit mir hinunter, durch das Haus und zur Tür hinaus, über den Pfad zur Bienenmauer, wo es stockfinster war.

Erst da sprach er.

»Agnes.« Dieses Wort aus seinem Mund war Musik in meinen Ohren, denn als er es aussprach, wusste ich, er liebte mich noch immer – mich und nicht die Frau in seinem Bett.

»Du bist zurück«, sagte ich. »Du bist nie gekommen, mich zu holen, Robert, du hast zugelassen, dass ich einen anderen Mann heirate, um dein Kind zu schützen. Die Frau in deinem Bett … Wer ist das?«, fragte ich, obwohl mein Herz es längst wusste.

»Betty hat mir die Nachricht von deiner Heirat zukommen lassen«, flüsterte Robert und sah mich dabei unentwegt an. »Ich wollte kommen, aber ich konnte nicht. Casson wollte, dass ich verschwand. Er ist mit mir geritten und hat mich auf ein Schiff nach Irland gesetzt. Als ich erst an Bord war, hatte ich weder Mittel noch Möglichkeit, zurückzukehren, solange er es nicht zuließ. Ich dachte, ich hätte dich für immer verloren, Agnes. Und das habe ich ja auch. Darum – darum habe ich geheiratet. Mary ist eine gute und liebevolle Frau, sie hat einen guten Mann verdient.«

»Auch ich habe einen guten Mann verdient«, sagte ich. »Ich, die du mit deinem Kind unterm Herzen verlassen hast. Ich, die ich gezwungen war, einen Mann zu heiraten, den ich verachte, nur damit unsere Tochter ein Dach über dem Kopf und einen Namen hat. Du hast mich verlassen und hast nicht darüber nachgedacht, was mir widerfahren würde, wenn du weg bist.«

»Das ist nicht wahr.« Er trat näher an mich heran. »Das ist nicht wahr! Mit jedem Atemzug habe ich an dich gedacht, jede Nacht habe ich von dir geträumt. Ich habe dich im Stich gelassen, Agnes, ich war schwach und habe dich nicht verdient, aber ich liebe dich immer noch.«

Er schlang die Arme um mich, drückte seine Lippen auf meine, und seine Hände wanderten über meinen Körper, erst über der Kleidung, dann darunter, und, Herr, hilf, es war so wunderschön und lieblich, dass ich all meine Kraft zusammennehmen musste, um mich von ihm zu lösen und seiner Liebkosung zu widerstehen.

»Das geht nicht«, sagte ich. »Zwar bist du mein wahrer Mann, aber wir können nicht mehr gemeinsam tun, was du tun möchtest. Das ist gegen den Willen Gottes.«

»Verflucht sei der Gott, der uns trennt«, brach es aus Robert

mit solcher Kraft hervor, dass mir klar wurde, er war nicht mehr der Junge, den ich verloren hatte, sondern er war jetzt ein Mann.

»Möchtest du dich wieder mit mir betten, Robert?«

»Ja«, sagte er.

»Dann müssen wir einen Weg finden, um diejenigen loszuwerden, die uns in Ketten legen. Wir müssen einen Weg finden, wie wir wieder zusammen sein können. Als Mann und Frau, denn dafür sind wir bestimmt.«

»Welchen Weg sollte es da geben, der nicht Mord heißt?«, fragte Robert, und ich sprach lange kein Wort. Ich überlegte alles wohl. Ich erwog die Risiken: Sollte ich endlich enthüllen, was ich seit vielen Jahren wusste und mit mir herumtrug? Um mein Sehnen nach dem zu stillen, was rechtmäßig mein war?

»Ich weiß etwas über Henry Casson«, sagte ich schließlich. »Etwas, mit dem wir ihn zwingen können, uns zu helfen. Ich weiß das, seit ich ein Kind war, und ich habe es stets für mich behalten aus Angst, er würde mich töten, wenn ich es verriete, aber jetzt bin ich kein ängstliches Kind mehr, und mit dir zum Schutz an meiner Seite glaube ich, dass das, was ich weiß, ihn in Schach halten wird. Er wird es geheim halten wollen, und er weiß, dass ich Zeugin seines Frevels war. Ich fürchte ihn nicht mehr, und ich glaube, dass ich ihn mit meinem Wissen dazu bewegen kann, die Kirche anzuweisen, deine Ehe aufzulösen, um selbst dem Strang zu entgehen.«

»Meine Frau hat das nicht verdient …«

»Ich bin deine Frau!«, entgegnete ich wütend und verzweifelt, und er nahm mich in den Arm und hielt mich, bis ich mich beruhigt hatte, denn ich wehrte mich sehr.

»Natürlich bist du das. Du bist meine wahre Frau.« Das sagte er immer wieder, bis ich nachließ. »Was ist es, das du weißt?«, fragte Robert, und ich sah ihm an, dass er Angst hatte.

»Bevor ich dir das sage, musst du mir schwören, dass du mich liebst, Robert. Du musst mir schwören, dass du nie wieder zulassen wirst, dass Henry Casson oder irgendjemand sonst zwischen uns kommt, und dass du alles tun wirst, was nötig ist, um Unrecht in Recht zu verwandeln.«

»Ich schwöre es, Agnes.« Er drückte mich fest an sich. »Ich schwöre es beim Leben unseres Kindes.«

»Henry Casson hat deinen Vater getötet«, sagte ich. »Er hat ihn ermordet.«

Er sah mich an, als sei ich der Teufel, sein Gesicht so blass wie das des Herrn am Kreuz.

»Ich bringe ihn um! Er hat mir alles genommen. Alles.«

»Du brauchst ihn nicht umzubringen«, sagte ich. »Aber du musst dich von ihm und den Ketten befreien, in die er dich legt. Ich *werde ihn umbringen, Robert. Ich werde ihn umbringen.«*

Dann stürzte Robert sich auf mich, mit solcher Lust und Zorn und Leidenschaft, wie ich es bei ihm noch nie erlebt hatte, und nach so vielen Monaten der Einsamkeit und der Seelenpein kamen wir endlich wieder zusammen. Als wir im Gras lagen und zum Mond hinaufsahen, wandte er sich mir zu und fragte, wann ich von diesem Verbrechen erfahren hätte und wie.

Erst da begriff ich, dass er nicht ganz verstanden hatte, was ich zuvor sagte.

»Ich habe es immer gewusst, Robert«, sagte ich. »Ich habe es immer gewusst, weil ich es mit eigenen Augen gesehen habe.«

»Und du hast es mir nie gesagt?« Seine Stimme klang dunkel wie die Nacht, und ich hatte kurz Angst vor ihm.

»Ich konnte nicht«, sagte ich. »Und du weißt, warum. Ich hatte solche Angst vor ihm, ich wusste, er konnte mein Leben im Handumdrehen beenden, und du … Du hattest dich an mich verloren. Wenn du mich jetzt nicht mehr liebst, dann sag es mir

offen, und ich kehre zu Bolton zurück und werde den Rest meiner Tage ein elendes Leben unter seiner Knute führen. Aber sag, Robert, sag es mir, wenn du mich nicht mehr liebst.«

Ich hielt die Luft an und spürte die Angst davor, ihn abermals zu verlieren, wie ein Messer in meinem Bauch.

»Natürlich liebe ich dich, Agnes«, sagte er. »Ohne dich bin ich nur ein halber Mensch. Ich glaube dir. Ich werde mit Henry Casson reden, denn was ich sage, hat Gewicht, und das weiß er.«

Jetzt warte ich, dass Robert seinen Teil erfüllt. Dass er zu Casson geht und ihm sagt, er soll für die Auflösung von Roberts Ehe sorgen, wenn er nicht möchte, dass seine Sünden öffentlich werden. Und ich werde meinen Teil tun. Und dann wird endlich alles, was ich mir gewünscht habe, mein. Und vielleicht wird Gott mich aus seinem Herzen verstoßen für das, was wir tun wollen. Doch ich bin bereit, diesen Preis zu zahlen für meine Liebe.

Kapitel 49

»Alles okay?«, fragt Ma, als ich nach Hause komme.

»Ja«, antworte ich zögernd. »Wieso?«

»Du hältst deine Tasche umklammert, als hättest du sie gestohlen.« Sie beäugt mich von oben bis unten.

»Da ist was Wahres dran.« Ich hole das Buch aus der Tasche, lege es auf den Tisch und schlage es ganz vorne auf. »Guck mal.«

»Ein Buch aus der Pondener Bibliothek!« Ma neigt sich über das Buch und studiert das Exlibris. »Du hast ein Buch aus der Pondener Bibliothek gefunden!«

»Ich habe über zweihundert gefunden«, entgegne ich.

»Das ist der Mann, der die Bücher gestohlen hat?«, fragt Ma mit düsterem Blick. »Ich sage doch, der ist mir unsympathisch.«

»Na ja, er selbst kann es wohl kaum gewesen sein, Ma, schließlich ist es hundertzwanzig Jahre her, dass die Bücher verschwunden sind. Aber ja, ich würde gerne wissen, wie sie bei ihm gelandet sind. Siehst du das hier? Diese Verdickung? Da ist irgendetwas unter dem Vorsatzpapier versteckt.«

»Und du willst nachsehen?« Ma nickt ermunternd. »Dann mal los.«

»Ja, nein, dafür brauche ich Zeit und mein Werkzeug, und

genau genommen würde ich mutwillig fremdes Eigentum beschädigen.«

»Quatsch«, sagt Ma. »Die Bücher wurden damals gestohlen. Selbst wenn Mister Schickhose sie jemand anderem abgekauft hat, gehören sie immer noch uns. So lautet das Gesetz, Liebchen. Und die Herkunft dieses Buches ist ja wohl ziemlich klar, meinst du nicht?«

»Tatsächlich?« Ich senke den Blick auf das Buch. »Das heißt, es handelt sich um eine Heimkehr?«

»Ich schlage vor, du holst sie alle zurück«, sagt Ma. »Will und ich haben die drei kleinen Zimmer ausgeräumt, und ich habe mich sehr gründlich darin umgesehen, aber ich kann nicht auf dem Fußboden herumrutschen wie du, also wär's wohl besser, wenn du auch noch mal guckst. Zum Abendessen gibt es Steak Pie. Damit du zu Kräften kommst.«

»Wo ist Will?«

»In der Wanne. Mab leistet ihm Gesellschaft. Hoffentlich nicht in der Wanne, obwohl sie auch mal ganz gut ein Bad vertragen könnte. Wir waren beide total verdreckt, da dachte ich, ein Bad könnte dem Jungen nicht schaden.«

»Alles klar, ich sehe mal nach ihm.«

»Und danach knöpfst du dir das Buch vor«, sagt Ma. »Du hast Zeit. Ich rufe dich, wenn das Essen fertig ist.« Sie nickt und neigt sich mir dann etwas näher zu. »Ich möchte mit dir reden, Tru, ich will dir was Wichtiges erzählen.«

»Okay.« Ich zögere. »Alles gut, Ma?«

»Bald wieder«, sagt sie. »Und nun mach schon. Nicht dass Mab mit dem Jungen in der Wanne hockt.«

Gründlich trocken gerubbelt steckt Will in seinem Schlafanzug, während Mab immer noch etwas nass ist und freudig mit dem Schwanz wedelt, als die beiden runtergehen, um nachzuschauen, was Ma so treibt. Mit dem Buch unter dem Arm stehe ich eine Weile oben an der Treppe, schließe die Augen und versuche, Kontakt zu Ponden aufzunehmen. Ich dachte, ich würde Agnes' Elend begegnen, ihrem traurigen Sehnen und ihrer kalten Isolation. Aber die Erscheinungen haben nichts mit Ponden zu tun, sondern mit mir. Ich weiß nicht, ob es an Will liegt oder daran, wie Ma und ich in letzter Zeit miteinander auskommen, aber in diesem Haus stecken genauso viel Licht und Liebe und Wärme wie damals, als ich klein war und mit meinem Vater Verstecken spielte. Und das heißt, dass mein Sohn hier sicher ist und es an mir liegt, an mir ganz allein, diese Geschichte zu einem Abschluss zu bringen.

Ich will mich dem Buch in Cathys Zimmer widmen. Das erscheint mir am angemessensten. Hier habe ich Platz zum Arbeiten und das beste Licht – wenn ich direkt unter der Glühbirne sitze. Außerdem hat dieser Ort sowohl Agnes als auch Emily etwas bedeutet. Teile ihrer Geschichten wurden hier geschrieben.

Ich lasse mich im Schneidersitz auf dem Boden nieder und lege Buchkissen, Blattwender und Skalpell bereit.

Ich hole tief Luft und warte, bis das Zittern meiner Hände nachlässt, dann lege ich das Buch zurecht. Ich zücke das Skalpell und lasse es sofort wieder sinken. Was ich da vorhabe, ist ein Sakrileg, und das geht mir enorm gegen den Strich. Eigentlich sollte ich eine Paste auf den Kleber auftragen, die ihn auflöst, ohne das Papier zu beschädigen; das nachträglich aufgebrachte Papier Stück für Stück ablösen und als wichtigen Bestandteil der Geschichte des Buches aufbewahren. Ich weiß genau, dass das die korrekte Vorgehensweise wäre, und ich könnte es genau so tun – aber das würde mehrere Tage dauern. Ich muss es so behutsam wie möglich schlachten.

Ich zücke das Skalpell erneut, und dieses Mal schneide ich. Langsam und konzentriert. Unter dem Papier kommen weitere säuberlich gefaltete Bögen mit Agnes' Handschrift zutage sowie noch zwei Seiten des Pamphlets zum Hexenprozess in Ponden. Und auf der inneren Seite des Buchdeckels scheint ebenfalls etwas geschrieben zu sein.

Zitternd entferne ich das billige, brüchige Papier und lege es beiseite – und tatsächlich: Unter den Papieren verbirgt sich eine ganze Reihe von schlichten, mit Tinte auf den Buchdeckel aufgebrachten Hieroglyphen.

Ein Auge.

Und … und ein Daumenabdruck aus roter Tinte, in den ein Gesicht gezeichnet wurde. Dieses kleine Bild, das mir immer wieder begegnet, in allen Zeiten. Agnes hat es gezeichnet, Emily hat es gezeichnet, ich habe es als Kind gezeichnet – und jetzt auch noch Emilys Robert Heaton? Es muss Teil von Agnes' Geschichte sein, vielleicht hat es etwas mit ihrem Tod zu tun, mit ihren Gefühlen. Vielleicht hat sie es mir schon mein ganzes Leben gezeigt, vielleicht hat sie es schon vielen anderen vor mir gezeigt und nur darauf gewartet, dass eines Tages irgendjemand versteht, was es zu bedeuten hat.

Unter dem Gesicht steht nur ein Wort. Ein Wort, das aussieht, als es sei es nicht auf den Karton geschrieben, sondern in ihn eingelassen.

Look.

Kapitel 50

Diese Seiten enthalten die wahre Geschichte der barbarischen Morde der Agnes Bolton an ihrem Ehegatten John Bolton und ihrer kleinen Tochter Catherine Bolton, die erst ein Jahr alt war. Wie sie ihrem Ehegatten Gift gab und behauptete, er sei eines natürlichen Todes gestorben, wie sie ihn begraben ließ, er aber nach dem gewaltsamen Tode ihres Kindes durch ihre Hand wieder ausgegraben wurde, worauf festgestellt wurde, dass er durch Hexerei ums Leben gekommen war, dass sie, die Hexe, ihren Mann und sogar ihr Kind dem Satan opfern wollte, auf dass sie reich würde und unermessliche Macht erlänge.

Niedergeschrieben als Warnung für alle Gottlosen.

Wie schrecklich es für Agnes gewesen sein muss, ihr Kind auf so entsetzliche Weise zu verlieren und dann auch noch dafür beschuldigt zu werden. Die Legende von dem kleinen Geisterkind, dessen Hand am Fenster im Alkoven kratzt und das weint, weil es reingelassen werden möchte, wird mit einem Mal unfassbar real, und dann verstehe ich.

Ganz gleich, wo Agnes sich befindet – sie ist nicht bei ihrem Kind.

Und Agnes will nichts anderes als das, was jede liebende Mutter wollen würde: Sie möchte ihr Kind trösten, das Kind von Ponden, das im Dunklen weint.

Es liegt etwas in der Luft, kein Geräusch, keine Bewegung, aber irgendetwas. Irgendeine Störung der Atmosphäre, als würde Luft herausgelassen, ein trauriger, sehnsüchtiger Seufzer.

Mir treten Tränen in die Augen, als ich mich der nächsten Seite zuwende. Tränen, die nicht meine sind.

Am heutigen Tag, am 3. Oktober im Jahr des Herrn 1659, wurde Mistress Agnes Bolton vor den Constable Henry Casson gestellt, ihr wurde Doppelmord durch Hexerei zur Last gelegt. Die Anklage lautete, sie habe ihren Ehegatten mit einem Teufelstrank vergiftet und ihrem Kind den Schädel eingeschlagen, um es dem Teufel zu opfern. Sie habe die Kuh des Nachbarn verhext. Sie habe den Tod ihrer früheren Herrin, Anne Casson, herbeigewünscht, der hernach auch eintrat. Sie habe nackt im Mondschein getanzt, um die anständigen Männer des Dorfes zu verführen und hörig zu machen. Sie habe danach getrachtet, die Gesundheit aller, die ihren Weg kreuzten, zunichtezumachen, einschließlich der jungen, gottesfürchtigen Frau von Master Robert Heaton, die sie inbrünstig und eifersüchtig hasste.

Während der Verhandlung beteuerte Mistress Agnes Bolton immer wieder ihre Unschuld, jede Zeugenaussage kommentierte sie mit Zwischenrufen, sie weinte und jammerte um ihr armes, geschundenes Kind, doch niemand schenkte ihrem Wehklagen Glauben.

Sie wurde für schuldig befunden und zum Tod durch den Strang am nächsten Tag verurteilt.

Doch des Nachts kam der Teufel und holte sich die Seine. Sie entkam aus dem Black Bull Inn, wo sie eingesperrt war, und floh. Viele sagten, sie hätten sie auf dem Rücken des Teufels davonreiten sehen, quer über den Himmel, kreischend und heu-

lend hätte sie über ihre eigenen bösen, höllischen Teufeleien gelacht.

Mögen alle gottesfürchtigen Menschen, die diese Geschichte lesen, sich in Acht nehmen. Die Hexe von Ponden wurde bisher nicht gefunden, es wird gesagt, sie würde immer noch jeden verhexen und töten, der je ihren Weg kreuzte, bis in alle Ewigkeit.

»Du bist entkommen?« Ich stehe auf und lasse das spröde Papier zu Boden fallen. »Agnes? Du bist entkommen? Und was ist dann passiert?«

1659

Noch vor Sonnenaufgang ging ich mit Catherine auf dem Rücken aufs Moor und sammelte, was ich brauchte. Es war die falsche Jahreszeit für Fingerhut. Auf Knien grub ich so tief ich konnte in die kalte, harte Erde, bis ich die Pfahlwurzeln fand, ich nahm viel mehr, als ich brauchte, an mich und verstaute alles in meiner Schürze. Bolton schlief noch, als wir wieder nach Hause kamen. Ich holte die Wurzeln hervor, drehte und wendete sie und überlegte, was mit ihnen zu tun sei. Wer davon aß, den überkamen große Schmerzen, Übelkeit und Erbrechen, Fieber und Herzstolpern. Druck auf der Brust, panische Angst, Sehstörungen und dann schließlich der Tod. Kein schönes Ende. Während ich darüber nachdachte, wusste ich ganz genau, was ich da vorhatte. Und ich erinnerte mich an jenen seltsamen Traum, den ich vor langer Zeit einmal hatte, in dem ich aus dem Garten Eden verstoßen wurde. Nur dass ich das Paradies jetzt als Hölle sah, rasend heiß, mit giftgrünen Flammen und Teufeln, die darauf warteten, mich bis in alle Ewigkeit zu quälen. Ich weiß, ich werde brennen, wenn ich sterbe. Aber ein einziger Tag an der Seite meines Mannes und meiner Tochter auf dieser Erde ist mir tausend Jahre Qualen wert.

Die Sonne ging auf, als ich das Feuer anfachte und sein Frühstück zubereitete, er stand auf und ging zur Arbeit. Es war ein schöner Tag, kalt, aber klar, und er war guter Dinge. Ich werde ihm diesen Tag lassen, dachte ich. Ganz gleich, was er getan hat, diesen Tag hat er sich verdient.

Am Abend fiel es mir schwerer, als ich erwartet hatte, ihm sein Schicksal zu bereiten. John Bolton ist ein Rohling, der mir gegenüber nie freundlich, geschweige denn liebevoll war. Wenn er ein anderer Mensch gewesen wäre, sanfter, dann hätten wir vielleicht eine Ehe führen können. Vielleicht hätte ich Robert im Laufe der Jahre vergessen oder zumindest gelernt, mich nicht mehr nach ihm zu sehnen. Aber John trank und war jähzornig, lange bevor ich ihn kannte. Und eine schmale, rothaarige Frau, die das Kind eines anderen unter dem Herzen trug, war bestimmt nicht die Richtige, um ihn zu ändern – wenn das überhaupt jemand vermochte.

Ich schnitt die Wurzeln sehr fein und gab reichlich Salz und Kräuter zum Eintopf, um den Geschmack zu kaschieren. Und ich dachte darüber nach, wie mein Leben und das von John wohl verlaufen wäre, wenn das Schicksal uns nicht so übel mitgespielt hätte. Vielleicht hätte es Herzlichkeit und Kameradschaft für uns bereitgehalten, Liebe und Partnerschaft. Sonntäglichen Kirchgang und dazwischen Tage, an denen wir unsere Kinder wachsen und gedeihen sähen. Ein bescheidenes Leben. Ein gewöhnliches Leben. Aber eins, das mich glücklich gemacht hätte. Wenn Casson mich nicht meiner Mutter entrissen und zur Komplizin eines Mordes gemacht hätte. Wenn Robert mir nicht gezeigt hätte, was Liebe sein kann, und mich so für alles Weitere verdorben hätte. Wenn ich, damit mein Kind leben kann, nicht gezwungen gewesen wäre, meinen Körper einem Mann zu opfern, der mich hasste.

Aber für seinen Tod sorgen? Ich dachte, mein Herz, mein geschundenes, blutendes Herz, sei ausreichend abgestumpft, aber das war es nicht. Zumal nicht in jener schicksalhaften Stunde, als er sich in einer seltenen guten Laune mit Catherine auf dem Schoß ans Feuer setzte und ihr Wiegenlieder vorsang.

Ich musste meinen Mut nur bis zum höchsten Grad schrauben, wie es in dem Buch mit den Theaterstücken von Master Shakespeare heißt, das in der Pondener Bibliothek steht. Ich wusste, entweder musste ich den Eintopf ausgießen und die Schläge hinnehmen, die es dafür setzte, dass ich meinem Mann kein Mahl bereitet hatte, und hoffen, eines Tages ein klein wenig Zufriedenheit in diesem kurzen, brutalen Leben zu erfahren. Oder ich servierte John Bolton sein Abendessen und befreite mich so von dem, was mich von dem Mann trennte, den ich liebe.

Ich wollte immer nur leben. Ein Leben, das ich verdiente. Ein Leben, in dem es Hoffnung gab, Licht und Liebe. Hätte ich nie von diesen Freuden gekostet, dann hätte ich dieses trostlose Dasein vielleicht ertragen, mit Gottes Hilfe.

Aber Gott ist tot.

Und mein Mann jetzt auch.

Kapitel 51

»Und? Was gefunden?«, fragt Ma, als wir längst gegessen haben und Will vor dem Kamin döst, seinen Kopf in meinem Schoß.

»Allerdings. Mehr, als ich momentan begreifen kann. Obwohl …« Ich sehe zu Ma, die ihren Portierstuhl verlassen hat, jetzt auf einem Sessel beim Feuer sitzt und Mab den Kopf streichelt. »Also, immerhin weiß ich jetzt, dass Agnes eine Mutter ist – war –, die ihr Kind über alles geliebt hat. So sehr, dass Teile ihrer Existenz sich über Hunderte von Jahren erhalten haben und nur darauf warteten, eines Tages einen Weg zurück zu ihrem Kind zu finden. Und sie hat beschlossen – vielleicht wegen Will, vielleicht wegen Abe –, dass ich es sein soll, die das Unrecht, das ihr angetan wurde, aufklärt.«

»Unrecht, das ein Heaton ihr angetan hat?« Das klingt nur halb wie eine Frage – und halb wie eine recht überzeugte Feststellung.

»Das weiß ich noch nicht. Agnes' Robert hat sie aufrichtig geliebt, glaube ich, aber sie zu schwängern und dann zu verschwinden war natürlich suboptimal.«

»Der Apfel fällt nicht weit vom Stamm«, brummt Ma, und mir fällt auf, wie sie nervös die Finger verknotet.

»Haben die Heatons von Ponden Hall schon immer einen

schlechten Ruf gehabt, Ma?«, frage ich und hoffe, sie damit in Richtung dessen zu führen, was sie mir erzählen wollte.

»Na ja, sie haben sich oft Geld geliehen und nie zurückgezahlt, sich Land genommen und behalten, gesoffen wie die Löcher, Geld zum Fenster rausgeworfen. Angeblich hat der alte Patrick Brontë Branwells Probleme auf ihren schlechten Einfluss zurückgeführt. Ich glaube nicht, dass sie schlechte Menschen waren, nur einfach ziemlich derb. Leute vom Land eben, die mal viel und mal wenig hatten und die sich nicht darum kümmerten, wie sie ihr Leben nachhaltig verbessern könnten. Aber es waren auch ein paar Dichter unter ihnen, Musiker und Geschichtenerzähler – dein Vater hat sich auch gerne als einer von ihnen gesehen. Und Emilys Robert – der soll ein sanftmütiger und gütiger Mann gewesen sein.«

Sie verstummt. Ich lausche dem Knistern des Feuers und betrachte die brennenden Scheite.

»Du brauchst dich nicht zu entschuldigen«, sage ich schließlich. »Ich meine, für unser Verhältnis. Dad und ich waren uns sehr nah, und ich kann verstehen, dass du dich ausgeschlossen gefühlt hast. Das muss wirklich hart gewesen sein für dich, vor allem, wenn die Beziehung zwischen dir und Dad nicht so …«

»Trudy«, fällt Ma mir ins Wort. »Ich war noch sehr jung, als ich deinen Vater heiratete. Ich dachte, ich würde ihn lieben, er sah gut aus, er hatte Humor, und er hatte dieses Haus! Damals dachte ich, ein Traum würde wahr werden, alles wäre geritzt. Ich wollte seine Frau sein und dieses Haus mit Kindern füllen. Ich dachte, wir würden hier lange und glücklich miteinander leben, aber so sollte es nicht sein.«

»Weil Dad Affären hatte.«

»Woher weißt du das?«

»Ich habe einen Brief von einer anderen Frau gefunden.«

»Die war weder die Erste noch die Letzte«, sagt Ma. »Dein Vater war ein guter Mensch und ein guter Vater. Aber kein guter Ehemann. Ich will ihm gar nicht die alleinige Schuld geben – wir haben einfach viel zu jung geheiratet, er wusste noch gar nicht, was er eigentlich vom Leben wollte, als er sich für mich entschied.«

»Ach, Ma …«

»Ich hätte ihn verlassen sollen, aber ich war mit dir schwanger, und ich habe dieses Haus geliebt. Ich dachte, wenn du erst mal geboren wärst, würde er vielleicht zu mir zurückkommen, aber das war auch nicht fair. Und dann drehte sich für mich alles nur noch um dich.«

Ich schweige und warte. Das Feuer knackt und funkt, Will atmet, und Ponden ist ein Ort der Wärme und des Friedens.

»Aber als du mir dann in den Arm gelegt wurdest, da habe ich nichts gespürt. Überhaupt nichts, Trudy. Ich habe versucht, dich zu lieben, ich habe es wirklich versucht. Ich habe mich sehr gut um dich gekümmert, wirklich sehr gut. Ich habe dich nie schlecht behandelt, ich habe dich gefüttert und dich angezogen. Ich war dir eine gute Mutter, in jeder Hinsicht – bis auf eine: Ich habe dich nicht geliebt, nicht so, wie eine Mutter ihr Kind lieben sollte …«

Ich schließe die Augen und weiß nicht recht, welche Gefühle sich jetzt wohl in mir regen werden. Wut und Verzweiflung? Zurückweisung und Verletzung? Aber dann spüre ich etwas ganz anderes: Erleichterung. Auf einmal ergibt alles Sinn, und eine enorme Last wird von mir genommen.

»… jedenfalls damals nicht«, sagt Ma. »Aber als du neulich wiederkamst, da … Also, kaum dass ich dich nach all den Jahren wiedersah, war ich vollkommen überwältigt von Liebe.

Ich liebe dich so sehr, mein Mädchen. Und ich glaube, dass ich dich immer geliebt habe – dass ich es nur bis vor Kurzem nicht zulassen konnte. Kannst du mir verzeihen?« Ihre Stimme ist kaum mehr als ein Flüstern.

»Ma.« Ich nehme ihre Hand. »Du hast uns bei dir aufgenommen, meinen Sohn und mich, als wir einen Zufluchtsort, ein Zuhause brauchten. Nach allem, was passiert ist, hast du uns bei dir aufgenommen und uns geliebt. Ich liebe dich, Ma, und es gibt nichts zu verzeihen – wir sind alle nur Menschen und tun unser Bestes.«

»Da ist noch etwas. Ich will es dir schon eine ganze Weile erzählen …«

»Was denn, Ma?« Lächelnd sehe ich sie an und halte immer noch ihre Hand.

»Ach, nichts.« Ma legt die freie Hand an meine Wange, sie hat Tränen in den Augen. »Nur, dass ich mich so freue, dass du endlich wieder zu Hause bist, mein Mädchen.«

1659

Es regnete in Strömen, als wir ihn unter die Erde brachten. Wir begruben ihn im selben Grab, in dem bereits seine Eltern und deren verstorbene Kinder sowie seine erste Frau und das gemeinsame Kind lagen, wohl an die zehn Särge übereinander. Ein heftiger Wind kam auf, als der Pfarrer die Gebete sprach, und trug seine Worte fort, als wolle er nicht hinnehmen, dass an diesem Ort Worte der Bibel verlesen werden. Er fiel förmlich den nackten Hügel herunter, zerrte am Schal, mit dem ich mir Catherine eng vor die Brust gebunden hatte. Sie strampelte, weinte und schrie, mein starkes Mädchen, und ich hoffte, der Regen würde mein Gesicht ausreichend wie Tränen benetzen.

Ich hatte seinen toten Körper mit großer Sorgfalt behandelt, ich hatte ihn gewaschen, in ein gutes neues Leichenhemd gehüllt und sein noch immer vom Schmerz gezeichnetes Gesicht bedeckt. Sein Bruder und der Pfarrer waren gekommen und hatten Gebete gesprochen, während John auf unserem Tisch lag. Mark Bolton teilte mir mit, ich könne weiter in der Schmiede wohnen, bis er sie verkauft oder übernimmt. Wenn ich John Boltons wahre Frau gewesen wäre, hätte ich vielleicht gefragt, was mit meinem Anteil war, aber ich schwieg. Was ich getan hatte, tat ich, um frei zu sein, nicht, um mich zu bereichern, und sobald auch Robert frei war, musste ich mich nie wieder um meine und Catherines Existenz sorgen.

Und so stand ich auf dem Hügel und sah dabei zu, wie der Sarg auf die anderen verrottenden Särge gequetscht und mit dem scharfen Modder bedeckt wurde, der hier alles nach Tod stinken lässt. Schließlich legten sie den Grabstein zurück, und Johns Name wurde hinzugefügt, sehr klein, ganz unten, damit noch Platz für den nächsten Namen ist. Ich sah zu und dachte bei mir, wenigstens werden weder Catherine noch ich in diesem trostlosen Loch enden.

Geld für einen Trauerschmaus gab es nicht, aber Johns Bruder brachte ein Fass Bier mit in die Schmiede, und ein paar Gäste saßen herum, tranken und redeten bis spät über John, und dann endlich hatte ich das Haus für mich. Ich fühlte mich seltsam, empfand weder Schuld noch Reue, dabei hatte ich doch einen Menschen getötet. Ich war ganz ruhig und friedvoll. Und jetzt bin ich es wieder. Ich empfinde eine große Gleichgültigkeit bezüglich der Schreckenstat, die ich begangen habe, und obschon ich weiß, dass ich das Höllenfeuer fürchten sollte, tue ich es nicht. Denn ich werde diese Welt nie verlassen, auch nicht im Tod. Ich bin enger mit dieser Erde und dem stinkenden Modder verbunden als John Bolton in seinem Grab. Wenn die Hölle kommt, um mich zu holen, werde ich mich weigern mitzugehen.

Doch dann, kurz nach Mitternacht, war es vorbei mit der Ruhe, und alles ging in Hass auf.

Ein Klopfen an der Tür. Ich eilte hin, sicher, dass es Robert sein würde, der gewiss in den letzten Tagen von John Boltons Tod gehört hatte, der mich seither aber noch nicht aufgesucht hatte. Doch nicht Robert zog den Kopf ein, als er über meine Schwelle trat, sondern Henry Casson.

Noch nie in meinem Leben habe ich eine solche Angst gehabt. Cassons Augen funkelten zornig, und ich wusste, Robert musste ihm von dem geheimen Wissen erzählt haben, mit dem ich ihn unter Druck setzen wollte, aber ich verstand nicht recht, wieso, denn dadurch war ich hilflos Cassons ungebremster Wut ausgeliefert.

»Du hast einen anderen erwartet?« Casson betrachtete mich mit so großer Verachtung und Abscheu, dass ich am liebsten aus meiner Haut gefahren wäre, denn ich erinnerte mich noch zu gut, wie schlecht er mich behandelt hatte und wie sehr er mich stets gehasst hatte. »Dann wirst du jetzt sehr enttäuscht sein. Denn nicht nur du bist frisch verwitwet. Mistress Casson ist letzte Nacht für immer eingeschlafen, und ihr Sohn und sein Weib halten betend Wache an ihrem Bett.«

»Mistress Casson ist tot?«, brachte ich hervor und dachte mit Schrecken an die in ihrer Wiege schlafende Catherine. Ich hatte Angst, wenn sie sich rührte, würde er ihr etwas antun. »War sie denn krank?«

»Sie war sehr schwach, ja«, sagte Casson. »Ein Fieber hat sie ausgelöscht.«

»Armer Robert.« Es war kaum mehr als ein Wispern, und doch muss er meine Worte verstanden haben, denn völlig unvermittelt schlug er mich zu Boden.

»Und was ist mit Ihrem armen Ehemann, Mistress Bolton?« Casson baute sich über mir auf, als wollte er mich abermals schlagen. »Hast du in deiner unendlichen Dummheit wirklich geglaubt, wenn du ihn umbringst, bringt dir das deine Liebe wieder? Robert war bei mir und erzählte mir, was du weißt. Dieses Geheimnis sollte unter uns beiden bleiben, und der einzige Grund dafür, dass ich dir all die Jahre gestattete weiterzuleben, ist, dass du ein Nichts bist, dein Leben nichts wert ist, dein Wort nichts zählt. Du dummes Kind, wie kannst du glauben, dass er von seiner Frau befreit werden kann, indem du mich des Mordes an seinem Vater bezichtigst? Er ist nicht wie du und ich, Agnes.

Er mordet nicht, um das zu bekommen, was er haben will – dazu fehlt ihm der Mumm.«

Während er sprach, hatte ich mich langsam immer weiter von ihm entfernt, um ihn von Catherine wegzulocken. Ich zermarterte mir das Hirn, wie ich diese Situation zu meinem Vorteil wenden könnte.

»Sie sind der Constable, Sie sind Recht und Gesetz«, sagte ich. »Sie könnten sagen, dass Robert und ich heimlich geheiratet haben und dass das gerade erst ans Licht gekommen ist. Sie könnten Papiere vorlegen, die Ehe annullieren lassen und die Braut dahin zurückschicken, wo sie hergekommen ist. Als Gegenleistung werden Robert und ich Stillschweigen bewahren über Ihre Freveltat, wenn Sie Ponden Hall verlassen und nie wiederkommen.«

Casson lachte, Speichel schäumte aus seinen Mundwinkeln, als er mich beim Schlafittchen packte und anhob.

»Sie überschätzen sich, Mistress Bolton. Als ich dich kaufte, warst du nichts als ein nutzloses, halb verhungertes Blag. Ich habe dir dein armseliges Leben gelassen, und dafür solltest du mir dankbar sein. All die Jahre hast du mein Geheimnis bewahrt, und ich werde deins bewahren, wenn du mit deinem Balg für immer von hier verschwindest.«

»Nein! Ich werde nicht hier weggehen!« Mich überkam eine nie gekannte Wut. Jeder Fußtritt, jeder Fausthieb, jede Tracht Prügel, die je ein Mann meinem Körper zugefügt hatte, befeuerte mich und verlieh mir ungeahnte Stärke. Ich stieß ihn mit aller Macht von mir, er strauchelte und fiel.

»Nein, ich werde nicht hier weggehen, und ich werde nicht schweigen«, sagte ich. »Mein Mann war krank und ist gestorben, er wurde von einem Mann Gottes beerdigt, das ist alles. Aber ich werde all Ihre Geheimnisse verraten, Henry Casson. Ich werde allen erzählen, wie Sie William Heaton die Kehle durch-

schnitten und ihn halb tot ins Moor warfen, auf dass er verblutete und ertrank. Mag sein, dass Sie ein Constable sind und ich nichts als eine arme Witwe, aber was meinen Sie wohl, wem man glauben wird, wie werden die Leute unter sich abends am Feuer reden? Die Hälfte vermutet ohnehin, dass Sie es getan haben – die Leute haben nur zu viel Angst, es zu sagen. Aber ich habe keine Angst vor Ihnen, Henry Casson. Und Sie können mir nichts antun, das mir Angst vor Ihnen einflößen würde.« Unbewusst war ich mit jedem Wort einen Schritt näher auf ihn zugegangen, bis uns nur noch eine Haaresbreite trennte.

»Begreifst du denn nicht, dass Robert dich und deinen Bastard nicht mehr will?«, spie er mich an. »In Gottes Namen, Agnes, ich biete dir die Gelegenheit, fernab von diesem Ort und allem Ungemach, das dir hier widerfuhr, weiterzuleben. Wenn du jetzt gehst, hast du vielleicht noch eine Chance.«

»Es gibt auf dieser Welt nur einen Menschen, dem ich glaube, wenn es um die Gedanken und Gefühle von Robert Heaton geht, und das ist Robert Heaton«, sagte ich. »Und was fällt Ihnen ein, mir gegenüber von Gott zu sprechen? Sie und ich haben mit Gott nichts zu tun, Henry. Das hatten wir nicht, seit Sie mich zu Ihrer Geliebten machten, noch bevor ich zehn Jahre alt war. Geben Sie mir, was Sie mir schulden, geben Sie mir Robert, den Rest können Sie behalten. Ich will nur ihn.«

In dem Augenblick fing Catherine an zu quäken, und Cassons Blick wanderte zur Wiege. Ein schrecklicher, mordlüsterner Blick.

»Ich werde dafür sorgen, dass du bekommst, was du verdienst, Agnes«, sagte er. »Sei getrost.«

Und dann ging er.

Zitternd schreibe ich dies nieder. Ich nahm Catherine auf den Arm, sie schlief an meiner Schulter wieder ein. Vielleicht, dachte ich, sollten wir tun, was Casson sagte, und weggehen, im Schutz der Dunkelheit verschwinden und uns in Sicherheit bringen vor seinem Zorn. Andererseits … Andererseits musste ich einfach daran glauben, dass Robert kommen und mir helfen würde, dass er mich immer noch liebte, wie er es mir auf ewig geschworen hatte. Denn wenn das Letzte, das ich für wahr und gut hielt, sich als verdorben erwies, dann hatte das Leben keinen Wert mehr für mich.

Dann hörte ich draußen ein Geräusch, und zunächst hüpfte mein Herz. Doch dann öffnete sich die Tür, und das Grauen trat ein …

Mir ist gleich, was aus mir wird. Meine Catherine ist tot, sie wurde schändlichst ermordet, und mich haben sie hierher in dieses Gewölbe geschleppt, wo sie mich gefangen halten, bis sie mich hängen. Und mir ist es gleich. Mein Kind, oh, mein Baby! Er entriss mir mein Mädchen, er schlug sie, schlug sie und … Ich kann nicht mehr schreiben. Dies sind wohl die letzten Worte, die ich schreibe. Sie werden mich töten, aber ich werde nicht sterben. Nicht, solange meine Tochter nicht gesühnt ist.

Kapitel 52

»Und jetzt?«, höre ich Ma leise im Hintergrund, während ich mitten in dem großen Zimmer im Obergeschoss stehe. Dieser Raum war unsere letzte Hoffnung gewesen, was den Fund der restlichen verschollenen Papiere angeht.

Kaum hatten wir die letzten Möbel auf den Flur geschafft, war ich in die alte Scheune rübergegangen, um nach Werkzeug zu suchen. Für mich war es ein ziemlicher Schock gewesen, dieses heruntergekommene Gebäude mit dem undichten Dach zu betreten und festzustellen, dass seit Dad offenbar kein Mensch mehr dort gewesen war.

Sein alter Anorak hing noch immer über der Lehne des wackeligen Küchenstuhls, und als ich in die Tasche fasste, fand ich darin ein in Plastik gewickeltes Pfefferminzbonbon. Zack, saß ich auf Daddys Schoß auf dem Traktor und lutschte eines der Bonbons, die er immer bei sich hatte.

Ich stand da im Dämmerlicht und betrachtete den Teebecher auf seiner Werkbank, daneben einen am Ende angekauten Kugelschreiber. Es gab auch dort wenig, das mir etwas über den Mann verraten könnte, den ich so geliebt habe, und in dem Moment ging mir auf, dass ich ihn zwar geliebt, ihn aber ganz bestimmt nicht gekannt hatte. Ich kannte nur eine Seite von ihm, die Seite, die Spiele spielte, Witze machte, Geistergeschichten erzählte. Aber den Mann, der Affären hatte, der Ma betrog, während sie schwanger war – den Mann kannte ich nicht. Und ich bin froh darüber. Das war vielleicht der größte Liebesdienst, den Ma mir erwiesen hat: Diese Seite meines Vaters vor mir zu verbergen, mich ihn weiter als den großen Helden anhimmeln zu lassen und es weiter zu ertragen, ständig mit ihm verglichen zu werden.

Ich nahm mir zwei Hammer, ein paar lange Nägel und ein Stemmeisen, und als ich die Tür der alten Scheune wieder schloss, hatte ich das Gefühl, ein Kapitel meines Lebens abzuschließen, ein Kapitel, das mir einst sehr wehgetan hat, mir jetzt aber nichts mehr anhaben kann. Ich war geheilt, dank Ma.

Wir entfernten ein Dielenbrett nach dem anderen und setzten es wieder ein. Dabei entdeckten wir so einiges. Unter einem bereits losen Brett fanden wir ein altes Matchbox-Auto – einen Aston Martin DBR5, das James-Bond-Auto –, einige Plastiksoldaten und eine Rolle Bindfaden. Wahrscheinlich Dinge, die Dad als Kind dort versteckt hatte. Ich betrachtete den Schatz eine Weile, dann legte ich ihn zurück, und Ma reichte mir die Nägel an, um das Brett wieder zu befestigen. Wir haben viel Staub und auch ein paar Hinweise auf Holzwürmer gefunden, aber keine Spur von Agnes' Aufzeichnungen oder Emilys Manuskript.

»Tru? Was jetzt?«, fragt Ma noch einmal. »Bist du sicher, dass du die Torfscheune gründlich genug durchsucht hast?«

»Ja«, sage ich. »Ich habe jeden Quadratzentimeter abgesucht, da war nichts.«

Ich hatte große Hoffnungen auf die Torfscheune gesetzt. Es handelt sich dabei um ein älteres Gebäude, das mit Ponden Hall zusammenwuchs, als der mittlere Teil errichtet wurde, um die Gebäudeteile miteinander zu verbinden.

Diese schlichte Scheune hat im Leben der Brontë-Schwestern eine wichtige Rolle gespielt, vielleicht hat sie ihnen sogar das Leben gerettet. Im September 1824 wurden die Brontë-Kinder und das sie begleitende Dienstmädchen bei einer ihrer täglichen Wanderungen von einem Moorausbruch überrascht, der die Gegend rund um Haworth erbeben ließ und einen massiven Erdrutsch und Flutwellen von zwei Metern Höhe auslöste. Panisch erklommen die Kinder und das Dienstmädchen die Stufen der Torfscheune und suchten dort Schutz, während der Erdstrom an ihnen vorbeirauschte. In der Scheune gab es zahllose Ecken und Winkel, viele Nischen in uralten Steinen, von denen einige zu Wasserspeiern gehauen waren – eigentlich das perfekte Versteck für Emilys Manuskript, aber ich hatte dort nichts gefunden, nicht die leiseste Spur, keinen Hinweis darauf, dass dort mal etwas gewesen war.

»Dann ist Emilys Buch nicht hier in Ponden und auch nichts von Agnes' Geschichte«, sagte Ma. »Wer weiß, vielleicht hat Robert tatsächlich alles verbrannt, als Emily starb. Oder wenn er sie wirklich so innig geliebt hat, wie die Heaton-Legende es überliefert, dann hat er sich vielleicht damit beerdigen lassen. Wir könnten heute Nacht auf den Friedhof gehen und sein Grab öffnen, um mal nachzusehen.«

»Keine schlechte Idee, der Friedhof ist nicht sonderlich einsehbar«, sage ich nachdenklich.

»Trudy. Ich meinte das im Scherz.« Mas Augen weiten sich.

»Ich auch«, sage ich, obwohl das nicht ganz stimmt. Die Vorstellung, so weit gekommen zu sein und *Das Haus in Scar Gill* nicht gefunden zu haben, kann ich nur schwer aushalten. Irgendwie habe ich das Gefühl, meine gesamte Zukunft hängt von diesem Fund ab; denn wenn ich etwas fände, das so gründlich verschollen war, dass kein Mensch überhaupt von seiner Existenz wusste, dann würde das heißen, dass ich alles finden könnte. Sogar Abe.

Ich kann jetzt nicht aufgeben. Ich kann einfach nicht.

»Robert hat die Metallkassette im Garten vergraben«, sage ich. »Und ein Einmachglas bei der Bienenmauer, darum halte ich es für sehr wahrscheinlich, dass der Roman irgendwo auf dem zu Ponden Hall gehörenden Land versteckt ist.«

»Damals, als Robert starb«, ruft Ma mir in Erinnerung, »gehörten den Heatons Hunderte Morgen Land. Er hätte es sonst wo auf dieser Fläche vergraben können, und wir werden es nie finden.«

»Nein.« Ich schüttele den Kopf. »Das ist nicht das Ende dieser Geschichte. Das kann nicht sein. Nach allem, was wir bisher entdeckt und erlebt haben ... wenn ich jetzt Emilys Roman nicht finde und auch nicht herausfinde, was letztlich mit Agnes passiert ist, dann ... dann habe ich die beiden im Stich gelassen.«

Ma kommt an meine Seite, legt die Hand auf meine Schulter und betrachtet mit mir den sonnendurchfluteten Raum. Durch das offene Fenster höre ich, wie Will Mab im Garten Tricks beibringt.

»Du hast die beiden ganz bestimmt nicht im Stich gelassen. Vielleicht reicht es ja schon aus, dass du Agnes' Geschichte überhaupt ans Licht geholt und die Nachrichten von Emily und Robert gefunden hast. Diese Titelseite, Trudy – die wird die Welt der Brontës ändern. Ich weiß, es ist nicht der ganze Roman, aber es ist mehr, als sich je ein Mensch erträumt hätte, und Agnes ist auch ein Teil davon. Die Welt wird erfahren, dass es hier ein Lumpenkind gegeben hat, das bis zum Letzten gekämpft hat, um seine Geschichte zu erzählen. Was hat das denn bitte mit ›im Stich lassen‹ zu tun?«

»Kann sein.« Meine Schultern sinken, und alle Energie verlässt mich. Und dann denke ich an Will und das Versprechen, das ich ihm gegeben habe: Niemals die Hoffnung aufzugeben.

»Vielleicht hat Robert ja noch mehr in den Büchern aus Ponden versteckt. Ich bin nur ungefähr die Hälfte davon durchgegangen, Ma. Ich muss noch mal zurück nach Castle Ellis, um die andere Hälfte durchzusehen. Und den Rest der Bibliothek. Ich bin sicher, da ist noch mehr, vielleicht sogar der Roman oder ein Hinweis auf seinen Verbleib. Wenn ich da nichts finde, dann ... Dann muss ich noch mal überlegen.«

»Ich weiß, dass du nicht ruhen wirst, bevor du alles getan hast, was in deiner Macht steht«, sagt Ma.

»Na ja, Agnes ruht seit vierhundert Jahren nicht, da machen ein paar Stunden mehr jetzt auch keinen Unterschied mehr, oder? Kannst du so lange auf Will aufpassen?«

»Natürlich. Und komm heil zurück.«

»Es geht um eine Bibliothek, Ma«, sage ich und kreuze im Geiste die Finger. »Offiziell der ungefährlichste Ort der Welt.«

Ich lege mir das Handy auf den Schoß und rufe Marcus über die Freisprechanlage an, als ich losfahre Richtung Castle Ellis. Er geht nach dem zweiten Tuten dran.

»Ah, Trudy«, sagt er, und als er hört, dass ich im Auto sitze, spricht er etwas lauter weiter. »Ich habe mich schon gefragt, was mit dir passiert ist. In der Bibliothek sieht es so aus, als wenn du mitten in der Arbeit wärst, aber ich habe dich seit Tagen nicht gesehen.«

»Ich weiß, tut mir leid.« Ich achte darauf, fröhlich und unbeschwert zu klingen. »Ich bin bei der großen Aufräumaktion in Ponden Hall hängen geblieben, wir wollen es möglichst bald so weit haben, dass mit den Arbeiten begonnen werden kann. Aber gerade jetzt wollte ich eigentlich für ein paar Stunden zu dir rüberkommen, wenn das okay ist?«

»Ich bin leider nicht zu Hause. Ich fahre gerade nach Cumbria, um da ein Haus zu restaurieren, das von zwei verrückten alten viktorianischen Schwestern gebaut wurde. Längst nicht so schön wie Ponden, aber auch durchaus interessant. Aber fahr doch ruhig zu mir. Ich bin in ein paar Stunden wieder da, vielleicht sehen wir uns dann noch?«

»Bestimmt!«, sage ich. »Gute Fahrt!«

Es ist ein strahlender Nachmittag, die Bäume flammen in den schönsten Herbstfarben. Juwelenähnliche Blätter landen auf der Windschutzscheibe, und die kalte Luft ist so kristallklar, als wolle sie mir sagen, dass etwas bevorsteht. So oder so, heute werde ich die Geheimnisse aufdecken, die noch in Marcus' Bibliothek gefangen sind.

Kapitel 53

Das helle Tageslicht lässt bereits langsam nach, als ich Castle Ellis betrete. Die gläsernen Räume sind in warmes Rotgold getaucht. Im Haus ist es vollkommen still.

Während ich mich durch Marcus' Eigenheim bewege, geht mir durch den Kopf, dass Einrichtung und Gestaltung wenig persönlich sind. Alles ist wunderschön und wahnsinnig geschmackvoll – aber nichts davon verrät, was Marcus mag, womit er sich wohl und geborgen fühlt. Das extrem moderne Gebäude ist mit exquisiten Antiquitäten bestückt, jedes einzelne Teil handverlesen und eine perfekte Ergänzung der ansonsten hochmodernen Umgebung.

Doch dann, im Herzen des Hauses, in dem quadratischen Flur, von dem die Bibliothek und das Spielzimmer abgehen, ist plötzlich alles anders. So genau hatte ich mich hier bisher nicht umgesehen, aber jetzt entdecke ich in diesem privaten Bereich zwei Dinge, die Marcus etwas bedeuten.

Das abgenutzte, schwarze Sofa im viktorianischen Stil am Fuß der großen Treppe und das mit einem seidenen Überwurf abgedeckte Klavier gleich gegenüber sind originalgetreue Nachbildungen von Möbelstücken im Brontë-Museum. Es sind Möbel, die in Emily Brontës Leben eine große Rolle gespielt haben.

Auf dem Sofa, das für diesen Zwilling Modell gestanden

hat, ist Emily gestorben, hat sie ihre letzten Worte geschrieben, vielleicht sogar *Das Haus in Scar Gill.* Und das Klavier ist eine Reproduktion des Instruments, auf dem Emily spielte. Darüber hängt das, was ich eine perfekte Kopie des Porträts nennen würde, das Branwell Brontë 1833 von seiner Schwester Emily malte. Wirklich eine perfekte Kopie! Jeder Riss in der Leinwand, jedes fehlende Bruchstückchen alter Farbe wurde so akkurat nachgebildet, dass ich, wenn ich nicht wüsste, dass das Original in der Nationalgalerie hängt, glauben würde, dies sei das Original.

Grace hatte nicht unrecht, als sie sagte, Marcus sei ein besessener Sammler – und zwar insbesondere, wenn es um Emily Brontë geht, wie es aussieht. Er muss enorm viel Zeit und Geld in diese Dinge investiert haben, und vielleicht sehe ich genau deshalb keine Brontë-Bücher in den Regalen der Bibliothek. Vielleicht hält Marcus sie in seinem geheimen Turmzimmer unter Verschluss, vielleicht ist es ein goldenes Verlies für die wahre Liebe seines Lebens.

Ich stehe kurz vor dem Gamingzimmer herum, dann drücke ich die Tür auf, betrachte die glatte, verkleidete Wand und denke an die dahinter liegende Treppe, den Aufstieg zum Turmzimmer. Ich würde zu gerne sehen, was sich dort oben befindet.

Aber jetzt muss ich mich erst mal auf etwas anderes konzentrieren.

An Emilys Porträt vorbei gehe ich in die Bibliothek.

Meine Bücher – ich betrachte die Pondener Bücher irgendwie als meine – liegen noch genauso da, wie ich sie hinterlassen habe, der Zettel, auf den ich geschrieben hatte, Marcus möge bitte nichts verändern, auch. Ich bin mir ziemlich sicher, dass der Stuhl, der jetzt ordentlich an den Tisch geschoben ist, ein Stück herausgezogen war, aber gut, dann hat Marcus ihn wohl zurechtgerückt. Ist schließlich sein Haus, seine Bibliothek und sein Stuhl, und er ist ein ordnungsliebender Mensch.

Mein Zettel liegt auf einem der Bücher, die ich mir noch nicht näher angesehen hatte, auf einem der Bücher dieser Sammlung, die, ihrem Titel nach zu urteilen, staubtrockene Lektüre sind. Längst überholte Eigentumsgesetze, Landbau-Almanache, politische Aufsätze – alles miteinander Werke, in denen meinem Gefühl nach weder Agnes noch Robert je so wichtige Papiere versteckt hätten. Andererseits waren vielleicht gerade die uninteressanten Werke die besten Verstecke.

Die Sonne scheint mir warm in den Nacken, als ich *The Rise and Progress of Religion in the Soul: illustrated in a Course of Serious and Practical Addresses* zur Hand nehme und mich an die Arbeit mache.

Den trockenen Sachthemen zum Trotz stellt jeder einzelne Band, den ich mir vornehme, einen kleinen Schatz dar.

Ich berühre das Leder und kann fast die Fingerabdrücke Hunderter anderer Leser spüren, die diese in der Patina hinterlassen haben. Die Bücher haben einen ganz eigenen Geruch, ein bisschen scharf, ein bisschen wie Rauch und alte Druckerschwärze. Und dann das Papier – die nicht ganz einheitlichen Seiten sind dick und ein klein wenig klebrig, jedes Umblättern hinterlässt seine Spur. Auf jeder einzelnen Seite ist eine vergangene Welt eingefangen, Momente aus einer Zeit, die für unser heutiges Leben kaum eine Bedeutung haben, Gedanken und Vorstellungen, die uns fremd sind. Auf den Seiten von Büchern wie diesem und anderen seltenen und besonderen Exemplaren können wir das entdecken, was wir nirgendwo anders finden können: die Geisteshaltung von

Menschen, die vor Hunderten von Jahren lebten. Für mich ist jedes einzelne Buch ein Wunder, dem mit Liebe und Hingabe begegnet werden muss, und ich trauere um den Verlust jedes einzelnen Buches aus der Pondener Bibliothek, mit großer Wehmut lege ich sie alle zurück auf den Tisch, selbst die schlichtesten und langweiligsten Ausgaben. Diese Büchersammlung hat einst eine Familie definiert, ihr Leben illustriert, ihre Bedürfnisse, ihre Interessen, über Generationen, und jetzt sind sie hier gefangen, an einem Ort, an dem sich niemand für sie oder für die Menschen, die sie einst lasen, interessiert. Niemand außer mir.

Mit größter Sorgfalt suche ich überall nach Spuren von Agnes oder Robert, ich wende mich einem Buch nach dem anderen zu, bis aus dem Nachmittag Abend geworden ist und keine Bücher mehr übrig sind.

Ich war mir so sicher gewesen, dass ich hier etwas finden würde.

Ich lehne mich auf dem Stuhl zurück, versuche, mit der Atmosphäre Verbindung aufzunehmen, in die Heaton in mir hineinzuhorchen, deren Blut in meinen Ohren pocht, und einen Hinweis auf Agnes zu entdecken. Aber da ist nichts. Natürlich wäre es möglich, dass sich in der immensen Bücherwand noch mehr Pondener Bücher verbergen, aber es würde Tage dauern, jedes einzelne Exemplar aufzuschlagen, ich würde immer wieder herkommen müssen und natürlich Marcus begegnen, so unangenehm mir das auch ist. Ich kann nicht aufgeben, ich werde nicht aufgeben, aber ich muss mich an die Tatsache gewöhnen, dass ich die Geschichte nicht heute zu einem Abschluss bringen werde, und das schmerzt mich mehr, als ich erwartet hätte.

Mit einem Seufzer packe ich mein Werkzeug in die Tasche

und schalte in der Bibliothek das Licht aus. Dann höre ich ein Geräusch aus dem Gamingzimmer, ganz leise. Ob Marcus zurück ist? Ich gehe hinein und sehe, dass die Geheimtür offen steht.

Ich beiße mir auf die Lippe, stelle meine Tasche ab und gehe auf die offene Tür zu. Die Wendeltreppe wirkt dunkel und kalt.

»Marcus?«, rufe ich vorsichtig. »Marcus, bist du da oben?«

Ich warte auf Antwort, aber da ist nichts außer dem Wind, der durch scheibenlose Fenster weht.

»Ach, was soll's, ich will ja nur mal gucken«, sage ich laut, betrete den geheimen Flur und die kalten Stufen. »Ist ja nicht so, als wollte ich was klauen.«

Es dauert etwas, bis sich meine Augen an die Dunkelheit gewöhnt haben und ich die etwas helleren Steinstufen vor mir schemenhaft erkennen kann. Ich erklimme eine Stufe nach der anderen und taste mich an der geschwungenen Wand entlang. Zwei Mal komme ich an verräterischen offenen Türen vorbei, die ins Freie und Bodenlose führen, und dann endlich stehe ich vor der Tür der obersten Etage. Hier brennt ein kleines Notlicht, und eine Nummerntastatur leuchtet schwach.

So, wie die Tür aussieht, bestätigt sie mich in meiner Annahme, dass es sich bei diesem Raum um eine Art Tresor handelt. Die Tür ist eine in den alten Türbogen eingepasste Maßanfertigung aus dickem Stahl.

Ich lehne mich gegen die Wand und betrachte die Tastatur, als würde sie mir bestimmt gleich von selbst den Code verraten. Wie viele Versuche man wohl hat, bevor ein Alarm ausgelöst wird? Ein Fehlversuch kann kaum schaden, darum gebe ich einfach mal den Haustürcode ein. Dass er nicht funktioniert, überrascht mich wenig. Welchen Code würde Marcus benutzen? Ich weiß nicht, wie alt er ist, keine Ahnung, was sein Geburtsdatum ist. Wenn er so besessen ist von Emily Brontë, dann ist es vielleicht ihr Geburtstag, andererseits wäre das fast zu einfach. Dann muss ich an das schwarze Sofa unten denken, und auf einmal weiß ich genau, welches Datum er sich als Code ausgesucht hat: Emilys Todestag, den 19. Dezember 1848.

Ich tippe 19121848 und höre sofort das Klicken in der Tür. Ich lege die Hand auf die Stahlklinke und drücke sie herunter. Die Tür geht auf.

Dahinter befindet sich eine Welt voller Wunder.

Kapitel 54

Beim Betreten des Raums geht über einen Bewegungsmelder das Licht an, und zwar spezielles Museumslicht, hell genug, um die Ausstellungsstücke in offenbar eigens angefertigten, der Rundung des Turms folgenden Glasvitrinen zur Geltung zu bringen, mit reduzierter UV-Strahlung, um die Dokumente möglichst wenig zu schädigen. An der Wand hängen ein topmoderner Luftfeuchtigkeits- und Temperatursensor und eine vorgesteuerte Sprinkleranlage. In keinem der Museen, in denen ich bisher gearbeitet habe, habe ich je eine bessere Ausstattung gesehen. Was verbirgt Marcus Ellis hier?

Ich halte die Luft an, als ich mich der ersten Vitrine zuwende. Darin liegt eine Erstausgabe von *Wuthering Heights*, das heißt eins von weniger als zweihundert 1847 gedruckten Exemplaren. Vor über zehn Jahren wurde mal eins an einen privaten Sammler verkauft, vielleicht sogar genau dieses – für 114 000 Pfund. Aber das ist nur der monetäre Wert – der ideelle Wert ist für jemanden wie mich überhaupt nicht zu beziffern, ich würde alles dafür geben, es mein Eigen nennen zu können.

In derselben Vitrine, auf einem eigenen Samtkissen, liegt ein aus Haaren geflochtenes und mit einer Silberspange fixiertes Armband. Das Haar ist heller als auf Emilys Porträt, aber ich bin dennoch sicher, dass es sich um ihr Haar handelt, und ich bin tief bewegt davon, so unerwartet vor einem direkten Relikt zu stehen. Ganz sachte berühre ich den Deckel der Vitrine, der unter meinen Fingern ein wenig nachgibt – er ist nicht verschlossen.

Warum sollte er das auch sein, allein dieser Raum gleicht ja schon einem Hochsicherheitstrakt. Ich hebe den Deckel an und zögere kurz, dann nehme ich das Armband und lege es mir auf die Hand. Mich beschleicht ein schlechtes Gewissen, aber gleichzeitig bin ich wahnsinnig aufgeregt. Heutzutage, im 21. Jahrhundert, erscheint es uns morbide und makaber, derart persönliche Relikte in unserer unmittelbaren Nähe aufzubewahren, aber die Menschen im viktorianischen Zeitalter sahen das anders. Sie umgaben sich hingebungsvoll mit Erinnerungen an ihre verstorbenen Geliebten, von zu Schmuckstücken geflochtenen Haaren bis hin zu Totenfotografien, und Marcus scheint das auch zu tun. Behutsam lege ich das Armband zurück auf das Kissen, dann schließe ich den Deckel und gehe zur nächsten Vitrine.

Das hier fühlt sich vollkommen unwirklich an – mir ist, als würde ich durch einen meiner Träume wandeln, als sei ich in einer Fantasieblase gefangen, in der es nur mich und diese Bücher gibt. Ich halte die Luft an, als ich etwas entdecke, wonach ich lange gesucht habe, ohne bis eben gewusst zu haben, was genau ich gesucht hatte. Es ist ein Brief von Emily Brontë an meinen Ahnen Robert Heaton.

19. Dezember 1848

Lieber Robert, es ist vollbracht.
Hier kommt der dritte Band vom Haus in Scar Gill.
Jetzt, da ich die Feder ruhen lassen kann, habe ich nach
einem Arzt schicken lassen. Denn ich bin müde.
Du kennst meine Wünsche, du bist ein wahrer Freund.
EJB

So kurz und schwach sind ihre Worte, dass sie fast vom Papier zu rutschen scheinen, aber jetzt weiß ich wenigstens, dass Emily ihren Roman vollendet hat, und ich bin mir sicher, ihr Wille, ihn zu vollenden, hat sie so lange am Leben erhalten, denn diese Nachricht schrieb sie am Tag ihres Todes.

Diese Nachricht hier zu finden verändert die Sachlage. Denn das bedeutet, dass Marcus vom *Haus in Scar Gill* weiß. Wie lange schon, ist ungewiss, aber ich bin überzeugt, diese Nachricht wurde in einem der Bücher aus der Pondener Bibliothek gefunden, die sich seit 1898 im Besitz seiner Familie befinden. Vielleicht wusste er bereits als Jugendlicher davon, vielleicht hat er sich deshalb hinter Mas Rücken ins Haus geschlichen, um den Alkoven zu durchsuchen – aber ganz sicher wusste er davon, als er sich so wahnsinnig interessiert an mir und meinem Haus zeigte. Ich bin überzeugt, so wollte er sich Zugang zu Ponden Hall verschaffen und nach Emilys Roman suchen. Mir zieht sich der Magen zusammen beim Gedanken, dass er vielleicht schon Teile davon gefunden haben könnte, und die Vorstellung, dass er etwas von so großer Bedeutung hier hinter Schloss und Riegel hält, ist mir genauso unerträglich wie das Wissen, dass es für immer verloren sein könnte.

Unter Emilys Nachricht befindet sich eine Notiz von Robert, ich erkenne seine Handschrift sofort. Er hat Emilys letztes Gedicht, »No Coward Soul Is Mine«, das sie kurz vor ihrem Tod verfasste, akribisch aufgeschrieben und eine eigene Zeile hinzugefügt:

»Ich werde dich immer lieben, nur dich,
solange ich lebe und noch darüber hinaus.«

Der arme Robert, er hat so gelitten an dieser Liebe, die nie erwidert wurde, nicht im Leben und nicht im Tod. Und doch hat er Emily nie im Stich gelassen, er hat sie nie enttäuscht. Er ist ihr bis zum Schluss treu geblieben. Diese in seiner Bibliothek verborgenen Fragmente wurden schließlich erst nach seinem Tod gestohlen.

Ich schüttele die melancholischen Gedanken ab und wende mich den anderen Vitrinen zu, vielleicht findet sich dort etwas zu Agnes oder dem *Haus in Scar Gill* – und ich traue meinen Augen kaum.

In der ersten Vitrine liegt ein First Folio von Shakespeare.

Mir bleibt fast das Herz stehen, als ich das Buch in die Hand nehme und ganz vorne aufschlage. Auf der rechten Seite prangen ein Porträt des Dichters und die Worte *Mr WILLIAM SHAKESPEARES COMEDIES, HISTORIES, & TRAGEDIES. Published according to the True Original Copies.* Auf der linken Seite, unter dem berühmten Gedicht »To the Reader«, klebt ein Ponden-Exlibris.

Ich halte wahrhaftig das Pondener First Folio in den Händen. Ich schließe kurz die Augen, spüre sein Gewicht, mache mir bewusst, dass ich ein Buch im Wert von 3,5 Millionen Pfund in Händen halte. Ich lege es zurück und gehe zur nächsten Vitrine. Sie ist größer, das Buch darin liegt aufgeschlagen da, und ich erkenne es sofort. John James Audubons *Die Vögel Amerikas*, eines der seltensten und kostbarsten Bücher der Welt. Es ist von außergewöhnlichen Dimensionen, gedruckt auf Papier der Größe Doppel Elefant, aufrecht stehend misst es fast einen Meter, und dieses mich aus der Glasvitrine anlächelnde Prachtexemplar ist in unfassbar gutem Zustand. Ich brauche es nicht anzurühren, um zu wissen, dass es das Exemplar aus der Pondener Bibliothek ist, woher sollte es sonst sein? Als dieses Buch 1838 veröffentlicht wurde, kostete es tausend Pfund, ein kleines Vermögen, aber meine Vorfahren haben in wirtschaftlich guten Zeiten sofort eins davon erworben und offenbar praktisch ungelesen ins Regal gestellt, und schließlich wurde es dann gestohlen.

Doch ich empfinde keine Wut und keine Bitterkeit, im Gegenteil. Etwas zu sehen, das so lange für immer verloren schien, beflügelt mich. Hier verbergen sich noch mehr Geheimnisse, die ans Tageslicht kommen und aufgeklärt werden wollen.

In den anderen Vitrinen befinden sich weitere Schätze, allerdings keine, die mir gehören: Charlotte Brontës Unterschrift in einem Gästebuch, ein paar von ihr beschriftete Briefumschläge und von ihr geschriebene Briefe, ein Paar winzige Hausschuhe, Annes Strümpfe und in einem ganz eigenen Kasten eins der Miniaturbücher, die die Brontës als Kinder fabriziert haben.

Ich betrachte es eine Weile, und mein Herz stockt.

Die winzigen Bücher waren das Erste, was mich als Kind an den Brontës faszinierte, ich habe selbst solche Miniaturen gebastelt. Und jetzt liegt eine davon hier, direkt vor mir, und ich könnte sie mir auf die Hand legen. Er hat sie der Allgemeinheit weggenommen, er enthält sie zehnjährigen Kindern vor, die der Anblick vielleicht genauso faszinieren und inspirieren würde wie mich. Und jetzt weiß ich endlich, wieso ich in Marcus' Nähe immer so ein leises Unbehagen empfinde: Er will all diese Schönheit und diesen Glanz für sich allein haben, er will das alles einsperren. Und wenn er schon mit Büchern so umspringt, dann möchte ich nicht wissen, wie er die Menschen in seinem Leben behandelt.

Ich nähere mich den letzten beiden Vitrinen und ringe nach Luft, als ich eine Gutenbergbibel sehe. Diese Bibel ist das erste mit beweglichen Lettern gedruckte Buch der westlichen Welt, keine zweihundert Exemplare davon entstanden im 15. Jahrhundert, und ich habe noch nie mit eigenen Augen eine gesehen. Marcus muss Unsummen dafür bezahlt haben. Und dann fällt mir etwas ein: Anfang letzten Jahres wurde in ein Lager mit seltenen Büchern eingebrochen, dabei wurde unter anderem eine Gutenbergbibel gestohlen. Um potenzielle Käufer von dieser Hehlerware abzuschrecken, wurde großflächig die Information verbreitet, dass die dritte Seite dieses Exemplars durch einen Riss beschädigt sei. Instinktiv schlage ich das Buch bei der dritten Seite auf, und siehe da, ein Riss – ein Foto dieser Seite hatte überall in den Medien und im Internet die Runde gemacht, ich erkenne alles sofort wieder. Ein Sammler wie Marcus hätte genau gewusst, dass er Diebesgut kaufte. Aber genau das macht eben einen wahren Sammler aus – wenn er das, was er haben will, nicht auf legale Weise beschaffen kann, dann beschafft er es sich zur Not auch auf illegale Weise. Es geht ihm nämlich nicht um das Objekt als solches, sondern darum, es zu besitzen.

Die letzte Vitrine ist leer, und das freut mich besonders, als ich das kleine Messingschild entdecke, das dort bereits angebracht ist und auf dem *Das Haus in Scar Gill* steht.

Auch er hat Emilys sagenumwobenen zweiten Roman noch nicht gefunden.

Ein paar Schritte weiter sehe ich einen Sekretär stehen, über dem ein gerahmter Stammbaum hängt, mit Marcus' Namen ganz allein unten. Gespannt bewege ich mich darauf zu. Mit den Fingerspitzen auf dem Glas verfolge ich Marcus' Linie zurück durch die Generationen, bis ich ganz oben zu seinem direkten Vorfahren gelange.

HENRY CASSON, geboren 1604, PENDLE.

Marcus ist der Nachfahre von Henry Casson, von dem Mann, der vor nichts zurückschreckte, um meiner Familie alles zu nehmen. Wut flammt vollkommen unerwartet in mir auf, als stecke die Erinnerung an das meinen Ahnen widerfahrene Unrecht in meiner DNA. Fast vierhundert Jahre liegen zwischen jenem Mann und dem Mann, in dessen Haus ich stehe, das alles sollte längst nichts mehr bedeuten. Tut es aber. Und dann wird mir bewusst, dass ich nicht nur Wut empfinde, sondern auch Angst.

Casson stammte also aus Pendle. Zum Zeitpunkt der fanatisch geführten Hexenprozesse war er ungefähr acht Jahre alt, er könnte also das Kind einer der Angeklagten gewesen sein. Zumindest aber hat er gewusst, welche Macht die Angst vor Hexerei über eine gottesfürchtige Gemeinschaft ausübte, und beschlossen, diese Macht gegen Agnes einzusetzen, sie zu bestrafen und zum Schweigen zu bringen. Und was Marcus betrifft, weiß ich jetzt natürlich genau, warum er sich so für mich und mein Haus interessiert.

»Ah, Trudy«, höre ich ihn hinter mir, als hätte ich ihn mit meinen Gedanken herbeigezaubert. »Da bist du ja. Mittendrin in meiner Sammlung, genau da, wo du hingehörst.«

Kapitel 55

»Huch, Marcus!« Ich lache auf und schlage mir die Hand vor den Mund, mädchenhaft-albern. Mir scheint das eine gute Taktik zu sein, obwohl er mich bisher noch nie so erlebt hat, aber vielleicht glaubt er ja, dass ich einfach total hingerissen bin von seiner Wunderkammer. »Entschuldige bitte. In der Bibliothek war ich für heute fertig, und da wollte ich nur noch gerne herausfinden, wie Will neulich hinter der Geheimtür landen konnte, und dann, na ja, dann konnte ich einfach nicht widerstehen, die Treppe raufzugehen – die ist einfach zu verführerisch! Und als ich hier oben ankam, stand die Tür offen, und da …«

Marcus lehnt lächelnd an der Wand und beobachtet mich. Er holt sein Smartphone hervor und hält mir das Display entgegen.

»Ich bekomme jedes Mal eine Nachricht, wenn jemand versucht, sich einzuloggen. Ich muss schon sagen, du hast nicht lange gebraucht, um mein Passwort zu erraten, Hut ab. Aber insgeheim hatte ich sogar gehofft, dass du es erraten würdest.«

»Wie ich sehe, bist du ein glühender Verehrer von Emily Brontë – aber warum versteckst du das alles hier?« Ich deute auf die Bücher und versuche, von meinem widerrechtlichen Eindringen abzulenken. »Ich meine, Marcus, das sind unfassbare Schätze, die du hier hast. Ich bin völlig von den Socken, wirklich. Ich weiß, ich hätte dich um Erlaubnis bitten müssen, um hier hereinzukommen, aber ich meine: Wow. Das hier sind Dinge, die das Herz einer Frau höherschlagen lassen.«

Marcus kommt herein und schließt die Tür hinter sich. Er geht zu der leeren Vitrine, betrachtet den freien Platz darin und sieht mich dann an. In diesen wenigen Sekunden scheint es mir eine gute Idee zu sein, mich ein wenig in Richtung der geschlossenen, aber nicht verriegelten Tür zu bewegen.

»Du weißt von Emilys zweitem Roman, stimmt's?«, sagt er.

»Ja.« Ich räume es sofort ein, wozu lügen?

»Was hast du in Ponden Hall gefunden?« Er dreht sich zu mir um, entschlossen herauszufinden, was ich weiß. »Die Briefe habe ich gefunden, als ich die Pondener Bücher durchsah. Ich konnte es kaum glauben, Tru. Noch ein Roman. Ein unbekannter Roman der Brontës. Ein zweiter Roman von Emily Brontë. Ich hatte das Gefühl, sie hätte ihn nur für mich geschrieben. Ich habe jedes einzelne der anderen Bücher aus der Pondener Bibliothek durchsucht, aber nichts weiter gefunden, darum nahm ich an, dass weitere Hinweise sich in und um Ponden befinden müssen. Schließlich kamen die Bücher einst daher, und Emily hat dort viel Zeit verbracht.«

»Ich habe noch mehr Aufzeichnungen von Emily gefunden«, verrate ich. »Und eine im Garten vergrabene Metallkassette – aber die war leer. Und ich habe herausgefunden, was sie zu diesem Roman inspiriert hat. Nämlich die Geschichte eines Mädchens namens Agnes. Sie hat zur selben

Zeit in Ponden gelebt wie Henry Casson, dein Vorfahre. Emily hat Agnes' Geschichte aufgeschrieben, einschließlich allem, was Casson ihr angetan hat.«

Meine Vernunft sagt mir, ich soll den Mund halten, aber ich kann es einfach nicht lassen, ich möchte dieses Wissen mit jemandem teilen, der davon genauso begeistert und fasziniert sein wird wie ich.

»Emilys zweiter Roman handelt von meiner Familie?« Ungläubig schüttelt Marcus den Kopf. »Ich habe es schon immer gewusst, dass ich eine ganz besondere Verbindung zu ihr habe. Ich habe das gespürt. Als ich *Sturmhöhe* zum ersten Mal las, habe ich es gespürt. Sie hätte mich verstanden, ich weiß, dass sie mich verstanden hätte.«

»Mag sein. Aber offen gestanden, nach allem, was ich bisher weiß, macht Henry Casson keine besonders gute Figur in der Geschichte.«

»Ja, es heißt, er sei ein übler Zeitgenosse gewesen.« Marcus grinst. »Manche Leute sagen sogar, er sei der Graubart, den die Familie Heaton sieht, wenn einer von ihnen bald stirbt. Dass er die Menschen, die er nicht haben kann, auf ewig verfolgen wird. Aber so böse kann er nicht gewesen sein, schließlich hat er den Heatons ihr Haus zurückgegeben, oder?«

»Ja«, sage ich vorsichtig. Marcus ist weder aufbrausend noch bedrohlich, sondern jovial wie immer, und doch habe ich eine Heidenangst vor ihm. »Aber weißt du, warum er das getan hat? Er hätte damit jahrzehntelang die Gerichte beschäftigen können, hat er aber nicht. Er hat nachgegeben.«

»Keine Ahnung.« Marcus zuckt mit den Schultern. »Henry hat eine Abmachung mit Robert Heaton getroffen, aber ich weiß nicht, warum. Robert hat sein Erbe zurückgekauft, und Henry – tja, der hat sich in Luft aufgelöst. Glücklicherweise erst, nachdem er seine Pflicht in Sachen Fortsetzung der familiären Linie erfüllt hatte. Manche sagen, Robert hat ihm Geld gegeben, damit er verschwindet, oder dass er sich das Leben genommen hat, aber das werden wir wohl nie erfahren.«

Da wäre ich mir nicht so sicher.

»Und von Agnes hast du noch nie etwas gehört?«, frage ich. »Sie ist zusammen mit Casson von Pendle nach Ponden gekommen – in einer deiner Archivboxen finden sich Unterlagen zu ihr, habe ich neulich gesehen.«

»Ach, die alten Kisten!« Marcus grinst. »Die sind noch von meinem Vater, als er Ahnenforschung betrieben hat. Er hat auch den Stammbaum in Auftrag gegeben. Hat mir nie was gesagt. Ich will den Roman finden. Stell dir das doch mal vor, Trudy, wie das wäre, ihn als Erster zu sehen, zu lesen, zu halten. Vor allen anderen zu erfahren, was in Emilys Kopf vor sich ging. Das wäre … Also, näher könnte man ihr niemals kommen!«

»Ja, es wäre wirklich toll gewesen, der Welt eine solche Entdeckung zu präsentieren«, sage ich. »Und genau das habe ich auch vor mit den Papieren, die ich gefunden habe. Aber den Roman, den habe ich nirgends gefunden, und ich habe wirklich überall gesucht. Im Haus und um das Haus herum auf dem bisschen Land, das uns noch geblieben ist. Man könnte jetzt noch weitere zwanzig Morgen durchkämmen, aber das Land gehört uns nicht mehr. Ich fürchte, wir müssen uns damit abfinden, dass der Roman verloren ist.«

»Nein, Tru, das werden wir nicht tun.« In Windeseile ist Marcus bei mir und hält mich bei den Armen. »Du und ich, wir sind nicht der Typ, der einfach so aufgibt, oder?«

In seinen blauen Augen sehe ich Konzentration, Entschlossenheit und, ja, Besessenheit.

»Stimmt. Du hast recht. Aber jetzt muss ich erst mal nach Hause zu Will.«

»Darf ich dir helfen, noch einmal in Ponden zu suchen?«, fragt Marcus. »Lass mich das Haus mit dem Blick eines Baufachmanns durchforsten. Ich könnte es Stein für Stein auseinandernehmen und wieder zusammensetzen, ohne dass du es merkst.«

»Nein, wirklich, Marcus, ich schwöre dir, dass es dort nicht ist.« Ich muss seinem Blick eine Weile standhalten, bis er meine Aussage akzeptiert und mich loslässt. »Aber vielen Dank für das Angebot. Wir werden einfach weiter danach Ausschau halten und das Beste hoffen. Und vielen Dank, dass du es mir nicht übel nimmst, dass ich hier oben eingedrungen bin. Ich ruf dich morgen an.«

»Trudy …« Marcus stellt sich mir in den Weg, als ich zur Tür will. »Ich hoffe, du denkst jetzt nicht schlecht von mir, jetzt, wo du meine wahre Leidenschaft kennst.«

»Wie käme ich dazu?« Ich ringe mir ein Lächeln ab. »Schließlich liebe ich Emily ja auch. Wir unterscheiden uns lediglich in unseren Ansichten dazu, wie mit derartigen Schätzen umzugehen ist. Aber ich verstehe dich, Marcus, weil ich ja ganz ähnlich empfinde.«

»Dann geh jetzt nicht.« Marcus steht jetzt hautnah vor mir. »Ich gebe zu, als ich das erste Mal in Ponden war, ging es mir nur um das Manuskript, und ich war furchtbar aufgeregt, weil ich der Geschichte der Familie Casson so nahe kam. Aber dann warst du da. Ich hätte nie gedacht, dass ich mich so zu dir hingezogen fühlen würde, Trudy. Ich finde dich wahnsinnig aufregend. Eine Heaton, eine direkte Nachfahrin der Familie, die meinem Vorfahren Ponden Hall wegnahm, und des Mannes, der Emily Brontë geliebt hat. Du bist selbst so etwas wie ein lebendes Ausstellungsstück – und ich will dich. Wenn du mein wärst, könntest du all das hier haben – meine Bibliothek, diesen Raum, die Schätze, jederzeit. Ich wäre gut zu dir, Trudy, ich würde dich lieben und dich gut versorgen – ganz gleich, ob du meine Liebe erwiderst oder nicht, Hauptsache, du wärst mein. Wir könnten zwei Familien wieder zusammenführen, und Ponden würde wieder beiden gehören. Wäre das nichts?«

»Ich muss los …«, sage ich, doch gleichzeitig ist mir klar, dass er mich nicht einfach so gehen lassen wird.

»Nein, geh noch nicht.« Wieder hält Marcus meine Arme fest, ich kann seinen Atem auf meiner Wange spüren. »Findest du nicht auch, dass sich das alles anfühlt wie Schicksal, Trudy? Unsere Familien sind seit jeher miteinander verbunden, und jetzt stehst du hier. Ich weiß, es ist alles noch sehr früh, aber vielleicht war dein Mann nicht der, für den du bestimmt warst. Vielleicht war ich es. *Bin* ich es.«

Er drückt mich gegen die kalte Wand, und ich spüre seine Lippen, seine Zähne, sein Zahnfleisch auf meinem Mund.

»Nein!« Ich stoße ihn zurück und bemühe mich sehr, nicht zu ängstlich zu klingen. »Nein, Marcus. Das deckt sich überhaupt nicht mit meinen Gefühlen.«

Ich muss mich mächtig zusammenreißen, um ihn direkt anzusehen, ohne dabei durchblicken zu lassen, dass mir von seinem Ansinnen, auch mich zu sammeln und zu behalten wie all diese kostbaren Bücher, kotzschlecht ist.

»Marcus«, sage ich behutsam, »du bist ein toller Mann, und das Haus hier ist ein Traum. Ich habe es schon mal gesagt, wären wir uns in einem anderen Leben begegnet, hätte ich dir bestimmt nicht widerstehen können, aber ich liebe meinen Mann – und es ist mir schlichtweg unmöglich, mir einen anderen Mann an meiner Seite vorzustellen.«

»Du musst meine Liebe nicht erwidern, Trudy«, sagt er und nimmt mein Kinn zwischen Zeigefinger und Daumen. »Du musst mir einfach nur erlauben, dich zu haben. Bitte.«

»Nein, ich muss gar nichts, Marcus.« Meine Erleichterung ist groß, als er von mir ablässt und ich die Treppe ansteuern kann.

»Trudy, wenn du das Buch findest, dann kaufe ich es dir ab. Ich zahle dir das Zehnfache von jedem anderen Gebot. Ich gebe dir das First Folio und die *Vögel* wieder, wenn du es mir verkaufst.«

»Falls ich es finden sollte«, sage ich und konzentriere mich auf meine Schritte auf den Steinstufen der Wendeltreppe. »Falls ich es finden sollte, werde ich dafür Sorge tragen, dass es an einem Ort geschützt und konserviert wird, an dem die ganze Welt es sehen und daran forschen kann.«

»Aber das hat sie nicht gewollt!« Marcus packt mich bei der Schulter. »Sie wollte nicht, dass es irgendjemand außer ihr selbst liest, Trudy. Gib es mir, lass es mich haben. Ich zahle dir jeden Preis, du bestimmst.«

Ich will mich losreißen, doch er packt mich nur noch fester, und ich taumele, merke, wie ich abrutsche – und schon stürze ich die Treppe hinunter. Um mich herum verschwimmt alles, ich sehe Sterne und schmecke Blut. Ich habe Schmerzen. Kurz betrachte ich perplex den Schatten oben an der Treppe, dann setze ich mich auf. Ich werde morgen grün und blau sein, aber ich glaube, ohnmächtig war ich nicht.

»O Gott, Trudy!« Marcus eilt herbei. »Bitte. Das tut mir so leid. Das wollte ich nicht.«

»Geh weg.« Ich rappele mich auf, schwanke leicht und schnappe mir meine Tasche. »Lass mich in Ruhe.«

»Aber was wirst du sagen, was passiert ist?« Das fragt Marcus mich auf dem Weg hinaus zum Auto immer wieder. Es wäre sicher klüger, jetzt nicht selbst zu fahren, aber ich muss einfach hier weg.

»Ein Unfall«, sage ich. »Ich will einfach nur nach Hause, Marcus, lass mich nach Hause fahren.« Aber er zieht den Schlüssel aus dem Zündschloss.

»Marcus!«

»Trudy, versprich mir, dass du das für dich behältst – das mit meiner Schatzkammer.«

Ich starre ihn an, die Welt um mich herum schwankt. Das Beste wäre, jetzt einfach Ja zu sagen und mir meinen Schlüssel wiederzuholen, aber die Worte sprudeln einfach so aus mir hervor.

»Marcus … in deiner Schatzkammer befindet sich eine gestohlene Gutenbergbibel. Alles andere, was du da hast, das magst du ja vielleicht legal erworben haben, aber du weißt genauso gut wie ich, dass alle Bücher der Pondener Bibliothek de facto meiner Familie gehören. Und von der Bibel *weiß* ich, dass sie gestohlen ist – und das kann ich nicht für mich behalten. Und jetzt gib mir den Schlüssel.«

»Warte«, sagt er. »Ich hab noch was. Ich zeige es dir, wenn du mir versprichst, nicht zur Polizei zu gehen.«

»Was denn?«, frage ich ungeduldig. Ich wische mir über die Stirn und habe hinterher Blut an den Fingern.

»Henry Cassons Geständnis. Das Letzte, das er schrieb, bevor er verschwand. Wenn du über die Bibel Stillschweigen bewahrst, bekommst du es von mir.«

Im selben Moment weiß ich, dass ich dieses Geständnis

haben will, und ich weiß, dass sich mir nie wieder eine derartige Gelegenheit bieten wird.

»Das Geständnis und sämtliche Pondener Bücher aus deiner Sammlung. Wenn ich die wiederbekomme, sind wir im Geschäft.«

Tru und Abe

Seine Hand wanderte von meinem Oberschenkel über meine Hüfte und blieb in der Senke meiner Taille liegen. Wir lagen nur von einem Laken bedeckt beieinander und sahen uns tief in die Augen.

»Ich wünschte, du würdest nicht abreisen«, sagte ich leise. »Du fehlst mir immer so, Abe.«

»Ist doch nur für ein paar Wochen. In der Zeit kannst du frei über den Fernseher verfügen – und über das Bett. Dann kannst du dich endlich wieder richtig breitmachen, ohne dass ich dich störe.«

»Ja, gut, ich mache mich gerne richtig breit im Bett«, sagte ich und ließ die Hand über seinen Oberarm bis zu seinem Gesicht wandern. Er rieb seine unrasierte Wange an meiner Hand. »Aber auch nach fast zwanzig Jahren ist es mir trotzdem am liebsten, wenn du auch drin liegst.«

»Gut zu wissen.« Abe schmiegte sich enger an mich. »Ist ja das letzte Mal, Tru. Ich werde langsam zu alt für humanitäre Hilfseinsätze. Bin schließlich nicht Captain America.«

»Noch nicht mal Captain London.« Ich drückte ihm einen Kuss auf die Wange. »Wir haben schon so viel zusammen durchgemacht, Abe. Manchmal dachte ich, das schaffen wir nicht, aber wir haben immer zusammengehalten. Das bedeutet mir sehr viel. Es bedeutet, dass wir stark sind.«

»Stärker als alle anderen«, sagte Abe. »Stark genug, um eine letzte Trennung auszuhalten.«

»Eine letzte Trennung«, seufzte ich. »Bitte pass auf dich auf und komm wieder.«

»Keine Sorge.« Abe lächelte, und ich kuschelte mich in seinen Arm. »Hast du das denn immer noch nicht verstanden, Trudy, dass das, was uns beide verbindet, unkaputtbar ist? Wir haben es so weit geschafft, ich schwöre dir, es gibt nichts auf der Welt, das uns wirklich richtig trennen kann. In zwölf Wochen bin ich wieder zu Hause. Für immer.«

»Versprochen?« Ich rollte mich auf ihn. »Versprichst du, dass du sofort direkt nach Hause kommst, dass du dich nicht von einer Ärztin verführen lässt oder von einem Angebot für einen weiteren Einsatz, der dir wieder Ruhm und Ehre einbringt?«

»Ich verspreche es«, sagte Abe. »Ich liebe dich, Trudy. Nichts auf der Welt wird mich je auf Dauer von dir trennen.«

»Dito«, sagte ich.

Kapitel 56

»Ach du heilige Scheiße!« Ma führt mich sofort ins Wohnzimmer. »Was zum Henker ist passiert?« Misstrauisch kneift sie die Augen zusammen, als Marcus mir folgt.

»Sie ist gestürzt«, erklärt Marcus, und ich lasse mich aufs Sofa sinken. »Ganz blöder Unfall. Ich hätte sie ja ins Krankenhaus gefahren, aber das wollte sie nicht, also habe ich sie nach Hause gebracht.«

»Im Krankenhaus hätten sie dir auch nur gesagt, dass du die nächsten achtundvierzig Stunden ein besonderes Auge auf mich haben sollst, und im Moment geht es mir gut«, erkläre ich Ma. »Ich bin mit einem Arzt verheiratet, schon vergessen?«

»Das ist nicht dasselbe, wie selbst einer zu sein, meine Liebe.« Ma betrachtet mich sorgenvoll.

»Ich brauche einfach nur etwas Ruhe und eine Tasse Tee, Ma.« In meinem Kopf wummert es, aber das werde ich ihr jetzt nicht auf die Nase binden. Ich will, dass Marcus so schnell wie möglich verschwindet.

»Bring die Kisten rein«, sage ich, und er spurt sofort.

»Wo ist Will?«, frage ich Ma.

»Hat vorhin auf der Straße die Enkel von Jean getroffen und ist zum Spielen mit ihnen zu Jean gegangen. Einer von denen geht wohl mit Will zur Schule, da dachte ich, das ist okay. Ich hole ihn bald ab.«

Ich nicke. »Ja, das ist gut, glaube ich.«

»So, wie du aussiehst, muss das ja ein ziemlich übler Sturz gewesen sein.« Mit zusammengekniffenen Augen sieht Ma in Richtung der Tür, durch die Marcus gerade hinausgegangen ist. »Den bringe ich um.«

»Setzt du Wasser auf? Ein Stückchen Kuchen würde auch helfen.«

»Ich hol erst mal was zum Desinfizieren und verarzte dich«, sagt sie und verschwindet in die Küche.

»Du kannst dann jetzt gehen«, erkläre ich Marcus, als er ein paar Minuten später die letzten Kisten neben mir abstellt.

»Alle Pondener Bücher außer dem First Folio und *Die Vögel in Amerika*«, wiederholt Marcus unsere Abmachung. Während wir das aushandelten, hatte ich gemerkt, dass ich gar nicht so schlimm verletzt war, wie ich erst dachte, aber ich fand, ein wenig Übertreibung könnte nicht schaden.

»Und das Miniaturbuch stellst du dem Brontë-Museum als unbefristete Leihgabe zur Verfügung«, sage ich.

»Und falls du Emilys Roman finden solltest …«

»Ich glaube es nicht, aber falls doch, dann bist du der Vierte, dem ich davon erzähle«, verspreche ich. »Morgen schicke ich jemanden vorbei, um das Auto zu holen.«

»Glaubst du, dass sich deine Gefühle für mich eines Tages ändern könnten, Trudy?«

»Nein.« Ich sehe ihm direkt in die Augen. »Ganz sicher nicht.«

Da ich es ihm durchaus zutrauen würde, doch noch zu versuchen, ein paar der Bücher zu unterschlagen, begleite ich ihn zum Auto und werfe einen Blick in Kofferraum und Wageninneres, als er einsteigt.

»Ich rufe an. Wegen der Renovierungsarbeiten«, sagt er. Das ist doch nicht zu fassen!

»Bitte nicht.« Ich schüttele den Kopf. »Ich halte es für das Beste, wenn wir uns jemand anderen dafür suchen.«

Ich gehe ein paar Schritte die Straße hinunter und sehe seinen Rücklichtern nach, wie sie sich über die schmale Brücke über den Stausee bewegen und dann aus meinem Blickfeld verschwinden.

Kaum ist er weg, wird mir die Stille bewusst.

Und kaum drehe ich mich um, sehe ich ihn in der Dunkelheit kauern. Er starrt mich an aus seinem hässlichen, von Elend und Hass gezeichneten Gesicht, das halb hinter einem grauen Bart verschwindet. In der Hand eine Laterne. Graubart rührt sich kein bisschen, als ich auf ihn zugehe. Mein Herz schlägt mit jedem Schritt schneller. Ich habe noch nie in meinem Leben solche Angst gehabt, ich bin noch nie so wütend gewesen – so wütend, dass ich direkt auf ihn zupresche.

»Lass meine Familie in Ruhe!«, schreie ich ihn an, und dann …

Nichts.

Da ist nichts.

Absolut gar nichts.

Ich fasse mir an die Wunde am Kopf. Er war doch gerade da, *es* war da. Aber es war etwas, wovon ich wusste, etwas, das mir bewusst war. Was ich da gerade gesehen habe, war nichts weiter als eine Spiegelung, das Echo eines längst vergangenen Augenblicks.

Und doch habe ich ganz wackelige Knie, als ich wieder ins Haus gehe.

Ma empfängt mich an der Tür.

»Dieses Mal kommt er, um mich zu holen«, erklärt sie mit einem schwachen Lächeln. »Ich lebe jetzt schon so lange in diesem Haus, dass ich als echte Heaton durchgehe …«

Kapitel 57

»Einen Tag nachdem ich den Knoten entdeckt hatte, kam Jean vorbei, um mir von deinem Anruf zu erzählen«, berichtet Ma, während ich ihr starken, süßen Tee einschenke. »Ist ganz schön groß, das Teil.«

Sie zeigt auf ihre rechte Brust. »Ich dachte, er würde vielleicht wieder verschwinden. Keine Ahnung, wie lange der schon da ist, vielleicht schon seit Monaten. Ich habe bisher nicht den Mut aufbringen können, zum Arzt zu gehen. Und was soll das auch bringen, Trudy? Ich will diese ganzen Medikamente nicht und die Bestrahlung, die einen noch kränker macht als der Krebs. Ich hatte solche Angst davor und habe mich gefragt, was das bringen soll. Und dann … Dann kamst du nach Hause und hattest den Jungen dabei, und da wusste ich, dass ich es versuchen muss. Ich wollte es versuchen, ich hatte nur noch nicht den Mut aufgebracht.«

»Ach, Ma, du musst schreckliche Ängste ausgestanden haben.«

»Ja, aber jetzt nicht mehr.« Mas Miene ist resigniert. »Jetzt, wo Graubart hier gewesen ist, weiß ich ja, woran ich bin. Da können die Ärzte auch nichts mehr machen.«

»Das kann doch nicht dein Ernst sein, Ma?« Ich sehe sie an. »Dieser … *Schatten* oder was auch immer das da draußen war, dieses *Nichts* entscheidet doch nicht darüber, ob du lebst oder stirbst. Der Knoten könnte alles Mögliche sein, das könnte eine harmlose Zyste sein.«

»Vorboten des Todes zeigen sich nicht, wenn es um eine Zyste geht.« Ma nimmt meine Hand, und es schmerzt mich, sie so traurig und resigniert zu sehen. »Hör zu, mein Mädchen, ich weiß ja, was dir in letzter Zeit so alles widerfahren ist, das ist wirklich eine Tragödie, aber bitte sei jetzt nicht auch noch wegen mir traurig. Ich bin so froh, dass du Pondens Ruf zum richtigen Zeitpunkt gefolgt bist, das war gut für dich, für mich und für den Jungen. Ich bin froh, dich und den Jungen hier zu Hause zu haben, das gibt mir das Gefühl, dass wir … Frieden geschlossen haben. Das bedeutet mir sehr viel. Darum kann ich glücklich sterben.«

»Nein, kannst du nicht.« Ich schüttele den Kopf. »Du glaubst doch nicht im Ernst, dass ich dich jetzt einfach so sterben lasse, Ma? Ausgerechnet jetzt, wo ich dich mehr denn je brauche? Ich dachte immer, Graubart sei ein Todesbote, denn das wurde uns immer von allen erzählt, aber was ist, wenn … Was, wenn er nur eine Warnung ist? Und wenn er das ist, dann heißt das, es ist noch Zeit, dich zu retten. Wir fahren gleich morgen früh zusammen zum Arzt.«

Ma schüttelt den Kopf, eine Träne tropft auf den Tisch. Ihre Finger umklammern meine noch fester, ihre Stimme klingt gepresst.

»Ich habe eine Scheißangst.«

»Angst? Du?« Ich lächele. »Meine Ma hat keine Angst. Vor nichts und niemandem. Nie.«

Kapitel 58

Ein Mordgeständnis, niedergeschrieben an Allerheiligen 1659.

Ich bin ein böser Mensch, der viel Übles getan hat, und ich werde in der Hölle schmoren. Ich schreibe dieses Geständnis in der Hoffnung, dass meine Seele nach meinem Tode in die Hölle fahren wird und dass nicht jene, denen ich Böses antat, mit mir ins Gericht gehen werden.

Ich war es, der William Heaton ermordete und im Moor versenkte. Ich begegnete ihm auf der Straße, er kehrte unversehrt aus dem Krieg heim. Er erzählte mir von seinem Land, seinem Wohlstand, seiner Frau und seinem Kind, und ich, der ich all das nicht besaß, wollte, was sein war, für mich. Ein kleines Mädchen, das ich einer Frau auf der Straße abgekauft hatte, sah, wie ich es tat. Ich kümmerte mich nicht darum, doch das war ein Fehler.

Ich ehelichte Heatons Witwe, ich schlug sie und ihren Sohn.

Ich tötete Agnes Boltons Kind, damit Agnes, das Mädchen, das ich Jahre zuvor gekauft hatte, zu meinen Verbrechen schwieg.

Es waren meine Taten, die zu Agnes Boltons Tod führten, und ich sah, wie sie in ungeweihter Erde begraben wurde, wo sie niemals zur Ruhe kommen wird.

Jetzt hat ihr Geist mich gefunden, und er lässt mich nicht ruhen. Weder bei Tag noch bei Nacht. Ganz gleich, ob ich die Augen schließe oder versuche, sie offen zu halten. Ich sehe sie überall, ganz gleich, wohin ich blicke, ihr Kopf halb von ihrem eigenen Blut besudelt, sie wartet auf mich.

Herrgott, vergib mir nicht, das verlange ich nicht, aber gewähre mir das geringere Übel und lass mich in der Hölle brennen.

Herrgott, lass nicht zu, dass diese Frau mich holt.

Unter dieses Geständnis hat jemand, vielleicht Henry Casson selbst, das Porträt eines Mannes gezeichnet und seinen Namen geschrieben, die grobe Skizze eines zornig aussehenden Mannes mit böse funkelnden, schwarzen Augen und langem grauem Bart. Exakt wie der Mann, den ich vor einer knappen Stunde gesehen habe.

Ist es das, was von Henry Casson übrig blieb? Ist er für immer an dieses Haus gebunden und dazu verdammt, bis in alle Ewigkeit als stummer Gytrash herumzugeistern?

»Ich leg mich kurz ein bisschen hin«, rufe ich Ma und Will zu und gehe die Treppe hoch, doch statt mein Zimmer anzusteuern gehe ich in Cathys Zimmer, und etwas übermütig klettere ich in den Alkoven und schiebe die Tür zu.

»Hat er dich getötet, Agnes?«, murmele ich vor mich hin, als ich durch das kleine Fenster hinaus in den Nachthimmel sehe. »Ist es das? Hat er dich getötet und irgendwo verscharrt, und deswegen kannst du nicht bei deinem Kind sein? Ist es das? Und hast du ihn an dieses Haus gebunden, hast du ihn in einen heimatlosen Geist verwandelt, dessen einziger Zweck darin besteht, den bevorstehenden Tod anzukündigen? Ist es das, Agnes? Ich wünschte, du würdest es mir zeigen. Zeig mir, wo du bist.«

Mir kommt es wie ein Traum vor, als ich sehe, wie aus der Dunkelheit am Fußende des Betts eine schmale weiße

Hand mit abgebrochenen, blutigen Fingernägeln erscheint und nach meiner Hand greift.

Mir kommt es fast so vor, aber ich täusche mich.

Das Weiße ihrer Augen leuchtet in der Dunkelheit, das Schwarze ist starr auf mich gerichtet.

»Komm«, flüstert sie. »Ich bin dein Geist gewesen. Jetzt sollst du meiner sein.«

Kapitel 59

Ich befinde mich nicht mehr in der Dunkelheit des Alkovens, sondern in einer totalen, alles verschlingenden Finsternis, und ich habe das Gefühl, für immer darin verloren zu sein. Ich rolle mich zusammen, stoße dabei gegen etwas Hartes, Grobes, Kaltes. Eine Steinmauer. Ich taste sie ab, sie ist nass und glitschig, und doch klammere ich mich daran fest, denn wenigstens steht sie stabil und ist real. Es ist mir ein Trost, dass diese Finsternis, in der ich verloren bin, nicht endlos ist.

Ich höre ein leises Weinen. Stoßartiges Einatmen, leises, wimmerndes Ausatmen. Und dann Schritte hinter mir, und das Weinen verstummt.

Riegel werden aufgeschoben, ein hochgewachsener Mann mit einer Laterne kommt herein, und so grob die Skizze auch gewesen sein mag, ich erkenne ihn wieder: Henry Casson – Graubart höchstpersönlich. Im Raum wird es hell, ich rappele mich auf und weiche entsetzt zurück gegen die Wand, als er auf mich zukommt. Doch er geht an mir vorbei und stellt die Laterne auf dem Schlachtblock ab. Da weiß ich, wo ich bin: in Pondens Keller. Und das leise Weinen stammt von der in der Ecke kauernden Agnes.

»Warum weinst du, Agnes?«, fragt der Mann und stützt sich an derselben Wand ab, gegen die auch ich mich drücke –

als wäre ich gar nicht da. Und das bin ich natürlich auch nicht, jedenfalls nicht für ihn. Ich bin hier der Geist. Alles verschwimmt vor meinen Augen, und mich erfasst panische Angst bei dem Gedanken, dass dies mein Ende sein könnte, dass ich auf ewig in diesem elenden Augenblick gefangen sein könnte.

Er beugt sich zu ihr herunter, das Gesicht hinter dem zotteligen, dreckigen Bart harsch und unbarmherzig.

»Warum weinst du, Agnes? Ich habe dich vor dem Strang bewahrt, oder etwa nicht?«

»Ich wäre mit deinem Namen auf den Lippen gestorben.« Agnes erhebt sich, und zum ersten Mal kann ich sie richtig sehen. Ein junges Mädchen, fast noch ein Kind, schmal, in nichts als einem dünnen Unterkleid und mit Blutergüssen am ganzen Körper. »Du hast mir mein Kind genommen, mein Baby, das dir nichts getan hat, du hast mir mein Mädchen entrissen und du … und du … und du …« Sie schreit herzzerreißend. »Barmherziger Gott, bitte töte mich, Casson, ich flehe dich an, töte mich jetzt, denn ich will nur eins: sterben und mit meiner Tochter vereint sein.«

»Du hättest das Kind doch selbst getötet.« Henry Casson befeuchtet sich die Lippen. »Ich hatte dich gewarnt. Ich habe dir gesagt, du sollst von hier verschwinden, aber du wolltest nicht hören. Ja, was ich getan habe, war grausam und blutig. Es hat mir kein Vergnügen bereitet, aber es war nötig, Agnes. Es war nötig, weil du beschlossen hattest, mich nicht mehr zu fürchten.«

»Warum hast du sie mich nicht einfach hängen lassen?«, jammert Agnes und will sich auf ihn stürzen, doch ihre Füße liegen in Ketten. »Warum durfte ich nicht hängen?«

»Weil du mein bist.« Casson stolziert durch den Raum.

»Ich habe eine erkleckliche Summe für dich bezahlt, schon vergessen? Du gehörst mir, und ich werde mit dir machen, was ich will und so lange ich will.«

Mir kommt die Galle hoch, als ich sehe, wie er auf sie herabblickt, wie er sich darin suhlt, grausam zu sein. Die Laterne flackert.

»Das wirst du nicht.« Plötzlich steht ein zweiter Mann in der Tür, jünger, kaum älter als Agnes, und ich weiß sofort, dass das mein Vorfahr ist, Robert Heaton. Er hat dieselben Augen wie mein Vater.

»Du wirst sie mir überlassen. Und du wirst nie wieder an diesen Ort zurückkehren.«

»Und warum in Gottes Namen sollte ich das tun?« Casson wendet sich Robert zu.

»Weil Agnes mir nicht nur erzählt hat, *dass* du meinen Vater getötet hast, sondern auch, *wo*. Ich habe seinen Leichnam gefunden, Casson, und ich weiß, dass Agnes die Wahrheit spricht, viele wissen das. Viele fürchteten sich, es auszusprechen, bis auf diese eine Frau, die du so drangsaliert und gequält hast. Der du ihr geliebtes Kind genommen hast. Du bist ein Mörder, Casson, und ein Dieb, und ich habe zahllose Zeugen in der gesamten Grafschaft, die bereit sind, das auszusagen. Du wirst hängen – es sei denn, du überlässt Agnes mir, überschreibst das Haus und die gesamten Ländereien wieder der Familie Heaton und verschwindest für immer – zusammen mit deinem Sohn.«

Hingerissen schaut Agnes zu, ihre Augen glänzen ungläubig, als ihr Geliebter sie nun doch noch rettet. Die in ihrem Blick stehende Hoffnung, der Glaube daran, dass ihre Liebe selbst diese Tortur überstehen kann, macht mich fertig.

»Und dann? Wirst du deine hübsche, reiche Gattin für diese Hure verlassen?« Casson lacht bitter.

»Ja, das werde ich«, sagt Robert. »Denn mein wahres Weib ist Agnes. Und meine wahre Liebe. Es tut mir unendlich leid, so viel Schmerz verursacht zu haben, aber ich hätte niemals eine andere heiraten dürfen.«

»Robert!« Agnes streckt die Hände nach ihm aus, doch bevor Robert sie erreicht, verpasst Casson ihm einen heftigen Schlag in den Magen, und erst als Robert zu meinen Füßen zu Boden geht, sehe ich, dass ihm eine Klinge in den Leib gerammt wurde.

Doch Robert ist noch nicht fertig. Mit fast übermenschlicher Kraft rappelt er sich wieder auf und stürzt sich auf Casson, der mit dem Kopf den Fleischblock rammt und bewusstlos liegen bleibt.

»Komm, Agnes.« Hastig schließt Robert ihre Fesseln auf und legt ihr seinen Mantel um die Schultern. »Ich bringe dich weit weg von hier in Sicherheit, bis die Dinge sich geregelt haben und Casson endgültig weg ist.«

»Er wird nie weg sein.« Agnes' Stimme klingt so zart und dünn wie ein einzelner Spinnfaden am Morgen. »Selbst wenn er Ponden Hall verlässt, er wird nie ganz weg sein, das lasse ich nicht zu. Im Augenblick seines Todes wird seine Seele hierher zurückgebracht werden. Zu diesen Fluren und Zimmern, nach denen er so trachtete. Aber er wird nie wieder hereingelassen werden, er wird immer nur draußen herumlungern, Jahre, Jahrzehnte, Jahrhunderte, und hineinstarren, er wird mit nicht endender Sehnsucht und Pein das Leben in diesem Haus beobachten. Dazu verfluche ich ihn.«

Robert zuckt zusammen, als von oben laute Stimmen zu hören sind.

»Komm, bevor seine Männer ihn finden und das ganze Haus wach wird.«

»Hol mir ein Paar Stiefel und einen Umhang.« Agnes presst ihre Lippen auf seine. »Ich komme.«

Kaum ist Robert weg, sieht sie mich an und nimmt meine Hand.

Es ist bitterkalt, die Nacht ein endloser schwarzer See aus Eis. Es dauert einen Moment, bis ich begreife, wo ich bin – und wo nicht. Ich befinde mich nicht körperlich hier, und doch bin ich hier, hoch oben auf Ponden Kirk, der Wind zerrt an dem, was ich bin, und tut sein Bestes, um mich wegzureißen.

In der Ferne höre ich Hundegebell. Ich sehe das Licht von Fackeln und das Donnern von Hufen – und dann sehe ich sie, schwarze, eilende Schemen gegen den Nachthimmel: Agnes und Robert, die um ihr Leben laufen.

»Sie werden uns einholen, Robert«, sagt Agnes, als sie bei der Felsformation stehen bleiben. »Wir können nicht weiterrennen, so werden wir ihm nicht entkommen.«

»Doch«, sagt Robert. »Wir werden irgendwo Zuflucht finden, jemand wird uns aufnehmen. Ich werde dich beschützen, Agnes, ich schwöre es dir.«

Ihr Gesicht schimmert in der Dunkelheit, ihre Augen leuchten, als sie zu Robert aufsieht und die Fackeln und Pferde näher kommen.

»Das Wichtigste in meinem Leben war zu wissen, ob du mich wirklich liebst«, sagt Agnes. »Und das tust du, Robert, du liebst mich aufrichtig.«

»Ich liebe dich über alles, mehr als mein Leben«, sagt Robert und drückt sie an sich. »Wäre ich doch nur stärker gewesen und hätte es schon früher gewusst, Agnes, aber ich habe dich von Anfang an geliebt, und ich werde dich bis zum Ende lieben.«

Agnes löst sich von ihm.

»Und ich liebe dich. Aber ich bin ein schlechter Mensch, Robert. Ich habe einen Mann getötet und einen anderen verflucht. Ich bin nicht mehr das Mädchen von früher, und ich kann nicht zulassen, dass du dein Leben für mich opferst.«

Unsere Blicke begegnen sich, und wir erkennen uns kurz so klar, als würden wir alle Zeiten in einem Herzschlag sehen.

Mein Aufschrei verschmilzt mit dem heulenden Wind, als Agnes sich abrupt abwendet, auf die Felskante zuläuft und sich in die Tiefe stürzt, als sie kurz fliegt und ihr Körper dann hart auf dem Fels aufschlägt und talwärts rollt.

»Nein!«, höre ich Robert verzweifelt schreien. Dann der Donner der Hufe, das Schreien der Männer. Und kurz darauf ist alles still und dunkel, und ich sehe ihre Augen.

Und dann … nichts mehr.

Als ich erwache, stehe ich vor den geschlossenen Bücherschränken in der Bibliothek und weiß genau, wo Agnes' Leiche sich befindet.

Kapitel 60

Der Morgenhimmel beginnt, seine silbervioletten Streifen über den Stausee zu wölben, als ich mich auf den Weg nach Ponden Kirk mache. Ich freue mich am Gesang der Vögel, an den vom Frost glitzernden Pfützen und am Knirschen des Grases unter meinen Füßen.

An der Felsformation angelangt, stehe ich einen Moment da und betrachte den strahlenden Glanz der aufgehenden Sonne und die in kraftvolles Licht getauchte, sich ihr entgegenreckende Erde.

Halb klettere ich, halb rutsche ich den Hang hinab, vollkommen angstfrei, ohne jeden Zweifel. Ich brauche nicht lange, um die berühmte Spalte zu finden, ich lege die Hand auf den Fels und erinnere mich an den Tag, an dem Abe und ich hier waren, dann wende ich mich der schroffen Landschaft zu, in der überall riesige, zerklüftete Findlinge herumliegen, und fange an, nach Agnes Heaton zu suchen.

Minuten werden zu einer langen, kalten Stunde, aber ich gebe nicht auf, weil ich weiß, dass ihre sterblichen Überreste irgendwo hier liegen. Selbstverständlich hat Robert sie hier bestattet, hier, wo sie sich für ihn aufgegeben hat – und Casson musste mit anpacken, er hatte keine andere Wahl, nachdem die Männer vom Suchtrupp hörten, was Robert zu sagen hatte. Es war eine heimliche Aktion gewesen, ganz ohne fromme Worte, ohne die Aussicht auf Seelenfrieden. Vielleicht hat sie ihren Geliebten am ersten Tag nach Hause begleitet, vielleicht auch erst später, aber ich weiß, ich bin zu hundert Prozent sicher, dass sie irgendwo hier ist.

Ich greife in die nächste schmale Felsspalte und spüre eine Hand. Eine skelettierte Hand. Mit der Taschenlampe leuchte ich in die Spalte und kann etwas erkennen, das in einer tiefen Rinne liegt, eingewickelt in einen vermoderten Umhang. Der sie umschließende Fels ist ihr Sarg. Ich leuchte mit der Lampe in dem engen Raum umher und finde schließlich, wonach ich gesucht habe. Vier in den Fels geritzte Worte.

Agnes Heaton. Meine Liebe.

»Ich habe dich gefunden, Agnes«, sage ich in den Wind. »Ich habe dich gefunden, und ich werde dich nach Hause bringen. Dank deiner Aufzeichnungen habe ich alles, was ich brauche, um dich und dein Kind endlich in ewiger Ruhe zu vereinen. Und die ganze Welt wird deine Geschichte kennen, du brauchst also nicht mehr zu suchen, Agnes. Du brauchst nicht mehr nach dir oder deinem Baby zu suchen, ihr könnt beide endlich in Frieden ruhen.«

Ich recke den Kopf in den Wind und höre etwas ganz Wunderbares. Nur wenige Sekunden, dann weht es weg, gen Himmel.

Ich höre ein Kleinkind lachen. Und gleich darauf seine Mutter.

Kapitel 61

Will und ich spielen Fangen ums Haus, sein Lachen ist glockenhell.

Der Frühling ist über uns hereingebrochen, mit voller Kraft, und wir haben alle Fenster aufgerissen, um die Sonne hereinzulassen.

Die Handwerker haben mit dem Dach angefangen, und wir tollen herum und genießen die gemeinsame Zeit, bevor Will wieder zur Schule muss und ich ein zweites Mal nach Peru fliege, um seinen Vater zu suchen. Ma hat darauf bestanden, dass ich diese Reise jetzt unternehme, obwohl ich vorgeschlagen hatte, noch etwas damit zu warten. Der Knoten, den sie in ihrer Brust entdeckt hatte, war in der Tat bösartig gewesen, aber er wurde noch früh genug entfernt, sodass die Heilungschancen gut stehen und sie dem Leben mit neuer Kraft und Optimismus begegnet. Ich habe mich sogar dabei ertappt, dem alten Graubart für sein Erscheinen zu danken – wenn ich ihn denn wirklich gesehen habe. Je länger ich darüber nachdenke, desto mehr frage ich mich, ob es nicht doch eine optische Täuschung war oder eine Folge meiner leichten Gehirnerschütterung. Das ist zumindest meine Version Ma gegenüber.

Ich mache mir die Abreise nicht leicht, vor allem fällt es mir schwer, meinen Jungen zurückzulassen, aber er sprüht vor Zuversicht, und seit ich ihm von meinem Plan erzählt habe, hat er in einem fort gelächelt.

»Du musst dir im Klaren darüber sein, dass ich nur ein paar Wochen wegbleiben kann«, erklärte ich ihm. »Und dann muss ich zurückkommen, Zeit mit dir verbringen, an meinem Buch arbeiten und die Ausstellung im Brontë-Museum vorbereiten. Es kann passieren, dass ich dieses Mal nichts finde, Will, oder auch nächstes Mal. Und selbst wenn ich etwas finde, dann heißt das noch lange nicht, dass das gute Nachrichten sind.«

»Es werden gute Nachrichten sein«, versicherte Will mir und drückte mich fest an sich. »Das weiß ich. Hier, ich will, dass du das mitnimmst. Das ist wichtig.«

»Schatz …« Er nahm sein Bild von der braunen Schlange vom Kühlschrank und reichte es mir.

»Ich habe das verstanden, Mum, ist gut. Versprich mir, dass du das Bild einpackst, ja?«

»Ich mache es jetzt sofort.« Aufmerksam beobachtete er, wie ich das Blatt in meine Tasche steckte und den Reißverschluss zuzog, dann schlang er wieder die Arme um mich.

Jetzt lacht auch Ma, als sie uns spielen sieht. Will verschwindet immer wieder in irgendwelchen Türen und taucht wieder auf, eben hörten wir ihn noch in dem einen Zimmer glucksen und dann am anderen Ende des Flurs. Alles ist gelöst.

Falls dieser Moment ähnlich nachhaltige Spuren hinterlassen sollte wie schon so viele andere Pondener Momente vor ihm, dann hoffe ich, dass die Menschen, die sich in Zukunft in diesen Räumen bewegen, spüren werden, wie glücklich wir waren, wie hoffnungsvoll.

»Hab dich!«, höre ich Ma im Garten rufen, und ich gehe

in die Bibliothek, um einen Augenblick für mich zu sein, denn schon bald wird es diesen Raum so nicht mehr geben, und die Bibliothek wird in ihren ursprünglichen Zustand zurückverwandelt. Und wenn die Restaurierung abgeschlossen ist, werde ich jedes einzelne Pondener Buch höchstpersönlich ins Regal räumen. Ich lasse mich rückwärts aufs Bett fallen und berausche mich an diesem meinem Zimmer, in dem immer noch so viel von mir vorhanden ist. Und ich glaube, selbst wenn es weg ist, wird es immer noch hier sein, eine Version davon zumindest, eine bleibende Spur.

Mein Handy klingelt, das ist etwas ganz Neues, seit hier ein Signalverstärker eingebaut wurde, und auf dem Display erscheint der Name Marcus. Sieht ganz so aus, als würde er ohne Freiheitsstrafe davonkommen, worüber ich offen gestanden ganz froh bin. Marcus würde eine Gefängnisstrafe gar nicht guttun. Und obwohl Ma, nur wenige Minuten nachdem er unser Haus verlassen hatte, die Polizei auf ihn gehetzt hat, hat er seinen Teil der Abmachung erfüllt sowie – vielleicht um zu zeigen, dass er ein guter Mensch ist – dem Museum das Miniaturbuch geschenkt. Ich habe ihm *Die Vögel in Amerika* und das First Folio gelassen, und als wir uns das letzte Mal sprachen, erklärte ich, ich würde ihm die Werke schenken unter der Bedingung, dass er sie niemals verkauft, dass er sie meinem Sohn vererbt und dass er mir eine Kopie seines Testaments überlässt. Will ist letzten Endes doch ein waschechter Heaton aus Ponden. Ab und zu lädt Marcus mich immer noch zum Abendessen ein, aber ich nehme die Einladung nie an. Auch das ist typisch für einen wahren Sammler: Er gibt niemals auf.

Ich lehne seinen Anruf ab, und im selben Augenblick spüre ich, wie sich die Luft um mich herum verändert, die sanfte Stille im Raum sich irgendwie wandelt, festigt. Ich verhalte mich vollkommen ruhig und warte ab. In diesem Haus ist nun schon länger nichts anderes als Wärme und Frieden mehr spürbar gewesen, darum überrascht mich diese Atmosphäre ein wenig, aber Angst macht sie mir nicht. Wie denn auch? Ich bin doch in Ponden.

Rechts neben mir höre ich ein Krachen. Ich wende den Kopf zur Seite: Aus einem schmalen Spalt im oberen Fenster fallen immer wieder Teile von Bauschutt.

Langsam setze ich mich auf und beobachte die aufsteigende Staubwolke.

Dann wende ich mich einem Holzpaneel über dem Fenster zu und drücke vorsichtig dagegen. Es gibt ein wenig nach und springt dann heraus. Das hier ist das einzige Fenster dieses Typs im ganzen Haus, rundherum eingefasst mit Paneelen. Und es ist der einzige Ort, an dem ich bisher nicht gesucht habe.

Etwas verschiebt sich, etwas Schweres schießt auf mich zu, das Paneel rutscht beiseite. Begleitet von jeder Menge Dreck und Staub landet das Schwere in meinen Armen. Hustend und blinzelnd setze ich mich auf das Bett und betrachte es.

Eine Metallkassette, genauso eine wie die, die ich unterm Birnbaumstumpf gefunden habe – aber diese ist nicht abgeschlossen. Ich hole tief Luft, wische die Hände an der Tagesdecke ab und klappe den Deckel auf. Und da ist es.

Das Haus in Scar Gill von Emily Brontë.

Ein dicker Packen Papier, zusammengebunden mit einem ausgeblichenen schwarzen Samtband. Das könnten alle drei Bände sein oder auch nicht, aber so oder so ist es eine ganze Menge. Eine große Menge neuer Wörter von Emily Brontë. Ich halte die Luft an, als ich unter dem Knoten einen gepressten Zweig mit hauchzarten, weißen Blüten sehe wie von einem Obstbaum. Ich werde jetzt die Erste sein, die diese Seiten nach zweihundert Jahren mit bloßen Händen berührt, und das verstößt natürlich gegen alle Regeln, aber das ist mir egal. Ich lehne mich rückwärts gegen die Wand, drücke das Manuskript an mich und spüre sein Gewicht an meinem klopfenden Herzen.

»Danke«, sage ich, doch jetzt ist nichts weiter in der Luft als Staub und Sonnenlicht.

»Ma! Will!«, rufe ich, als ich mit der Kassette im Arm ums Haus gehe. »Ich habe einen Schatz gefunden! Wo seid ihr?«

»Hier!«, ruft Will von seinem Versteck am anderen Ende des Feldes und rennt auch schon los. Ma folgt ihm, deutlich langsamer.

Während ich auf sie warte, bemerke ich ein weißes Flattern am Boden. Ich sehe genauer hin: Da ist der Stumpf des Birnbaums, den Robert für seine geliebte Emily pflanzte und der so lange tot geglaubt war. Er hat ein paar wenige Blüten hervorgebracht.

Einen Zweig mit weißen Blüten.

Tru und Abe

Javari-Tal, indigenes Gebiet im Nordwesten Brasiliens

An die Hitze und die hohe Luftfeuchtigkeit gewöhnt man sich nie, so viel habe ich begriffen. Ich versuche, das auszublenden und nur an das satte Grün zu denken, an die Berge und Täler, an den sich schlängelnden braunen Fluss. Hier ist alles so vollkommen anders als zu Hause, und gleichzeitig ist alles miteinander verbunden, denn wir leben unter derselben Sonne und auf derselben Erde, und so entsteht die Welt, in der wir leben.

Ich habe in Peru angefangen, in dem Krankenhaus, in dem Abe so viele Jahre freiwillig eingesprungen ist. Ich wurde wie eine gute Freundin begrüßt, wie ein Familienmitglied, und an meinem ersten Abend bin ich von Zimmer zu Zimmer gegeistert und habe mir die Fotos von ihm angesehen, die überall hingen, sogar Notizen in seiner Handschrift waren zu finden. Louis, der Klinikchef, wies mir als Schlafplatz Abes Lieblingskoje zu, und auf dem Kissen lag eins der Hemden, die er am Morgen jenes verhängnisvollen Tages zurückließ.

Es tröstete mich, dass er hier ein richtiges Leben hatte, dass er Freunde hatte. Dass er nicht in einem fremden, unbekannten Land verloren gegangen ist, sondern an einem Ort, an dem er sich heimisch fühlte.

Louis brachte mich mit einem jungen Mann zusammen, der Abe als Guide gedient hatte, wenn er in den Urwald aufbrach, um die dort lebenden Stämme medizinisch zu versorgen. Am zweiten Tag setzte Adao sich mit mir zusammen und zeigte mir auf seinen Karten ganz genau, wo bereits offiziell gesucht worden war und wo er in seiner Freizeit weitergesucht hatte. Zu hören, dass Adao die Suche nach Abe nie aufgegeben hatte, berührte mich so sehr, dass mir die Worte fehlten. Als er mir erklärte, wo er als Nächstes suchen würde, konnte ich nicht anders, ich nahm ihn vor lauter Dankbarkeit in die Arme.

Adao lächelte und schüttelte den Kopf.

»Die Leute in der Maschine waren meine Freunde«, sagte er. »Ich will meine Freunde finden und nach Hause bringen.«

Ich war in Rosachina, einer Stadt ganz in der Nähe, in einer medizinischen Beratungsstelle, als ich zwei Matsé-Frauen reden hörte. Zum ersten Mal überhaupt begegnete ich jemandem von diesem indigenen Volk. Irgendetwas an ihrer Art zu sprechen zog mich an, und obwohl ich keine Ahnung hatte, worüber sie redeten, war ich mir sicher, ihre Sprache schon einmal irgendwo gehört zu haben, und es fühlte sich fast so an, als könnte ich sie verstehen. Sie hatten mir den Rücken zugewandt, ich konnte ihre Gesichter nicht sehen, aber ich wusste, dass sie lachten und lächelten, und aus vollkommen unerfindlichen Gründen folgte ich ihnen ein Stück aus der Siedlung heraus, bis sie den Waldrand erreichten und kurz davor waren, in die Tiefen des Urwalds zu ihren Familien zu verschwinden.

Dann drehte sich die eine von ihnen um und sah mich an.

Und ich erkannte sie wieder.

Nicht ihr Gesicht, nicht ihre strahlenden Augen, sondern ihre Bemalung.

Ihre Arme und die obere Hälfte ihres Gesichts waren signalrot gefärbt. Genau wie die Gesichter, die Agnes immer wieder gezeichnet hatte.

»Hello?«, sagte ich. »Do you speak English?«

Die Frauen schüttelten den Kopf.

»Español? Português?«

Sie nickten und folgten mir lachend, als ich sie zu mir winkte und mit ihnen zu Beatrice ging, der französischen Ärztin, die mich hierhergebracht hatte. Ich bat Beatrice, die beiden Frauen zu fragen, worüber sie auf ihrem Weg zum Wald geredet hatten.

»Trudy«, warnte Beatrice mich. »Sie können diese Frauen nicht einfach so ausfragen. Sie müssen ihnen mit Respekt begegnen.«

»Das tue ich auch, wirklich, es ist nur … *bitte*«, flehte ich sie an, und sie gab nach und stellte meine Frage.

Sie antworteten Beatrice, und Beatrice übersetzte für mich.

Sie erzählten die Geschichte des Stammes der Korubo, die gleich auf der anderen Seite der Grenze in Brasilien leben und die Erzfeinde der Matsé sind. Beatrice erklärte, der Stamm der Korubo sei 1996 zum ersten Mal überhaupt mit der modernen Welt in Kontakt gekommen, und seither habe man sie auch nur zwei Mal zu Gesicht bekommen. Die Frauen mochten die Korubo nicht. Das erzählte Beatrice mir zwar nicht, aber das war auch nicht nötig, ich sah es den Frauen an: Die

Korubo waren ihre Feinde. Aber das war nicht wichtig, denn sie erzählten Beatrice eine Geschichte, die ihnen durch den Urwald zugetragen worden war und die nun mir zugetragen wurde. Die Geschichte von einem verletzten Mann, der vom Himmel gefallen und fast gestorben war, der gestorben wäre, wenn die Korubo ihn nicht bei sich aufgenommen hätten. Die Geschichte von einem Mann, der bei ihnen blieb, während sie ihn gesund pflegten, und der sie seinerseits gesund machte. Ein Wahnsinniger, der nicht laufen konnte, dessen Beine immer noch nicht geheilt waren, der sich aber trotzdem bis zur Grenze schleppte, auch wenn das seinen sicheren Tod bedeutete, weil er unbedingt nach Hause wollte.

Ein farbiger Europäer. Ein Arzt.

Es klang fast wie ein Märchen, es war nicht einmal ein richtiges Gerücht, geboren aus halb garen Tatsachen – aber wie konnte ich diesem Hinweis nicht nachgehen?

Sowohl Beatrice als auch Adao sagten mir, ich sei verrückt, allein in den Urwald zu gehen, wo Fremde nicht willkommen, ja, direkt unerwünscht waren, weil jeder Neuankömmling mehr Zerstörung mit sich brachte. Doch ich betrachtete die Gesichter der Matsé-Frauen und sah Agnes' Zeichnungen vor mir, erinnerte mich an ihre Beschreibung einer grünen Hölle – und wusste, dass ich mein ganzes Leben lang auf der Reise gewesen war zu diesen Frauen, vielleicht sogar schon vor meinem Leben, bevor ich geboren wurde. Jetzt wusste ich, dass Agnes versucht hatte, mir Hinweise zu geben, wo ich nach Abe suchen sollte – vierhundert Jahre vor seiner Geburt. Ich versuchte, Beatrice das alles zu erklären, doch die schüttelte den Kopf und murmelte etwas auf Französisch. Sie bat die Frauen, uns auf der Karte zu zeigen, wo dieser Mann sich angeblich befand.

Die Frauen betrachteten die Karte, folgten dem Fluss mit dem Finger und hielten schließlich an einer Abzweigung inne. Ich hielt die Luft an, als ich den Nebenarm betrachtete, und zog das Bild aus der Tasche, von dem Will unbedingt wollte, dass ich es mitnahm. Da begriff ich, dass er keine Schlange gemalt hatte, sondern einen Fluss. Und dass er 1:1 mit dem Fluss auf der Karte übereinstimmte.

Beatrice wollte nicht hören, was ich ihr zu erklären hatte, sie tat alles als Aberglauben und Zufall ab. Trotzdem hat sie mich hierher begleitet, sie wollte mich nicht alleine gehen lassen.

Und so bin ich jetzt hier und bewege mich auf das Gebäude mitten auf einer Lichtung zu, in dem das Team vorübergehend eine Medizinstation eingerichtet hat für die Leute aus der Gegend, die diese Art von Hilfe in Anspruch nehmen möchten. Aus Tausenden Vogelstimmen höre ich plötzlich den Ruf eines Vogels ganz besonders laut heraus. Es ist das dritte Mal in meinem Leben, dass ich ihn höre. Das erste Mal, als ich an Halloween mit meinem Vater am Lagerfeuer in Ponden saß, und das zweite Mal, als mein Sohn in einem verfallenen Haus auf dem Moor verloren war.

»Was ist das für ein Vogel?«, frage ich Beatrice.

»Ein Tukan«, sagt sie. »Sind so was wie die Tauben des Regenwalds.«

Da weiß ich, dass ich zur richtigen Zeit am richtigen Ort bin. Was auch immer mir als Nächstes begegnen wird, es ist mein Schicksal.

Beatrice ist schon vorausgegangen, sie spricht mit ein paar Männern am Eingang. Dann sieht sie mich vollkommen perplex an, und ich kann nicht recht einschätzen, warum. Sie nimmt mich bei der Hand und führt mich um das Gebäude herum.

»Machen Sie sich nicht allzu große Hoffnungen«, sagt sie. »Ich vermute, da hat jemand etwas durcheinandergebracht. Schließlich verletzen sich ständig irgendwelche Leute im Regenwald.«

»Sie meinen …?« Ich sehe sie an.

»Es gibt hier im Reservat einen Mann, der Ihr Mann sein könnte.«

In einem zu den Seiten hin offenen Raum, hinter einem halb zugezogenen Vorhang und unter einem von der Decke hängenden Moskitonetz befindet sich eine provisorische Bettstatt.

Beatrice drückt meine Hand, nickt mir aufmunternd zu und schiebt mich vorwärts.

Es kostet mich unfassbar viel Mut, den Vorhang beiseitezuziehen und das schlafende Gesicht jenseits des Netzes zu betrachten.

Ich hätte nie gedacht, dass ich meinen Mann je wiedersehen würde.

»Abe.« Ich kämpfe mich unter dem Netz zu ihm durch und nehme seine Hand. Als er meine Stimme hört, schlägt er die Augen auf.

»Bist du das, Tru? Bist du es wirklich?«

»Ich bin es wirklich.« Mit den Fingerspitzen berühre ich sein Gesicht. »Bist du es wirklich?«

»Trudy, ich habe immer wieder versucht, zu dir und Will zurückzukommen! Tut mir leid, dass es so lange gedauert hat … mein Bein, ich war verletzt und konnte monatelang nicht laufen, ich war von der Außenwelt abgeschnitten. Aber ich …«

»Du hast die Hoffnung nie aufgegeben«, sage ich.

»Nein.« Abe hebt die Hand, und ich schmiege die Wange hinein. »Ich habe die Hoffnung nie aufgegeben.«

»Ich auch nicht«, sage ich. »Ich auch nicht.«

Anmerkung der Autorin

Beim Schreiben von *Du und ich und tausend Sterne über uns* habe ich Fakten und Fiktion miteinander kombiniert, um eine packende Liebesgeschichte zu schaffen. Ponden Hall ist ein altes Haus voll toller Geschichte(n), und das hier sind die Tatsachen:

Ponden wurde im Jahre 1541 von der Familie Heaton erbaut, in den Jahren 1634 und 1801 wurde das Haus durch Anbauten zu dem großen Anwesen erweitert, das es heute ist. Die Familie Heaton lebte bis 1898 in Ponden – bis der letzte Pondener Heaton starb. Die nächste Verwandte Hanna Knowles Heaton verkaufte das Haus bald darauf, inklusive der darin befindlichen historischen Bibliothek. Die wertvollsten Bücher dieser Sammlung einschließlich dem First Folio von Shakespeare und Audubons *Vögel in Amerika* waren verschwunden, aber sie wurden verkauft. Welche Bücher Teil der Bibliothek waren, wissen wir dank eines Verkaufskatalogs, den ein Auktionator mithilfe eines ortsansässigen Lehrers anfertigen ließ, und alle in diesem Roman erwähnten Pondener Bücher waren tatsächlich Teil der Sammlung. Sollten Sie also je ein Buch mit einem Exlibris von Ponden finden, sagen Sie mir unbedingt Bescheid!

Die Familie Brontë war den Heatons viele Jahre eng verbunden. Als sie klein waren, fanden Emily, Anne und Branwell beim *Crow Hill Bog Burst* in der Torfscheune Unterschlupf – das Moor explodierte und löste einen Erdrutsch sowie eine tödliche Flutwelle aus –, und das hat ihnen vermutlich das Leben gerettet. Sie alle kamen regelmäßig nach Ponden, um die dortige Bibliothek zu nutzen, und Emily saß wahrscheinlich im ältesten Teil des Hauses, in dem Zimmer mit dem Alkoven, am Feuer und las. In den vergangenen Jahren haben diverse Historiker erklärt, wo das Originalbett ihrer Meinung nach damals platziert gewesen sein müsste. Vermutlich befand es sich noch bis in die 1940er-Jahre an seinem ursprünglichen Platz, zu dieser Zeit wurde es jedenfalls zum letzten Mal gesehen. (Wer Ponden Hall heute besucht, kann in einer Nachbildung des Alkovens schlafen, gleich neben dem originalen Cathy-Fenster.) Man geht davon aus, dass dieses Bett und andere Aspekte der Geschichte von Ponden Emily zu *Sturmhöhe* inspirierten, einschließlich der Einrichtung des Hauses. Höchstwahrscheinlich diente es auch als Inspiration für Thrushcross Grange und Anne Brontës Wildfell Hall.

Es gibt eine Zeichnung von der zehnjährigen Emily, von einem Fenster, vermutlich das in dem Zimmer mit dem Alkoven, auf dem ein bärtiger Mann mit der Faust die Scheibe durchschlägt, und mich fasziniert der Gedanke, dass Emily vielleicht schon da im Geiste an *Sturmhöhe* arbeitete. Emily war mit Robert Heaton befreundet, der anscheinend eine große Zuneigung zu ihr hegte und tatsächlich einen Birnbaum für sie pflanzte, dessen Stumpf heute noch zu sehen ist. Soweit bekannt ist, hat Emily seine Gefühle nie erwidert – und Robert hat nie geheiratet.

Auch Henry Casson gab es wirklich. Er heiratete tatsächlich Michael Heatons Witwe (und hatte, so die Gerüchte,

Michael umgebracht), und es wird gesagt, er habe Michael Heatons Sohn und rechtmäßigen Erben Robert Heaton misshandelt, bis dieser alt genug und in der Lage war, sein Erbe zurückzukaufen. Nicht wenige Menschen glauben, Henry Casson habe dem Heathcliff in *Sturmhöhe* Modell gestanden.

Die Figur der Agnes Heaton habe ich mir ausgedacht, und sowohl ihr Geist als auch der des Kindes von Ponden sind meine Schöpfungen.

Man erzählt sich, Henry Casson sei tatsächlich in Gestalt des Graubarts, eines Gytrash oder bösen Geistes nach Ponden Hall zurückgekehrt und den Heatons immer dann erschienen, wenn der Tod eines Familienmitglieds bevorstand. Es hat ihn allerdings seit Hannah Knowles Heaton 1898 keiner mehr gesehen.

Heute ist Ponden Hall ein ganz bezauberndes Bed & Breakfast, das unbedingt einen Besuch wert ist!

Danksagung

Am allermeisten danke ich im Zusammenhang mit dem Schreiben dieses Buches Julie Akhurst, Steve Brown und ihren Kindern Kizzy und Noah, die mir nicht nur gestattet haben, einen Roman zu schreiben, der in ihrem Haus spielt, sondern auch meine zahlreichen (und anhaltenden) Besuche ertrugen und so zu sehr lieben, guten Freunden wurden. Fast zwei Jahre lang lebte ich in einer Fantasieversion ihres Hauses, ja, man könnte fast sagen, ich habe dort gründlich herumgespukt. Und ich danke Ponden Hall selbst, diesem wunderschönen, hellen Haus, das von seinen Eigentümern mit so viel Liebe und Umsicht renoviert wurde und das es mir garantiert übel nehmen würde, wenn es an dieser Stelle nicht erwähnt würde … Ich habe mich Hals über Kopf in dieses Haus verliebt, als ich es zum ersten Mal betrat, und diese Liebe wird ewig halten.

Ich danke meiner großartigen Lektorin Gillian Green, die mit meinem Sturm von Ideen so gut umzugehen weiß. Sie ist freundlich, geduldig und klug, und ich bin stets dankbar für ihre Hinweise. Ich schätze mich glücklich, bei Ebury Press mit so begnadeten Profis zusammenzuarbeiten, darunter Tess Henderson, Stephenie Naulls, Katie Seaman und Aslan Byrne, und ich bin ihnen allen unendlich dankbar für alles, was sie für mich tun.

Ich danke meiner wunderbaren Agentin Lizzy Kremer, die ich sowohl als Agentin als auch als Frau enorm bewundere und die mich in vielerlei Hinsicht inspiriert. Außerdem dem gesamten Team bei David Higham: Georgina Ruffhead, Harriet Moore, Maddelena Cavacuttit, Alice Howe, Emily Randle, Margaux Vialleron, Emma Jamison, Johanna Clarke, Claire Morris und Emma Schouten.

Ich danke Sara Laycock vom Brontë Parsonage Museum, die sich einen ganzen Vormittag Zeit nahm, um mir in allen Einzelheiten von ihrer faszinierenden Arbeit zu berichten, sowie Anne Dinsdale, Lauren Livesey und dem gesamten Museumsteam.

Ich danke Flavio Marzo und Liz Rose, die mich hinter die Kulissen der British Library mitnahmen und mir zeigten, wie kostbare Bücher und andere Gegenstände konserviert werden. Diesen Vormittag werde ich nie vergessen!

Das Dasein einer Autorin ist einsam, aber zum Glück gibt es Communitys mit anderen Schreibenden, die einander immer wieder anfeuern. Das sind in meinem Fall Julie Cohen, Tamsyn Murray, Kate Harrison, Miranda Dickinson, CL Taylor, Angela Clarke, Katie Fforde, Tammy Cohen, Callie Langridge, Katy Regan, Eve Chase, Carole Matthews, Milly Johnson, Rosie Walsh, Paul Burston und Janie Millman, um nur ein paar zu nennen. Auch die Romantic Novelists Association ist eine wunderbare Gemeinschaft, der ich für beständige Unterstützung danke.

Ich danke meinen Freunden, die immer wieder über sich ergehen lassen, dass ich herummaule und unsere Verabredungen in letzter Minute platzen lasse, weil irgendwas mit dem Buch ist … Kirstie Seaman, Catherine Rogers, Margi Harris, Harriet Ivory, Lucy Davies sowie alle, die ich nicht oft sehe, aber nie vergesse: Jenny Matthews, Sarah Darby, Cathy Carter und Rosie Wooley.

Ohne die Unterstützung der Leserinnen und Leser wäre meine Arbeit ziemlich deprimierend. Darum ganz herzlichen Dank an die vielen Cheerleader (oder vielmehr: Cheer-Reader) da draußen, die wirklich eine Menge leisten, um meine Geschichten unters Volk zu bringen, zum Beispiel Tracy Fenton und die unvergleichlichen Mitglieder von The Book Club. Anne Cater und die wunderbaren Book Connectors, Fanny Blake, Nina Pottell und Isabelle Broom. Außerdem Victoria Stone, Wendy Clarke, Meghan Gibbons und The Fiction Café Bookclub.

2018 mussten wir uns leider von Yasmin Selena But verabschieden, einer strahlenden, wunderschönen Frau, Gründungsmitglied von The Bookshop Café und absolut unschlagbarer Bücher-Cheerleader. Wir vermissen dich alle sehr, Selena.

Und schließlich danke ich meinem Mann Adam und meinen Kindern, die mich und meine Arbeit so geduldig ertragen – ich liebe euch von ganzem Herzen. Und natürlich auch meine Lieblinge Blossom und Bluebell, ohne die ich mit dem Schreiben meiner Bücher vermutlich viel schneller fertig werden würde, weil ich nicht ständig aufstehen müsste, um die beiden raus- und wieder reinzulassen.

»Elegant, witzig und absolut lesenswert – die Brontë-Schwestern wären bestimmt begeistert!«

Rosie Walsh

*Cover- und Preisänderungen vorbehalten

Bella Ellis

Die verschwundene Braut

Kriminalroman

Aus dem Englischen von Kathi Linden

Pendo, 384 Seiten
€ 15,00 [D], € 15,50 [A]*
ISBN 978-3-86612-481-3

Yorkshire, 1845: Ein mysteriöser Vorfall erschüttert das Anwesen Chester Grange. Die Gemahlin des Gutsherren ist über Nacht spurlos verschwunden. Alles deutet auf ein Verbrechen hin. Als Charlotte, Emily und Anne Brontë von dem furchtbaren Ereignis hören, sind sie entsetzt – aber auch fasziniert. Die drei Töchter eines Landpfarrers beschließen, das Rätsel zu lösen. Allen gesellschaftlichen Konventionen zum Trotz verfolgen die Schwestern ihre Nachforschungen und geraten dabei selbst in Gefahr.

PENDO

Leseproben, E-Books und mehr unter www.pendo.de